그녀에게
All 올인 in
하다

그녀에게 All in 하다

초판 1쇄 찍은 날 | 2014년 12월 01일
초판 1쇄 펴낸 날 | 2014년 12월 08일

지은이 | 정연주
펴낸이 | 서경석

편 집 장 | 권태완
편집책임 | 최고은
편　　집 | 나정희
디 자 인 | 신현아

펴낸곳 | 도서출판 청어람
등록번호 | 제387-1999-000006호
등록일자 | 1999. 5. 31
어람번호 | 제5-0394호

주소 | 경기도 부천시 원미구 부일로 483번길 40 서경B/D 3F (우) 420-822
전화 | 032-656-4452 팩스 | 032-656-4453
http://www.chungeoram.com
E-mail | chungeorambook@daum.net

ISBN 979-11-04-90007-5　03810

정연주 장편 소설

그녀에게 All 올인 in 하다

Chungeoram romance novel

도서출판 청어람

Contents

프롤로그

"내가 사는 사정이 빤하잖니."

고모와 함께 나란히 앉아 있는 소파에서 나는 새 가죽 냄새가 자꾸만 코를 찔렀다. 그 냄새가 너무나 역겨워 조금 전에 점심으로 먹은 음식이 올라올 것만 같았다.

"정말 미안하다……."

힘든 사정을 얘기할 때는 눈도 마주치지 못하던 고모가 예주의 기분을 살피려는지 조심스레 그녀 쪽으로 고개를 돌렸다. 이번엔 예주가 고모의 얼굴을 피해 버렸다.

"그럼 나 얼마나 여기 있어야 돼?"

두 손으로 짚고 있는 소파의 촉감도 기분 탓인지 끈적끈적했다.

"두어 달 정도……. 그래, 그 정도만 있으면 될 거야. 우리 어머님 건강만 좀 좋아지시면 딸네 집에 다시 가실 수도 있으니까."

고모의 목소리가 밝아졌다가 다시 어두워졌다.

안 되는 것이다. 영영 이제는 돌아갈 곳이 없는 것이다. 애써 외면하고 있던 검은 현실이 발밑으로 밀려왔다. 숨이 턱 막히는 것 같았다.

"요즘은 이런 곳도 시설 같은 게 많이 좋아졌대. 여기서 조금만 있다가 도저히 안 될 것 같으면 연락해. 그럼 고모가 다시 데리러 올게."

방은 딱 두 개.

고모와 고모부가 한방을 쓰고 고모의 딸 둘과 그녀가 다른 방을 써왔다. 그런데 딸 집에 있던 고모의 시어머니가 건강이 안 좋아져 아들 집으로 옮겨오면서 문제가 생겼다. 처음부터 아들 등골 빼먹는다고 며느리가 조카딸을 돌보는 것을 못마땅해하던 시어머니다. 그런 시어머니와 한집, 한방에 조카딸을 넣어놓고 고모가 편할 리가 없었다. 시어머니가 집으로 들어오면서 고모와 고모부는 싸우는 일이 많아졌다. 늙은 시어머니 구박해서 빨리 죽으라는 거냐며 시어머니의 강짜 또한 점점 더 심각해졌다.

"엄마…… 엄마한텐 연락해 봤어?"

고모를 원망할 수도 없었다. 하지만 정말 고아원은 싫었다.

"그 나쁜 년."

언제나 그랬듯 고모의 입에서 욕부터 먼저 튀어나왔다. 그래서 예주는 절대로 엄마를 입 밖에 꺼내지 않았다. 하지만 지금은 비록 엄마의 욕을 듣는 한이 있어도 마지막 지푸라기에 매달릴 수밖에 없었다.

"연락 안 했지?"

했다면 엄마가 달려왔을 것이다. 눈물을 글썽이며 돌아서던 엄마의 마지막 모습을 떠올리자 예주는 희망이 다시 솟아올랐다.

"서울에 없어. 연락 안 되더라. 아니, 알면서도 모르는 척하는 거겠지. 자식 버리고 남편 버리고 지 혼자 잘살겠다고 도망친 년한테 뭘 기대해!"

이 모든 비극이 엄마 탓이라는 듯 한마디 할 때마다 고모에게선 검은 증오가 한 뭉텅이씩 쏟아져 나왔다.

"나 여기에 있다고 엄마한테 연락해 줘. 응? 그렇게 하겠다고 약속해 줘."

아빠가 없는 지금 엄마밖엔 믿을 사람이 없었다.

엄마도 고모도 이해할 수 있다고 생각했다. 하지만 그녀는 이제 겨우 열네 살이었다. 아직 세상이 무서웠다. 이런 낯선 곳에 혼자 하찮은 짐 보따리처럼 내팽개쳐지고 싶지 않았다.

"고모."

"그래도 어미라고 그런 년 찾는 거 봐."

어릴 때는 그래도 아빠도 많이 닮았다고들 했는데 열 살을 넘기면서부터는 완전 엄마와 판박이가 된 예주였다. 한순간 고모는 예주가 곧 엄마인 것처럼 증오의 시선으로 노려보았다. 그 느낌이 너무도 강렬해 소름이 돋았다. 예주의 작은 얼굴에 절망의 그림자가 떠오른 모양이다. 아차 싶은지 고모가 매섭던 눈초리를 풀었다.

"계속 연락해 볼게."

엄마에 대한 고모의 증오가 깊어 정말 그래 줄지 의문이다.

"너희 아빠 보상금으로 나온 돈 얼마 빼서 여기에다 줬어. 그러니까 원장선생님이 너 괄시하거나 그러진 않을 거야. 넌 여기에 있는 다른 애들이랑은 달라. 넌 버림받은 게 아니야. 그냥 잠깐, 아주 잠깐 놀러 와 있는 거야."

열네 살. 아빠도 엄마도 아직 너무나 필요한 시기이긴 하지만, 그래도 고모의 사탕발림에 어리숙하게 속아 넘어갈 나이는 아니었다. 눈물이 뿌옇게 차올랐다.

"우선 한 달만 버텨봐. 어차피 방학이잖아. 다른 애들은 돈 내고 극기 훈련 같은 것도 한다더라. 사정 나아지면 데리러 올게."

네 살 어린 사촌들은 마음에 안 드는 일이 있거나 간절히 바라는 것이 있으면 눈물을 펑펑 쏟으며 고모에게 애원했다. 하지만 성격 탓인지 아니면 외동이라서 그런지 예주는 부모님과 함께 살 때도 그런 식으로 떼를 써본 적이 없다. 이번에도 역시 그랬다. 마음 같아선 고모의 손을 붙잡고 제발 데려가 달라고 매달리고 싶었지만, 눈물조차 고모에게 보일 수가 없었다.

"오래 기다리셨습니다."

둘만 있던 사무실의 문이 열리며 마흔에서 쉰 정도 되어 보이는 중년의 남자가 안으로 들어왔다. 손등으로 눈물을 재빨리 훔치며 예주는 소파에서 일어섰다.

"우리 예주예요. 잘 부탁드립니다."

둘만 있는 시간이 힘들었는지 예주를 소개하는 고모에게서 안도감이 느껴졌다. 그것이 서러우면서도 낯선 남자에 대한 두려움으로 예주는 고모에게 몸을 바짝 붙였다.

"아주 예쁜 아이군요."

남자의 시선이 예주의 얼굴을 훑었다. 네모 형태의 각이 진 얼굴이지만 전체적으로 남자의 인상은 호남형이었다. 그럼에도 예주는 무릎 위에서 멈춘 원피스까지 훑어 내리는 남자의 시선에서 왠지 모를 불편함을 느꼈다.

"지금 제 사정이 좀 그래서 맡기는 거지만요, 사정이 나아지면 곧 데려갈 거예요."

고모는 조카딸을 버리는 것이 결코 아니라고 주장하고 싶은 모양이다. 그러면서도 마지막 생명줄인 듯 매달리는 예주를 거칠게 자기 몸에서 떼어냈다.

"곧 적응할 겁니다. 애들 적응력은 신비할 정도로 아주 뛰어나죠."

남자의 커다란 손이 예주의 팔을 낚아챘다. 아빠가 들고 다니던 수갑에 채워진 것처럼 꼼짝달싹할 수가 없었다.

"걱정하지 마십시오. 조카따님은 아주 훌륭한 대접을 받을 겁니다."

싫어!

당장에라도 비명이 목구멍에서 튀어나올 것만 같았다. 하지만 예주라는 짐을 빨리 벗어버리고 싶은 고모에게는 그런 것이 보이지 않는 모양이었다.

"잘 있어. 일주일에 한 번씩은 꼭 전화하고."

오래 끌수록 마음이 약해질 거라 생각했는지 고모가 문 쪽으로 몸을 틀었다.

"고모! 엄마한테 꼭 연락해야 돼!"

고모는 뒤돌아보지 않았다.

"꼭이야! 꼭 연락해야 돼!"

　남자에게 잡힌 상태로 예주는 멀어져 가는 고모에게 목이 터져라 외치고 또 외쳤다.

1

계단 서너 개로는 성이 차지 않는 긴 다리를 쭉 뻗고 편안하게 앉은 채 윤은 온몸으로 느껴지는 바람을 만끽하고 있었다. 여름내 끈적끈적하게 달라붙던 습기가 완전히 사라진 시원한 바람이 귀에 매달린 은십자가 귀고리를 살랑살랑 흔들었다. 거칠 것 없이 흘러가는 바람을 느끼는 것만큼 기분 좋은 일도 없었다. 이럴 때는 굳이 이어폰을 끼지 않아도 흥겨운 음악이 주위에 흐르는 것만 같았다.

189㎝의 길쭉한 키에 팔다리가 길고 마른 몸매는 주위 시선을 끌기에 충분했다. 동성 친구들끼리 거닐던 사람들뿐 아니라 사이 좋은 연인으로 보이는 사람들조차 쉽게 발을 떼지 못하고 윤을 힐 끔거렸다. 하지만 윤은 집중된 시선을 의식하지 못한 채 눈을 감고 자연이 들려주는 음악 소리에만 푹 빠져 있었다.

"혹시 최윤 아니야?"

"맞는 것 같은데?"

"맞아."

"어머!"

최윤이라는 처음 듣는 이름을 내뱉는 친구들의 얼굴에 선망의 기운이 떠올랐다. 조금 전까지만 해도 시시껄렁한 이야기를 나누며 음식점을 향해 가던 친구들이 순식간에 발걸음을 멈추고 한곳으로 시선을 집중했다. 비록 선경, 그녀처럼 데뷔는 하지 않았어도 언젠가는 연예계로 진출할 꿈을 안고 연기예술학부로 진학한 아이들이다.

웬만한 남자들은 코웃음 치기 바쁜 그들이기에 선경은 흥미를 느끼고 친구들의 시선이 머문 곳을 찾았다.

나이는 어려도 아역배우 출신인 탓에 일반인을 보고 마음이 흔들린 적은 한 번도 없다. 그렇지만 붉은 노을을 등에 인 채 하늘을 향해 얼굴을 젖히고 있는 남자는 화보의 한 장면처럼 꽤 멋져 보였다.

"스타일은 좋네. 그런데 누구야?"

"최윤이잖아!"

세 친구가 동시에 소리쳤다. 사람에게 눈이 두 개 달린 것만큼이나 그 남자에 대해서 알고 있는 것이 당연하다는 얼굴이다.

"우리 학교 애니?"

최소한 연기예술학부가 아닌 것은 분명했다. 사실 학교를 잘나가지 않아서 확신할 수는 없지만.

"세상에! 최윤을 모른단 말이야?"

"영상학부 최윤이잖아! 우리나라 최고 패션 사진작가인 권혁주 뮤즈이기도 하고!"

그녀가 외계인이라도 된 것처럼 쳐다보는 친구들의 얼굴에 선경은 코웃음을 쳤다.

"꽤 멋진 건 분명해도 저런 애들은 내가 일하는 곳에선 흔한 스타일이야."

"최윤이 흔한 스타일이라고?"

이번엔 세 친구가 코웃음 쳤다. 그녀 말이라면 입안의 혀처럼 굴던 애들의 낯선 반응에 선경은 최윤을 새삼스런 눈으로 쳐다보았다.

"무슨 일로 저기 저렇게 앉아 있는 걸까? 혹시 여자애랑 약속 있는 거 아냐?"

"최윤이? 그럴 리 없잖아?"

"맞아. 최윤이 여자랑 같이 있다니, 상상이 안 가."

조금 전만 해도 선경이 하는 말이라면 귀를 쫑긋 곤두세우던 애들이었지만 지금 애들의 관심은 오로지 최윤에게만 머물러 있는 것 같았다.

아무리 인기 있는 아역배우였다 하더라도 성인이 된 후 급격하게 내리막길을 걷는 것과 달리 선경은 작년에 미니시리즈를 성공시킴으로써 당당하게 성인 연기자로서 발돋움했다. 그런 만큼 자부심이 컸다. 다른 사람들 역시 실패를 모르고 최고의 아역배우에서 최고의 성인배우로 태어난 그녀를 숭배했다. 언제나 그렇게 주인공으로만 지내던 선경은 아무리 여자애들이라고는 하지만 이런 식으로 소외되는 것에 익숙지 않았다.

"그렇게 좋으면 가서 인사라도 하지 그래?"

해서는 안 될 말을 한 것처럼 삼인방이 눈을 동그랗게 뜨며 그녀를 향해 고개를 돌렸다.

"말도 안 돼! 무시당하면 양호한 편이라고!"

"맞아. 조금이라도 귀찮게 했다간 욕먹기 딱 쉽단 말이야."

당장에라도 선경의 제안을 따르고 싶어 하는 것 같은데도 무엇때문인지 애들은 주저했다.

"여자를 별로 좋아하지 않는 모양이지?"

"그렇다고 남자를 좋아하는 것도 아니야."

"맞아."

아쉬운 얼굴로 삼인방은 다시 윤을 향해 돌아섰다.

"내가 가서 한번 말해볼까? 우리랑 같이 놀자고."

"에?"

또다시 해서는 안 될 말을 한 것처럼 셋이 동시에 놀란 소리를 질렀다.

"네가 말해보겠다고?"

"그래."

선경이 과연 최윤의 대답을 얻을 수 있을까 가늠해 보듯 세 사람이 잠시 입을 다물었다. 그녀가 과연 성공할 수 있을지 그들이 고민한다는 사실조차 선경은 자존심이 상했다. 그런데 하물며 그녀가 막 발걸음을 뗐을 때 그들 중의 한 명이 안 될 거라는 청천벽력 같은 말을 흘렸다.

"뭐라고 했어?"

친구의 말을 믿을 수 없어 선경은 발걸음을 멈추고 말도 안 되는 소리를 한 애를 노려보았다.

"아무리 너라도 최윤은 안 될걸?"

"하. 하."

너무나 어이가 없어 선경은 음절을 딱딱 끊으며 웃었다.

"내 제안을 거절할 거란 말이야?"

"욕이나 안 들으면 다행일걸?"

농담이 아니라 정말로 그렇게 되었으면 하는 소망이 느껴지는 얼굴이다.

공주님을 모시는 시녀처럼 달콤하게 굴던 아이들이지만 그녀 또한 진심을 주지는 않았다. 그렇다고 해도 그녀의 실패를 은근히 바라는 아이들을 보자 선경은 기가 막혔다.

"따라와서 대단한 왕자님이 과연 어떤 대답을 할지 들어보지 그래?"

오늘 이후로 두 번 다시 이 애들과 다닐 일은 없을 거라 다짐하며 선경은 오만한 얼굴로 턱을 치켜들고 최윤의 곁으로 걸어갔다. 친구들이 곧 그녀 뒤를 따랐다.

나이는 스물한 살이지만 어릴 때부터 구설이 많은 연예계에 있던 탓인지 선경은 세상에 대해 빨리 알았다. 자신의 미모로 사람들, 그중에서도 남자들을 마음대로 할 수 있다는 것도 일찌감치 파악했다. 지금까지 유혹하기로 마음먹은 상대를 넘어뜨리지 못한 적은 단 한 번도 없었다. 하물며 아직 제대로 데뷔도 하지 못한 이런 남자애쯤이야.

삼인방의 우상이 그녀의 매력 앞에서 처참하게 무너져 내리는 걸 보면서 실망할 삼인방을 기꺼운 마음으로 그리며 선경은 윤의 앞에 멈춰 섰다.

"안녕."

못 들었는지 윤은 감은 눈을 뜨지 않았다.

"최윤!"

둔한 녀석 같으니!

선경은 두 번 말하는 것 따위 딱 질색이었다. 허리에 양손을 얹고 선경은 이번엔 좀 더 뾰족한 목소리로 외쳤다. 그제야 윤의 눈꺼풀이 열렸다. 새파란 하늘이 담겨 있는 커다란 눈동자 속에 선경이 들어갔다. 맑기만 한 그 눈동자에는 아무런 흔들림도 없었다. 그러나 선경은 태연할 수 없었다. 투명할 정도로 그녀의 모습을 비춘 윤의 눈동자에 그대로 갇혀 버린 것만 같았다. 가슴에 뜨거운 파문이 일었다.

"안녕."

생애 처음으로 목소리가 떨려 나왔다.

"난 지선경이야."

얼굴을 알아본 일반인들이 사인을 요구하며 달려들까 봐 모자와 선글라스로 가린 얼굴이다. 하지만 의식도 못 한 사이 선경은 선글라스를 벗었다. 그의 무심한 표정을 깨고 싶었다. 그러나 윤의 얼굴에는 여전히 아무런 변화가 없었다.

"그래서?"

일말의 망설이는 흔적도 없이 윤은 선경을 외면했다. 그의 눈동자를 잃은 선경은 당황했다.

"우리 학교 애라며. 나……."

"비켜. 햇빛 가리잖아."

선경의 말을 들은 건지 의심스러운 반응이다. 선경은 발끈해 날카롭게 소리쳤다.

"너 내가 누군지 몰라? 나 지선경이야! '가을비' 에 나온 지선경이란 말이야!"

선경의 관심을 끌기 위해 일부러 신경을 건드리는 남자도 있었다. 하지만 게임도 이 정도면 심했다.

"선경아."

삼인방 중 한 명이 선경의 팔을 붙잡으며 주위를 두리번거렸다. 사람들 시선을 생각하라는 표시다. 하지만 선경은 노골적인 윤의 무시에 화가 나 다른 어떤 것도 눈에 들어오지 않았다.

"너, 나 무시하면서 내가 관심 갖길 바라는 모양인데, 난 무례한 남자애는 딱 질색이거든?"

그 말에 겨우 윤의 눈길이 다시 선경에게 돌아왔다. 단, 투명하기만 하던 눈동자에 불꽃이 넘실거리고 있다. 얼음 같은 푸른 불꽃이.

"야, 너 꺼져."

지나가는 똥개를 쫓아내듯 조금의 감정도 느껴지지 않는 차가움에 선경은 몸을 부르르 떨었다.

"너……."

"누군지 모르겠지만 귀찮게 하지 말고 꺼져. 네가 뭘 하든 난 관심 없거든?"

거짓이 아니었다. 진심으로 윤은 그녀에게 관심이 없었다. 그것을 깨닫는 순간 자존심이 확 구겨졌다. 터져 나올 것 같은 비명을 삼키려고 선경은 입술을 깨물었다.

"에이 씨, 오늘 일진 진짜 안 좋네."

윤이 투덜거리며 옆에 놓아둔 보드를 집어 들었다. 선경이 떠나지 않으니 그가 자리를 뜨려는 모양이다. 보드를 들고 있는 기다란 새끼손가락에 여자 실반지 같은 것이 눈에 띄었다.

"너, 여자 있니?"

윤의 무심한 태도의 이유를 찾은 것 같은 마음에 선경이 물었다. 하지만 윤은 대꾸도 없이 계단을 내려가기 시작했다.

"야, 최윤!"

남자에게 이딴 식으로 매달린 적이 없다. 하지만 어떤 남자도 그녀에게 이렇게 쉽게 등 돌린 적도 없었다.

그녀가 부르는 소리에도 불구하고 걸음을 멈추지 않던 윤이 갑자기 우뚝 섰다. 그럼 그렇지, 하며 윤에게 다가가던 선경은 그의 입에서 나오는 여자 이름에 더 이상 다가가는 것을 멈췄다.

"예주…… 오예주?"

몇 번 같은 이름을 중얼거리더니 윤이 뛰기 시작했다.

"오예주!"

많은 사람들이 돌아보았다. 그러나 윤이 찾는 사람은 없는 모양이었다.

"오예주!"

손에 들고 있던 보드를 내려놓더니 윤이 그 위에 올라탔다. 시원한 소리를 내며 보드가 도로 한가운데를 뻗어 나갔다. 흔들리지 않고 안정적으로 나아가는 보드를 보니 한두 해 탄 솜씨가 아니었다. 청바지와 티셔츠 하나만 입고 있는데도 안정적인 포즈 때문인지, 아니면 큰 키 때문인지 보드를 타고 지나가는 윤의 모습에서 사람들은 눈길을 떼지 못했다. 그녀조차 그 아름다움에 순간적으로 분노를 잊어버렸다.

"안 될 거라고 했잖아……."

숨길 수 없는 승리감이 묻어나는 목소리를 듣고서야 선경은 윤이 사라져 버린 거리에서 눈을 뗄 수 있었다.

"최윤이 얼마나 콧대가 높은데."

그들의 우상이 그녀에게 넘어가지 않은 것이 사뭇 기쁜 얼굴의 삼인방을 보자 모욕감과 분노가 활화산처럼 끓어올랐다.

"게이인 게 분명해."

최윤의 손가락에 끼어 있던 실반지에 대한 기억은 편리하게 지워 버렸다.

"게이면 여자들이랑 보통 친하게 지내지 않아? 아니면 남자와 함께 다니든지……."

조금이나마 비참해진 자존심을 달래려는 시도는 얄미운 삼인방에 의해 가로막혔다.

"아까 최윤이 혹시 무슨 이름 말하는 거 듣지 못했어? 여자 이름인 것 같은데……."

"뭐?"

"뭐야? 애인이 있는 거야?"

최윤이 지선경마저 거절한 사실에 기뻐하던 것도 잠시, 삼인방은 사귀던 남자에게 버림받은 여자처럼 울상을 지었다. 한심한 그 모습에 선경은 입술을 실룩이며 돌아섰다.

"볼일이 있어서 가야 될 것 같아. 잘 있어."

"뭐? 선경아!"

"애!"

갑작스러운 말에 삼인방이 소리쳤지만, 선경은 걷는 속도를 더 높이는 것으로 답했다.

저런 멍청한 애들 앞에서 날 망신시키다니!

최윤!

이 모욕은 반드시 갚아주리라 생각하며 선경은 이를 갈았다.

마로니에공원의 계단을 걸어 내려가는 찰나에 저 멀리 사람들 사이로 스쳐 지나가는 한 여자가 있었다. 긴 생머리에 살짝 돌아간 옆모습만 봤는데도 그의 심장이 먼저 알아보았다. 아주 오랫동안 식어 있던 심장이 요동치며 그녀의 존재를 확신시켰다.

"오예주!"

앞뒤 생각할 것도 없이 그녀의 이름을 불렀다. 거리가 멀어 그녀가 들을 수 없다는 것을 알면서도.

여자는 돌아보지 않았다. 점점 더 그와 반대 방향으로 멀어지기만 했다. 그대로 윤은 뛰었다. 따라잡지 못할 것 같다는 생각을 하자마자 보드를 내려놓고 올라탔다. 주위에 사람들이 많았지만 상관하지 않았다. 그녀 외엔 그 어떤 것도 보이지 않았다.

"오예주!"

목이 터져라 그녀를 부르며 윤은 대학로를 질주했다. 하지만 야속하게도 그녀는 커브 길을 돌며 그의 시야에서 사라졌다.

"오예주!"

커브 길에 도착한 윤은 보드를 팽개치고 달렸다. 조금 전까지만 해도 우호적이던 바람이 그의 길을 가로막았다. 그래도 뛰는 심장을 부여안고 쉬지 않고 윤은 전속력으로 달렸다.

수많은 사람들이 그의 길을 가로막았다. 번번이 부딪치며 열심히 뛰었지만 끝내는 멈출 수밖에 없었다. 그 와중에도 그는 고개를 사방으로 돌리며 그녀의 자취를 쫓았다.

심장이 알려줄 거라고, 운명이 알려줄 거라며 그는 느낌을 쫓았다. 그러나 두 번의 기적은 없었다. 손에 잡힐 듯 잠시 맛을 보여주던 운명의 나침반은 다시 사라져 버렸다.

"제기랄."

조금만 더 빨랐으면 그녀를 붙잡을 수도 있었는데…….

답답한 마음에 윤은 지하상가로 내려가는 계단에 엉덩이를 털썩 붙이며 주저앉았다.

"뭘 자꾸 두리번거리니?"

지하철에 올라타서도 예주가 불안정해 보이자 친구가 옆에서 핀잔을 줬다.

"아니, 나 부르는 소리가 들린 것 같아서……."

"아무 소리도 안 들렸는데? 요즘 몸이 허해서 그러는 거 아니야?"

"허하긴."

친구의 반응을 봐선 아무래도 잘못 들은 것이 맞는 것 같아 예주는 씁쓸한 미소를 지으며 두리번거리던 걸 멈췄다.

바람에 실려 오는 희미한 목소리에 가슴이 두근거리다니…….

가을이 다가오며 바람이 선선해지자 괜스레 마음도 그 여운을 느끼는 거라 결론지으며 예주는 들떴던 가슴을 다시 진정시켰다.

"참, 그 준비는 잘돼가?"

"그냥 조금씩 하고 있어."

"부모님껜 말씀드렸어?"

"확실해지면 말씀드리려고. 별로 내켜 하시지 않을 거야."

"하긴…….'

친구의 말에 되살아난 걱정 때문에 예주는 조금 전 아스라이 들려오던 목소리에 대한 호기심을 떨쳐 냈다.

윤은 예주의 흔적을 찾은 그날 이후로 혜화동 지하철역 앞에 매일같이 출근했다. 그녀를 찾을 수 있는 유일한 끈이기에 포기할수 없었다.

그러나 더 이상의 기적은 없었다.

하얀 블라우스를 안에 받쳐 검정색 정장을 입은 예주는 1층으로 내려갔다. 이미 준비를 마치고 기다리고 있던 규영이 자리에서 일어서며 예주를 맞았다.

"엄마는 아직 안 나오셨어?"

"시간이 좀 더 걸리시는 모양이야."

문이 닫힌 안방 쪽으로 규영이 시선을 던졌다.

"난 내가 제일 늦은 줄 알고 걱정했잖아."

"걱정한 사람치고는 너무 예쁜데?"

"예뻐?"

"응, 예뻐."

"너 때문에 나 공주병 걸리겠다."

예주의 농담에 규영이 싱긋 웃었다.

남들은 규영이 차가워 보이는 인상이라고 하지만 예주 앞에서만은 누구보다 다정한 남자였다. 두 살 아래지만 어린 동생이라고 느끼기에는 너무나 빈틈이 없는 것이 살짝 아쉬웠지만 그런 마음을 품는 것조차 미안할 만큼 규영은 완벽하게 동생 역할을 해냈다.

"어머, 내가 제일 늦었네?"

굳게 닫혀 있던 안방 문이 열리며 화사하게 차려입은 조 여사가 거실로 모습을 드러냈다. 스물 중반을 넘긴 자식이 있다곤 생각도 못 할 정도로 조 여사는 여전히 소녀 같은 분위기를 풍기는 아름다운 여자였다.

"많이 안 늦으셨어요."

부드러운 얼굴로 규영이 대답했다.

"그래? 그럼 우리 아들, 딸 옷차림을 한번 살펴볼까?"

"어때요?"

조 여사가 쉽게 판단할 수 있도록 예주는 규영의 팔짱을 끼며 옆에 붙었다. 갑작스러운 예주의 행동에 살짝 움찔하는 듯하더니 규영도 편하게 자세를 잡았다.

"어떠세요?"

"둘 다 너무 잘났어. 오늘 모두 날 부러워하느라 정신없을 것 같아."

"그것보단 엄마가 자식 못난 구석을 모르는 고슴도치라는 소릴 들을 것 같은데?"

"얘는……."

삐딱한 대답을 한 예주를 향해 조 여사가 입을 삐죽거렸다. 몹시도 닮은 두 사람은 모녀지간이라기보다는 막내 이모와 큰조카 정도로밖에 보이지 않았다.

"자, 이러다 잘못하면 늦겠는데요?"

"어머, 그러게. 나가자."

"네."

예주는 규영에게 매달려 있던 팔짱을 풀고 이번엔 엄마 곁으로 다가갔다.

"아버지는요?"

"직접 그 쪽으로 오신대."

재계 순위 5위 밖으로 밀려난 적이 없는 대해그룹의 총수 자리를 맡고 있는 박 회장은 언제나 바빴다. 아무리 아내 집안의 행사라지만 어지간한 아내 사랑이 아니고서는 참석하기 힘든 자리를 늦게라도 참여하려는 박 회장의 행동은 아내에 대한 깊은 사랑을 말해주는 확실한 정표였다.

남자의 사랑을 받는 여자는 아름답다고 했던가.

활짝 피어난 아름다운 엄마를 보며 예주는 아주 오래전 눈물로 얼굴을 적시던 엄마를 살짝 떠올렸다. 엄마가 선택한 삶이었는데도 불구하고 그때 그녀는 참 불행했다.

"어서 타렴."

어느새 조 여사가 뒷좌석에 올라탄 채 예주를 손으로 불렀다.

규영이 붙잡고 있는 차 문을 통해 예주는 웃으며 조 여사의 옆자리에 앉았다.

차가 밀려서 예상 시간보다 조금 늦은 탓인지 세 사람이 행사장 안으로 들어가자 이미 많은 사람들이 자리를 메우고 있었다. 학교 운동장만큼이나 넓은 정원에는 뷔페식 탁자가 셀 수 없을 만큼 많이 세워져 있고, 그 주위로는 사람들이 옹기종기 모여서 한 손에 술잔을 든 채 담소를 나누고 있었다. 사람들의 이야기를 저해하지 않는 선에서 잔잔한 클래식 음악이 허전하지 않게 행사장 안을 채우며 흐르고 있었다.

"어서 와요, 아가씨."

가까이 다가온 사람은 어머니의 큰올케 배 여사였다.

"박 회장님은 어떡하시고요?"

"회의가 있어서 조금 늦는다고 하네요."

"그래요? 하긴 워낙 바쁘셔야죠. 규영이도 왔네?"

"네, 잘 지내셨어요?"

"그럼. 어쩜 점점 더 인물이 나네. 안 그래도 요즘 규영이랑 선 자리 좀 만들어달라는 사람들이 아주 많아요, 아가씨."

"남자 나이 스물셋이면 아직 어리죠. 그것보단 우리 예주가 더 문제인데……."

"예주요?"

아예 존재조차 모르고 있던 것처럼 반문하며 배 여사가 그제야 예주에게 눈길을 주었다. 엄마나 규영을 바라보던 시선과는 다른 아주 차가운 눈길에 예주는 살짝 몸을 떨었다.

"요즘 애들은 연애도 잘한다던데, 예주야 뭔 걱정이겠어요?"

슬쩍 입꼬리가 올라가는 미소에는 예주에 대한 조롱의 의미가 담겨 있었다. 엄마도 그걸 느꼈는지 미소가 걷혔다.

"어머니, 누나한테 인사시켜 드릴 분이 있어서 그러는데요, 잠시 자리 좀 비워도 될까요? 할아버지껜 나중에 따로 인사드릴게요. 안 그래도 지금 바쁘신 것 같은데……."

불편한 기운이 감도는 찰나, 규영이 느릿한 말투로 끼어들었다. 규영이 의도적으로 시선을 멀리 떨어져 있는 조 이사장에게로 돌리자 다른 사람들의 시선도 자연스레 그를 따랐다. 규영의 말처럼 오늘 모임의 주최자인 조 이사장은 몰려드는 사람들 속에 파묻혀 있었다.

"그래, 그게 좋겠네. 아가씨, 가요."

배 여사도 너무 나갔다 싶었는지 규영이 내민 미끼를 얼른 물었다.

"엄마, 먼저 가세요. 전 규영이랑 따로 인사드릴게요."

선뜻 나서지 못하고 예주의 눈치를 살피는 엄마를 보고 예주는 환하게 웃었다. 그래도 내키지 않은 얼굴로 조 여사는 배 여사의 뒤를 따랐다.

"이젠 안 그러실 때도 되었는데 여전하시네."

배 여사가 멀어져 가자 규영이 조금은 차가운 목소리로 조용히 속삭였다.

"아마 평생 안 변하실 거야. 내 몸에 흐르는 피를 바꿀 순 없으니까."

예주의 표정을 살피려는지 규영의 시선이 얼굴에 닿았다.

"걱정 마. 난 내 피가 부끄럽지 않으니까."

"어쨌든 누난 지금 아버지 딸이잖아. 이런 식으로 사람들이, 그것도 누나 친척들이 무시하는 건 아버지, 그리고 우리 집안을 무시하는 것이나 마찬가지야."

장차 대해그룹을 물려받을 후계자로서의 오만함이 느껴지는 규영의 말에 예주는 빙긋이 웃었다.

"그건 너무 오버다."

"누나."

"너 그렇게 인상 쓰면 되게 무섭다?"

"정말⋯⋯."

예주를 째려보다가 규영은 막판에 결국 예주를 따라 웃고 말았다. 더 이상 언급하고 싶어 하지 않는 예주의 심정을 이해한 것이다.

예주는 규영을 데리고 음식이 놓여 있는 탁자로 갔다.

"역시 생일상이라 그런지 평소보다 훨씬 낫네."

오늘은 경신재단의 모태가 된 경신대학교의 개교기념일이었다.

"누가 보면 집에서 누나 굶기는 줄 알겠다."

저녁 시간이긴 해도 음식 주위에 몰려 있는 사람은 드물었다. 그런 틈에서 예주가 떡을 하나 집고도 떠날 생각을 않자 규영이 귓속말로 농담을 속삭였다.

"다이어트한다고 며칠 못 먹은 건 사실이지, 뭐."

"다이어트할 데가 어디 있다고 그래?"

규영의 시선이 슬쩍 예주의 날씬한 몸매에 닿았다가 떨어졌다.

"남자들은 원래 잘 몰라. 숨겨져 있는 부분에 살이 얼마나 많다고."

"정말이야?"

"궁금해하지 마."

그러자 규영이 본격적으로 살펴보려는 듯 팔짱을 끼고 한 발짝 물러섰다.

"박규영! 너 죽는다?"

예주가 시선을 막을 요량으로 규영의 가슴을 때리자 그는 킥킥 웃으며 그녀의 팔을 막았다.

"저 두 사람, 사이좋네?"

"사이가 너무 좋아서 탈이지."

조 여사를 시아버지에게 데려다주고 친정 식구들과 잠시 어울리고 있던 배 여사는 예주와 규영을 보며 비웃음을 날렸다.

"왜? 설마 저 두 사람……."

"그 속을 누가 알겠어? 우리 아가씨만 해도 저렇게 순진한 얼굴로 그런 짓을 하리라고 누가 상상이나 했어?"

배 여사의 시선이 이번엔 시아버지 곁에 얌전하게 서서 사람들을 맞이하고 있는 조 여사에게로 향했다. 아들만 있는 집안에 막내딸로 태어나 지나칠 정도로 사랑을 받던 조 여사이지만 그녀는 아주 오래전에 가족들의 기대를 저버리고 커다란 배신을 저질렀다.

"하긴 결혼도 하지 않고 애부터 뺐으니……. 그것도 약혼자를 놔두고……."

약혼자가 바로 지금의 남편인 박 회장이었기에 집안의 충격은 더욱 컸다.

아무리 사학재단으로 남부럽지 않은 가문이라고는 해도 대해그룹과 비교할 수는 없었다. 그런데 어렵게 이은 인연을 끊고 상대라고도 할 수 없는 말단 경찰의 아이를 가진 조 여사를 용납할 집안사람은 아무도 없었다.

"박 회장도 대단해. 그렇게 배신당해 놓고 또 저렇게 받아주다니."

"그것도 부족해 아주 신줏단지 모시듯 지극정성이지."

정략결혼이라 애정과는 상관없는 결혼 생활 중인 배 여사로서는 시누이인 조 여사를 볼 때마다 배가 아플 수밖에 없었다.

"언니가 두 사람 좀 관리해야겠네. 또 집안에 스캔들 나면 어째?"

"그렇지? 내가 살짝 언질 좀 줘야겠어. 자기도 염치가 있으면 조심하겠지. 그때 우리 집안이 자기 때문에 어떻게 됐는데? 어유, 난 그때 부끄러워서 고개도 못 들고 다녔잖니."

아이를 떼버리는 대신에 사랑의 도피를 선택한 시누이 때문에 한동안 경신재단은 상류층 사회에서 완전 조롱거리가 되어야 했다.

"그래, 절대로 안 되지. 암."

그때까지도 다정한 오누이를 연출하며 떨어질 줄 모르는 규영과 예주를 보며 배 여사는 몸을 부르르 떨었다.

"기분이 안 좋아 보이는데, 무슨 일이라도 있었소?"

집으로 돌아가는 승용차 안에서 박 회장이 조심스레 말을 붙였다.

"아니면 내가 오늘 행사에 늦어서 기분이 상한 거요?"

올케에게 들은 황당한 소리에 정신이 팔려 있던 조 여사는 뒤늦게 박 회장의 감정을 알아채고는 굳어 있는 얼굴을 바로 폈다.

"아니에요. 그냥 좀 피곤해서요."

"사람 많은 곳에 오래 있어서 그럴 거요. 조금만 참아요. 곧 도착할 거니까."

남에게는 지독히 엄격하고 차가운 사람이라는데 그녀 앞에서만은 한없이 다정한 남자였다. 처녀 적에는 그런 남자가 따분하고 또 부모에 의해 결정된 사람이라는 선입견 때문에 마음을 주지 못했지만, 지금은 박 회장의 너그러움이 그저 고마울 뿐이다. 불꽃처럼 강렬한 사랑은 아니지만 꺼지지 않는 불씨처럼 은은하게 타오르는 감정도 사랑이려니, 그렇게 생각하고 싶었다.

"저……."

"응?"

언제든 그녀의 말을 들을 준비가 되어 있다는 듯 그가 눈을 맞췄다. 그래도 선뜻 입이 떨어지지 않았다.

"말해봐요."

용기를 북돋는 그의 재촉을 받고서야 조 여사는 입을 열었다.

"우리 예주 말인데요……. 이제 몇 달 있으면 졸업인데, 혹시 생각해 둔 혼처라도 있나요? 아니, 그러니까…… 우리 예주도 이제 결혼도 생각해 봐야 할 나이인 것 같아서……."

아무리 따뜻한 남자라 하더라도 그의 앞에서 다른 남자, 그것도 그를 배신하게 한 남자의 아이에 대해서 얘길 한다는 것은 쉽지 않았다. 그럼에도 딸의 장래를 위해서 박 회장이 손을 써줬으면 하는 기대를 버릴 수가 없었다.

"허허, 그 말이 무에 그리 어렵다고. 당연히 우리 딸인데 그런 생각을 안 해봤으려고. 안 그래도 지금 생각해 둔 사람이 한 명 있는데, 너무 일찍 딸을 치운다고 섭섭해할까 봐 말도 못 하고 있었다오."

"어머, 그래요?"

올케의 말을 들은 이후 꽉 막혀 있던 것 같은 체증이 박 회장의 말을 듣자마자 확 뚫리는 것 같았다.

"누군데요?"

"류 회장 댁 셋째 아들. 당신도 아마 몇 번 봤을 거요."

"류 회장 댁이면……."

박 회장의 아내로서 만나온 사람들을 하나둘 체크해 가며 조 여사는 류 회장 댁 셋째 아들에 대한 기억을 떠올리려 애썼다. 한참이 지난 후에야 박 회장이 말한 얼굴이 떠올랐다.

"아, 뉴욕에서 이번에 박사 땄다는 그 사람 말이에요?"

"그래요. 소문도 깨끗하고 예의가 바른 청년이오."

"그래요. 그랬죠."

몇 번 그와 마주쳤던 기억이 하나둘 천천히 되살아났다.

멀끔한 얼굴에 단정한 태도, 제 아비 돈만 믿고 제멋대로 설쳐 대는 사내들과는 다른 어른스러운 모습.

"한데 그분들이 우리 예주를 마음에 들어 할까요?"

류 회장이 장남을 제쳐 놓고 셋째 아들을 장차 후계자로 삼을지도 모른다는 소문이 뒤늦게 떠오르자 조 여사의 얼굴에 먹구름이 드리워졌다.

"내 딸인데 당연히 마음에 들어 하지 않겠소."

"하지만……."

"류 회장도 알아요, 내가 예주를 어떻게 생각하는지. 그 아인 누가 뭐래도 내 딸이오."

"여보……."

어떻게 이런 남자를 그때는 알아보지 못했을까.

젊은 날의 열정은 무모할수록 아름답다고 하지만, 그녀의 선택은 너무나도 어긋났었다.

"허허, 이 사람이. 이런 일에 눈물은……."

박 회장이 팔을 뻗자 조 여사는 그의 넓은 품에 부드럽게 몸을 맡겼다.

"고마워요."

"그런 말 말아요. 이렇게 당신이 내 옆에 있는 것만으로도 나는 더 이상 바랄 게 없소."

따뜻했다. 그리고 안전했다. 조 여사에게 필요한 것도 딱 그 두 가지였다. 그리고 이제 그녀의 사랑하는 딸도 그것을 가지게 될 것이다.

행복한 미소를 지으며 조 여사는 박 회장의 넓은 품으로 더욱 깊숙이 몸을 묻었다.

2

차 두 대가 저택 앞에 차례대로 멈춰 섰다. 박 회장과 조 여사가 앞차에서 내리고 예주와 규영이 뒤차에서 내렸다. 박 회장의 옆에 서서 다가오는 두 사람을 보고 있으려니 올케가 한 조언이 떠올랐다. 두 살 터울이긴 하지만 머리 하나는 차이 나는 키 때문인지 두 사람의 나이 차가 느껴지지 않았다. 오히려 어릴 때부터 부여된 후계자라는 신분 탓에 자연스레 몸에 배어버린 권위 때문인지 규영이 더 윗사람처럼 느껴지기까지 했다.

"많이 피곤하지 않으면 차 한잔하고 올라가렴."

선남선녀라는 말이 어울리는 두 사람을 보자 조금이라도 더 시간을 늦추고 싶지 않았다.

조 여사의 권유에 세 사람이 고개를 끄덕였다.

은은한 녹차 향이 거실 곳곳으로 퍼져 나가자 차분한 공기가 그들을 감쌌다. 한 모금 조심스럽게 마시고 난 후 조 여사는 박 회장에게 눈치를 줬다.

"둘 다 올해 지나면 졸업이지? 규영이는 미국에 가서 공부를 좀 더 해야 할 거지만, 예주는 이제 결혼도 생각해야 하지 않겠니?"

예상치 못한 질문이었는지 예주가 입으로 가져가던 잔을 공중에 띄운 채 멍하니 쳐다보았다.

"엄마가 아주 걱정이 많아. 나도 섭섭하긴 하지만 딸자식 언제까지 끼고 살 수도 없고……."

박 회장의 말에 예주는 조 여사의 뜻도 반영된 것인지 알아보려는 듯 그녀를 살폈다. 조 여사는 고개를 끄덕여 그녀의 뜻도 반영된 것임을 알렸다. 눈에 띄게 예주의 얼굴이 어두워졌다.

"전……."

"혹시 남자친구가 있다거나 그런 건 아니지?"

예주의 대답을 기다리지 못하고 조 여사는 황급히 중간에 끼어들었다. 그녀의 젊은 시절이 영화 스틸 사진처럼 머릿속을 스치고 지나갔다. 절대로 그녀와 같은 실수를 하게 할 수 없었다.

"아니요."

그래도 조 여사가 의심의 눈초리를 던지자 예주는 다시 한 번 아니라는 말을 반복했다.

"애인이 있는 건 아니지만, 저는 좀 더 공부를 더 해보고 싶어요."

"석사 했으면 됐지 무슨 공부를 더 하려고 그러니?"

"엄마."

"그럼 결혼하고 공부해. 요즘은 그렇게도 많이 한대."

조 여사는 얼른 눈빛으로 남편에게 도움을 청했다.

"한번 만나보는 건 괜찮지 않겠니? 아직 졸업하려면 몇 달 남았으니까 섣불리 이것저것 결정하지 말고 다 고려해 보는 게 어떻겠니?"

박 회장의 설득은 논리적이었다. 조 여사는 고개를 끄덕이며 예주에게 받아들이라는 신호를 보냈다. 예주는 당황한 얼굴로 두 사람의 눈길을 피했다.

"결혼하면 아무래도 이것저것 신경 써야 할 일이 많잖아요. 요즘은 여자들도 공부 끝까지 하는 경우 많은데, 누나 그냥 공부 더 하게 해주세요."

그때까지 잠자코 있던 규영이 예주의 편을 들었다. 벼랑 끝에 몰려 있던 예주가 힘을 얻은 듯 눈을 빛내며 고개를 들었다.

"공부 더 해서 뭐 하려고? 여잔 그저 좋은 남자 만나서 신랑한테 사랑받고 사는 게 가장 행복한 길이야."

올케의 말이 다시 떠오르자 조 여사는 초조해졌다.

"요즘은 남자들도 공부 많이 한 여자 원해요, 어머니."

조곤조곤한 말투였지만, 언제나 조 여사의 편을 들어주던 규영이기에 조 여사는 조금 놀랐다.

"우선 한 번만 만나보렴. 그리고 다시 얘기해 보자. 어떠니?"

박 회장이 중재에 나서며 규영에게 경고의 시선을 던졌다. 조 여사는 불안한 눈길로 규영과 예주를 번갈아 쳐다보았다.

"알았어요. 그럴게요, 엄마."

예주가 조 여사를 똑바로 쳐다보며 안심하라는 듯 미소를 보내왔다. 그제야 조 여사는 불안한 시선을 거뒀다.

"어머니가 좀 이상하시지? 외가 쪽에서 또 이상한 소리를 들으셨나?"

2층에 발을 디디자 규영이 아래층을 내려다보며 고개를 설레설레 흔들었다.

"나 결혼 못 할까 봐 걱정되신 모양이야."

단순히 그것만일까 싶은 것은 예주도 마찬가지지만 확실한 뭔가를 알지 못하는 이상 굳이 입 밖으로 꺼내어 걱정을 깊게 만들 생각은 없었다.

"정말 아버지 말씀대로 만나볼 거야?"

"그냥 만나는 건데, 뭐. 혹시 알아? 운명의 상대일지."

장난스러운 예주의 태도가 마음에 들지 않는지 규영은 이맛살을 찌푸렸다.

"요즘은 여자들도 다 늦게 결혼하는데."

"부모님 세대에선 스물다섯도 한참 늦은 거니까."

"내가 내일 다시 아버지께 말씀드려 볼게."

"그럴 필요 없어."

"아니야. 하고 싶은 걸 해야지. 그렇게 떠밀리듯이 결혼하면 안 돼."

완강한 규영의 태도에 예주는 조금 놀라 어깨를 으쓱했다.

"가끔 난 네가 오빠같이 느껴질 때가 있어."

"난 남자잖아. 당연히 누날 보호해 줘야지."

"그래, 고마워."

두 사람의 시선이 닿았다. 언제나 그렇듯 예주가 방긋 웃자 규영도 천천히 따라 웃었다.

"오늘 내 편 들어줬으니까 내가 보답으로 내일 점심 살게."

"점심?"

"응. 나 내일 하루 종일 비거든. 점심 먹고 시간 되면 영화도 같이 보고 그러자."

"나야 콜이지."

규영의 미소가 좀 더 깊어졌다.

"그래, 그럼 내가 내일 너희 학교로 갈게."

"아니야. 내가 가야지."

"나 남자에 굶주렸어. 우리 학교엔 여자밖에 없잖아."

예주가 예상한 대로 규영의 입에서 투덜거리는 소리가 흘러나왔다.

"그런 말투는 누나한테 안 어울려."

"넌 날 너무 구름 위로 띄우는 경향이 있어. 난 그냥 평범한 20대 중반 여자란 말이야. 요즘은 이런 말투 정도는 아무것도 아닌걸."

"다른 사람이 어떻게 쓰든 상관없어. 누난 대해그룹 사람이고, 절대로 평범한 사람이 아니니까."

규영이야말로 평범함과는 거리가 멀었다. 그가 좀 더 편안하게 풀어지는 모습이 보고 싶었다. 하지만 그녀에게 모든 속을 털어놓는 것 같아도 규영에게는 언제나 그녀가 결코 들어갈 수 없는 어떤 벽이 있는 것만 같았다.

"알았어. 그런 말투 안 쓸게."

예주가 순순히 말을 따르자 규영의 얼굴에 흡족한 미소가 떠올랐다.

"그래도 내가 내일 너희 학교에 가는 거다? 넌 내일 수업도 있잖아."

"알았어. 그럼 학교에 와서 전화해. 아니, 12시까지는 수업이니까 그전에 도착하면 문자 보내."

"응, 좋아."

약속이 잡히자 두 사람은 인사를 나누고 각자의 방으로 들어갔다.

샤워를 마치고 화장대에 앉아 스킨을 집어 들었을 때다. 노크 소리가 나고 조 여사가 안으로 들어왔다.

"아직 안 주무셨어요?"

"응. 샤워했니?"

"네."

스킨을 다시 내려놓고 예주는 조 여사 쪽으로 몸을 틀었다.

"저기, 나 한 가지 물어볼 게 있는데……."

말하기 힘든 내용인지 조 여사는 시선을 피하며 아이처럼 손가락을 꼼지락거렸다.

"말해봐요, 엄마. 외숙모나…… 아니면 외삼촌이 뭐라 하셨어요?"

"응? 아니, 그러니까……."

그녀가 정곡을 찌른 모양이다. 조 여사가 눈을 휘둥그레 뜨며 예주와 시선을 마주쳤다.

"뭐라고 그러셨는데요?"

"너…… 혹시…… 선 안 보겠다는 이유가 다른 남자가 있기 때문이니?"

"그건 조금 전에도 물어보신 거잖아요. 전 아니라고 했고요."

"아니, 그게…… 혹시 나한테 말하기 힘든 사람을 사랑한다거나……."

"왜요? 누가 제가 남자랑 있는 걸 보셨대요?"

어머니에게 엉뚱한 소리를 한 사람의 멱살이라도 붙잡고 싶었다. 불끈 솟아오르는 분노를 참느라 예주의 목소리가 착 가라앉아서 나왔다.

"난 네가 나한테 정직했으면 좋겠어. 그리고…… 그리고 네가 어리석은 선택을 하지 않았으면 좋겠어."

"엄마처럼요?"

모녀 모두에게 쉬운 대화는 아니었다. 한참의 침묵이 지난 후 조 여사는 고개를 끄덕였다.

"그래. 난 너만은 나 같은 실수 없이 그렇게 행복해졌으면 좋겠어."

"지금은 행복하세요?"

예주의 질문에 지난 과거가 잠깐 살아난 모양이다. 조 여사의 얼굴에 살짝 먹구름이 덮였다.

"죄송해요. 이런 질문 하면 안 되는데."

"아니야. 나 너한테 확실하게 말할 수 있어. 나 지금 행복해, 예전보다 훨씬."

조 여사의 대답을 이해할 수 있었다. 그래도 상처가 되지 않는 건 아니었다.

"미안하다. 이렇게 대답해서."

"아니에요. 제가 보기에도 엄만 지금이 더 행복해 보여요."

너무나 사랑해서 결혼한 남자지만 아버지와 함께 있던 어머니는 행복해 보이지 않았다.

"걱정 마세요. 저 사랑하는 남자 없어요. 그냥 공부를 좀 더 해 보고 싶어서 그런 것뿐이에요."

"정말이니?"

"그럼요. 만약 있다면 엄마한테 제일 먼저 말할게요. 정말이야."

예주의 말이 진실인지 아닌지 판단해 보려는 듯 조 여사는 한참 동안 예주의 눈을 진지하게 바라보았다.

"그래, 내 딸이 얼마나 똑똑한데. 그리고 나한테 얼마나 잘하는데. 넌 절대로 날 버리지 않을 거야. 그렇지?"

마치 아버지에게 버림받은 것처럼, 조 여사의 목소리에는 슬픔과 절실함이 있었다. 사실은 그 반대였는데…….

"그래요. 그럴 거예요."

그제야 조 여사는 마지막 찌꺼기를 걷어낸 것처럼 활짝 웃었다.

어머니가 방에서 나가 아래층 안방으로 들어갈 만큼 충분한 시간이 흐르자 예주는 천천히 잠긴 서랍을 열었다. 어쩌다 한 번씩 쓰는 일기장과 함께 액자 하나가 등을 보이며 놓여 있다.

예주는 손을 뻗어 액자를 꺼냈다. 미처 턱수염을 깎지 못한 젊은 사내가 허름한 청바지와 티셔츠 하나만 입고 어린 여자애 하나를 어깨에 태운 채 찍은 사진이다. 밤새 제대로 자지 못한 듯 남자는 피곤한 얼굴이었지만 사진을 찍는 사람을 향해 웃는 미소에는 그늘 한 점 찾아볼 수 없이 밝았다.

아버지로도, 남편으로도 그는 그렇게 엉망인 사내는 아니었다. 다만 그가 선택한 삶이 그를 가족으로부터 떼어놓았다.

"아빠, 엄마를 미워하지 말아요. 아빠가 포기할 수 없던 것처럼 엄마 역시 포기할 수 없던 부분이 있었던 것뿐이니까."

부모가 슬픈 결말을 맺었던 것과는 무관하게 예주에게는 그리운 부모였다.

액자 속의 젊은 사내를 손끝으로 쓰다듬으며 예주는 어린 시절 수북이 덮인 턱수염으로 자신의 여린 볼살을 맞비비던 아버지의 추억을 떠올렸다.

곤히 자는 어린 그녀를 깨워 자기를 봐달라던 아버지에게 예주는 수염이 따갑다며 그를 밀어내곤 했다. 그래도 사실은 그를 몹시 사랑했다. 귀가 터질 것처럼 시원하게 웃던 그를, 날게 해주겠다며 그녀를 들어 올려 빙빙 돌려주던 그를, 투박한 손으로 그녀의 볼을 꼬집던 그를…….

차를 학교 주차장에 세운 뒤 예주는 시계를 쳐다보았다. 약속 시각보다 30분이나 일찍 도착했다. 규영에게 문자를 보낼까 망설이다 예주는 그냥 차에서 내렸다. 보나마나 수업 도중인데도 튀어나올 게 분명하니 차라리 학교를 돌아다니며 기다리는 게 더 나을 것 같았다.

한국 최고의 사립대학으로 인정받고 있는 경신대학교는 그 명성만큼이나 캠퍼스에 많은 투자를 한 덕에 자주 드라마나 영화 속에 비치곤 했다. 지금도 가을로 접어드는 계절에 맞게 학교 여기저기에 울긋불긋한 기운이 가득해 발걸음을 옮길 때마다 예주는 감탄하지 않을 수 없었다. 학교 부지도 넓어서 건물 사이사이마다 작은 공원 같은 것이 조성되어 평소 드라마나 영화를 보면서 키워 오던 대학 캠퍼스에 대한 환상을 충족시켜 주기에 충분했다.

푸른 잔디밭에 앉아 우아하게 책을 보는 학생들이 등장하는 영화 속 장면들이 캠퍼스 곳곳에서 자연스럽게 연출되고 있었다. 물론 영화에서는 볼 수 없던 '잔디밭에 들어가지 마세요.'라는 푯말도 군데군데 보였지만.

경영대와 예술대 사이의 갈림길에서 살짝 고민하다 예주는 예대 쪽으로 방향을 틀었다. 외할아버지가 설립자인 이 학교를 선택하지 않은 가장 큰 이유가 여기저기 얽힌 사람들과 마주치기 싫어서였듯이 경영대 근처를 얼씬거리다 엉뚱한 사람들과 맞닥뜨릴까 걱정이 되어서였다.

예대 주위는 다른 건물들보다 더욱 운치가 있었다. 붉은 벽돌로 지은 건물이 푸른 잎과 노란 은행잎 사이에 숨어 있어 한 폭의 유명한 풍경화 같았다. 다른 곳보다 더욱 짙은 나무들 사이에서 마음이 편안해지는 것을 깨닫고 예주는 조금 더 그 느낌을 음미하려고 걸음을 늦추었다. 열린 창문들 사이로 수업을 듣고 있는 학생들 모습도 살짝 엿보았다. 그러다 수업이 재미없었는지 창밖으로 시선을 돌리던 학생과 눈이 마주치기도 했다.

우거진 나뭇잎들 사이로 나무 벤치도 군데군데 놓여 있었다. 그 중 한 벤치에는 긴 기럭지를 미처 다 담지 못할 정도로 길쭉한 한 남자가 몸을 쭉 뻗고 누워 있다. 이마에 팔을 얹고 하늘을 향해 누워 있는 남자는 무척 평화로워 보였다. 모처럼의 탐험에 종지부를 찍는 것 같은 남자의 그림 같은 모습에 예주는 잠시 넋을 잃었다. 그러나 아쉽게도 그 순간은 그리 오래가지 못했다.

빨간 스포츠카가 고요한 침묵을 깨며 어디선가 나타나더니 그 안에서 자그마하지만 예쁘게 생긴 여자가 내렸다. 애초에 벤치에 누워 있는 그 남자가 목표였는지 여자는 곧장 벤치로 다가갔다.

이제 고개를 돌려야 한다는 걸 알면서도 예주는 눈을 떼지 못하다가 여자가 남자의 얼굴 위로 몸을 숙이는 걸 보고서야 아차 싶어 고개를 돌렸다. 두 사람이 연인이라는 걸 깨닫자 왠지 모를 아쉬움이 느껴졌다.

"오예주, 웃긴다."

낯선 남자를 두고 아쉬움이라니…….

자신의 반응에 어처구니없어하며 예주는 걸어왔던 방향으로 다시 몸을 돌렸다.

간밤에 알바를 뛰다 잠을 설치는 바람에 윤은 벤치에 드러눕자마자 얕은 잠에 빠져들었다. 오직 자기 자신밖에는 믿을 수 없던 시절이 있었기에 그는 아주 작은 몸짓 하나에도 민감했다. 그래서 누군가 자신을 지켜보고 있다는 사실을 느끼자마자 잠에서 깨어났다.

몸을 일으켜 그 시선의 주인공을 확인해 보고 싶은 마음, 그냥 이렇게 계속 나른하게 누워 있고 싶은 마음 두 가지 중에서 선택하지 못한 채 시간이 흘러갔다. 그런데 갑자기 차 소리가 나더니 누군가가 급하게 그에게로 다가왔다. 그를 줄곧 지켜보고 있던 시선과는 느낌이 전혀 달랐다. 갑작스러운 침입자가 누군지 알 것 같았다.

얼굴에 그늘이 드리워진다 싶은 순간, 윤은 팔을 뻗어 다가오는 여자를 밀쳐 냈다.

"자는 줄 알았는데……."

예상대로 지선경이었다.

그에게 거부당한 것을 알면서도 선경은 윤과 눈이 마주치자 배시시 웃었다. 교태부리는 고양이처럼 몸을 살짝 꼬는 그런 몸짓은 윤에게 아무런 느낌도 주지 못했다.

"너, 내 주위에 얼씬거리지 말랬지?"

나이가 들수록 옆에서 얼쩡거리는 여자들은 점점 더 많아졌다. 싫다 해도 말귀를 못 알아듣는 여자들도 제법 있었다. 위아래로 튀어나온 부분이 무기라도 되는 듯 육감적인 몸을 무작정 부딪쳐 오는 여자들도 있었다. 그러나 어느 누구도 지선경처럼 이렇게 끈질기게 악착같이 달려드는 여자는 없었다.

"오늘 클럽 안 갈래? 모처럼 스케줄 없는 날이거든."

언제나처럼 그의 말은 무시해 버리는 선경이었다.

"젠장. 뭐 이딴 계집애가 다 있어?"

말해봤자 입만 아픈 계집애는 무시해 버리자 싶어 윤은 일어난 김에 그를 궁금하게 하던 시선을 좇았다. 다행히 주위에 사람이라곤 등을 보이며 멀어져 가는 한 여자밖에는 없었다.

"오늘 클럽 무지 물 좋은 곳이야. 내가 쏠게."

선경이 팔짱을 끼며 몸을 기대오는 것을 뿌리치고 윤은 멀어져 가는 여자를 향해 발걸음을 옮겼다. 점점 가까워질수록 이상하게 가슴이 두근거리기 시작했다. 그리운 향기가 코끝을 스치며 은은하게 날아왔다.

혹시…….

혜화동에서 스치듯 보았던 예주의 모습을 떠올리며 윤은 긴 생머리의 여자에게 다가갔다.

"야! 최윤!"

선경의 째지는 목소리가 예대 주위로 울려 퍼졌다.

윤은 선경이 부르는 소리를 귓등으로 흘려버렸다. 그러나 앞서 걸어가던 여자는 달랐다. 움찔하며 여자가 갑자기 걸음을 멈췄다. 따라잡으려고 조금씩 속도를 높이던 윤은 여자의 반응을 보고 함께 멈춰 섰다.

등 뒤에서 그를 향해 다가오는 하이힐 소리가 커다랗게 울렸다. 그와 동시에 앞에 있던 여자가 천천히 윤을 향해 돌아섰다. 동그랗게 뜬 커다란 눈동자가 그를 응시했다.

부르르.

여자와 눈이 마주친 순간, 윤은 주먹을 불끈 움켜쥐었다.

아무리 시간이 많이 흘렀다 해도 그 얼굴을 잊을 리가 없다. 애정이라는 것이 어떤 것인지, 따뜻한 체온이라는 것이 어떤 것인지 처음으로 알게 해준 아름다운 사람이었다.

절대로 잊지 않으려고 밤에 잠을 자려 눈을 감기 전에도, 아침에 눈을 뜬 직후에도 언제나 다시 되새기곤 했던 사람이다. 다시 만난다면 절대로 놓치지 않겠다고 다짐하고 또 다짐하던 사람이다. 그러나…….

그는 기다렸다.

자그마치 10년도 넘은 세월이다. 같은 고아원 출신이라고 해도 그들은 서로 너무나 처지가 다른 사람이었다. 기억하지 못한다면, 그를 외면해 버린다면…….

"윤이니?"

기억하던 것보다 톤이 조금 더 높아진 것 같았다. 그래도 상냥하고 맑은 것은 여전했다.

"정말 최윤이니?"

떨리는 목소리, 촉촉이 젖어가는 눈동자. 그것이면 충분했다.

"오예주!"

그는 더 이상 기다리지 않았다. 성큼 다가가 곧장 예주를 끌어안았다.

굵은 팔 안에 가둔 예주는 생각한 것보다 훨씬 자그마했다. 그래도 맞닿은 체온은 여전히 따뜻하고 부드러웠다. 그녀 주위에 있을 때면 언제나 느껴지던 맑은 향기도 그대로였다.

"너무 보고 싶었어."

예주의 긴 머리카락에 얼굴을 묻으며 윤은 감격에 찬 목소리로 중얼거렸다.

"진짜 미치도록 보고 싶었어."

그녀를 안고 있자 그동안의 모든 외로움이 스르르 녹아내리는 것 같았다.

"예주야, 오예주!"

이렇게 평생이라도 안고 있고만 싶었다. 이렇게 온몸으로 그녀를 느끼며 평생 그녀의 이름을 부르고 싶었다. 그 마음을 아는 듯 예주는 그가 하는 대로 얌전히 몸을 맡기고 있었다.

윤은 너무나 행복해서 다른 것은 아무것도 눈에 들어오지 않았다. 뒤에서 그들을 노려보고 있는 지선경이란 존재를 설혹 눈치챘다 하더라도 그는 신경도 쓰지 않았을 테지만.

그러나 지선경은 달랐다. 생애 최초로 자존심에 상처를 안겨준 사내다. 그것도 다른 사람들이 쳐다보는 앞에서.

긍지를 최고의 가치로 달고 사는 선경에겐 있을 수 없는 일이었다.

반드시 넘어오게 해서 그녀 외에는 다른 여자는 있을 수 없다는 말을 하게 만들 생각이었다. 그런 다음에 삼인방 앞에서 확실하게 차버릴 계획이었다. 그런데 그녀를 놔두고 다른 여자를 끌어안고 비비는 꼴이라니!

선경은 피가 날 정도로 입술을 악물었다.

비참했다.

'이 모욕은 절대로 잊지 않겠어.'

몇 분이 흘러도 떨어질 줄 모르는 두 사람을 지켜보다 선경은 그들 곁을 도도히 지나쳤다. 자존심상 눈길을 주지 않으려 했지만 어쩔 수 없이 시선이 그들을 향했다.

모든 일에 관심을 두지 않고 심드렁하기만 하던 남자의 얼굴이 아니었다. 세상 모든 행복은 다 끌어안은 것처럼 감격에 차서, 심지어 그 기다란 눈썹에 물기까지 맺힌 것처럼 보였다. 그들만의 세계에 빠진 윤은 선경이 곁을 스쳐 지나간 것조차 전혀 깨닫지 못하는 것 같았다. 철저한 무시에 선경의 분노는 더욱 더 끓어올랐다.

세워두었던 스포츠카에 올라타면서 선경은 그들을 한 번 더 쳐다보았다. 여전히 그들은 선경의 존재를 깨닫지 못하는 것 같았다.

"최윤, 절대로 용서하지 않을 거야."

그녀의 자존심에 치명타를 안긴 남자.

그가 의도했든 아니든 상관없었다. 그녀는 상처받았고, 그 때문에 최윤은 그녀가 받은 상처만큼 돌려받아야 했다.

스포츠카의 출발 소리는 선경의 분노만큼 요란했다. 그러나 출발하면서 백미러로 살펴본 커플은 그 소리를 전혀 듣지 못한 듯 여전히 자세에 변화가 없었다.

"흥!"

교내라는 것도 잊은 채 선경은 엑셀을 최대한 세게 밟았다.

3

"어디 가려고?"

예주가 묻는 질문에는 대꾸도 하지 않고 그는 예주에게 헬멧을 씌워주었다.

"꽉 잡아."

예주를 먼저 앉힌 뒤 오토바이에 올라타더니 윤은 예주의 손을 가져가 자신의 허리에 둘렀다. 처음 타는 오토바이에 대한 두려움으로 예주는 윤이 해준 손깍지에 잔뜩 힘을 주었다.

"출발한다!"

다시 한 번 예주의 손을 확인하더니 윤이 오토바이를 출발시켰다. 놀이공원에서 바이킹이나 자이로드롭 같은 곳에는 얼씬도 못 하던 예주로선 엄청난 속도감이 느껴졌다. 너무나 무서워 소리도 지르지 못한 채 예주는 윤의 등에 얼굴을 묻었다. 예주의 상태를 아는지 모르는지 오토바이 속도는 더욱 빨라졌다.

눈을 뜨지도 못한 채 고개를 푹 숙이고 있던 예주는 한참이 지난 후에야 긴 머리카락을 어지럽히는 개구쟁이 같은 바람의 장난질을 느꼈다. 드럼을 연주하듯 가슴은 쿵쾅쿵쾅 사정없이 뛰었지만, 구름 위를 걷는 것처럼 자유로운 느낌이 그녀를 행복하게 했다. 거칠 것 없이 나아가는 시원한 속도감은 언제나 규정 속도 이상을 밟지 않던 드라이브로는 결코 느끼지 못하던 느낌이었다.

감히 윤의 허리를 잡고 있던 손을 풀 엄두는 내지 못했지만 예주는 고개를 살짝 옆으로 돌렸다. 바람의 강도가 조금 더 세졌다. 그와 함께 가슴이 탁 트이는 시원함도 더욱 깊어졌다.

오토바이가 멈춰 선 곳은 대학로의 마로니에공원이었다. 미처 오토바이의 속도감에서 벗어나지 못한 예주가 얼떨떨한 상태에서 가만히 있자 윤이 가까이 다가와 예주의 헬멧을 벗겨주었다.

"재미있었어?"

소년의 싱그러움이 묻어 나오는 그 미소는 예전엔 미처 보지 못하던 것이었다. 예전의 기억과 현실의 벌어진 간격에 적응하느라 예주는 아무런 반응도 하지 못했다.

"왜 그래? 멍하니……."

윤이 쫙 펴 든 손바닥을 예주의 눈앞에서 장난스럽게 흔들었다.

"응, 무서워서. 발이 안 떨어져."

거짓말이 아니다. 처음 타본 오토바이에 대한 두려움으로 아직도 다리에 힘이 하나도 없었다.

"그래? 간이 쪼그마하구나?"

윤이 갑자기 예주의 허리를 안고 두 손으로 번쩍 그녀를 들어 올렸다.

"꺅!"

갑작스런 기습에 짧은 비명이 터져 나왔다. 예주의 반응이 재미있는지 그는 시원하게 웃었다.

혹시나 다시 쓰러질까 걱정했는지 그는 예주를 내려놓고도 그녀의 허리에서 손을 떼지 않았다.

"완전히 장난꾸러기가 다 됐지 뭐야?"

그녀가 기억하던 최윤은 시니컬하고 반항적이었다. 몇 번을 다가가도 상처 입은 야생동물처럼 경계하고 으르렁거릴 뿐이었다. 그녀를 받아들인 후에도 소년은 웃지 않았다. 그래서인지 예주는 환하게 웃고 있는 지금의 윤이 낯설었다.

"마음에 안 들어?"

어릴 때처럼 그가 인상을 찡그리며 시니컬한 표정을 지었다. 그러자 어릴 때의 얼굴이 고스란히 살아났다.

"아니, 아주 마음에 들어. 웃는 모습이 훨씬 좋아."

그 말에 그가 다시 표정을 풀었다. 그늘 같은 건 하나도 없을 것 같은 천진한 얼굴은 눈이 부실 만큼 맑아 보였다.

"다행이야. 정말 다행이야."

얼마나 걱정했는지 모른다. 어렵게 마음을 연 그가 다시 세상을 향한 문을 닫고 자신만의 세계에 갇혀 버리지는 않을까 두려워했다. 그런데 이렇게 건강한 모습으로 다시 만나다니……

혹시 꿈은 아닌가 싶어 예주는 그의 얼굴로 손을 가져갔다.

그때는 키가 비슷했는데 이제는 너무 커버려 발을 들어야만 했다. 손끝에 닿은 그의 얼굴은 부드러웠다. 이제는 눈을 들어 올려야만 볼 수 있을 만큼 훌쩍 커버린 소년, 아니, 이젠 남자라는 말이 더 어울릴 것 같은 윤이다.

"걱정 많이 했어."

손을 떼려는 찰나, 그녀에게서 눈을 떼지 않고 있던 윤이 그녀의 손을 낚아챘다. 예주만큼 윤도 그들의 만남을 확인할 필요가 있는 것처럼 그는 예주의 손을 펴더니 그곳에 자신의 얼굴을 문질렀다.

새끼가 어미젖을 찾듯 그렇게 볼을 비비는 윤을 보며 예주는 가슴이 따뜻하게 젖었다. 그때 촉촉한 입술이 예주의 손바닥을 스치듯 지나갔다. 얌전하게 있던 심장이 펄쩍 뛰며 묘한 전율이 그녀의 몸을 타고 흘렀다. 당황한 예주는 손을 뺐다. 그러나 윤이 손을 놓아주지 않았다. 불길을 내뿜는 새까만 눈동자마저 예주의 눈길을 사로잡았다. 여전히 오토바이에 올라타 있는 것처럼 심장이 쿵쾅쿵쾅 뛰기 시작했다.

"유, 윤아."

이상했다.

동생일 뿐인데. 네 살이나 어린 동생일 뿐인데.

"윤아!"

이번엔 좀 더 완강했다. 그제야 윤이 그녀의 손을 놓았다. 그래도 심장의 여진은 계속되었다.

예주는 손을 등 뒤로 돌려 차가운 옷에 문질렀다. 당혹스러운 감정도 그렇게 함께 식길 바라면서.

"핸드폰 좀 줘봐."

"으응?"

"핸드폰."

윤이 그녀 앞에 손바닥을 펼쳐 보였다. 얼떨떨한 상태에서 핸드폰을 그의 손 위에 올려놓았다. 그 순간 두 사람의 손 크기가 차이 난다는 것을 깨달았다.

"집 주소랑 알바 하는 가게 주소까지 다 넣었으니까 절대 지우면 안 돼?"

그제야 왜 핸드폰을 달라고 했는지 예주는 깨달았다.

혼자 이것저것 입력하더니 윤은 자기 핸드폰을 꺼내 이번엔 예주의 핸드폰 번호를 입력했다.

"주소 불러봐."

"응?"

"주소!"

당장에라도 부르지 않으면 큰일 날 것 같은 심각한 얼굴로 그가 쳐다보았다. 주소를 불러주면서 예주는 윤이 왜 그토록 심각하게 연락처를 주고받는지 깨달았다.

"이번엔 연락 끊기거나 하는 일은 없을 거야."

자신과 갑자기 연락이 끊기고 얼마나 상처받았을까 생각하니 윤이가 다시 예전의 그 어린 소년으로 보였다.

"맞아. 절대로 그런 일 없을 거야. 왜냐면 내가 악착같이 쫓아다닐 거니까."

진심이 담긴 얘기라는 걸 알기에 예주는 웃을 수 없었다.

"윤아, 그때……."

예전 일에 대해 얘기하려고 입을 여는 그 순간, 윤의 손에 있는 핸드폰이 급하게 울렸다.

"규영이?"

동생의 이름을 부르는 윤의 얼굴에 못마땅한 기색이 떠올랐다.

"이리 줘봐."

동생과의 약속을 까맣게 잊고 있던 것을 뒤늦게 깨닫고 예주는 윤의 손에서 핸드폰을 낚아챘다.

"규영이니?"

[아직 도착 안 했어? 나 수업 끝났는데…….]

"미안한데, 오늘 약속 다음으로 미루면 안 될까? 나 갑자기 아주 중요한 사람을 만나서……."

[중요한 사람? 누군데?]

규영의 질문을 받고 예주는 윤을 힐끔 쳐다보았다. 그는 한마디라도 놓칠세라 귀를 쫑긋 세우고 그녀가 전화하는 모습을 지켜보고 있었다.

"아는 동생이야. 정말 오랜만에 만나서……."

[아는 동생? 그런 동생이 어디 있어?]

규영의 목소리가 날카로워졌다. 윤도 뭐가 마음에 들지 않는지 이맛살을 잔뜩 찌푸렸다.

"규영아, 내가 나중에 들어가서 말해줄게. 지금은 전화하기 좀 그렇거든? 정말 미안하지만 오늘 한 번만 봐줘. 응?"

"이봐, 예주가 전화받기 힘들다잖아. 이만 끊지?"

윤이 갑자기 전화기를 낚아채더니 순식간에 전화를 끊어버렸다. 너무나 어처구니가 없어 예주는 잠시 할 말을 잃었다.

"이 자식 뭐야? 뭘 그렇게 시시콜콜히 물어? 못 만난다 그러면 그런 줄 알 것이지."

"최윤!"

"그 자식 누구야?"

째려보는 예주의 시선에 아랑곳하지 않고 윤이 오히려 더 투덜거렸다.

"남의 전화를 그렇게 함부로 끊어버리면 어떡하니?"

"그래서 누군데?"

자기가 관심 있는 분야에만 집중하는 그를 보자 예전의 어린 소년의 모습이 겹쳐졌다. 화는 순식간에 가라앉았다. 어느새 그녀는 철없는 어린 동생을 타이르는 누나의 심정이 되었다.

"동생."

"어떤 동생?"

"진짜 동생."

윤이 무슨 의도로 묻는 것인지 알 수가 없어 고개를 갸웃거리며 예주는 대답했다.

"그 자식한테는 내가 동생이라고 했잖아."

"아! 홋. 규영인…… 그러니까, 새아버지 아들이야."

가족이라는 말을 하려다 예주는 단어를 바꿨다. 비록 피는 섞이지 않았지만, 규영이가 그녀의 남동생인 것처럼 윤이도 그녀의 가족이었다.

"아하!"

윤의 얼굴이 밝아졌다.

"몇 살인데?"

"나보다 두 살 아래."

"그 자식 좋아해?"

"당연히 좋아하지."

하나 마나 한 질문을 왜 하는지 몰라 예주는 고개를 갸웃했다.

"남자로 말이야."

"남자?"

이번엔 어이가 없어 예주는 크게 웃었다. 그러나 윤은 웃지 않았다. 심각한 표정이다.

"규영일 어떻게 남자로 봐? 내 동생인데."

"그래? 그럼 됐어."

윤의 어깨에 실린 힘이 스르르 풀렸다. 그런 윤의 반응이 어이가 없어 예주는 고개를 절레절레 흔들었다.

"되긴 뭐가 되니? 무슨 생각을 한 거야, 대체?"

"무슨 생각은, 남자 있는지 없는지 알고 싶었던 거지."

"그걸 알아서 뭐 하게?"

"그래야 대책을 세우지."

"대책? 무슨 대책?"

"남자가 있으면 그 녀석 떼어낼 궁리를 해야지."

"뭐?"

대체 무슨 생각을 하는지 알 수 없어 예주는 윤을 빤히 쳐다보았다.

"다른 녀석이 옆에서 알짱거리는 거 싫으니까 쫓아버리려고 했는데 그럴 필요가 없어서 다행이란 소리야."

"최윤! 아직도 그 버릇 못 고쳤구나? 너 그러다 나 영영 노처녀로 만들려고 그래?"

처음엔 조금만 가까이 다가가도 자기 영역을 침범당한 야생동물처럼 으르렁거리던 윤이, 한 번 자신의 경계를 허물고 나자 이번엔 그녀에게 접근하는 모든 아이들을 막으려고 했다. 그 어마어마한 소유욕 때문에 고아원을 떠나기 전 며칠 동안은 아예 다른 아이들과는 말 한 번 제대로 섞기가 힘들 정도였다.

"내가 있는데 노처녀는 무슨. 지금 당장에라도 결혼할까?"

"뭐?"

처음엔 충격으로, 나중엔 어이없음에 예주는 크게 웃었다.

"넌 내 동생인걸. 나한텐 규영이랑 똑같단 말이야."

"난 한 번도 네 동생이었던 없어."

진지한 그의 말투에 예주의 미소가 힘을 잃었다.

"그러고 보니 너 아직도 나한테 반말이네? 내가 너보다 네 살이나 위인 거 알지?"

"밥 좀 더 먹었다고 유세는."

"밥 더 먹은 거, 유세 떨 일이거든?"

"그래, 유세 떨어라. 하여튼 난 네 동생 안 해. 그때도 한 번도 네 동생이라고 생각해 본 적 없어. 난 남자고 넌 여자야. 그때도 지금도."

말이 안 된다는 걸 아는데도 이상하게 가슴이 두근거리더니 야릇한 설렘이 틈 사이로 흘러들어 왔다.

"어떻게 이렇게 능글맞아졌는지 몰라? 예전엔 안 그랬는데."

이상한 느낌을 떨쳐 버리고 싶어 예주는 그의 말을 농담으로 돌려 버렸다.

최윤. 네 살 어린 고아원 동생.

지금까지 마음 한구석에 언제나 그를 담아두고 있었지만, 그것은 어디까지나 열 살의 어린 꼬마 동생으로서이지 남자로선 아니었다.

"난 좀 걱정했어. 그때 그렇게 갑자기 떠나고 2년쯤 지나서 한 번 찾아갔었거든. 계속 연락이 안 돼서 걱정도 되고 해서. 그런데 원장님이 너 도망갔다고……."

"그 자식이 원래 나 싫어했잖아. 하도 괴롭혀서 도망쳐 버렸지."

화제를 돌리려고 한 말이지만 계속 마음에 걸린 일이라서 예주는 조금 전 이상하게 흘러가던 분위기는 쉽사리 잊었다.

"많이 괴롭혔어? 그래서 편지해도 답장 안 한 거야?"

"편지?"

"서울 가서 편지 썼어. 그러겠다고 약속했잖아."

"편지 못 받았는데?"

둘 다 입 밖으로 꺼내지 않아도 알 수 있었다. 누구의 손에 그 편지가 들어가 있는지는.

"그럼 나 많이 원망했겠네?"

어린 윤이 그녀의 편지를 계속 기다렸을 것을 생각하자 예주는 가슴이 아팠다. 그때의 윤은 한 가지에 몰두하면 오직 그것밖에는 생각지 않는 그런 맹목적인 면이 강했다.

"무슨 사정이 있을 거라고 생각했어."

대수롭지 않은 듯 어깨를 으쓱했지만 그렇다고 그의 말을 고스란히 믿을 수는 없었다.

"미안해. 원장이 그럴 수 있다는 거 생각했어야 하는데……."

"2년 뒤에 내려왔다고?"

"응. 서울 간 지 한 달쯤 지난 후에 미국으로 갔거든. 이런저런 말들이 많이 나오니까 미국 가서 조금 있다가 오자고 부모님이 그러셔서……. 미국에서 4년 정도 있었는데, 중간에 한 번 들어왔어. 그때 부산에 갔는데 벌써 넌 없어져 버려서……."

"서울에 와서 막 찾았는데. 젠장, 무지 넓더라고. 아예 여기에 없었구나?"

어린 윤이 그녀를 찾아 헤맸을 모습을 생각하니 가슴이 뜨거워졌다.

"미안해, 윤아."

"괜찮아. 이렇게 다시 내 앞에 나타났잖아."

그가 조심스럽게 손을 뻗어 그녀의 어깨에 늘어뜨려진 머리카락을 붙잡았다.

"언젠가는 만날 수 있을 거라고 생각했어. 진짜 그렇게 믿었어."

"그래, 정말 다행이야. 이렇게 건강한 모습으로 다시 만나서."

예주가 미처 하지 못한 말에서 윤은 숨은 의미를 찾은 듯 싱긋 웃었다.

"내가 깡패라도 되어 있을까 봐 걱정했지?"

정곡을 찔린 예주의 눈빛이 흔들렸다.

"뭐, 그런 유혹도 몇 번 있었지. 그런데 그러면 너 못 만나잖아. 만나도 가까이 갈 수 없게 되니까. 너 만날 때 거치적거리는 거 안 만들어야지. 그래서 무지 조심했다고."

남의 일처럼 담담하게 말하는 그 모습이 더 가슴 아팠다.

"나 잊었을지도 모른다고 생각했어. 별로 좋은 기억도 아니었잖아?"

"안 잊는다고 약속했잖아. 절대로 안 잊겠다고."

"응, 맞아. 그렇게 약속했지."

그 이상 더 필요한 것은 없다는 듯 윤이 그늘 없는 환한 웃음을 지었다.

"자, 그럼 이제 밥 먹으러 가자. 나 배고파."

예주가 그가 겪었을 힘든 일들에 대한 연민에 빠지는 걸 용납하지 않겠다는 듯 이번엔 윤이 화제를 돌렸다.

"그래, 뭐 먹을래? 내가 맛있는 거 사줄게."

아직도 그에게 궁금한 점이 많았지만 이제 시간은 많았다.

"무슨 소리! 내가 쏴야지. 나 돈 많아."

"최윤, 내가 누나거든? 그리고 나도 돈 많거든?"

"잘됐네. 네 돈은 화장하는 데 써. 하여튼 오늘은 내가 쏠 거야."

어릴 때부터 알아본 그 고집이 여전한 모양이다. 표정을 보아하니 도저히 물러날 것 같지 않아 예주는 한 발짝 물러섰다.

"오늘만 날은 아니니까. 그래, 그럼 오늘은 네가 쏴."

"진작 그래야지."

흡족한 미소가 윤의 얼굴에 떠올랐다. 너무도 쉽게 감정을 드러내는 윤의 모습이 조금은 낯설었다.

"뭐 먹고 싶어? 바닷가재?"

"웬 바닷가재?"

"그게 젤 비싼 거 아니야?"

"푸훗."

예주가 웃음을 터뜨리자 윤이 머리를 긁적거렸다.

"하여튼 젤 비싼 것도 사줄 수 있으니까 마음대로 골라."

멋쩍어하면서도 진지한 윤의 얼굴에서 예주는 그녀와의 만남을 오랫동안 기다린 간절함을 읽을 수 있었다. 순간, 가볍게 웃어버린 자신의 행동이 미안해졌다.

"그럼 우리 김치찌개 먹으러 가자."

"김치찌개? 그런 건 네 돈으로 사 먹어."

"사준다며?"

"개나 소나 다 먹는 거 말고 비싼 거 고르란 말이야."

윤이 아이처럼 입술을 삐죽 내밀며 투덜거렸다.

"개나 소는 김치찌개 먹기 힘들어요."

"어이, 오예주. 그럼 그냥 바닷가재 가게로 데리고 가버린다?"

"알았어. 그럼 삼겹살! 어때?"

"삼겹살? 갈비면 모를까……."

"나 삼겹살 먹고 싶어. 어릴 때 빼곤 못 먹어봤거든."

아버지가 돌아가시고 나서는 정말 먹어본 적이 없다. 아버지가 삼겹살을 굽고 엄마가 그것을 상추로 싸서 그녀에게 먹여주던 추억은 몇 안 되는 그녀가 부모와 행복했던 한때이다.

"뭐 그런 것도 못 먹고 자랐어? 네 엄마, 부자랑 결혼했다고 하지 않았어?"

"갈비는 많이 먹었는데 삼겹살은 안 먹게 되더라고."

"뭐, 부자도 딱히 좋은 것도 아니구만."

윤은 별 뜻 없이 한 말이었지만 예주에겐 핵심을 찌른 말 같았다.

"응, 맞아. 무조건 다 좋은 것만은 아니야."

평범한 것들이 조금씩 멀어져 가는 느낌, 그것이 그녀가 엄마와 함께 살게 되면서 함께 얻은 것들이었다.

"좋아, 그럼 삼겹살 먹으러 가자."

그가 다시 헬멧을 예주에게 씌워주었다. 이번엔 마음의 준비가 되어 있어서인지 처음보다 그렇게 무섭지는 않았다.

오토바이가 출발하자 이전보다 훨씬 더 편안한 마음으로 예주는 다가오는 바람의 자유로움을 만끽했다.

윤은 예주가 고기에 손도 대지 못하게 했다. 상추까지 싸주겠다는 그를 예주는 겨우 말렸다.

"많이 먹어. 설마 너도 다이어트하고 그러진 않겠지?"

"왜? 네 여자친구는 다이어트하니?"

잘 익은 고기를 예주의 파절이 접시에 올려주는 윤의 모습은 마치 그녀의 아버지를 연상시켰다.

"여자친구가 있을 리 없잖아. 지금부터는 있지만."

"최윤, 자꾸 장난칠래?"

"장난 아니라니까."

"그러지 말고 빨리 너도 먹어."

농담인데 자꾸만 가슴이 철렁 내려앉는 자신의 반응이 당황스러워 예주는 고기를 하나 싸 그의 입으로 덜컥 쑤셔 넣었다.

"야, 맛있다. 또 싸줘."

우걱우걱 잘도 먹더니 윤은 아예 갓난아기처럼 턱을 쓱 내밀었다.

"네가 싸 먹어."

아기처럼 어리광을 피우는 그를 째려보면서도 예주는 다시 하나를 싸서 그에게 건네주었다.

"아."

"네가 애야?"

상추를 들지 않은 손으로 예주는 그가 내민 얼굴을 한 대 가볍게 툭 쳤다.

"아야!"

"자!"

투덜거리며 그는 예주가 싸준 쌈을 손으로 받아 입에 넣었다.

몸은 남자다움이 물씬했지만 하는 행동은 여전히 어린아이 같았다. 문득문득 느껴졌던 이상한 기분은 오랜만에 만난 낯섦 때문이리라. 예주는 이내 편안해진 마음으로 윤을 향해 미소를 건넸다.

티격태격하며 점심을 함께 먹고 찻집에 가서 예주는 윤이 궁금해하는 그녀의 생활에 대해서 되도록 자세히 말해주었다. 새아버지가 잘 대해준다는 말을 하자 윤은 눈에 띄게 안도했다. 그녀가 친엄마의 집으로 간 것을 알면서도, 자신이 훨씬 힘든 생활을 했을 거면서도 그녀를 걱정했음이 분명한 윤을 보며 예주는 가슴이 뭉클해졌다.

10년이 넘는 세월을 같이 나누려니 시간이 너무도 빨리 지나갔다. 어느덧 어두워진 창밖을 보고 예주는 깜짝 놀라 시계를 쳐다보았다. 어느덧 6시가 가까워지고 있었다.

"저녁도 먹고 가라."

그녀가 시계를 보자 불안해진 모양이다. 윤의 눈동자에 떨어지기 싫어하는 아이의 눈동자가 있었다.

"그래, 그럼……."

갑작스레 울린 예주의 핸드폰 소리가 그녀의 말을 막았다.

"규영이니? 왜?"

[아버지 오늘 일찍 들어오신대. 하실 말씀 있다고 어머니가 누나랑 같이 들어오라고 연락 왔어.]

"몇 시까지 들어가야 되는데?"

[거기 지금 어디야?]

권위로 사람의 의지를 깎아버리는 위압적인 규영의 말투는 박 회장과 많이 닮아 있었다. 다른 사람이라면 몰라도 박 회장의 엄명을 어길 수는 없었다.

예주는 조용히 한숨을 내쉰 뒤 그녀가 있는 장소를 말했다.

[기다려. 도착하면 다시 전화할게.]

왠지 한기가 느껴지는 규영의 목소리는 예주에게 낯설었다. 점심 약속을 어긴 것에 단단히 화가 난 모양이다.

예주는 핸드폰을 내려놓고 미안한 표정으로 윤을 올려다보았다.

"가야 돼?"

"응. 아버지가 호출하셨어."

"친구랑 저녁 먹는다고 말하면 안 돼?"

"바쁘신 분이라 저녁 같이 먹기 힘들거든. 그런 분이 얘기할 게 있어서 일찍 오신다는데 들어가 봐야지."

다행히 윤은 떼를 쓰지 않고 순순히 물러섰다.

전화를 끊은 지 30분도 되지 않아 핸드폰이 다시 울렸다. 도착했다는 규영의 전화였다. 윤과 커피숍을 나가니 규영이 차를 세워 놓고 문에 기댄 채 기다리고 있었다.

"여긴 내 동생 박규영, 그리고 이쪽은 최윤. 아주 친한 동생이야."

부모님을 제외하고 가장 사랑하는 두 사람이다. 그녀가 사랑하는 만큼 두 사람도 친해졌으면 좋겠다고 생각하며 예주는 그들을 서로에게 소개했다. 하지만 두 남자는 악수는커녕 고갯짓도 하지 않았다. 황야의 결투사처럼 뻣뻣이 서서 날카로운 눈빛으로 서로를 관찰했다. 우호적인 분위기가 전혀 아니었다. 예주는 두 사람의 반응에 당황했다.

"그만 가자, 누나."

규영은 상대할 가치도 없다고 생각하는 듯 뒤돌아서더니 조수석 문을 열었다. 규영의 무례한 태도에 화가 나 뭐라고 한마디 해야겠다고 생각한 순간, 윤이 그녀의 팔을 낚아챘다.

"가서 전화해."

팔을 붙잡은 커다란 손의 느낌에 당황해하는 것도 잠시, 윤의 입술이 그녀의 볼에 살짝 닿은 순간 예주는 번개를 맞은 것처럼 그대로 얼어붙었다. 차 문을 붙잡고 예주를 보고 있던 규영도 마찬가지였다. 오직 윤만이 싱글벙글했다.

"꼭 전화해."

"이 자식!"

규영이 갑자기 윤의 멱살을 잡으며 달려들었다. 윤은 멱살을 붙잡혔으면서도 태연했다. 키는 비슷했지만, 윤이 살짝 더 컸다. 그 때문인지, 아니면 윤의 무심한 표정 때문인지 오히려 공격당한 사람이 규영인 것처럼 보였다.

"규영아!"

윤의 갑작스러운 뽀뽀도 충격이었지만, 언제나 이성적이던 규영의 흥분한 모습은 그야말로 폭탄급 충격이었다.

"규영아, 손 놔봐."

"이 자식이 누나한테 더러운 입을 댔잖아!"

마치 윤이 예주를 겁탈이라도 한 것처럼 규영은 치를 떨었다.

"장난으로 그런 건데 이러면 어떡해?"

낯선 규영의 모습에 너무나 충격이 커서 목소리가 떨려 나왔다. 태연하다 못해 남의 일을 보듯 무심해 보이던 윤이 예주를 보더니 순식간에 규영의 손을 떨쳐 내버렸다. 뭐가 어떻게 된 건지 어느새 규영의 손은 윤에게 봉쇄당해 있었다.

"두 사람 다 대체 왜 그러는 거야? 윤아, 손 놔."

이번엔 윤에게 매달려야 할 판이다.

윤은 규영을 한번 힐끔 쳐다보더니 손을 놓았다. 풀려난 규영은 붙잡힌 손을 문지르며 윤을 노려보았다. 눈동자에 불꽃이 옮아 붙었나 싶을 정도로 그의 눈이 활활 불타올랐다. 세상에서 가장 싫은 적을 보는 것처럼 규영은 적의에 가득 차 있었다.

"규영아."

자존심이 강한 것은 알고 있지만 마치 낯선 사람을 보고 있는 것만 같았다. 예주의 목소리에 담긴 당혹스러운 느낌 때문인지 규영이 그제야 예주를 향해 고개를 돌렸다.

두 사람의 시선이 부딪쳤다. 뭐라 말문이 막혀 버린 예주는 그저 막막한 얼굴로 규영을 보고만 있었다. 그녀의 당황함을 읽은 규영의 눈빛이 아주 조금씩 가라앉았다.

규영의 얼굴이 완전히 평온을 되찾고 나서야 예주는 숨을 다시 내쉬었다.

"그만 가자, 누나."

아무 일도 없었던 것처럼 규영이 부드럽게 웃으며 손을 내밀었다. 그녀가 잘 알고 있는 평소의 남동생 모습이다. 그러나 선뜻 손이 내밀어지지 않았다. 규영의 눈빛이 순간 흔들리더니 잘못 봤나 싶게 다시 원상태로 돌아왔다.

그는 손을 거두며 열어두었던 차 문을 다시 잡고 옆으로 비켜섰다.

"윤아, 그럼 나 그만 갈게."

우선은 두 사람을 떼어놓아야 할 것 같아 예주는 황급히 윤에게 인사를 건넸다.

"전화해."

또다시 뭐라 할 사이도 없이 윤은 예주의 머리카락 한 줄기를 슬쩍 잡았다 놓았다. 규영이 다시 폭발할까 두려워 예주는 그대로 조수석에 올라탔다.

자리를 잡고 올려다보니 규영의 시선이 윤에게 향해 있었다. 올려다보아 자세히 보이지는 않았지만 규영의 턱이 잔뜩 긴장되어 있는 것만은 알 수 있었다.

"규영아, 아버지 기다리셔. 그만 가자."

아주 잠깐 위험한 긴장감이 흘렀다. 하지만 곧 규영은 문을 잡고 있던 손을 거두더니 운전석 쪽으로 걸어왔다.

규영이 시동을 걸 때까지 예주는 불안한 심정으로 규영과 윤을 번갈아 살폈다. 눈이 마주칠 때마다 윤은 미소를 건넸다. 규영은 아예 예주의 눈길을 피했다.

차가 큰 도로로 접어들고 더 이상 윤의 모습이 보이지 않자 예주는 긴장을 풀었다.

"윤이 나쁜 애 아냐. 아깐 네가 좀 심했어."

"완전 양아치 녀석이던데, 그런 녀석은 어떻게 알게 된 거야?"

목소리는 평온했지만 팽팽한 줄다리기를 하는 것처럼 위험한 기운은 여전했다. 무심코 고개를 숙인 예주는 핸들을 잡고 있는 규영의 손을 보곤 깜짝 놀랐다. 감정을 억지로 삼키고 있는 것처럼 규영의 손에 새파란 핏줄이 불룩 솟아 있었다.

"고아원에서 알았던 동생이야."

"고아원?"

어처구니가 없다는 얼굴로 규영이 예주를 돌아보았다.

"좋은 애야."

규영의 표정을 보고 예주는 윤을 감쌌다. 규영의 입에서 허탈한 웃음이 흘러나왔다.

"고아원이라고? 혹시 그 녀석이 무슨 협박이라도 한 거 아니야?"

"그 애가 왜 날 협박하는데?"

"석 달밖엔 안 있었지만 그래도 흠이 되긴 하잖아. 그거 사람들한테 말하겠다고 해서……."

"나 고아원에 잠깐 있던 거 자랑할 만한 일은 아니지만 그래도 사람들한테 억지로 숨길 일도 아니라고 생각해."

규영마저도 결국은 외갓집 사람들과 전혀 다를 것이 없다는 생각에 예주는 몸이 싸늘하게 식었다.

"아니, 내 말은……. 내가 잘못했어."

예주의 표정을 본 규영은 하려던 말을 접더니 곧장 사과했다.

"정말이야. 내가 생각이 짧았어."

그가 정중하게 다시 사과했다.

"윤이 고아라고 나쁜 시선으로 보지 말았으면 좋겠어. 걔 너희 학교 학생이야. 혼자서 대학교까지 다니는 거 정말 놀랍지 않니?"

"맞아. 놀랍네."

이제는 완전히 평소 잘 알고 있던 규영이다. 이해심 많고 자상한 남동생, 박규영.

"아직도 기분 안 풀렸어?"

"아니야. 사과 받아들였어."

"정말?"

"응, 정말."

규영에게 예주는 웃어 보이기까지 했다. 하지만 마음의 앙금은 그대로 남았다.

규영의 숨겨진 본심을 읽었다고 해서 규영을 멀리한다거나 나쁘게 생각하고 싶지는 않았다. 하지만 결코 잊을 수는 없을 것 같았다. 규영이 윤을 향해 흘리던 그 경멸의 시선만큼은.

"음악 틀어줄까?"

"응."

예주가 좋아한다고 흘리듯 말한 가수의 음악이 흘러나왔다. 그래, 그렇게 규영은 다정다감한 동생이었다.

"고마워."

다시 웃어주자 규영도 만족한 듯 미소로 화답했다.

차가 일정한 속도로 기분 좋게 나아갔다. 과함도 부족함도 없는 규영의 성격처럼 차를 운전하는 태도도 비슷했다. 편안함에 몸을 맡기며 예주는 창밖으로 고개를 돌렸다. 수많은 차들이 힘든 일과를 마치고 집으로 향하고 있다. 간혹 빽빽하게 차 있는 도로 사이를 비집고 다니는 오토바이도 보였다.

윤이도 저렇게 차 사이를 뚫고 달려가겠지.

그를 생각하다 보니 뒤늦게 그의 입술이 볼에 닿던 느낌이 선명하게 되살아났다. 너무나 놀라서 느끼지 못한 체취와 따뜻함이 뒤늦게 밀려왔다. 깃털처럼 부드러운 뽀뽀였으나 심장이 뒤늦게 두근거렸다.

심장이 고장 나버리기라도 한 것일까.

최윤. 너무나 보고 싶었던 아이.

그랬다. 그는 아이였다. 세상의 모든 것으로부터 버림받았다고 생각하며 마음을 꽁꽁 닫고 있던 불쌍한 아이.

4

'나는 너희들과 달라.'

고모가 떠난 뒤 낯선 공간에 던져진 예주는 스스로에게 최면을 걸었다. 부모에게 버려진 그 아이들과 다르다는 걸 증명하기 위해 그녀는 언제나 웃었고, 모든 것을 양보했다. 얼굴도 모르는 엄마를 그리워하는 아이들에게 따뜻한 품을 제공하고, 영문도 모른 채 버림받은 상황에 분노하여 싸움질하기 일쑤인 아이들을 달랬다. 고모가 주고 간 옷이나 머리핀을 탐내는 또래 여자애들에게 그것들을 기꺼이 건네주었다.

얼마 지나지 않아 예주는 고아원에서 가장 사랑받는 존재가 되었다. 아이들은 그녀에게 의지했고, 봉사해 주러 오는 분들은 그녀가 다른 아이들과는 다르다고 말해주었다. 언젠가는 엄마가 데리러 와줄 것이라 믿으면서 하루하루를 버티는 그녀에게 그것은 아주 큰 위로가 되었다. 한 달이면 될 거라던 고모의 말과 달리 연락조차 점점 뜨문뜨문해지는 상황에서도 예주는 그래서 울 수 없었다. 우는 것은 곧 버림받았다는 것을 인정하는 것이고, 그러면 그녀는 고아원의 다른 아이들과 다를 바 없어지기 때문에.

그렇게 시간을 보내는 와중에 한 아이가 눈에 띄었다. 키는 그녀와 비슷했지만 깡마른 몸에 거친 인상은 모든 사람들을 물리치는 힘이 있는 것 같았다.

"저 애는 왜 항상 저렇게 혼자 있어?"

"윤이 오빠? 오빠는 혼자 있는 게 좋대."

5~8살 또래의 아이들을 앉혀놓고 책을 읽어주는 도중이었다. 아이들은 멀찍이 떨어져 있는 윤이에게 슬쩍 눈길을 던지더니 이내 시선을 거뒀다.

"왜? 같이 와서 놀자고 그러자."

"안 돼. 윤이 오빠한테 말 걸고 그러면 막 화내."

아이들은 일제히 작은 고개를 절레절레 흔들었다.

"혹시 너희들이 뭘 잘못한 거 아냐?"

어린아이들일수록 아직 자신의 상황을 잘 이해하지 못해서인지 한결 그늘이 없었다. 그래서인지 장난꾸러기들이 많았다.

"윤이 형아는 무서워."

모두 동의한다는 듯 아이들은 다시 동시에 고개를 끄덕거렸다. 더 이상 물어봐도 소용없을 것 같아 호기심을 누르고 예주는 다시 그림책으로 고개를 내렸다.

"자, 모두 간식들 먹어라."

"와아!"

아이들은 간식이라는 말에 벌떡 일어나더니 건물 안으로 우르르 들어갔다. 아이들의 뒤를 따르며 예주는 윤이란 아이가 앉아 있는 곳으로 고개를 돌렸다. 굵은 소나무에 등을 받치고 앉은 윤은 움직일 기미가 전혀 보이지 않았다. 잠시 망설이다 예주는 윤에게 다가갔다.

"안녕."

긴 그림자가 윤의 앞을 가렸다.

"햇빛 가리잖아. 비켜."

소년은 눈길조차 주지 않았다. 행동과 말의 내용에 비해 말투는 담담했다. 이렇게 노골적으로 배척당해 본 경험이 없기에 예주는 당황해서 소년의 말대로 해주지 못했다. 그러자 소년이 짜증 섞인 얼굴로 예주를 올려다보았다.

처음으로 정면에서 바라본 소년은 아주 매력적이었다. 반듯한 이마에 쭉 뻗은 콧날은 미술 시간에 본 조각상을 연상시켰다. 생각지 못한 미모에 놀라 그녀는 또다시 물러서는 것을 잊어버렸다.

"에이, 씨발."

거친 욕을 입에 담으며 소년이 불쑥 일어섰다. 숨소리까지 들릴 만큼 가까운 거리만 벌려놓은 채 두 사람은 마주 섰다. 키는 생각대로 그녀와 비슷했다. 하지만 거친 눈매 속에서도 아직은 설익은 아이다움을 엿볼 수 있었다. 절대로 소년이 그녀와 같은 또래는 아니라는 것을 예주는 확신할 수 있었다.

"그런 말 하면 선생님께 혼나."

"이를 거면 일러라, 이 거짓말쟁이야."

"뭐?"

소년은 어처구니없어하는 예주의 곁을 유유히 스쳐 지나갔다.

"나 거짓말쟁이 아니야."

고아원의 누구도 그녀를 나쁘게 대하지 않았다. 윤이라고 예외로 만들 수는 없었다.

"베에, 거짓말쟁이."

등을 보이며 걸어가던 윤이 슬쩍 돌아서더니 혀를 날름 내밀었다. 비웃음이 가득한 얼굴을 보자 눈물이 빙 돌았다.

"너 아주 나쁜 아이구나?"

눈을 깜빡거리며 예주는 눈물을 다시 집어넣으려고 애썼다.

"거짓말쟁이."

늘 인상만 쓰고 다니던 소년의 얼굴에 미소가 피어올랐다. 빛을 잃은 것 같던 눈동자마저 반짝거렸다.

노골적으로 놀리며 즐거워하는 소년에게 화가 치솟았다. 마음 같아선 당장에라도 소년을 때려주고 싶었다. 당장 사과하라고 말하고 싶었다.

주먹을 불끈 움켜쥐며 예주는 소년과 반대 방향으로 돌아섰다. 혼자 마음을 식힐 장소가 필요했다.

"네 엄만 절대로 안 찾아와."

너무도 두려워하던, 그래서 속으로조차 결코 읊조릴 수 없던 말이 소년의 입에서 터져 나왔다. 걸음을 옮기는 걸 잊은 채 예주는 그대로 얼어붙었다.

"잘난 척해봤자 너도 우리랑 똑같아."

'아니, 아니야…….'

그렇게 말해주려고 예주는 돌아섰다. 그러나 소년과 정면으로 선 순간 알았다. 그녀의 눈동자에서 뜨거운 물줄기가 흘러내리는 것을……. 그토록 참고 참았던 눈물이 무방비 상태로 흘러내리고 있는 것을……. 그럼에도 그칠 수가 없었다. 두려워하던 대로 눈물은 흐르고 또 흘렀다. 마침내 삐딱한 웃음으로 그녀를 조롱하던 소년의 얼굴에서 미소가 사라질 만큼, 그렇게 예주는 속에 담고 억누르고 있던 모든 슬픔과 두려움을 눈물에 흘려보냈다.

비 오는 저녁 밤에 은은한 불빛을 벗 삼아 술을 한잔 들이켜며 외로움을 나누기에 딱 적당한 재즈 음악이 바(Bar)를 뒤덮고 있었다. 커플로 온 대부분의 손님들은 비 내리는 창가에 앉아 도란도란 이야기를 나누었다. 하지만 미처 짝을 찾지 못한 사람들, 또는 혼자인 것을 즐기는 사람들은 탁자 대신에 바텐더 앞에 옹기종기 모여들었다. 강남에서도 꽤 유명한 바(Bar)여서 바텐더도 한두 명이 아니었으나 유독 인기 있는 바텐더가 있었다.

"인생은 불공평해. 저 뚱한 얼굴이 뭐가 좋다고 저렇게 인간들이 들끓느냔 말이야."

"잘생기긴 했잖아."

"계집애같이 생겼어."

"야, 그건 오버다. 저 살벌한 얼굴을 보고 계집애 같다는 말이 나오냐?"

윤의 앞에 즐비한 사람들을 보며 상대적으로 한가한 바텐더들은 부러움이 담긴 질시의 눈길을 던졌다. 그러거나 말거나 윤은 칵테일을 만드는 일에만 열중했다.

"저기, 나 잡지에서 윤 씨 나온 거 봤어요."

한 달 전부터 윤이 아르바이트를 뛰는 날마다 자리를 채운 여자 손님이 슬쩍 말을 걸어왔다.

"너무 멋있어서 내가 한동안 입을 못 다물었잖아요. 모델로 나선 거예요?"

여자의 뜨거운 시선이 윤의 동작을 좇았다.

"윤 씨 원래 잡지 모델이에요. 그것도 몰랐어요?"

여자에게 대답한 이는 6개월 전부터 윤의 칵테일을 찾고 있는 또 다른 여자였다.

"잡지 모델이었어요? 그런데 왜 여기에서 알바 뛰고 있어요?"

처음 말을 건 여자는 슬쩍 끼어든 사람은 무시한 채 다시 윤에게 물었다.

"윤 씨는 돈 벌려고 나오는 게 아니라 칵테일 만드는 게 취미예요. 그리고요, 내가 미리 충고하는데, 윤 씨는 손님이 말 거는 거무지 싫어하거든요? 그러니 그 입 좀 다무는 게 좋을 거예요."

"이봐요, 당신이 뭔데 입 다물라 말라 하는 거예요?"

무시하던 여자도 더 이상 안 되겠는지 말을 건 사람에게로 몸을 돌렸다. 당장에라도 한바탕 붙을 것 같은 아슬아슬한 분위기가 만들어졌다.

탕!

"드시죠."

윤의 무심한 얼굴은 여자들의 흥분을 가라앉히는 데 효과적이었다.

"고마워요."

처음 말을 걸었던 여자는 얼굴을 붉히며 윤이 내민 칵테일잔에 손을 뻗었다.

"정말 맛있어요. 역시 윤 씨가 만들어주는 테킬라가 최고예요."

여자의 눈길이 다시 그윽해졌다. 그러나 이미 윤의 관심은 주문받은 다른 칵테일로 넘어가고 있었다. 무안해진 여자는 조용히 그가 만들어준 칵테일로 다시 고개를 숙였다.

여자가 무참하게 무시당하는 것을 지켜본 손님들은 차라리 옆에 앉은 낯선 타인과 이야기를 나눌망정 더는 윤을 귀찮게 하지 않았다.

"저놈은 완전 바텐더로서의 개념을 상실한 놈이야."

"그래도 좋다고 다들 찾잖아."

모든 일을 지켜본 종업원들은 윤에 대한 부러움으로 쓴 입맛을 다셨다.

손님들이 주문한 칵테일을 다 만들고 잠시 시간이 나자 윤은 핸드폰을 꺼냈다. 그때 텔레파시가 통했는지 통화 버튼을 누르기 전에 간절히 기다리던 전화가 왔다.

"저, 여기 치치요."

핸드폰을 들고 나가려는데 새로 들어온 손님이 칵테일을 주문했다.

"여기 치치 좀 만들어 드려요."

윤은 발길을 멈추는 대신 조금 떨어져 있는 다른 바텐더에게 주문을 돌렸다.

"야, 네 손님이잖아."

"전화받아야 돼요."

"야, 최윤!"

바텐더 형이 소리치는 것도 무시한 채 윤은 바(Bar)를 빠져나왔다.

"오예주, 도착하자마자 전화하라고 했잖아."

[미안해. 집에 도착하자마자 아버지랑 저녁 먹고 얘기 나누고 하느라 정신이 없었어.]

"전화는 왜 안 받는 건데?"

[방에 놔뒀거든. 이제야 보고 전화하는 거야.]

"그래? 그럼 됐어."

받지 않는 전화를 몇 통화나 걸면서 불안에 떨던 그 모든 과정을 윤은 조용히 집어삼켰다.

[어디야? 많이 시끄럽네?]

"알바 뛰고 있는 중이지."

[알바? 어디에서?]

"바(Bar). 너도 놀러 와라. 내가 맛있는 칵테일 만들어줄게."

[칵테일? 그런 것도 만들 줄 알아?]

화들짝 놀라는 예주의 반응이 재미있어 윤은 껄껄 웃었다.

"아, 당연하지. 언제 올래? 내일? 아니다. 내일은 내가 알바 안 뛰니까 모레. 그래, 모레가 좋겠다."

[신기하네. 그런 것도 할 줄 알고……]

"모레 올 거지?"

[그래, 갈게.]

"오케이!"

그녀와 다시 만난다는 사실이 너무 기뻐 윤은 주먹을 불끈 쥐었다.

[그런데 너, 아까처럼 또 그러면 안 된다?]

"응?"

[그러니까…… 아까 그거 말이야. 그 때문에 규영이가 너 안 좋게 봤어.]

"아하, 뽀뽀 말이구나?"

무슨 충격적인 말이라도 나오나 긴장하던 윤은 피식 웃으며 등을 차가운 건물 벽에 기댔다.

[다음부턴 그러지 마. 알았지?]

"뽀뽀라서 실망했구나? 알았어. 다음엔 키스해 줄게."

[최윤!]

아름다운 목소리가 순식간에 하이소프라노로 바뀌며 귀를 아프게 때렸다.

[너 자꾸 장난칠래?]

"장난 아니라니까. 진짜 좋아한다니까 왜 내 말 안 믿는 건데?"

윤은 나름대로 목소리를 가다듬고 진지하게 말했다. 놀랐는지 한동안 그녀는 침묵을 지켰다.

"오예주, 자냐?"

단절된 소통의 시간이 견딜 수 없어질 때쯤 윤은 가벼운 어투로 다시 말을 걸었다.

"보고 싶다."

[윤아…….]

"어, 다시 말하네?"

그녀의 목소리를 듣는 것만으로도 세상을 다 얻은 것처럼 가슴이 뛰었다. 입이 다물어지지 않을 것처럼 행복했다.

"진짜 보고 싶은데……. 나 지금 너희 동네로 갈까?"

[윤아…….]

그의 흥분이 전이되지 않은 차분한 목소리였다. 애써 감추고 있어도 미묘한 머뭇거림과 난처함도 느껴졌다.

"알았어. 오늘은 피곤할 텐데 이만 자라. 대신 내일 보자."

미치도록 보고 싶어도 예주를 곤란하게 만들 생각은 없었다. 기다림이야 이미 이골이 나 있었다.

이제 주소도 알고 전화번호도 아는데. 스물다섯 살의 오예주도 아는데……. 하룻밤쯤이야 참을 수 있었다.

"오늘은 내가 샀으니까 내일은 네가 밥 사."

그녀가 거절할까 봐 숨이 막혔다. 그래서 윤은 더욱 장난처럼 가볍게 말했다.

[뭐야? 남자라고 자기가 산다고 하더니……. 억울했구나?]

"하여튼 네가 사야 돼."

어떤 이유든 무슨 상관이랴. 그녀를 볼 수 있게 만드는 이유라면 그 무엇도 상관없었다.

[알았어, 알았어. 안 산다고 했다간 죽을 때까지 원망 듣겠네.]

"잘 생각했어."

윤은 눈을 질끈 감았다 뜨는 동작으로 그녀의 대답을 기다리느라 긴장한 근육을 풀었다.

"내일 몇 시에 가면 되는데?"

내일도 그녀를 볼 수 있다. 모레도 볼 수 있다. 이제 마음껏 볼 수 있다.

윤은 지금 하늘을 날아보라 누가 그렇게 시키면 그것조차 할 수 있을 것만 같았다.

[아니, 내가 갈게. 나 어제 너희 학교에 차 놔두고 왔잖아. 그거 가지러 가야 하니까.]

"차 없으면 내일 오는 데 불편하지 않아? 내가 갈게."

[아니야. 전철 타고 내리면 바로 너희 학교잖아. 나 내일은 수업 있어서 저녁에나 시간 있거든? 5시쯤 가면 되니?]

"난 아무 시간이나 상관없어."

[그래, 그럼 도착해서 전화할게.]

"오예주!"

전화가 끊기려는 걸 예감하고 윤은 그녀의 이름을 불렀다.

[응?]

"사랑해."

[또, 또! 완전 능구렁이가 돼버렸다니까.]

예주는 웃으며 전화를 끊었다. 하지만 핸드폰 든 손을 힘없이 떨구는 윤의 얼굴에선 미소가 천천히 자취를 감췄다.

"나 농담 아니거든? 너 진짜 사랑하거든?"

도시의 화려한 불빛 탓에 별이 자취를 감춰 버린 컴컴한 밤하늘을 올려다보며 윤은 혼잣말로 중얼거렸다.

아직은 농담처럼 하는 날, 그러나 언젠가는 가볍게 날아간 말이 그녀의 가슴에 박혀 영영 빠져나오지 않길…….

핸드폰을 책상 위로 내려놓으며 예주는 피식 웃었다. 작별 인사라며 볼에 부딪혀 오던 입술의 따뜻함에 잠시 잠깐 당황했던 자신이 부끄러웠다.

그저 장난일 뿐이었는데, 오랜만에 만난 반가움을 그렇게 표시한 것뿐이었는데.

잘 자라는 말처럼 가볍게 사랑해라는 말을 뱉어낼 줄 아는 그런 사람이 된 것인데, 그녀는 어릴 때의 윤에게만 익숙해서 당황한 것이다. 지나칠 정도로 무겁고 날카로운 아이를 변하게 한 그 힘이 무엇일까 궁금했다.

"그래도 다행이야, 좋게 변해서……."

마음 한편에 무겁게 남아 언제나 그 행로를 걱정하게 만들던 소년이 이제는 그녀보다 더 밝은 모습으로 성장한 것이다.

"그래도 너라니…… 따끔하게 한마디 해야지."

그때도 그러더니 지금도 무례한 건 여전하다고 생각하며 예주는 가벼운 마음으로 침대에 누웠다.

"사랑해……."

아침에 눈을 떴을 때 이상하게도 처음 떠오른 것이 윤의 장난에 찬 사랑해, 라는 목소리였다. 뜻하지 않은 상황에 놀라 예주는 평소라면 몇 번 뒤척일 것을 곧장 자리에서 일어났다.

샤워를 하면서도, 아침을 먹으면서도 예주는 왜 장난으로 넘긴 윤의 말이 떠올랐을까 생각하느라 바빴다.

나갈 준비를 마치고 1층으로 내려왔을 때도 예주는 아침에 눈을 떴을 때를 되새기고 있었다. 그래서 기다리고 있던 규영의 말을 놓쳤다.

"응, 뭐라고?"

뭔가 이질적인 공기를 뒤늦게 깨닫고 예주는 규영을 향해 얼굴을 들었다.

"무슨 생각 해?"

규영이 눈을 가느다랗게 뜨고 의심의 눈초리로 그녀를 내려다보고 있었다.

"아무것도 아니야. 뭐라고 그랬어?"

예주의 대답이 마음에 들지 않는지 규영의 입술이 일자로 단단해졌다.

"미안해."

눈을 마주치며 사과의 말을 던지자 그제야 규영의 얼굴이 부드럽게 펴졌다.

"어제 우리 학교에 차 가지고 왔지?"

"응. 안 그래도 오늘 가지러 가려고."

"내가 가져다줄게. 우선은 내 거 써."

규영이 차 열쇠를 내밀었다.

"아니야. 나 전철 타고 가면 되는걸. 차는 네가 써."

"난 오늘 수업 별로 없어. 나중에 어머니 나가실 때 잠깐 태워다 달라고 해도 좋고."

"아니야. 난 정말 괜찮아. 그리고 어차피 약속 있어서 너희 학교에 가야 되거든."

그녀와 달리 규영은 전철을 타본 적이 없는 아이다. 애초에 대중교통은 규영의 인생과 전혀 상관없는 체계였다. 그런 규영의 차를 가지고 갈 수는 없었다.

"약속? 또 무슨 약속?"

"윤이한테 저녁 사주기로 했거든."

규영의 얼굴이 굳어졌다. 왜 그러나 고민하다 일방적으로 규영과의 약속을 깬 일이 기억났다.

"아, 너도 같이 만날래? 내가 어제 사기로 했던 거 오늘 같이 쏠게."

"어제 만난 녀석을 또 만나?"

규영에게서 거친 목소리가 튀어나왔다.

"어젠 그 애가 쏜 거였거든. 보답을 해야지. 내 이야기만 하느라 그 애 얘긴 듣지도 못했고……."

"핑계도 가지가지네."

처음 들어보는 빈정거림이다. 생각지도 못한 격렬한 반응에 놀라 예주는 미처 표정을 감추지 못했다. 어안이 벙벙해 규영의 얼굴을 쳐다보자 규영도 뒤늦게 변명을 늘어놓았다.

"난 그냥 좀 걱정이 되어서……. 우리 집안이 좀 특별하잖아."

그러나 예주는 여전히 낯선 규영을 어떻게 받아들여야 할지 알 수 없었다.

"그런 녀석 뻔하잖아. 우리 집안에 대해 알게 되면 누나에게 해코지할지도 몰라."

"아니야. 윤이 좋은 애야. 나한테 절대로 나쁜 짓 할 애 아니야."

당혹스러운 것은 제쳐 두고 예주는 윤을 감쌌다.

아무리 규영이라도 윤을 험담하는 것을 내버려 둘 수는 없었다. 아무리 규영이 낯선 얼굴을 한다 하더라도.

"누나 지금 나가 봐야 하는 거 아냐?"

규영이 느닷없이 화제를 돌렸다. 또다시 불의의 기습을 당한 예주는 허둥지둥 시계를 보았다. 규영의 말대로 그만 나가 봐야 할 시간이었다.

"그 녀석 얘기는 나중에 해. 시간은 많으니까."

예주가 입을 열려고 하자 규영이 냉정하게 잘랐다. 소통의 문을 닫아버린 냉혹한 얼굴에서 엄마와 함께 있지 않을 때의 엄격한 박 회장의 얼굴을 찾을 수 있었다.

"그래, 시간은 많으니까."

좋아하는 두 동생이 서로 사이가 좋았으면 싶지만, 지금 뭐라고 강요할 수는 없는 일이라는 것을 실감하며 예주는 한발 물러섰다.

"조심해서 다녀와. 무슨 일 있으면 연락하고."

대문까지 배웅하는 규영은 다시 익숙한 남동생의 얼굴로 돌아와 있었다. 그래도 한 번 드러난 얼굴은 숨길 수가 없는지 규영이 아무리 다정하게 웃고 있어도 예주는 그 뒷모습에서 온기라곤 조금도 느낄 수 없는 차가운 그림자를 볼 수 있었다.

"조심해서 잘 갔다 와, 누나."

열네 살에 만난 열두 살의 남동생.

충분히 배척하고 미워할 만한 위치에 있었지만 규영은 그녀를 따뜻하게 맞아주었나.

"너도 오늘 하루 잘 보내."

당혹스런 심정은 숨겨둔 채 예주도 규영을 향해 평상시처럼 포근하게 웃었다. 비록 그녀가 모르는 낯선 얼굴이 숨어 있다 해도 규영은 그녀의 가족이었다. 감싸줘야 할, 포용해 주어야 할 그녀의 가족이었다.

5

예주와 만날 시간이다.

마지막으로 과사 게시판에 들러서 변경된 시간표가 있는지 살펴보고 돌아서는데 선경이 쓱 지나갔다. 잘도 귀찮게 하더니 웬일로 시선까지 마주쳤는데도 선경은 아는 척도 하지 않았다.

'이제야 정신 차렸나 보네.'

지선경 같은 여자가 한둘이 아니었다. 파리 떼처럼 달려드는 그녀들이 귀찮을 뿐이던 윤은 어깨를 으쓱한 뒤 도서관 주차장 방향으로 걸어갔다.

도서관까지 반쯤 걸어왔을 때 한 차가 그의 곁을 스치며 아슬아슬하게 지나갔다. 놀라 바라보니 빨간 스포츠카나. 오픈한 차에서 지선경이 스카프를 날리며 돌아보지도 않은 채 손을 흔들고 있다.

"미친년."

투덜거리며 윤은 다시 주차장을 향해 걸었다.

주차장에 차들이 즐비하다. 소형차도 있지만 보통 사람은 손댈 수 없는 외제 차도 있다. 시간이 조금 남아서 윤은 하나씩 돌아보며 예주의 것일 것 같은 차를 찾아보았다.

하나씩 하나씩 지나치다 회색빛의 NF소나타 앞에서 윤은 멈춰섰다. 정갈했다. 창으로 보이는 내부에는 특별한 장식을 찾아볼 수 없었다.

'아님 말고.'

운전석 쪽 차체에 대충 체중을 실은 채 윤은 이어폰을 꺼냈다.

이것저것 모아둔 가요들을 들으며 따라서 흥얼거리기도 했다가, 때로는 가끔씩 음악에 맞춰 리듬을 타보기도 하면서 윤은 시간을 보냈다.

위이잉.

진동으로 돌려놓은 핸드폰이 바지주머니에서 울었다.

[윤이니? 나 도서관 주차장으로 가는 길인데, 어디니?]

"주차장."

[응?]

주차장 입구에 들어서는 예주가 눈에 들어오자 윤은 팔을 번쩍 들었다.

"여기!"

기다란 팔을 흔들며 윤은 핸드폰에 대고 소리쳤다. 눈은 예주에게 고정되어 있었다. 주위를 두리번거리던 예주가 윤을 발견하고 그의 곁으로 다가왔다.

"어떻게 된 거야?"

윤의 앞에 멈춰 선 예주는 차와 그를 번갈아 쳐다보며 고개를 갸웃했다.

"시간이 남아서 차 구경이라도 하려고."

"내 차인 줄 어떻게 알았어?"

"야, 진짜 네 차 맞구나? 그럴 줄 알았지. 역시 우린 운명이야."

맞았구나!

윤은 웃었다. 예주는 영문을 모르겠다는 얼굴로 그를 멀뚱히 바라보았다.

"어째 실없어진 것 같아."

엷게 웃으며 예주는 문을 열었다. 윤은 조수석에 털썩 주저앉았다.

"진짜 어떻게 알았어?"

안전벨트를 매며 예주가 궁금증을 떨쳐 낼 수 없었는지 물었다.

"날 끌어당기는 게 있더라고. 그래서 그냥 찍었지."

사이드브레이크를 내리다 예주가 손길을 멈추고 윤을 향해 휘둥그레 뜬 눈을 들었다.

"정말?"

"응. 차가 한 100대는 있는 것 같은데, 1/100의 확률을 맞힌 거 심상치 않지?"

"어쩌다 맞힌 거 같고는."

윤의 대답이 이이없었는지 예주는 피식 웃으며 차에 시동을 걸었다.

"비싼 거 먹어도 된다니까."

윤이 선택한 집은 낙지전골집이었다. 예주는 가게 안으로 들어서며 어제 윤이 한 말을 그대로 돌려주었다.

"전골이면 비싸지. 그리고 난 밥이랑 따뜻한 찌개 종류가 좋아."

머뭇거리는 예주를 윤이 안으로 밀었다.

"아, 맛있겠다."

일하는 아주머니가 전골 거리를 담은 냄비를 놓고 가자 윤은 손을 비비며 입맛을 다셨다. 그러다가 예주가 수저를 놓으려 손을 뻗자 윤이 재빨리 그 손을 치우고 수저를 집어 그녀 앞에 놓았다.

"고아원 뛰쳐나온 뒷이야기 좀 해봐."

전골이 지글지글 끓는 모습을 보며 예주는 그를 만나서 가장 먼저 묻고 싶던 화제를 꺼냈다.

"뭐 별거 없어. 서울에 와서 너 좀 찾아볼라 했는데, 젠장, 뭐가 그리 넓은지. 난 서울이 이렇게 넓은지 몰랐잖아."

아무리 어른스러운 척했어도 고작 열 살짜리 철없는 소년이었다. 어른이 된 지금에도 넓기만 한 서울이 어린 소년에게는 얼마나 암담했을까.

예주의 얼굴에 그늘이 졌다.

"그런 표정 지을 필요 없어. 며칠 안 있다가 오지랖 넓은 경찰한테 붙잡혀서 서울에 있는 다른 고아원으로 넘겨졌잖아. 부산보단 훨씬 대우 좋았어."

"그래?"

"응, 그렇다니까."

남의 일을 얘기하듯 윤의 목소리는 담담했다.

"그럼 계속 거기에 있었던 거야?"

밥을 집어삼키던 윤의 손길이 움찔했다.

"아니구나?"

"뭐, 재미도 없고 해서 5년 좀 덜 돼서 나왔어."

"넌 어쩜!"

세상 무서운 줄 모르고 번번이 뛰쳐나간 사실에 화가 나 예주는 윤을 쨰려보았다.

"주유소랑 중국집에서 알바하면서 돈을 모았지. 덩치가 커서 다 고등학생으로 봐주더라고."

윤은 예주의 반응이 재미있다는 듯 그저 웃기만 했다.

"미성년자 고용하면서 제대로 대우도 안 해줬을 거 아니니? 그냥 고아원에 있지. 고등학교 졸업할 때까지 그냥 있지."

하지 않아도 될 고생을 한 윤 때문에 그게 아파서 화가 났다.

함께 있어주지 못하고 위로조차 되지 못한 그녀 자신에게 화가 났다.

"나름 괜찮았다니까. 돈도 모으고. 열일곱 살에는 사진에 미친놈 하나 만나서 팔자가 폈지."

"사진?"

"주유소에 기름 넣으러 온 노땅이 날 보더니 모델이 되어달라고 하는 거야. 처음엔 그냥 미친놈이라고 넘겼는데 돈 많이 준다길래 냉큼 받아들였지."

"모델?"

이상한 일에 휘말린 건 아닌가 싶어 예주의 얼굴이 새파랗게 질렸다. 예주가 무슨 생각을 하는지 아는 듯 윤이 몸을 흔들며 킥킥거리고 웃었다.

"넌 패션 잡지 같은 거 안 보냐? 나 거기에 가끔 나오는데……."

"패션 잡지?"

너무나 뜬금없는 말에 예주는 금방 그의 말을 이해하지 못했다.

"권혁주라고, 꼴에 유명한 사진작가라던데? 뭐, 하여튼 그놈 모델 해주면서 집도 공짜로 얻고 돈도 많이 벌고…… 그러면서 팔자 완전히 핀 거지."

"패션 잡지…… 권혁주……."

몇 번이고 그렇게 예주는 혼자 중얼거렸다. 그러던 어느 순간 권혁주라는 이름이 뇌리를 강타했다.

"권혁주? 그 권혁주?"

"야아, 그놈 알아?"

"그 사람 정말 유명한 사진작가잖아."

"그렇다더라고."

윤의 무심함에 예주는 그가 진실을 말하는 건지, 아니면 농담을 하는 건지 헷갈렸다.

"그럼 너 열일곱 살에 그 사람한테 길거리 캐스팅된 거야?"

"그렇지."

"지금은 잡지 모델을 하고?"

"흐음?"

긍정의 뜻으로 윤이 고개를 끄덕였다.

"나 한 번도 못 봤어? 활동한 지 꽤 됐는데……."

"난 잡지 같은 거 안 보거든."

그런 걸 좀 봤다면 진작 윤이를 만날 수 있었을 텐데 하는 생각에 예주는 후회스러웠다.

"하여튼 네 생각만큼 심하게 고생 같은 거 안 했으니까 괜스레 마음 아파할 필요 없다는 거지, 난."

할 말을 끝낸 윤은 전골 그릇에 전골을 담아 그녀에게 내밀었다. 멍하니 그릇을 받았지만 예주는 윤이 해준 얘기를 소화하느라 식욕을 잃었다. 그런 그녀의 손에 윤은 숟가락을 들려주었다.

"밥 먹어. 머린 나중에 쓰고."

눈이 마주치자 윤이 아이처럼 씩 웃었다. 그늘 한 점 없어 보이는 맑은 미소다.

세상 모든 것에 적개심으로 가득 차 있던 아이가 어떻게 이렇게 변해 버렸을까. 다행이라 생각하면서도 예주는 윤이 하지 않고 삼킨 말속에 그가 눈물 흘리고 아파했을 시간이 많았으리라 생각하지 않을 수 없었다.

"밥 먹어."

말로는 안 될 거라 생각했는지 윤은 예주의 숟가락을 뺏어 들더니 밥을 퍼서 예주의 입에 불쑥 집어넣었다.

"최윤!"

"그러니까 빨리 먹으라니까."

피하는 예주를 한 손으로 제압한 윤은 예주의 입에 다시 밥이 얹힌 숟가락을 집어넣었다. 다시 거절하려고 손을 올리던 예주는 흥미로운 시선으로 두 사람을 지켜보는 다른 손님들을 깨닫곤 손을 내렸다. 예주가 포기한 것을 깨달은 윤은 개구쟁이처럼 씨익 웃으며 숟가락을 그녀의 입안으로 밀어 넣었다. 따뜻한 밥알이 입

안으로 밀려왔다.

"이제 내가 먹을게."

윤의 손에 들린 숟가락에 손을 얹자 윤의 눈빛이 빛났다. 한순간 예주는 윤이 계속 사람들 이목에 상관없이 숟가락을 들이밀지는 않을지 걱정스러웠다. 그런 우려의 빛이 예주의 얼굴에 드러난 까닭일까, 윤이 숟가락을 예주에게 넘겼다.

"자고로 남자든 여자든 몸이 재산인 거거든. 그러니 밥 남기지 말고 다 먹어."

예전에 예주가 어린 윤에게 했던 말이다. 그녀가 기억하고 있다는 것을 윤도 아는 것 같았다. 봄 햇살 같은 그 따뜻한 미소에 이상하게도 가슴이 조여왔다.

"먼저 널 집에 데려다주고 가는 게 나을 것 같은데……."

윤의 고집 때문에 어쩔 수 없이 예주는 성북동으로 방향을 정했지만, 한산한 도로를 보니 윤의 귀갓길이 걱정되지 않을 수 없었다.

"여자 혼자 밤에 운전하는 게 얼마나 무서운 일인지 알아?"

"무섭긴 뭐가 무서워? 계속 차 안에만 있는데."

"그래도 요즘 세상이 워낙 험해서 안 돼."

팔짱을 끼고 있던 손을 풀며 윤은 성북동으로 향하는 방향을 손으로 가리키기까지 했다. 차에 올라타기 전 이미 한 번 실랑이를 한 뒤라 예주는 할 수 없이 순순히 그의 말을 따를 수밖에 없었다.

성북동 집 앞에 도착해서 차를 세우자 높은 담과 화려한 대문을 보며 윤이 순수한 감탄사를 뱉어냈다.

"집 진짜 죽인다. 너 생각보다 더 부자구나?"

"내가 부자가 아니라 새아버지가 부자인 거지."

"업어치나 메치나."

윤이 먼저 차에서 내렸다. 뒤따라 밖으로 나온 예주는 차 문을 잠그지 않고 열쇠를 그의 앞으로 내밀었다.

"왜?"

"운전면허증 있지? 내 차 타고 가."

윤이 선선히 받지 않자 예주는 그의 손에 억지로 열쇠를 쥐어주었다.

"지하철 타고 가면 되는데?"

"여기서 지하철역까지 가려면 한참 걸어야 돼. 밤이잖아. 또 춥고."

때마침 밀려온 쌀쌀한 바람이 예주의 말을 증명했다.

"그럼 너는 내일 어떻게 하려고?"

"아침에는 운동 겸 걸어가면 되지. 아니면 엄마 차나 규영이 차 빌려 타도 되고."

고개를 갸웃하며 예주의 말을 생각하는 눈치더니 윤이 열쇠를 다시 예주에게 돌려주었다.

"왜?"

이번엔 예주가 물었다.

"차가 너무 고급이라 못 몰겠어. 그리고 사내새끼가 자기 여자 출퇴근은 못 시켜줄망정 오히려 차 뺏어 타면 안 되지."

너무도 호기로운 태도에 예주는 웃음이 터졌다.

"쓸데없는 농담 하지 말고 차 끌고 가."

"됐어. 나 간다!"

예주가 억지로 열쇠를 쥐어줄까 걱정했는지 그녀가 붙잡을 사이도 없이 윤은 훌쩍 저 멀리까지 뛰어가 버렸다.

"윤아!"

차가운 바람을 맞으며 역까지 걸어갈 그가 안쓰러워 윤이 다시 돌아오지 않을 걸 알면서도 예주는 그의 이름을 불렀다. 그런데 의외로 윤이 다시 돌아왔다.

"잘 생각……."

가까이 다가온 윤에게 열쇠를 내미는 찰나, 윤의 입술이 예기치 않게 그녀의 입술을 훔쳤다. 뭐라 느낄 시간도 없었다. 갑자기 다가온 것처럼 입술은 또 그렇게 갑자기 떨어져 나갔다.

"잘 자라."

멍한 충격에서 벗어나지 못한 채 예주는 윤의 웃는 얼굴과 마주쳤다. 세상을 얻은 것처럼 그는 환하게 웃고 있었다.

"집에 도착하면 전화할게."

얼굴은 여전히 그녀를 향한 채 윤은 뒷걸음질 치며 그녀에게서 멀어져 갔다. 꺾이는 골목에 도착해서야 그는 마지막으로 긴 팔을 흔들더니 총총히 사라졌다.

윤이 모습을 감춘 골목을 한참 동안 바라보다가 예주는 돌아섰다. 시간이 늦은 터라 초인종을 누르지 않고 예주는 열쇠로 대문을 열고 안으로 들어갔다.

저택은 어둠에 덮여 있었다. 현관과 2층으로 올라가는 계단 입구만 작은 전등이 옅은 불빛으로 밝히고 있었다.

"예주니?"

식구들 몰래 2층으로 올라가려던 예주는 거실 쪽에서 흘러나오는 엄마의 목소리에 움찔하며 멈춰 섰다. 잠시 후 잠옷 바람에 어깨에 숄을 두른 엄마가 걱정스런 얼굴로 나타났다.

"왜 이렇게 늦었어?"

"전화했는데. 아주머니가 말씀 안 하셨어요?"

"아는 동생이랑 저녁 먹는다고 했다며? 그런데 벌써 12시가 다 됐잖니?"

"오랜만에 만난 동생이라서 얘기가 좀 길어졌어요."

"여자애가 겁도 없이……."

아무래도 예주의 늦은 귀가가 못마땅한지 엄마의 찌푸린 이마는 풀어질 줄을 몰랐다.

"아버지는요?"

"주무셔."

다행히 아버지한테까지 혼나지 않아도 된다는 생각에 예주는 가슴을 쓸어내렸다.

"요즘 세상이 험하잖니. 아무리 오랜만에 만난 동생이라 해도 다음부턴 이렇게 늦지 마."

"네!"

장난기 어린 대답에 엄마의 얼굴에 의혹의 빛이 떠올랐다.

"너 혹시 술 마신 거 아니니?"

"엄마. 나 운전하고 왔는데 어떻게 술을 마셔요?"

"그래, 우리 딸이 그렇게까지 생각이 없진 않지."

조 여사의 경직되어 있던 어깨가 조금 풀렸다.

"올라가서 빨리 자렴."

"응, 엄마도 이만 들어가서 주무세요. 그리고 앞으로 저 안 들어왔다고 기다리지 말고 그냥 주무세요."

"딸이 안 들어왔는데 어떻게 자니?"

다시 잔소리가 이어질 것 같아 예주는 엄마의 등을 안방 쪽으로 밀었다.

"다음부턴 이렇게 늦으면 안 된다?"

"예스, 맘!"

시원스런 대답에도 불구하고 조 여사는 의심의 눈초리를 풀지 않은 채 안방이 있는 쪽으로 사라졌다.

"휴……."

어쨌든 우려한 고비는 넘겼다 생각하며 예주는 2층으로 올라갔다. 그러나 그녀가 미처 생각지 못한 복병이 하나 더 남아 있었다.

"규영아."

계단을 올라가자마자 규영과 맞닥뜨리자 예주는 깜짝 놀랐다. 바지주머니에 양손을 꽂은 채 무표정하게 서 있는 그는 요 근래 자주 마주치곤 한 낯선 느낌이었다.

"지금까지 그 녀석이랑 같이 있었어?"

목소리는 낮았지만, 어조에는 못마땅해하는 기색이 역력했다. 아니, 분노마저 느껴졌다.

"나 이미 엄마한테 잔소리 들었거든? 그러니 너는 그냥 봐주면 안 될까?"

규영의 반응에 신경을 쓰면서 예주는 될 수 있는 한 가볍게 대응하려 노력했다. 평소 같았다면 규영은 싱긋 웃으며 오히려 그녀를 위로해 주었으리라. 그러나 그는 아무 말도 듣지 못한 사람처럼 여전히 같은 얼굴이었다. 시베리아 한복판에 서 있는 것처럼 그에게선 냉랭함이 느껴졌다.

"규영아?"

눈치를 살피는 예주를 보고서야 규영의 표정이 바뀌었다. 원래 알던 얼굴로 돌아온 규영을 보고 예주는 속으로 안도의 한숨을 내쉬었다.

"다음부턴 늦지 않도록 조심할게."

"내 맘 알지, 누나? 걱정이 되어서 그러는 거야. 우리 집안이 그렇게 만만한 집안이 아니니까. 이 세상엔 아주 험한 인간들도 많이 있단 말이야."

"그래, 알았어."

다정한 남동생으로 돌아온 규영이 반가워서 예주는 그가 원하는 대답을 망설임 없이 해주었다.

"피곤할 텐데 그만 자."

"그래."

손을 흔들고 예주는 방문으로 향했다. 침실 문을 열기 전 그녀는 규영이 서 있던 곳으로 고개를 돌렸다. 그때까지도 그는 그 자리에 서서 그녀를 지켜보고 있었다.

"너도 빨리 들어가서 자."

예주가 놀라 입을 열자, 규영은 그때서야 그의 방을 향해 걸어갔다.

규영이 방으로 들어가는 걸 보고서 예주는 문을 열고 그녀의 개인 공간으로 들어갔다.

"윤이가 그렇게 싫나?"

사실 이렇게까지 늦은 적은 없지만, 언제나 예주의 편이던 규영이 갑자기 너무나 날카롭게 변한 것 같아 예주는 어리둥절했다.

샤워를 하러 들어가 예주는 거울을 보았다. 물기를 품은 얼굴은 청초하고 순진해 보인다. 고모가 비난의 뜻으로 던진 말처럼 그녀는 엄마와 아주 꼭 닮아 있었다.

예주는 천천히 붉은 입술로 손을 가져갔다. 엄마에 이어 규영과 맞닥뜨리는 바람에 잠시 잊고 있던 윤의 입맞춤이 생생하게 되살아났다. 그 당시에는 아무것도 느끼지 못했다고 생각했는데 윤의 입술이 아주 촉촉하고 부드러웠다는 느낌이 생생하다.

"나쁜 자식! 첫 키스였는데!"

몇 번 연애를 할 기회가 있었지만 예주는 선뜻 새로운 세계로 발을 디딜 수가 없었다. 그래서 스물다섯 살이 되는 동안 첫 키스는커녕 남자와 손을 깍지 끼고 데이트를 해본 경험조차 없었다. 그래도 나름대로 첫 키스에 대한 환상은 있었다. 그런데 그것을 네 살이나 어린 동생에게 빼앗겨 버린 것이다.

거울 속에 비친 입술은 평상시와 똑같이 도톰하고 붉었지만, 웬일인지 예주의 눈에는 좀 더 붉고 도톰해 보였다. 가슴이 철렁하고 내려앉으며 이제는 가까이 다가온 윤의 몸에서 흘러나오던 그만의 체취까지 코끝에 생생하게 느껴졌다.

볼이 붉게 달아올랐다. 거울 속에 비친 얼굴은 마치 첫사랑을 앞에 둔 소녀 같은 달뜬 모습이었다.

"말도 안 돼!"

습기 찬 거울에 손을 뻗어 예주는 입안의 김으로 그녀의 얼굴을 지워 버렸다.

"키스는 무슨, 그건 뽀뽀였어."

요즘은 애들도 3초도 안 될 정도로 입술만 박치기하는 이런 키스는 하지 않을 거라 생각하며 예주는 혼잣말로 중얼거렸다.

"그러니까 무효야, 무효!"

의자 등받이에 두 팔을 얹고 다리를 양쪽으로 쫙 벌린 채 윤은 카메라 플래시를 받았다. 최상의 사진을 뽑기 위해서 혁주가 조금씩 포즈를 변경시켰는데, 윤은 어렵지 않게 그가 시킨 대로의 포즈를 취할 수 있었다.

처음 사진 모델을 하던 열일곱 살 때는 같아 보이는 사진을 왜 그리도 많이 찍는지 짜증이 솟구치기도 했고, 그래서 때려치운다고 반항하기도 했으나 어느덧 경력이 쌓여서 그런지 이제는 카메라 플래시 앞에서도 다른 생각까지 할 여유가 있었다. 특히 혁주는 모델에게 자연스러움을 요구했기 때문에 윤과는 아주 궁합이 잘 맞았다.

"돈 많이 벌려면 뭘 해야 하죠?"

공기를 집어넣은 알록달록한 비닐 쿠션에 몸을 깊숙이 묻고 혁주가 요구하는 대로 긴 다리를 쭉 뻗으며 윤은 며칠 동안 자신의 괸심사이던 얘기를 꺼냈다.

"왜? 무슨 사고라도 쳤어?"

찰칵! 찰칵!

카메라 셔터 소리가 연속으로 스튜디오 안을 울렸다.

"부자가 되어야겠단 생각이 들어서."

혁주가 손으로 요구한 대로 살짝 옆으로 몸을 비켜 틀면서 윤이 대답했다.

"부자? 뜬금없이 웬 부자?"

"생각보다 훨씬 부자더라고요."

"누가?"

찰칵! 찰칵!

눈부신 빛이 윤을 덮었지만 이미 익숙해진 윤은 눈 하나 깜짝하지 않고 혁주가 요구하는 포즈대로 움직이지 않았다.

"내 여자요."

"그 여자 아직 못 찾았다며? 만났어?"

"네, 만났어요."

말만 해도 미소가 절로 떠오른다. 무표정함 속에 까칠함을 표현해야 하는 장면이었기 때문에 혁주가 버럭 소리를 질렀다.

"야! 정신 어디다 팔고 있어!"

웃는 장면이 힘들면 힘들었지, 까칠한 포즈에서 에러를 낸 것은 처음이다.

"우리 좀 쉬었다 합시다."

적반하장격으로 윤은 예주에 대한 생각의 흐름을 방해당한 것이 짜증 났다. 그래서 혁주가 오케이하기도 전에 벌떡 일어나 미리 준비되어 있는 생수병을 집었다.

"하여튼 어린놈의 자식이 성질은 더러워 가지고."

투덜거리면서도 하기 싫으면 절대로 꼼짝도 않는 윤을 익히 아는 혁주는 촬영을 돕고 있는 사람들에게 잠시 쉬라는 명령을 내렸다.

"그렇게 좋냐? 생전 잘 안 웃던 놈이 촬영하다 말고 웃을 정도로?"

"당연하죠."

"에이, 팔불출 같은 놈."

혁주는 윤의 손에 들린 생수병을 빼앗아 자기 입에 털어 넣었다.

"기억은 하디?"

언젠가 우연한 기회에 윤은 혁주에게 예주에 대한 일을 말한 적이 있다.

"기억하더라니까요. 내 이름 딱 부르는데 역시 운명이구나 했죠. 난 나 기억 못 하면 놔주려고 했는데. 그런데 날 기억하잖아? 그럴 줄 알았어."

지금 떠올려 보아도 예주와의 재회는 가슴이 뭉클했다.

"또, 또! 미친놈. 어린놈이 벌써부터 여자한테 미쳐 가지고."

슬그머니 다시 행복해하는 미소가 얼굴에 떠오른 모양이다. 혁주의 놀림에 윤은 어깨를 으쓱하며 무심하게 넘겼다.

"그런데 그 여자가 부잣 게 뭐가 문제야?"

"지금 누리는 만큼은 호강시켜 줘야 하잖아요. 그러니까 돈 많이 벌어야지. 뭐 쌈박한 일거리 없어요?"

"그렇게 공중파 나가 돈 벌고 유명해지라 할 땐 눈 하나 깜짝 안 하던 놈이!"

"그 인간들이 하도 이상한 조건 내거니까 그런 거죠."

"당분간 스캔들 내지 말라는 게 뭐 그리 요상한 조건이라고. 어디 가서 물어봐라, 그게 무리한 요구인지."

혁주가 혀를 끌끌 찼다.

"게다가 뭐? 유명해지면 여자친구랑 마음 놓고 손잡고 못 다닐 것 같아서 싫다고? 하여튼 쥐뿔도 없는 게 거만함은 하늘을 찔러요."

"쓸데없이 떽떽거리지 말고 건설적인 조언 좀 해봐요."

"이놈의 자식이!"

기가 차는지 혁주는 생수병을 집어 던지고 스태프들을 다시 준비시켰다.

"신소리 말고 촬영이나 준비해. 안 그럼 이 일자리도 잘릴 거다."

혁주의 엄포야 무서울 게 없지만, 너무 노닥거린 것도 같아 윤은 순순히 카메라 앞에 다시 섰다. 이번엔 집중한 탓에 단 한 컷의 NG도 없이 혁주의 의도대로 촬영이 끝났다.

메이크업을 지우고 원래 입던 편한 복장으로 갈아입고 나온 윤은 뒷정리를 지시하느라 바쁜 혁주에게 다가갔다.

"돈 벌 건수 진짜 없어요?"

"공중파 나가서 유명해져서 광고 찍어. 운 좋으면 억도 벌 수 있다."

"그런 거 말고."

윤이 쉽게 포기할 것 같지 않자 혁주의 얼굴이 진지해졌다.

"얼마나 벌고 싶은데?"

"청담동에 집 한 채 살 만큼은 벌어야지."

"나가 죽어라."

턱도 없는 소리를 지껄인다는 듯 혁주의 얼굴이 일그러졌다.

"아씨, 돈 벌기가 왜 이렇게 힘들어?"

"안 그래도 또 기획사에서 너 줄 대달라고 왔더라. 그렇게 벌어야 할 것 같으면 생각 고쳐먹어."

영 내키지 않는 일이기에 윤은 투덜거리며 혁주에게 안녕을 고했다.

"어이쿠!"

2층에 막 발을 딛고 올라서던 기주는 갑자기 나타난 장신의 사내와 부딪쳤다.

"죄송합니다."

남자다우면서도 아직 풋풋한 기운이 느껴지는 목소리로 남자가 사과했다.

"괜찮습니다."

장소가 장소이다 보니 모델 정도 되겠지. 미리 예상 못 한 것도 아니나 장기주는 우연찮게 부딪친 사내를 직접 마주하곤 한순간 할 말을 잃었다. 조각처럼 잘생긴 얼굴도, 여자처럼 예쁜 얼굴도 많이 봐온 장기주다. 하지만 남자다우면서도 뭔가 모성애를 자극하는 것 같은 소년미가 함께 느껴지는 얼굴은 처음이었다. 그런 반응이 처음이 아니었는지, 아니면 바쁜 볼일이 있는지 남자는 무심한 표정으로 그를 지나쳐 계단을 내려가 버렸다.

"누구야? 물건이네."

굳이 인상착의를 말할 필요도 없었다. 혁주의 스튜디오에서 나간 사람은 한 명뿐이니까. 기주의 예상대로 혁주의 입에서 곧장 한 개의 이름이 튀어나왔다.

"최윤."

"아, 저 자식이 최윤이야? 하도 말을 많이 들어서 궁금했는데."

최근 1, 2년 사이에 유독 기주에게 자주 들려온 이름이다.

"생각보다 더 괜찮네? 키가 대체 몇이야?"

"189."

"휴우, 카리스마도 있고, 물건 되겠는데…… 근데 왜 소속사 계약을 안 하는 건데?"

기주가 있는 매니지먼트 회사야 워낙 기라성 같은 연예인이 많아 소속사를 찾기는커녕 다른 소속사의 구애를 뿌리치는 뻣뻣한 신인에게 굳이 손을 내밀 필요가 없었다. 그러나 최윤을 본 이상에야 구미가 당겼다.

"구속된다고 싫대. 여자친구랑 못 만나게 할까 봐 그것도 싫고."

"몇 살인데 벌써 여자 문제야?"

"스물한 살."

"야망 없어? 소속사만 정하면 훨훨 날 텐데."

"이 세상에서 오직 한 여자밖엔 삶의 의미가 없다는 놈이야."

"특이하네."

최윤.

장기주는 길쭉한 키에 반항적인 눈매, 그리고 어딘가 초연해 보이던 그 분위기를 떠올리며 머릿속에 최윤이란 이름 석 자를 저장했다.

6

선글라스를 낀 장신의 사내란 다른 이의 호기심을 자극하는 모양이다. 열다섯 살의 겨울을 보내면서 20㎝ 넘게 훌쩍 자라 버린 이후로 윤에겐 익숙해진 시선이었다. 접근하지만 않는다면 윤은 그들이 어떻게 쳐다보든 막을 생각이 없었다.

"저기······."

이렇게 짐짓 용기라는 이름을 내걸며 다가오는 애들에게는 인내심을 보일 이유가 전혀 없었다. 짜증 난 얼굴로 내려다보니 중학생인 듯 교복을 입은 세 명의 어린 여자애들이다.

"혹시 연예인 아니세요?"

이름조차 모르면서 막연한 어림짐작으로 접근하는 것조차 똑같은 패턴이다.

"아니."

"맞는 것 같은데요. 선글라스 좀 벗어봐요."

어리다는 이유로 그들은 무례했다.

"싫어."

"혹시 강해수 아니에요?"

젊은 남자 스타의 이름을 마구 들이대는 그들의 목소리에는 로 또 당첨을 바라는 듯한 열망이 숨어 있었다.

기습적으로 한 여자애가 손을 뻗었다. 그러나 현저한 키 차이 때문에 아이의 손은 그의 팔뚝을 겨우 잡았을 뿐이다. 참을 수 있 는 영역을 넘어선 그들 때문에 윤은 선글라스를 확 벗었다.

"당장 안 꺼지면 죽을 줄 알아."

야생의 세계에서 배운 눈빛과 마주친 아이들 얼굴이 새파랗게 질렸다. 하나둘 아이들이 뒷걸음질 치기 시작했다. 그것으로 게임 셋이었다.

아이들이 도망친 순간, 차가 한 대 멈춰 섰다. 창문이 내려가고 예주가 얼굴을 밖으로 내밀었다.

"많이 기다렸어?"

"금방 왔어."

조수석 문을 열고 윤은 긴 팔을 뻗어 예주의 안전벨트를 풀었 다.

"왜?"

영문을 모르는 예주의 눈이 윤에게 머물렀다.

"내가 운전하려고."

안전벨트가 모두 풀리자 윤은 예주의 다리에 손을 뻗어 한 아름 에 안아 조수석에 옮겨 태웠다.

"최윤!"

"여기까지 운전하느라 신경 썼을 거 아냐. 그러니 좀 쉬어."

안전벨트까지 다시 채워준 다음 윤은 자리를 옮겨 운전석에 올랐다. 어이가 없다는 표정으로 예주의 시선이 윤을 따라왔다.

"자, 간다."

그런 예주에게 씩 한 번 웃어준 뒤 윤은 차를 출발시켰다.

"그냥 내가 운전한다고 하면 될걸……."

"핑곗김에 한 번 안아보는 거지."

"뭐?"

예주가 주먹으로 윤의 어깨를 가볍게 내려쳤다.

"정말 엉뚱해졌다니까."

그래도 힘이 실리지 않은 주먹질 뒤엔 웃음이 뒤따랐다.

대형 마트는 평일인데도 주차장이 거의 만선이었다. 뭘 그리 살게 많은지 양손 가득 짐을 든 사람들도 많았다. 빼곡히 들어차 있는 다양한 물건들을 접하면 그런 사람들이 이해되는 것도 사실이다. 직접 사지 않고 보는 것만으로도 부자가 된 것처럼 가슴이 뿌듯해지는 것도 아마 공통된 느낌이리라.

윤이 질서정연하게 서 있는 카트 중에서 100원 동전을 넣고 카트 하나를 뺐다.

"이거 쓰려면 돈도 넣어야 하는 거야?"

아무리 100원이라도 서비스에 해당하는 카트를 돈 받고 사용하게 하는 것은 지나친 상술 같았다.

"나중에 다시 갖다 놓으면 100원 돌려줘."

모르는 것이 이상하다는 듯 윤의 눈이 커졌다.

"아, 그렇구나."

당연한 사실을 몰랐다는 것에 당황한 예주는 얼굴을 붉혔다.

"마트에 처음 오는 거야?"

"아니. 친구들과 몇 번 왔는데……."

윤의 의아해하는 얼굴을 접하자 자기도 모르게 목소리가 날카로워졌다.

"먹을 거 조금 사는 정도밖에 안 해봐서…… 카트 쓸 일이 없었어."

"죄지었어? 왜 그렇게 쩔쩔매?"

"응?"

"모를 수도 있지. 그런 거 가지고 당황하느냐고."

그제야 예주는 자신의 반응이 오버였다는 것을 깨달았다.

"그만 들어가자."

멋쩍어 예주는 출입문 쪽으로 몸을 돌렸다.

"같이 가야지."

한 손은 카트를, 다른 한 손으로는 윤이 예주의 손목을 붙잡았다.

"삼겹살 500g 주세요."

"아니, 2kg 주세요."

예수의 주문을 윤이 고쳤다.

"다른 사람도 오니?"

윤을 생각해서 일부러 넉넉하게 말한 양을 윤이 다시 정정하자 예주는 깜짝 놀라 물었다.

"아니."

"그럼 너무 많지 않아?"

"걱정 마. 내가 다 먹을 거니까."

윤은 자신만만한 얼굴이었으나 예주는 의심스러운 눈길로 윤을 바라보았다. 눈이 마주치자 윤이 장난스런 표정으로 눈썹을 슬쩍 들어 올렸다.

"애인이 키가 훤칠하니 많이 먹어야 되겠네요. 안 그럼 저 체격 유지 못 하지."

두 사람의 실랑이를 보고 있었는지 고기 파는 아주머니가 슬쩍 끼어들었다. 애인이라는 말에 예주는 당황해서 정정하려고 했으나 윤이 한발 빨랐다.

"아주머니가 뭘 아시네요."

"호호, 젊은 총각이 넉살이 좋네."

윤과 아주머니가 서로 맞장구를 치며 말을 주고받는 모습을 예주는 어이없다는 얼굴로 지켜보았다.

"여기서 살아?"

"집 좋지?"

2층 양옥집은 아담했다.

윤이 먼저 안전벨트를 풀고 조수석 문을 열어주었다.

"이런 건 또 어디서 배웠어?"

"기본이지."

개구쟁이처럼 씨익 웃는 그의 어깨 너머로 주황색 노을이 물감처럼 흩뿌려져 있다.

"윤이, 여자한테 인기 좋겠다."

"마음에 들어?"

또 시작이다.

"내 마음에 들 필요야 없지. 가족은 원래 허물도 다 덮어주잖아."

"허물이 있어?"

윤의 눈이 동그래졌다.

"아니. 혹시 있어도 흠 아니라고."

"마음에 걸리는 게 있으니까 그런 말 하는 거 아냐. 말해봐. 고칠게."

윤의 얼굴은 진지했다.

"그냥 한 말이야."

윤의 반응에 당황스러웠다.

"언제든 말만 해. 다 고칠 거니까."

점점 그의 말을 단순히 흘려보내기가 쉽지 않았다. 더 깊게 생각하면 원치 않는 상황이 올 것 같아 예주는 생각의 가지치기를 멈췄다.

"사진 찍는 분이라 그런지 집 예쁘다."

"이런 집 좋지? 나중에 이런 집에서 살고 싶어?"

"응. 가슴까지 따뜻하게 만들어주는 집 같아."

흡족한 미소가 윤의 얼굴에 떠올랐다.

"너 또 엉뚱한 생각 중이지?"

"나중에 돈 많이 벌어서 이것보다 더 근사한 집 사줄게."

"어련하시려고."

위험한 화제는 올리지 않기로 다짐해 놓고 스스로 불을 지른 것 같아 예주는 허탈하게 웃었다.

"1층은 내가 쓰고 2층은 그 인간이 써."

"그 인간이 뭐니? 그분 아니었으면 지금의 너도 없을 텐데."

"고마운 건 고마운 거고. 그렇다고 내가 선생님 운운해 가며 굽실거릴 필욘 없잖아?"

"굽실거리는 게 아니라 예의를 지키라는 거야. 사람이 말을 하다 보면 그 말에 점점 끌려가거든. 험한 말 쓰면 험한 사람 되는 거고, 고운 말 쓰면 고운 사람이 되고."

도덕 선생님을 보는 것 같은 윤의 따분해하는 얼굴을 접하자 예주는 그만 웃고 말았다. 윤이 따라 웃었다.

"왜 웃어?"

"네가 웃으니까."

윤의 대답은 간단했지만 묘한 감동을 주었다.

"난 갑자기 규영이 생각나서 웃었는데."

"규영이?"

윤의 얼굴에서 미소가 사라졌다.

"응, 내 남동생. 규영이가 항상 나한테 그런 말 했거든. 그땐 나도 너처럼 그런 표정 짓고 있었을 거야. 그런데 너한텐 내가 규영이가 한 말을 하고 있으니."

"밥 먹자. 배고프다."

윤이 갑자기 퉁명스런 말투로 화제를 바꾸더니 몸을 돌려 현관문을 벌컥 열고 먼저 안으로 들어가 버렸다. 혼자 남겨진 예주는 잠시 당황했다가 그의 뒤를 황급히 따랐다.

"내가 잔소리해서 화났어?"

"아니."

눈을 마주치지 않은 채 윤이 마트에서 사온 물건을 주방 식탁 위에 올려놓았다.

"화난 거 맞잖아?"

언제나 눈을 맞추며 웃어주던 윤의 갑작스런 외면은 생각보다 예주에게 깊은 감정을 불러일으켰다. 예주는 물건을 꺼내는 윤의 손을 덥석 잡고 그가 눈길을 마주칠 때까지 끈질기게 기다렸다.

"다른 자식 얘기해서 기분이 좀 나빠."

아이처럼 입을 삐죽 내민 채 그가 고백했다.

"뭐?"

어처구니없는 말에 예주는 반문했다.

"나랑 있으면서 다른 자식 생각하는 거 싫어."

웃어야 하는 상황인데 웃음이 나오지 않았다. 한참이 지나서야 예주는 겨우 웃을 수 있었다. 그러나 억지로 만들어낸 듯 어색했다.

"꼭 남자처럼 말하네. 그런 건 여자친구에게나 써먹어."

윤도 웃어주길 바랐다. 그러나 윤은 웃는 대신 깊은 한숨을 내쉬었다.

같이 요리를 하면서 잠시 어색하던 분위기는 수면 밑으로 가라 앉았다. MT 때나 김치찌개 같은 간단한 요리를 해봤을 뿐 요리 경험이 없는 예주는 자취 경력 5년이 넘는다는 윤 앞에서 번번이 자존심을 접어야 했다. 결국 예주가 조수 역할, 그것조차도 간신히 하고 윤이 대부분 만든 요리로 저녁 식탁을 차렸다.

"맛있다."

맛조차도 완벽하자 예주는 기가 꺾였다.

"잘 안 해서 그렇지 나 요리 잘해."

"그래, 잘난 척할 만하니까 봐준다."

윤이 끓인 된장찌개랑 나물 무침, 그리고 잡채까지.

집에서 아줌마가 차려주는 것보다 더 맛있는 것 같았다.

"고기는 내가 구울게."

"됐어요. 아가씨 맛있게 드시는 것이 도와주는 겁니다."

"고기는 잘 구울 수 있어."

너무 바보처럼 군 것 같아 고기 굽는 걸로 만회하려는 심산이었으나 윤은 그럴 기회를 주지 않았다.

"내가 구워주고 싶어서 그래. 결혼해서도 요리는 내가 다 할 거니까 전혀 걱정할 필요 없어."

"그런 말 할 거면 이리 줘. 내가 구울래."

"알았어, 알았어. 이제 말 안 할 거니까 편하게 먹어."

집게를 뺏으려 하는 예주의 손을 윤이 막았다.

서로 티격태격하던 두 사람은 어느 순간 행동을 멈추고 웃음을 터뜨렸다. 그렇게 식사 시간 내내 즐거운 시간이 이어졌다.

데려다주지 않아도 된다고 했지만 고집스럽게 윤이 집 앞까지 차를 운전했다. 골목까지 들어오지 말고 지하철역에서 윤에게 내리라고 해봤지만, 윤은 막무가내였다.

"추워. 빨리 가."

차에서 내리자 쌀쌀한 기운이 금세 얼굴을 얼렸다.

"오늘 행복했어?"

등을 보이는 대신 그가 뜬금없이 물었다.

"싱겁긴."

윤의 엉뚱함에 이제 단련이 되어가는 모양이다.

"그래, 덕분에 행복했어."

당황하는 대신 웃으며 예주는 대답했다.

"내일은 더 행복하게 해줄게."

윤의 손이 불쑥 예주의 볼을 만졌다. 싸늘한 바람으로 식어버린 볼에 온기가 번졌다.

"잘 자라."

부드럽게 쓰다듬던 그의 손이 우연인지 고의인지 입술을 살짝 스쳤다. 따뜻한 욕조에 몸을 누인 것처럼 나른하던 몸에 갑자기 전류가 오싹하게 스쳤다. 너무나 강렬한 그 느낌에 움찔 놀라 예주는 뒷걸음질 쳤다. 어둠 속에 웅크린 채 먹이가 덫에 걸리는 것을 지켜보는 야생동물처럼 윤의 눈빛이 번쩍 빛났다.

탕!

갑작스런 총소리가 비밀스런 분위기를 차갑게 깨뜨렸다.

소리가 난 쪽으로 돌아보니 싸늘한 표정의 규영이 서 있었다. 총소리라 생각한 것이 대문이 열렸다 닫힌 소리였던 모양이다.

"늦었어, 누나."

단 두 마디였지만 규영이 하고자 하는 말의 의미는 쉽게 알아들을 수 있었다.

"조심해서 가."

마주 보며 서 있는 두 남자에게서 흘러나오는 위험한 분위기를 느끼고 예주는 윤에게 떠날 것을 종용했다. 곤란해하는 예주의 얼굴을 보더니 윤은 마지막 인사를 건네고 어두운 골목 안으로 모습을 감췄다.

"요즘 매일 만나는 모양이네?"

눈을 마주쳤지만 규영이 무슨 생각으로 하는 말인지 표정으로는 전혀 알 수가 없었다. 다만 웃지 않는 눈을 보며 동생의 생각을 짐작할 따름이었다.

"그동안 못 만났으니까. 외로운 아이야."

규영이 또 윤에 대해 나쁜 말을 할까 봐 예주는 긴장한 채 방어적으로 대답했다. 대꾸 없이 예주를 뚫어져라 보던 규영이 어느 순간 싱긋 웃었다.

"우리 다음엔 셋이서 놀자."

갑작스러운 반전에 예주는 얼떨떨했다.

"누나가 좋아하는 동생이라니까 나도 친해져야지."

부드럽게 벌어진 입술에서 번진 웃음이 점점 눈으로 옮겨갔다. 눈가에 잔주름이 새겨지는 모습을 보고서야 예주는 규영의 진심을 의심 없이 받아들였다.

"고마워."

"뭐가?"

무슨 말인지 모르겠는지 규영이 눈을 크게 뜨며 반문했다.

"네가 윤이 빋아들이는 기 힘들다는 거 아니까. 그런데도 나 때문에 친해지려고 하는 거……. 그 마음이 너무 고마워."

"그러니까 마치 남 같다. 내 누난데, 당연하잖아?"

"그래, 당연한 건데, 그래도 너무 고마워."

가족은 화목한 것이 당연한데, 부부가 서로 사랑하는 건 당연한 건데, 그럼에도 세상엔 당연한 것이 당연하지 못하는 상황이 얼마든지 있었다. 그래서 예주는 규영이 너무나 고마웠다. 조금 전 규영과 윤 사이에서 느껴지던 긴장감 때문에 움츠렸던 마음의 짐까지 덜어지자 넘치는 기쁨을 주체하지 못하고 예주는 규영의 팔에 매달렸다. 움찔하며 규영이 몸을 뺐다. 의아한 얼굴로 예주가 올려다보자 규영이 고개를 돌렸다.

"다음 주쯤 만나면 되겠지? 그 녀석한테 물어보고 시간 알려 줘."

규영이 먼저 안으로 성큼 들어갔다. 마치 예주에게 잡힐까 두려운 사람처럼 그는 걸음을 늦추지도, 평소처럼 멈춰 서서 그녀를 기다리지도 않았다. 더없이 다정하다 갑작스레 차갑게 식어버린 그를 보면서 예주는 고개를 흔들었다.

대문을 닫고 규영의 뒤를 따르면서 그가 사람과의 접촉을 별로 즐기지 않는다는 사실을 뒤늦게 깨달았다. 열두 살답지 않던 어른스러움과 차가움. 그것이 바로 규영에 대한 첫인상이었다.

"박규영, 너도 참 힘든 인생이구나."

누구와도 짐을 함께 나누길 원치 않는 것 같은 규영의 완강한 뒷모습을 보면서 예주는 깊은 한숨을 내쉬었다.

"사진 나왔다."

윤이 소파에 앉자마자 혁주가 그에게 불쑥 사진을 내밀었다. 언제나 그랬듯 윤은 봉투 속에 든 사진들을 한 번 쓱 훑어본 뒤 그대로 봉투에 다시 집어넣고 혁주에게 돌려주었다.

"내 사진 보고 그렇게 감동이 안 오냐?"

"자기 얼굴 보고 감탄하는 놈이 한심한 놈이지. 이거 보여주려고 오라고 한 거예요?"

"숨넘어가겠다, 이놈아."

"온 건 난데 사무실에 얌전하게 있던 사람이 숨은 왜 넘어가?"

"말도 잘해요. 이런 놈이 다른 사람 앞에선 왜 그렇게 무게를 잡는지."

혁주가 힐끔 벽에 걸린 시계를 살폈다.

"누가 오기로 했어요?"

"예전에 너 돈 벌고 싶다고 했지?"

"어? 나 돈 벌게 해주려고?"

윤은 소파에 깊숙이 묻고 있던 몸을 바로 펴고 혁주의 다음 말을 기다렸다.

"전에도 말했지만 제대로 부자 되고 싶으면 소속사 들어가는 게 제일이야. 요즘은 기획사들 힘이 아니면 제대로 성공하기 힘들어."

"하나 마나 한 소리는."

금광이라도 발견한 것인가 싶던 윤은 툴툴거리며 자리에서 일어섰다.

"그러지 말고 만나봐. 강해경이라고, 아주 괜찮은 인물이야."

"강해경? 여자예요?"

"그래, 마이더스 대표야. 내가 보증한다. 아주 괜찮아."

여자에다 혁주가 추천하는 인간이라 윤은 살짝 흥미가 느껴졌다. 그러나 이내 고개를 흔들었다.

"난 그냥 프리랜서가 딱 체질이야, 아무래도. 이만 갑니다."

"윤아!"

바로 그 순간, 노크 소리가 들렸다.

"들어와요."

눈이 빛나는 혁주를 보는 순간 윤은 기다리던 사람이 바로 그 강해경이라는 것을 직감했다.

"어서 와요, 강 사장."

"안녕하세요."

예상대로 문을 열고 들어온 사람은 강해경이었다. 혁주와 비슷한 또래로 보이는 한 남자도 같이 있었다. 발음 정확하고 맺고 끊는 것이 분명해 보이는 목소리완 달리 강해경의 외모는 세련된 커리어우먼과는 조금 거리가 있었다. 160도 안 될 것 같은 작은 키에 어린아이 같은 얼굴을 하고 있었다. 최고의 배우들을 거느리고 있는 잘나가는 매니지먼트 회사의 우두머리라고 보기에는 괴리감이 있어 윤은 호기심이 생겼다.

"바로 인사하지. 이쪽은 최윤. 모델 경력은 좀 되는데, 기고만장한 놈이라 다루긴 좀 힘들어."

그때까지 눈길조차 주지 않던 강해경이 혁주의 소개를 받자 그에게 관심을 보였다. 물건에 값을 매기듯 냉정한 눈초리는 처음 당해보는 경험이었다. 아이 같은 외모 탓인지 서늘한 눈초리에도 기분이 상하지 않는 것도 신기했다.

'생각보다 재미있겠는걸.'

양손을 청바지 주머니에 꽂은 채 윤은 고개만 까딱했다. 못마땅한 듯 해경이 얼굴을 찡그렸다.

"요즘 애들 버릇없는 건 이제 놀랄 일도 아니니까. 난 강해경이에요. 마이더스 대표죠. 우리 장 부장님이 추천하기에 궁금해서 한번 와봤어요."

외모완 달리 내면은 콧대가 높은 여자인 모양이다. 거짓으로 꾸미는 여자들은 많이 봤지만 해경은 진심으로 그에게 쌀 한 톨의 관심도 없어 보였다.

"장기주라고 합니다. 얼마 전에 한 번 마주쳤는데 기억을 못 하겠죠?"

사람 좋아 보이는 인상의 남자가 슬쩍 손을 내밀었다. 당연히 마주 잡아줄 거라 기대하는 그 얼굴에다 혁주의 경고하는 시선을 물리치기 귀찮아 윤은 손을 빼서 장기주와 악수를 나누었다.

"그러니까, 여자친구가 있는데 그 친구와의 사이를 방해받길 원치 않는다, 그 말인 거죠?"

황당하다는 반응과 함께 뭔가 숨은 뜻이 있을 거라 믿으며 계속해서 물고 늘어지던 다른 사람들과 달리 강해경은 그가 말한 뜻을 곧이곧대로 진지하게 받아들였다. 왠지 강해경과는 말이 통할 것 같은 느낌이 들었다.

"자신 있어요? 연예인으로서 성공할 수 있다는 자신 말이에요."

성공하게 해주겠다는 사람은 많았어도 성공할 수 있느냐고 묻는 사람은 처음이다. 윤은 머리를 긁적거렸다.

"그런 건 별로 생각 안 해봤는데요?"

"성공하고 싶긴 해요?"

"내 여잘 행복하게 해줄 수 있을 만큼, 딱 그만큼 성공하고 싶은데요?"

다른 사람들은 그의 말을 장난처럼 받아들였다. 그러나 강해경은 웃지 않았다. 그녀는 깊게 생각해 보는 듯하더니 한참 후 다시입을 열었다.

"한 달쯤 뒤에 오디션이 있어요. 선영창 피디라고, 아주 유명한사람이에요. 이번에 미니시리즈를 찍는데, 주연을 신인배우로 쓸예정이라는군요. 어때요? 그 오디션에 참가해 보겠어요?"

"왜 그래야 하는데요?"

"만약 그 오디션에서 발탁된다면 우리 계약하죠. 최윤 씨가 제시한 대로."

"여자 문제에 있어서는 내버려 둔다, 이런 말인가요?"

"그래요. 우리가 최윤 씨 조건을 들어주려면 여자친구가 있어도 성공할 수 있다는 확신이 필요해요. 그러니까 최윤 씨가 우리한테 증명해 봐요."

"정말 그거면 되나요?"

강해경의 조건은 확실히 유혹적이었다. 혁주의 말대로 윤도 성공하기 위해선 지금처럼 이 위치에 머물러 있을 수 없다는 걸 절감하고 있었다.

만약 두 마리 토끼를 모두 잡을 수 있다면…….

"생각보단 쉽지 않을 거예요."

"좋아요. 제가 오디션에서 역을 따내면 그때 계약하죠."

까짓것, 이판사판이었다.

"그래요. 그럼 오디션 끝난 후에 다시 보죠."

처음과 달리 헤어질 땐 강해경이 손을 내밀었다. 그리고 물론 윤도 그녀의 손을 거부하지 않고 마주 잡았다.

"어때? 괜찮지?"

강해경과 장기주가 물러가고 난 뒤 혁주가 자신의 덕인 양 어깨를 건들거렸다.

"그 여자는 원래 그래요?"

"원래 어떤 것 같은데?"

"사람 은근히 약 올리는 재주가 있잖아. 무지하게 약은 여자 같던데?"

"그래서 마음에 안 드냐?"

"뭐, 건조한 인간 같아서 나쁘진 않았어요."

혁주의 입이 벌어졌다.

"웬일이야? 네 입에서 괜찮다는 소리가 나오고."

"아, 나쁘지 않다는 거지 괜찮기는."

"그 정도면 완전 칭찬이지 뭐야, 너한텐. 내가 어디 널 한두 해 겪냐."

열일곱 살부터였으니 윤과 혁주와의 인연도 질기다면 질긴 인연이라 할 수 있겠다.

"그런데 절대로 만만하진 않지. 강 사장 밑에 들어가면 아마 좀 머리가 아플 거다."

"그런데 대체 몇 살이에요? 얼굴은 어려 보이는데, 행동은 또 전혀 아니던데?"

"웬일이냐? 네가 여자한테 다 관심을 가지고. 이러다 네 여자 버리고 강 사장한테 목매는 거 아니냐?"

혁주의 말에 윤은 어이가 없어 웃음을 터뜨렸다.

"이 세상에는 딱 두 종류의 사람만 있잖아. 내 여자, 그리고 다른 인간들."

"미친놈."

윤은 어깨를 으쓱하며 혁주의 타박을 가볍게 흘려들었다.

"그래서 할 거야?"

"해야죠. 그렇게 앞에서 약 올리는데 억울해서라도 해야지."

강해경이 내건 미끼라 하더라도 그 여자라면 한 번쯤 손을 잡아도 괜찮을 것 같았다.

"마음에 안 듭니까?"

차에 올라타자 장기주가 뒷좌석으로 고개를 돌리며 슬쩍 물었다.

"왜 그렇게 생각해요?"

"그 오디션, 이미 주연배우 결정된 것으로 아는데요? 드라마 제작사에서 자기 소속사 신인배우를 미는 걸로 알고 있습니다만."

"그래서 안 된다고 생각해요?"

해경이 웃으며 반문하자 기주는 머리를 긁적거리며 시무룩한 목소리로 대답했다.

"선영창 피디가 고집이 있긴 하지만, 웬만해선 어려울 것 같습니다만."

"웬만한 애들이야 우리 소속사에도 널렸어요. 이런 오디션 하나 통과 못 하는 애를 그 조건으로 데리고 와서 뭘 해요?"

"잘 다듬으면 물건 될 것 같은데요."

"두고 보면 알겠죠."

해경이 조금의 여지도 주지 않는 냉정한 얼굴로 대답하자 입맛을 다시며 기주가 앞으로 몸을 돌렸다. 차가 출발하자 팔짱을 낀 채 해경은 창밖으로 고개를 돌렸다.

젊음 하나로 세상 무서운 줄 모르고 날뛰는 늑대 같은 스물한 살의 사내아이를 떠올리자 피식 미소가 그려졌다.

7

"응, 지금 나갈 거야. 거기서 기다려."

전화를 끊고 예주는 1층으로 내려갔다. 기대한 대로 주방에서는 아주머니 혼자 저녁 식사를 준비하고 있었다.

"아줌마, 낙지전골 만드는 거 이렇게만 하면 돼요? 요리책 보고 베꼈는데 이 부분이 이해가 잘 안 가네요."

"웬일로 요리엘 다 관심을 가져요?"

"친구랑 한번 해 먹어보려고요."

수첩에 적어놓은 의문점들에 대해 아주머니는 하나씩 자세하게 설명해 주었다.

"이제야 알겠다. 와, 정말 대단해요, 아줌마."

"평생 해온 일인데 모르면 되나요?"

"고맙습니다. 아줌마가 가르쳐 준 대로 잘해볼게요."

"뭐가 그리 재미있니?"

"아, 엄마!"

숨기고 싶은 일을 들킨 양 갑작스러운 엄마의 출현이 달갑지 않았다.

"예주 양이 낙지전골을 만든다네요."

"낙지전골?"

"친구가 자취하는데…… 혼자 그러는 게 안쓰러워서."

"친구? 누구? 여자, 아님 남자?"

"……여자요."

차에 올라타 백미러를 고치면서 예주는 엄마에게 거짓말하던 조금 전 순간을 다시 되새겼다.

"아는 동생이라고 하면 되는 건데……."

왜 사실대로 말하지 못했을까. 스스로도 자신의 행동이 이해가 되지 않았다.

"사랑해."

잊고 있던 윤의 목소리가 불현듯 되살아났다. 얼떨결에 당한 키스의 느낌도 떠올랐다. 무효라며 기억 속에서 지워 버렸지만, 처음으로 타인의 입술을 접한 경험은 그 직후보다 시간이 좀 더 흐른 후에 그 떨림이 느껴졌다.

"무슨 생각을 하는 거야, 오예주? 걘 동생이야. 규영이와 같은 내 동생."

고개를 흔들며 예주는 미심쩍은 생각들을 털어냈다.

언제나처럼 윤은 만나기로 한 가게 안이 아닌, 그 앞 거리에 서서 기다리고 있었다. 이어폰을 귀에 꽂은 채 세상을 왕따시켜 버린 것 같은 그는 주위 사람들의 시선조차 느끼지 못하는 것 같았다.

차를 세우고 창문을 내려 그를 부르려던 손짓을 멈추고 예주는 핸들 위에 얼굴을 받친 채 그를 관찰했다. 모델을 오래 해서인지 힘없이 대충 벽에 기대서 있는 것 같아도 등은 꼿꼿하게 펴져 있었다. 길쭉한 팔다리와 일자로 쭉 뻗은 날렵한 몸은 곡선의 여체와는 또 다른 남성적 매력으로 가득했다. 모르는 남자였다면 그녀도 길을 걷다 한 번쯤 감탄의 눈길로 돌아볼 것 같은 성인 남자의 섹시한 매력이 그를 감싸고 있었다.

다시 만난 기쁨에, 열 살의 어린 소년에 대한 그리움에 예주는 윤을 제대로 보지 못했다는 것을 새삼 깨달았다. 집을 떠나면서 가진 느낌들까지 떠올라 복잡한 심정이 되었다.

문득 예주는 이대로 그를 부르지 않은 채 달아나 버리고 싶은 충동을 느꼈다. 그때였다. 거짓말처럼 윤의 눈이 차 안의 예주를 향했다. 보이지 않는 끈에 묶인 것처럼 예주는 손가락 하나도 움직일 수가 없었다. 예주라는 것을 확인한 순간 윤이 이어폰을 빼며 환하게 웃었다. 세상을 품에 안은 사람처럼 환하게 웃는 그를 보자 이상하게도 눈시울이 뜨거워졌다.

"오디션을 볼 거라고?"

조수석으로 옮겨 타 안전벨트를 매던 예주는 잠시 손을 늦췄다.

"어. 어쩌면 진짜 연기를 하게 될지도 몰라."

"영화 만들고 싶다고 하지 않았어?"

"그렇긴 한데, 배우가 돈을 더 많이 번다고 하더라고."

"돈 벌고 싶어?"

벨트를 맨 뒤 예주는 자세를 고쳐 앉으며 물었다.

"응, 많이."

윤의 입장에서야 당연한 일인데 새삼스러운 건 무엇 때문일까.

차를 출발시키느라 백미러와 사이드미러를 확인하는 윤의 옆모습을 보면서 예주는 그의 과거에 대해 궁금해하느라 정작 그의 미래에 대해서는 관심을 가지지 못했다는 것을 깨달았다.

"좋아하긴 하는 일이지?"

윤이 행복했으면……. 좋아하는 일만 마음껏 하고 살았으면…….

시동을 걸고 도로에 차가 무사히 진입하자 윤은 예주에게 잠시 얼굴을 돌렸다.

"죽어도 싫은 일이라면 안 하지. 잘할 수도 있을 것 같아."

"다행이네. 잘해."

"키스해 주면 더 잘할 건데."

"운전해!"

눈을 흘기며 예주는 윤의 얼굴을 정면으로 돌려놓았다. 그러나 윤이 웃으며 앞을 보고 운전에 열중하자 예주는 살짝 옆으로 몸을 틀고 두근거리는 가슴을 진정시켰다. 윤의 볼에 닿았던 손끝이 저릿저릿해서 두 손까지 마주 잡았다.

'이건 정말 미친 짓이야.'

결코 바라지 않는 상황이 다가오는 걸 느끼며 예주는 창에 비친 자신의 얼굴을 노려보았다.

"박규영? 내가 그 자식을 왜 만나야 하는데?"

"내 동생이니까. 그러니까 서로 좀 친해져 봐!"

라고 말을 했지만 서로 마주 앉은 두 사람은 전혀 친해질 기미가 보이지 않았다. 그래도 규영은 말을 해보려고 하는데, 윤은 어디 한번 마음껏 놀아보라는 듯 거만한 표정으로 팔짱을 낀 자세 그대로 입을 꽉 다물고 있었다. 적대감이 테이블을 사이에 두고 무겁게 가라앉아 있다.

"우리 누나가 힘들었을 때 같이 있어줬다고요? 고맙습니다."

"그쪽이 고마워할 일은 아닌데요?"

예주가 윤에게 경고의 시선을 던지자 그는 어깨를 으쓱하며 시선을 피했다.

"사실 누나한테도 그렇지만 우리 가족 모두 누나가 아주 잠시라도 고아원에 있었던 사실, 되도록 떠올리고 싶어 하지 않습니다."

윤은 듣는 둥 마는 둥 시큰둥한 표정으로 카페의 여기저기를 훑었다. 윤의 그런 태도도, 규영의 아슬아슬한 대화도 마음에 들지 않아 예주는 입술을 슬쩍 깨물었다.

"우리 누나가 원래 좀 동정심이 많죠. 그 때문에 자그마한 친절을 오해하는 사람이 많습니다. 그래서 가족들이 이래저래 고민이 많죠. 워낙 세상이 험해서 말입니다."

"규영아."

이 만남을 계속 진행해야 할지 자꾸 의문이 들었다. 그나마 규영이 돌려 말하는 그 의도를 눈치챌 만도 하련만 윤은 여전히 귀찮아하는 표정만 지을 뿐 특별히 규영의 말에 신경 쓰는 것 같지는 않아 그나마 다행이었다. 그러나 윤의 침묵이 규영의 신경을 건드린 모양이다.

"고아원에서 만났다면서요? 부모님이 누군지는 알고 있습니까?"

"규영아."

초면에 결코 어울리지 않는 질문이 규영의 입에서 흘러나왔다. 말투조차 조금은 공격적이었다.

"아니요. 모르는데요?"

대수롭지 않은 질문이라는 듯 윤은 피식 웃으며 대답했다.

"궁금하지 않아요? 미혼모의 자식인지, 아니면 살인자의 자식인지. 저 같으면 궁금할 것 같은데……."

"박규영!"

너무 화가 나 예주는 규영을 노려보며 자리에서 벌떡 일어났다.

"이럴 거면 그만 가!"

애초에 상황을 너무 쉽게 생각한 그녀 탓이다.

아무리 규영이 그녀를 누나로서 아낀다고 해도 규영은 언제나 꽃길만 걸어온 사람이다. 그런 사람이 윤과 같은 위치의 사람을 받아들이는 건 쉽지 않은 일이었다. 규영이 아무리 그녀에게 다정해도 예주는 규영이 본래 동정심 많고 착한 사람이라고 믿을 만큼 순진하지는 않았다.

규영은 윤만큼이나 쉽게 마음을 여는 사람이 아니었다. 어떤 면에서 둘은 몹시도 닮았다. 세상을 거부하고 자기만의 세계를 구축한 사람들, 그리고 그 세계에는 그들이 선별한 아주 소수의 인간들만 들어갈 수 있었다.

"왜 그래? 나는 이제 조금 재미있어지려는데."

내내 심심해하던 표정을 거둔 윤이 눈을 빛내며 규영을 바라보았다. 윤의 그런 반응에 화가 났는지 예의상 떠올라 있던 엷은 미소마저 규영의 얼굴에서 자취를 감췄다.

"그만 가자, 규영아."

카페에 있는 다른 사람들의 시선이 부담스러워 다시 앉으면서 예주는 규영에게 부탁했다.

"우리 집안에 대해서 알고 있습니까?"

"규영아, 제발."

"대해그룹이 그렇게 만만한 곳은 아니죠. 누나는 좀 더 특별합니다. 어렸을 때 고생을 많이 해서 어른들이 마음 아파하시죠. 그래서 좋은 집안에서 어려움 없이 자란, 모난 구석이 없는 좋은 남자랑 결혼시키고 싶어 하십니다. 최윤 씨도 이해하시리라 믿습니다."

규영이 먼저 만나고 싶다고 말했을 때 이런 상황을 예상해야 했다. 예주는 자책하며 규영의 팔을 잡아끌었다.

"이제 할 얘기 다 했잖니. 그만 가자."

규영에게 화를 낼 수도 없었다. 윤에게는 너무도 무례한 행동이었지만 규영이 진심으로 그녀를 걱정해서 한 행동이라는 걸 알기 때문에. 두 사람에 대해 잘 알면서도 혼자만의 욕심으로 이런 자리를 마련한 예주, 그녀의 잘못이었다.

규영도 할 말을 다 했다 생각했는지 이번엔 예주가 이끄는 대로 자리에서 일어섰다.

"그래서 그 좋은 남자는 오예주를 얼 만큼 사랑할 수 있는데? 이 세상에서 여자는 오예주 단 하나라고 생각할 만큼은 사랑하나? 아니면 오예주가 없는 세상은 살아갈 의미가 없을 만큼 의미 있는 존재라고는 생각하나?"

말은 규영에게 하고 있었지만, 윤의 시선은 예주를 향하고 있었다.

어린애처럼 장난치던 모습도, 심심해서 죽을 것 같은 귀찮은 표정도 지워 버린 윤은 진지한 한 남자의 얼굴로 그녀를 바라보았다.

"가자, 누나."

발이 땅에 붙어버린 것 같은 예주를 이번엔 규영이 밖으로 이끌었다. 윤은 따라 나오지 않았다. 그저 규영의 손에 끌려가는 예주를 조용히 지켜만 보고 있었다. 예주는 차라리 그녀를 끌고 나가 주는 규영이 고맙게 느껴졌다.

규영은 굳은 얼굴로 운전에만 열중했다. 설혹 규영이 말을 건다 해도 예주는 말할 기운이 없었다. 더 이상 거짓말을 할 수가 없었다.

윤은 장난을 치는 것이 아니었다. 그저 어린 날의 인연으로 그녀에게 인간적 호의를 느끼는 것이 아니었다. 그 아이는 진심이었다. 윤이 규영에게 마지막에 한 말은 규영이 아니라 예주 그녀에게 하는 말이었다.

최윤, 최윤…….

그를 지워 버리려 눈을 감았지만, 웃음기 하나 없는 윤의 진지한 얼굴은 암흑 속으로 사라지지 않았다.

집 앞에 도착하자 규영은 예주를 내리지 못하게 막고 입을 열었다.

"그 자식이 누나 보는 눈을 봤어? 그건 절대 동생으로서 보는 눈이 아니야. 누날 여자로 본다고. 감히 그런 인간이."

"그런 식으로 말하지 마. 윤이가 날 여자로 본다고 해서…… 네가 그렇게 펄펄 뛸 일은 아니야."

"그건 누나도 그 자식을 좋아한다는 의미야?"

규영의 눈빛이 위험하게 번쩍거렸다. 이렇게 평정을 잃은 규영은 처음이었다.

"그 앨 남자로 생각하지 않아. 하지만 윤인 좋은 애고, 너한테 경멸받을 만한 어떤 짓도 하지 않았어. 우리랑 전혀 다를 게 없는 사람이야."

"정말 그렇게 생각해? 그럼 어머니나 아버지께 소개할 수 있어?"

말문이 막혔다.

"조금이라도 그 녀석이 생각이 있다면, 누날 정말 좋아한다면 내 말을 알아들을 거야. 안 그런다면 스스로 쓰레기라는 걸 증명하는 거지."

"험한 말 쓰지 말라고 한 건 너잖아. 나 따뜻하게 받아준 사람도 너잖아. 날 받아들인 것처럼 윤이도 그렇게 봐주면 안 되겠니?"

쉽지 않은 일인 건 알고 있었지만, 그래도 규영의 입에서 윤을 쓰레기라고까지 하니 마음이 쓰리고 아팠다.

"너랑 친하게 지내라고 하는 거 아냐. 그냥 내가 잘 아는 동생으로, 그렇게 그 애와 나 사이 인정해 주면 좋겠어."

"누난 달라. 누난 어머니 딸이잖아."

"하지만 친척들이 날 보는 시선은 내가 우리 아버지 자식이라는 거야. 말단 경찰의 딸. 어머니가 잠시 실수해서 낳은 딸."

"누나!"

"그래, 엄마 친척들 사이에서 보면 나랑 윤이랑 별로 다를 것도 없어."

"그렇지 않아!"

규영이 답답한지 핸들을 내려쳤다. 이렇게까지 규영을 몰아세운 자신이 싫어졌다.

예주는 파르르 떨리는 입술을 앙다물며 차에서 내렸다. 차가운 바람을 맞자 뜨거워진 가슴이 싸늘하게 식었다.

잠시 후, 규영이 차에서 내렸다.

"이만 들어가자."

"누나, 난 누날 한 번도 그렇게 생각해 본 적 없어."

규영의 눈빛이 흔들렸다. 애한테 무슨 짓을 했나 싶어 예주는 미안한 마음에 미소를 만들어냈다.

"알아. 네가 날 그렇게 생각 안 한다는 거."

알아도 이렇게 어쩔 수 없이 규영과의 거리를 느끼지 않을 수 없었다. 같이 살아온 세월로 치자면 윤과 비교도 할 수 없지만, 그래도 예주는 윤이 규영보다 훨씬 편했다.

"오늘은 이만 하자. 너도 힘들고 나도 좀 힘들어."

뭔가 더 하고 싶은 말이 있는 것 같았으나 규영은 입을 다물어 주었다.

규영과 헤어지고 방에 들어오자마자 예주는 그대로 방문에 등을 댄 상태로 바닥으로 스르르 주저앉았다. 몸을 지탱할 기운이 한꺼번에 빠져나간 것 같았다.

잊고 있는 척했지만, 엄마가 상처받을까 봐 아무것도 모르는 척했지만, 불행히도 친척들의 냉대로 받은 상처는 그리 쉽게 사라지지 않았다.

세상에 존재하지 말아야 할 더러운 존재를 보듯, 경멸과 분노, 비웃음이 가득 담긴 얼굴로 내려다보는 친척들의 시선은 그 자체로 열네 살의 소녀가 견딜 수 없는 폭력이었다. 아무리 몇 달에 한 번쯤 보는 사람들이라 해도 그 한 번에서 받는 고통이 너무나 컸다. 도망치지 않았던 건 고아원에서의 그 기억 탓이었다.

아무도 지켜줄 이가 없다는 그 막막함, 세상천지에 나 혼자라는 외로움.

그래도 이곳엔 엄마가 있었다. 그녀를 받아준 규영과 새아버지가 있었다. 어쩌면 태어나지 말아야 했을지도 모른다는 존재에 대한 회의는 그녀에게 의지하는 엄마로 인해 벗어날 수 있었다.

모든 이가 그녀 때문에 엄마가 불행해졌다고 했지만, 결국 엄마는 새아버질 선택했지만, 그래도 엄마는 그녀를 안고 그녀가 곁에 있어서 행복하다고 말해주었다. 그래서 예주는 결국 상처를 터뜨리는 대신 가슴 깊숙한 곳에 숨겼다. 그녀보다 더 아파하는 엄마를 위해서.

어둠 속에서 불도 켜지 않은 채 그렇게 얼마나 앉아 있었는지 모른다. 가방 속에서 갑자기 울리는 핸드폰 소리에 예주는 깊은 늪에 빠져 허우적대던 자신을 끌어 올렸다. 잠시 외면하고 싶은 욕구를 느꼈지만 이내 마음을 고쳐먹고 예주는 가방에서 핸드폰을 꺼냈다. 윤이라고 뜨는 발신자 이름에 잠시 멈칫한 예주는 이내 통화 버튼을 눌렀다.

"응, 왜?"

[목소리가 왜 그래? 울었어?]

"아니야."

부인하며 예주는 잠긴 목소리를 가다듬었다.

[좀 있다 다시 전화할게.]

"윤아!"

그대로 전화는 끊겨 버렸다. 어이가 없어 허탈한 웃음이 터졌다. 그렇게라도 웃고 나니 땅 밑으로 가라앉기만 하던 기분이 조금은 나아졌다.

"정말 엉뚱하다니까."

핸드폰을 내려놓고 예주는 방 안에 불을 밝혔다.

샤워까지 마치자 우울하던 기분이 많이 사라졌다. 이대로 잠을 자고 일어나면 괜찮겠지 하고 화장대에 앉아 스킨로션을 바르는데 핸드폰이 울렸다.

"아까는 맘대로 전화 끊어버리곤, 또 왜?"

[창문 앞에 서봐.]

웃으며 예주는 윤이 시키는 대로 창문 앞으로 갔다. 넓은 정원 곳곳에 불빛이 밝혀져 있었지만, 인기척이 없는 정원은 쓸쓸해 보였다.

[손 흔들어봐.]

"너 설마 여기 와 있어?"

아니겠지 하면서도 예주는 혹시나 싶어 물었다.

[젠장. 담이 하도 높아서 집이 안 보이네. 뭐 이런 데서 살아?]

"정말 왔어?"

시계를 보니 어느덧 자정이 다 되어가고 있었다.

[목소리 이상한데 그럼 그냥 처자냐?]

"잠깐만 기다려 봐."

물기가 채 마르지 않은 머리카락이지만 끈으로 느슨하게 묶고 옷은 손에 잡히는 대로 청바지에 티셔츠로 바꿔 입고 예주는 다급히 방을 나섰다. 조용한 복도에서 유난히 크게 울리는 발소리를 듣고서야 예주는 걸음을 늦추었다.

부모님은 모두 주무시는지 1층은 조용했다. 발뒤꿈치를 들고 조용조용히 예주는 집을 빠져나왔다.

대문을 열자 윤을 찾으러 고개를 두리번거릴 필요도 없었다. 바로 정면에 윤이 오토바이에 기댄 채 서 있었다.

"미쳤니? 이 늦은 시각에 여길 오면 어떡해?"

"우니까. 네가 우는데 내가 잠이 오겠냐? 얼굴이라도 보면 안심이 될 것 같아서 왔다, 왜!"

퉁명스러운 말투가 이상하게도 가슴을 울렸다.

아무리 아파도 울지 않았는데, 울컥하고 뜨거운 것이 가슴 위로 솟아올랐다.

"진짜 운 거야? 왜? 그 자식이 나 때문에 뭐라 그래?"

윤이 그녀에게 다가오더니 다짜고짜 턱에 손을 얹고 얼굴을 들어 올렸다.

"이러지 마."

"진짜 울었네?"

"아니야."

윤의 손을 슬며시 밀어내며 예주는 살짝 고개를 틀었다. 눈에 힘을 주며 버티자 맺혔던 눈물이 다시 스르르 사라졌다.

"울지 마. 나 때문이라면 더더욱 울지 마. 행복하게 해주려고 곁에 있는 거지, 울리려고 있는 거 아니야."

웃어넘겨야 하는데 그럴 수가 없었다. 말 한마디 한마디가 가슴을 파고들어 왔다.

"안 울었어. 그리고 너 때문에 웃으면 웃었지 울 일 없어."

고아원에서 모든 아이들을 받아들인 것처럼 굴었지만, 어쩌면 그녀가 가장 그들과 같아지길 원치 않던 위선자였다. 그 벽을 오직 윤만이 알았고, 깨뜨렸다. 그래서 윤은 특별했다.

"안 울릴 거야. 행복하게 해줄게."

남자의 향기가 물씬 풍겼다. 이글거리는 윤의 시선을 감당하지 못하고 여기저기로 시선을 분산하다 예주는 오토바이에서 눈길을 멈췄다.

"여기까지 오토바이 타고 온 거니?"

"응."

"위험한데 오토바이 꼭 타야 돼?"

멋진 오토바이였지만 사고가 나기 쉽다는 생각이 스치자 예주는 앞뒤 여유도 없이 그대로 말해 버렸다.

"내가 타고 다니는 거 싫어?"

"응. 위험하잖아."

"알았어. 내일 팔아버리지, 뭐."

어쩌면 지나친 참견일지도 모를 의견에 윤은 단 한 마디의 거절도 않고 단숨에 대답했다. 슬쩍 아쉬워하는 눈길이 오토바이에 닿는 것을 보면서 예주는 그가 오토바이에 애착이 없어서 그렇게 쉽게 대답한 것이 아니라는 걸 알 수 있었다.

"넌 내 말이라면 다 듣니?"

"응."

또다시 한 줌의 주저함도 없는 대답이 흘러나왔다. 복잡한 심정으로 예주는 그를 올려다보았다. 그때 고요한 골목에 바람이 휙 하고 지나가며 느슨하게 매어 있던 예주의 머리카락을 풀어버렸다. 긴 머리카락이 소용돌이치며 예주의 얼굴을 덮었다.

"잠깐만 기다려."

헝클어진 머리카락을 정리하려고 손을 드는 순간 윤이 다가왔다. 커다란 그의 손이 머리카락을 매만지며 제자리로 돌려주었다. 어릴 때의 아버지 손처럼 애정이 듬뿍 담긴 따뜻한 손이었다.

"이제 기분 괜찮아졌어?"

"응, 덕분에."

그리운 추억이 밀려와 예주의 눈에 맑은 눈물이 고였다. 아직 예주의 머리카락에 머물러 있던 윤의 손에 힘이 실렸다. 그 때문에 예주의 얼굴이 살짝 들리자 윤의 입술이 아래로 내려왔다.

두 번째 입맞춤이다. 떨어져야 한다는 걸 알면서도 그 부드러움에 예주는 몸의 힘이 빠져나갔다. 그러자 키스가 좀 더 진해졌다. 살짝 벌어져 있던 예주의 입술 사이로 뭉클한 것이 파고들어 왔다. 낯설고 축축한 느낌에 몸을 움찔하는 순간, 그것이 예주의 입술을 뚫고 안으로 들어왔다.

"읍."

뒤늦게 예주는 몸을 버둥거렸다. 그러나 윤은 떨어지는 대신 머리카락을 손으로 감으며 그녀를 더욱 가까이 끌어당겼다.

두 사람의 몸이 틈 하나 없이 가까이 붙었다. 소름 끼칠 만큼 남자의 탄탄한 몸이 그대로 전해져 왔다. 낯선 경험에 놀라 움찔하며 얼어붙은 순간, 윤의 혀가 그녀의 혀를 감았다. 발끝까지 뜨거운 전류가 흘러내렸다. 그대로 쓰러져 버릴 것 같아 예주는 윤의 어깨를 짚었다. 키스는 점점 더 진해져 그가 그녀를 먹어치우는 것은 아닐까 하는 생각마저 들었다. 그대로 삼켜져도 좋을 것 같았다. 몸이 용광로에 던져진 것처럼 뜨거워졌다. 이대로 죽을 때까지 끌어안고 있어도 괜찮을 것 같았다.

윤의 어깨를 짚고 있던 손에 점점 힘이 들어갔다. 그녀의 반응이 있자 윤의 몸도 점점 더 뜨거워지는 것 같았다. 꼭 붙어 있던 윤의 몸에서 뭔가가 점점 자라났다. 그것이 무엇이라는 것을 깨닫는 순간 예주는 자신이 지금 얼마나 위험한 짓을 하고 있는지 깨달았다.

감겨 있던 혀를 풀고 윤의 어깨에 놓여 있던 손바닥을 주먹으로 말아 예주는 그의 어깨를 때리기 시작했다. 가까이 접해 있던 몸을 최대한 뒤로 젖혔다. 처음엔 놓아주려 하지 않던 윤도 예주가 계속 반항하며 거부의 의사를 전하자 끙 하는 신음 소리와 함께 그녀의 곁에서 물러났다.

그의 손에서 풀려나는 순간, 예주는 그 이상 몇 배는 더 거리를 넓혔다. 그래도 두 사람의 가쁜 호흡 소리를 숨길 수는 없었다. 여전히 조금의 불씨만 있어도 타오를 수 있을 만큼 그들 사이에 흐르는 열기는 뜨거웠다.

"사랑해."

"넌 내 동생이야!"

인정하고 싶지 않았다. 윤을 사랑할 수는 없었다. 그리고 이렇게 그를 잃어버리고 싶지도 않았다.

"난 한 번도 네 동생이라고 생각해 본 적 없어. 널 잊지 않겠다고 맹세하던 그날부터 넌 줄곧 나한테 여자였어."

부인하듯 예주는 고개를 세차게 흔들었다. 참고 참았던 눈물이 한꺼번에 터져 나왔다. 당황한 예주는 그대로 고개를 숙인 채 대문을 열고 안으로 들어갔다.

쾅!

고요한 밤 골목에 천둥 번개보다 더 큰 소리가 울려 퍼졌다.

"안 돼. 절대로 안 돼."

윤에게 하는 말인지, 그녀 자신에게 하는 말인지 예주 스스로도 혼란스러웠다. 그저 지금은 윤과 멀리 떨어져 있고 싶었다. 그가 돌아간 것도 확인하지 않은 채 예주는 집으로 달려갔다.

1층은 나갈 때처럼 여전히 고요 속에 잠겨 있었다. 그러나 2층은 달랐다. 3층으로 올라가는 계단 중간쯤에 규영이 서서 그녀를 기다리고 있었다. 예주는 황급히 젖은 얼굴을 돌렸다. 지금은 규영까지 감당할 자신이 없었다. 규영이 이상하게 생각할 걸 알면서도 예주는 그를 외면한 채 자신의 방으로 달려갔다.

규영은 예주가 방 안으로 사라지는 걸 끝까지 지켜보고 있다가 그의 방이 있는 3층으로 몸을 돌렸다. 그의 방에도 정원이 내려다보이는 넓은 창이 있었다. 높은 담과 넓은 정원 때문에 대문 밖은 보이지 않지만, 어둠 속에서 달리는 하얀 물체를 보기엔 충분했다. 예주가 한밤중에 밖으로 달려나갈 이유는 오직 하나밖에 없었다.

"없는 것들이 꼭 그딴 짓을 낭만적이니 뭐니 하며 허름한 이름을 갖다 붙이지."

냉소 속에 규영은 분노의 감정을 감췄다.

오랫동안 어둠 속에 덮인 정원을 내려다보고 있다가 규영은 핸드폰을 집어 들었다.

"최윤 그 자식에 대해 알아와."

더 이상 망설일 이유가 없었다. 핸드폰을 내려놓는 규영의 얼굴은 한겨울 처마 밑에 매달린 고드름보다 더욱 날카롭고 차가웠다.

8

"나 좀 바빠서. 다음에 내가 연락할게."

끊임없이 이어지는 윤의 전화를 예주는 그때마다 피했다.

그를 받아들일 수 없었다. 끝이 뻔히 보이는 길이다. 굳이 끝까지 걸어가서 결과를 확인할 필요는 없었다. 윤이 그만 단념했으면 싶었다. 아니, 최소한 그녀 스스로 그를 담담히 바라볼 여유를 찾을 시간이 필요했다.

아직은 괜찮다고, 시작도 안 했으니 그를 잃지 않아도 된다고 마음을 달래며 예주는 윤이 그리운 순간들을 흘려보냈다. 그렇게 사흘쯤 지났을 때다.

오랜만에 후배들과 밝은 대낮에 모여 영화를 보러 가기로 했다. 혼자 있으면 머릿속이 복잡하기만 한 상황에서 후배들과의 약속은 예주로서도 환영할 만한 일이었다.

20대 초반의 아이들이 그렇듯 그들은 차에 올라타자마자 입을 열었다. 쉴 새 없이 조잘대느라 예주의 침묵쯤은 눈치채지 못하는 것 같았다. 사학과 교수님들에 대한 이런저런 내용들이 가장 먼저 도마 위에 올랐다. 어떤 교수가 수업을 잘하느니 어떤 교수의 옷차림이 어떻다느니 하는 이야기들이 뭐 그리 재미있는지 아이들은 대수롭지 않은 내용에도 까르르 하고 몸까지 흔들며 웃었다.

"와, 멋있다. 연예인인가?"

교문 앞까지 거의 다 왔을 때다.

뒷좌석에 있던 후배 하나가 창문까지 내리며 고개를 밖으로 삐죽이 내밀었다.

"어디, 어디?"

다른 후배들도 덩달아 호기심에 고개를 밖으로 뺐다.

"우와, 죽인다."

"언니, 완전 후광이 비쳐. 언니도 좀 봐봐."

조수석에 앉은 후배가 흥분한 얼굴로 예주의 어깨를 두드렸다.

"나 운전해야지."

"내가 핸들 잡고 있을게. 아니다, 차 좀 세워봐."

"야!"

핸들을 뺏으려는 후배의 손을 물리치며 예주는 브레이크를 밟았다. 잘못하단 사고라도 날 것 같았다. 대체 어떤 남자길래 애들이 이렇게 난리인가 싶어 예주도 후배의 어깨 너머로 시선을 던졌다.

후배들만 그렇게 생각한 것은 아닌 듯 교문을 들락거리는 많은 여자애들이 그 남자 주위로 구름처럼 몰려들고 있었다. 여대이긴 하지만 그렇다고 남자들이 아주 드문 것도 아니다. 여자애들을 기다리는 남자친구들이야 자주 볼 수 있었다. 그러니 지금과 같은 특수한 상황은 남자애가 정말 멋지다는 결론밖에는 나오지 않았다.

"내려서 보자."

감칠맛이 나는지 후배의 말이 떨어지기 무섭게 다른 후배들이 우르르 차에서 내렸다. 한숨을 내쉬며 예주도 후배의 뒤를 따랐다. 마침 그냥 보는 것만으로는 만족이 되지 않았는지 한 용감한 여자애가 그에게 접근했다. 이어폰을 꽂고 교문에 비스듬히 기대서 있는 모습이 어딘지 낯이 익다 싶은 순간, 남자가 고개를 들었다.

"하! 얼굴은 더 멋있어."

"옆선 좀 봐. 완전 죽여."

불행히도 예주는 후배들의 감동에 함께 젖어들 수 없었다. 윤에게 다가갔던 여자는 한마디도 제대로 건네지 못한 채 훌쩍 돌아서더니 달아나 버렸다.

"성깔 있나 보네."

후배의 혼잣말이 떨어지기 무섭게 윤이 주위를 두리번거리기 시작했다. 누군가를 찾는 윤의 시선이 예주와 마주치자 목적지를 발견한 것처럼 그대로 고정되었다.

"우리 보는 것 같지 않아?"

"설마……."

후배들의 수군거림 속에 은밀한 기대감이 묻어 나왔다.

"이만 가자. 이러다 영화 시각 늦겠어."

윤이 다가오는 게 아닐까 하는 두려움으로 가슴이 두근거렸다. 윤과의 복잡한 상황도 상황이지만 이렇게 요란한 등장 속에서 수많은 사람들의 시선을 받으면서 윤과 마주치고 싶지 않았다. 타인의 시선만큼 예주에게 두려운 것은 없었다.

"누굴 만나러 온 걸까?"

"애인이겠지. 누군지 모르지만 좋겠다."

"우리 기다렸다가 누군지 보고 가면 안 될까, 언니?"

"나 이 영화 오래 기다렸어."

아직 윤이 그녀에게 다가올 기미는 보이지 않았다. 하지만 그가 서 있는 교문을 통과하는 순간에라도 언제든 그는 예주를 붙잡을 기회가 있었다. 신경이 곤두선 바람에 살짝 목소리가 날카로워졌다. 불편한 기운이 전달되었는지 후배들은 눈치를 교환하더니 이내 잠잠해졌다.

마음 같아선 속력을 내고 싶었지만, 아직까지 학교 안이라 그럴 수는 없었다. 윤이 서 있는 곳을 통과하는 순간, 긴장으로 머리가 쭈뼛 섰다. 하도 핸들을 세게 잡아서 손이 핏기를 잃고 하얗게 떴다. 아무 탈 없이 교문을 통과하고 나서야 예주는 참고 참았던 숨을 토해냈다.

"언니, 왜 그래? 괜찮아?"

조수석에 앉아 있던 후배가 창백해진 예주를 발견하고는 깜짝 놀라 물었다.

"잠깐 속이 안 좋아졌어."

"괜찮겠어?"

"언니, 제가 운전할까요?"

뒷좌석에서 면허증을 갖고 있는 후배가 걱정스런 얼굴로 물었다.

"아니야. 괜찮아."

진정하기 위해서 큰 심호흡을 한번 내쉬었다. 다행히 관자놀이가 옥죄어올 만큼 긴장했던 신경이 조금씩 정상을 되찾고 있었다. 어느 정도 안전한 거리에 왔다고 생각했을 때 예주는 슬쩍 백미러로 윤을 찾았다. 그는 여전히 같은 자리에 서서 몸의 방향만 교문 안쪽에서 바깥쪽으로 돌려놓고 있었다.

'지금 내가 무슨 짓을 하고 있는 거지?'

자신의 비겁함을 깨닫자 속이 거북해졌다.

몇 번을 백미러 속에 비친 윤을 쳐다보다가 결국 예주는 결정을 내렸다.

몸이 갑자기 안 좋아졌다는 핑계를 대고 예주는 후배들만 극장으로 보냈다. 갑자기 약속을 깨고 지하철을 타게 한 것에 대한 미안함으로 예주는 후배들의 교통비와 간식비로 얼마간의 돈을 쥐어주었다. 몇 번 사양하다 결국 돈을 받아 든 후배들은 기쁨과 미안함이 뒤섞인 얼굴로 지하철을 타고 떠났다.

후배들이 떠나자 예주는 차에 올라타 윤에게 전화를 걸었다. 도저히 교문 앞으로 윤을 데리러 갈 엄두는 나지 않았기에 예주는 윤과 몇 번 만난 적이 있는 카페 이름을 대고 약속을 잡았다.

그녀가 카페에 도착하고 한 30분쯤 지나자 윤이 숨을 헐떡이며 카페에 모습을 드러냈다. 창가에 자리를 잡고 있는 예주를 보자마자 윤은 이마에 맺힌 땀을 닦을 생각도 하지 않고 환하게 웃었다. 그 미소가 너무나 눈부셔 예주는 고개를 돌려 외면했다.

잠시 후 예주의 맞은편에 윤이 털썩 하는 소리와 함께 자리를 잡았다. 교문 앞에서도, 방금 전 바로 면전에서도 그의 미소를 외면했음에도 윤은 화난 기색이 전혀 없었다.

"언제부터 서 있었던 거니?"

"오늘은 한 시간밖에 안 기다렸어."

"그럼 어제도 왔었단 말이야?"

어처구니가 없어 예주의 목소리가 높아졌다.

"응. 다섯 시간 기다렸는데 안 나오더라?"

"나 어젠 세미나 때문에 학교 안 왔어. 바보니? 오늘도 못 봤으면 어쩌려고."

우두커니 서서 그녀를 기다렸을 윤을 생각하니 화가 났다.

"그럼 내일 또 기다리면 되지."

무작정 사람을 기다린다는 것이 얼마나 힘든 일인지 뻔히 아는데 윤은 아무렇지 않다는 듯 태연하게 대답했다. 그것이 더욱 예주의 화를 북돋웠다.

"정말 다신 이런 짓 하지 마. 바보같이 이게 무슨 짓이니?"

"전활 안 받으니까 그렇잖아. 다시는 소식 안 끊는다고 약속했잖아. 그런데 왜 전화 안 받아?"

기다린 건 아무렇지 않은데 전화 안 받은 건 화가 나는 모양인지 윤의 목소리가 커졌다. 예주는 할 말이 없어 시선을 피했다.

"내가 키스해서 그런 거야? 싫었어?"

윤의 직설적인 질문이 곤혹스러워 예주의 얼굴이 붉어졌다.

"싫고 좋고 할 일이 아니잖아. 넌 내 동생인데."

"난 한 번도 네 동생이라고 생각한 적 없다고 했잖아."

도저히 도망갈 수 없도록 윤의 눈동자가 그녀를 잡고 놓지 않았다. 예주는 무릎 위에 올려놓은 손을 피가 통하지 않을 만큼 세게 쥐었다.

"난 널 동생 이외에 다른 식으로 생각해 본 적 없어. 넌 나한텐 규영이랑 똑같이 동생일 뿐이야."

"그럼 지금부터 생각해 봐."

"윤아."

답답한 마음에 예주는 윤의 이름을 불렀다.

"난 기다릴 수 있어. 10년도 기다렸는데 까짓 더 기다리지, 뭐."

대수롭지 않은 말투로 말을 해도 그것이 윤의 진심이라는 것을 느낄 수 있었다. 예주는 깊은 한숨을 내쉬며 그를 설득하려고 애썼다.

"윤아, 너 나 사랑하는 거 아냐."

"그럼 뭔데?"

"어릴 때 나밖에 없었으니까, 너한테 관심 가져준 사람이 나밖에 없었으니까. 그 뒤론 쭉 못 만났잖아."

말도 안 된다는 듯 윤이 피식 웃었다. 그래도 예주는 꿋꿋이 며칠 동안 생각해 둔 말을 뱉어냈다.

"그러니까 나는…… 너한테 그냥 환상이었을 거야. 그래, 그래서 날 여자로 생각했을 수도 있어. 하지만 그거 사랑 아니야."

"네 편한 대로 생각해. 나도 내 편한 대로 생각할 테니까."

윤은 예주의 말을 심각하게 받아들일 생각이 전혀 없어 보였다.

예주가 답답해서 얼굴을 찡그리자 비스듬하게 앉아 있던 몸을 예주 앞으로 바싹 당기며 윤이 속삭였다.

"머리 아프게 생각할 필요 없어. 마음 가는 대로 가면 되는 거잖아. 다른 놈 만나고 싶으면 만나. 난 기다릴 거니까. 평생이라도 기다려 줄 수 있어."

소설 속에서나 나올 것 같은 현실성 없는 말에 예주는 심각한 상황인 걸 알면서도 어처구니가 없어 웃고 말았다.

"젠장. 남은 심각하게 얘기하는데 웃음이 나오냐?"

"미안, 미안. 정말 나 평생 기다릴 거야?"

"당연하지. 왜, 안 믿겨져?"

더할 수 없이 가벼운 말투다. 그런데 예주를 바라보는 눈빛만은 진지했다. 예주의 얼굴에서 미소가 사라졌다.

"그냥 나 피하지만 마. 너 못 만나면 죽을 것 같으니까."

가슴이 욱신거려 왔다.

받아들일 수 없다는 걸 아는데, 그래서 윤도 가벼운 마음이길 원했는데…….

"네 나이 또래 여자애들 많이 만나봐. 그럼 결국 나에 대한 감정은 아무것도 아니란 걸 알게 될 거야. 아니, 아무것도 아닌 건 아니지. 너와 난…… 우린 가족 같잖아. 난 꼭 피가 섞여야만 진짜 가족이 된다고는 생각하지 않아."

예주는 진심을 담아 그에게 말했다.

어쩌면 정말 그럴 수도 있었다. 그녀에겐 그래도 엄마가 있고, 새아버지가 있고, 새 남동생이 있지만 윤에게는 아무도 없었다. 오직 그녀밖에는. 그것을 사랑으로 착각할 수도 있었다.

"그럼 이제 내 전화받는 거지?"

윤은 고민하는 척조차 하지 않았다. 오직 목표한 지점에만 집중할 뿐 그 외의 다른 것에는 조금의 관심도 보이지 않는 그의 성격을 그대로 보여주는 행동에 예주는 한숨을 내쉬었다. 이것저것 많은 생각 때문에 앞으로 나아가지 못하는 그녀 같은 사람에게는 때론 윤의 이런 저돌적인 맹목성이 부럽기도 했다.

"그래, 그렇게."

목적을 달성한 윤은 사탕을 얻어낸 아이처럼 환하게 웃었다.

임시방편이라는 걸 알고 있다. 해결된 것은 아무것도 없었다. 어쩌면 지금 매몰차게 돌아서는 것이 서로에게 가장 좋은 방법일지도 몰랐다. 그러나 윤을 웃게 해주고 싶었다. 잠시만이라도 그가 행복해하는 모습을 곁에서 지켜보고 싶었다. 그래서 그녀도 행복해지고 싶었다.

찰칵, 찰칵.

쉴 새 없이 카메라 플래시가 터졌다. 다른 스태프들은 자리를 비우고 혁주와 윤 단둘만 스튜디오를 지키고 있었다. 언제가 될지는 모르지만 혁주의 개인 화보집에 쓰일 사진을 찍는 중이었다. 분장도 없이 가장 자연스러운 모습을 찍고 싶다는 혁주의 소망대로 윤은 장의자에 한쪽 무릎을 올려놓고 편하게 앉아 예주 생각에 빠졌다.

"요즘 연애가 잘되나 보네?"

"신경 *끄쇼.*"

혁주가 말을 거는 바람에 예주에 대한 생각의 흐름이 끊기자 윤은 퉁명스럽게 대꾸했다.

"여자가 좋긴 좋은가 보다. 매번 뚱한 표정만 짓더니 아주 좋아 죽을라 그러네."

"그럼, 좋지. 좋아하는 여자를 매일 보는데. 노땅이야 그런 기분을 모르겠지. 쯔쯧, 그 나이 되도록 사랑 한 번을 제대로 못 해 보냐."

윤의 도발에 혁주의 이마에 깊은 주름이 새겨졌다.

"그런데 열일곱 살 때도 그 여자만 찾으면서 좋아한다고 했잖아. 그럼 대체 몇 살 때 반한 거야?"

찰칵.

예주와 처음 만난 그때를 회상하며 윤의 눈빛이 깊어지자 혁주는 때를 놓치지 않고 다시 카메라 셔터를 눌렀다.

"열 살 때."

"하여튼 엄청 조숙했구만."

혀를 차며 혁주는 다시 사진 한 장을 찍었다.

"뭐 때문에 반했는데? 예뻐서?"

카메라 렌즈를 만지작거리며 혁주가 놀리는 투로 물었다.

"내가 오이 못 먹는 걸 알아채서."

예상 못 한 대답에 놀랐는지 혁주가 렌즈를 보려 숙였던 얼굴을 들었다.

"뭐라고?"

얼이 빠진 혁주의 얼굴을 보고 윤은 킥킥거리며 웃었다.

"진짜야?"

윤은 침묵으로 대답했다.

"미친놈."

"10년 동안 내가 오이 못 먹는 거 아무도 몰랐어요. 그런데 예주는 고아원에 온 지 한 달도 안 되어서 내가 오이 못 먹는다는 걸 알아줬어."

그건 어쩌면 아주 사소한 일일지도 몰랐다. 그러나 그 사소한 것을 다른 사람들은 10년 동안 알지 못했다.

그저 고아원에 있는 수많은 아이들 중의 하나로만 존재하던 그가 예주를 만나서, 그녀에 의해 다른 이와 구별되는 최윤이라는 독립된 개체로서 인정받았던 것이다.

"아무한테도 내가 오이 못 먹는다는 거 얘기 안 했어. 대신에 남들 몰래 내 음식에 있는 오이를 빼줬어. 내가 먹을 수 있도록. 그때 결심했지. 내 여자로 만들어야겠다고."

똑같이 버림받았으면서 아닌 것 같은 얼굴로 돌아다니는 예주를 처음엔 미워했다. 비웃기도 했다. 그런데 그녀는 정말 달랐다. 남들에게 보이기 위해서 다정한 것이 아니었다. 남들에 대한 배려보다 분노를 먼저 배우는 다른 아이들과 달리 그녀는 끝까지 자신의 분노와 상처를 다른 이에게 배출하지 않았다. 오히려 다른 이의 분노와 상처까지 담담히 받아들이며 그들을 위로했다. 그녀의 배려와 따뜻함은 윤이 세상에 태어나 10년을 살아오면서 그 누구에게서도 맛보지 못한 색다른 경험이었다.

결국 그녀는 그들과 다른 이라는 걸 증명하듯 그녀를 데리러 온

친엄마와 함께 고아원을 떠났다. 버림받지 않았다고 주장하던 그녀의 말도 결국은 진실이었던 것이다.

"차는 어쩌고 여기서 만나자고 그래?"

"선배랑 볼일 있어서 그 차에 얻어 탔다가 돌아가는 길에 내려 달라 그랬어."

"내가 보고 싶어서?"

눈을 빛내는 윤을 보며 예주는 피식 웃었다.

"넌…… 설마 오토바이 타고 온 건 아니지?"

윤이 온 길을 살피며 예주가 걱정스레 물었다.

"오토바이는 이미 예전에 팔아먹었지."

"아니, 왜?"

"네가 타지 말라며!"

예주의 반문이 억울한지 윤이 툴툴거리며 대답했다.

"그래서 정말 팔았어?"

"그까짓 게 뭐 어렵다고? 오예주가 시키는 일은 뭐든 다 한다고 했잖아."

그가 시원스레 대답했다. 그러면 안 된다는 걸 알면서도 예주는 윤에 대한 자신의 영향력에 기뻤다.

"그럼 뭐 타고 다녀?"

"지하철."

"지금도 그거 타고 온 거야?"

지하철 출입구와 다른 쪽으로 걸어온 것 같아 예주는 고개를 갸웃했다.

"근처에 있었거든."

"아……."

그제야 예주는 고개를 끄덕였다.

"강남에 볼일 있다 그랬지? 택시 타고 갈까?"

택시를 잡으려는 듯 윤이 도로 가까이 다가갔다.

"왜, 지하철 타고 가면 바로 가는데?"

"귀하신 몸이 지하철은 탈 줄 아냐?"

"어째 비꼬는 것 같다? 나 지하철 자주 타고 다녀."

"비꼬는 거 아닌데……. 진짜 몰라서 물어본 거야."

윤이 예주의 반응에 더 당황스러워하는 걸 보고 예주는 계면쩍게 웃었다. 어머니가 사는 부유한 세계에 처음 들어갔을 때 느꼈던 어색함은 지금도 완전히 사라지지 않았다. 그래서인지 그녀는 언제나 자신의 부유함이 과하게 의식이 되곤 했다. 그 부유함 때문에 윤이 자신을 다른 세계의 사람처럼 느낄까, 그래서 방어적으로 굴었던 것이다. 그런데 윤이 그녀에게 거리감을 느낄까 봐 두려운 이 마음은 어디에서 오는 것일까…….

"가자!"

윤이 지하철역 입구로 방향을 틀며 손을 내밀었다. 예주는 복잡한 생각을 떨쳐 버리고 윤의 손을 붙잡았다.

평일인데도 강남으로 가는 방향이어서인지 사람이 많았다. 윤은 지하철에 올라타자마자 예주를 출입문의 반대쪽 문으로 이끌었다. 예주가 문에 등을 기대고 서자 윤은 그녀 앞에 마주 서서 긴 팔을 예주의 어깨 위로 뻗어 다른 사람이 접근할 수 없도록 벽을 쳐주었다. 윤이 한참 어린데도 그에게서는 든든함이 느껴졌다.

"음악 들을래?"

그가 주머니를 주섬주섬 뒤지더니 이어폰 하나를 꺼내 그녀에게 건네주었다. 윤이 다른 한쪽을 귀에 꽂는 걸 보면서 예주도 그가 준 이어폰을 귀에 꽂았다. 시끄러운 음악 소리가 귀를 아프게 때렸다.

"음악 죽이지?"

그의 미소가 싱그러웠다. 좋아하는 음악 취향이 아니었지만 예주는 웃으며 그의 말에 반박하지 않았다.

같은 음악을 들으며 이어폰에 매달린 줄을 공유한 두 사람은 굳이 말이 필요하지 않을 만큼 일체감을 느꼈다. 윤은 때론 음악에, 때론 그녀의 시선에 취한 것처럼 그렇게 시선을 주었다 가져갔다 반복했다. 음악에 취해 살짝 눈을 감은 그 모습이 그대로 하나의 화보처럼 보였다. 예주만 그렇게 생각한 것이 아닌 듯 남자, 여자를 가리지 않고 주위 사람들이 그를 힐끔거리며 쳐다보았다.

"너 정말 이때까지 여자 사귀어본 적 없어?"

"없어."

무슨 뜻으로 묻느냐는 듯 윤의 시선이 그녀에게 고정되었다.

"사람들이 너 쳐다봐. 내 후배들도 너 보고 정말 잘생겼다고 하더라. 연예인 아니냐고."

놀라울 것 없다는 듯 윤이 어깨를 으쓱했다.

"사귀자고 하는 여자애들은 있었지?"

"응."

아무렇지 않게 담담하게 얘기하는 윤의 대답에도 불구하고 예주는 기분이 살짝 나빠졌다.

"그런데?"

"싫다고 했지. 계집애들이랑 노닥거리는 거 재미없어."

"그럼 나랑도 재미없겠다?"

그의 대답을 예상하면서도 입을 간질이는 말을 하지 않을 수 없었다.

"넌 계집애가 아니잖아. 오예주지. 나한테 하나밖에 없는 여자."

뻔히 예상한 대답이었음에도 기뻤다. 자신의 반응이 정말 지독스레 영악스러운 걸 알면서도 너무도 기뻤다. 차마 그런 자신을 그대로 보일 수 없어 예주는 슬쩍 윤의 시선을 피했다.

사람들에게 떠밀리듯 강남역에서 내려 출입구 쪽으로 나오자 에스컬레이터가 보였다. 그곳도 역시 기다란 줄을 이루며 많은 사람들이 대기하고 있었다.

"우리 계단으로 갈까?"

윤의 제안에 예주는 고개를 끄덕이며 옆으로 슬쩍 발길을 옮겼다. 그때 갑자기 예주의 몸이 붕 떠올랐다.

"윤아!"

치마가 벌어질까 봐 급하게 다리를 오므리며 예주는 윤을 절박하게 불렀다. 그러나 윤은 그녀를 내려놓지 않았다.

"최윤! 내려줘!"

"창피하면 고개 숙여."

윤은 재미있는 모양이다. 그녀가 주먹을 말아 쥔 채 그의 어깨를 아무리 두드려도 윤은 낄낄거리며 웃을 뿐 그녀를 내려주지 않았다. 사람들이 눈을 휘둥그레 뜨고 그들을 지켜보는 걸 느낀 예주는 얼굴이 벌겋게 달아올랐다. 결국 윤이 계단에 발을 올려놓았을 때 예주는 그의 든든한 가슴으로 얼굴을 숨길 수밖에 없었다.

계단은 꽤 높았다. 얼굴과 맞닿은 윤의 가슴에서 거친 호흡이 느껴졌다. 시간이 흐를수록 호흡의 거칠음은 더욱 깊어졌지만 그래도 윤은 계단을 완전히 오를 때까지 예주를 내려놓지 않았다.

환한 빛과 함께 소음이 몇백 배 더 커진 걸 느끼고 예주는 그들이 지상으로 나왔다는 걸 알았다. 이젠 내려주겠지 안도한 것도 잠시, 윤은 그녀를 내려놓기가 아쉬운지 그녀를 안은 팔에 힘을 주었다. 이러다 붙박이가 되는 것은 아닌가 하는 두려움에 예주는 몸을 꿈틀거렸다. 그제야 윤의 팔에서 힘이 빠져나가더니 그가 그녀를 땅에 내려놓았다.

"재밌지?"

이마에 땀이 송송 배어 있는 모습을 하고서도 뭐가 그리 재미있는지 윤은 활짝 웃었다. 그러나 예주에겐 그저 주위 사람들의 시선밖에는 느껴지지 않았다.

아직도 식지 않은 얼굴을 두 손으로 감싼 채 예주는 그를 버려두고 걷기 시작했다.

"재미없었어?"

"하나도. 다신 이런 짓 하지 마."

예주의 대꾸가 심상치 않자 윤의 얼굴에 피어올랐던 미소가 사그라졌다.

"왜 그래? 편하게 올라오고 좋지. 남들 눈이 그렇게 신경 쓰여?"

"난 너랑 다르니까. 봐. 지금도 다 쳐다보잖아."

너무 부끄러워서 눈물까지 차올랐다. 그녀를 따라 걸으며 얼굴을 살피던 윤은 생각도 못 한 예주의 반응에 놀랐는지 머리를 긁적거리며 사과했다.

"알았어. 담부턴 안 할게. 그러니까 울지 마. 제발. 응?"

예주가 시선을 피하자 팔을 뻗어 그녀를 세우더니 눈을 맞추며 사과의 뜻이라는 듯 두 손을 비볐다.

"미안해. 다신 안 그럴게."

무릎까지 구부리며 예주와 시선을 맞추려고 애쓰는 그를 보자 그만 웃음이 터져 나오고 말았다. 햇빛을 받은 해바라기처럼 윤의 얼굴이 환해졌다.

"나 용서한 거다?"

"다신 그러지 마."

"오케이. 안 해. 절대로 안 해."

두 손과 머리까지 흔들며 윤이 엄숙하게 맹세했다. 그것마저도 그녀라면 절대 하지 않을 행동이었지만 예주는 그의 사과를 받아들일 수밖에 없었다.

사실 그렇게 화낼 일은 아니었다. 다른 여자였다면 낭만적이라며 즐겁게 받아들일 수도 있는 일이었다. 그러나 그녀는 다른 여자가 아니었다.

오예주, 그녀와 최윤은 너무도 다르다는 걸 또 한 번 느낄 수밖에 없었다.

"여길 오려고 한 거야?"

CD가 수북이 전시되어 있는 곳을 두리번거리며 윤이 의아한 얼굴로 물었다.

"응. 왜?"

"요즘은 CD 잘 안 사잖아. 나한테 말하면 구워줄 텐데."

"그건 불법이잖아. 난 정식으로 사서 듣는 게 맘 편하고 좋아."

구두 굽 소리가 매장에 울려 퍼졌다. 1, 2년 전만 해도 이것보다 훨씬 넓고 손님들로 가득 차 있었는데 지금은 그녀 외엔 서너 명 정도의 손님밖에 없었다.

"클래식 좋아해?"

"응."

예주가 좋아하는 베토벤 음반을 집어 들자 윤도 같은 것을 하나 집었다. 그러나 이내 별 관심이 가지 않는지 윤은 도로 음반을 내려놓았다.

"넌 메탈 같은 거 좋아하지?"

"취향 없어. 주로 신난 음악을 듣긴 하지."

"그래."

윤에게 같은 걸 하나 선물하려던 계획을 접고 예주는 원래 사려고 한 음반들만 골랐다.

"이거 같은 거 아냐?"

CD를 전부 고른 후 클래식 코너를 떠나려 하자 윤이 예주의 손에 들린 음반들을 가져가다 고개를 갸웃거리며 물었다.

"응? 아, 곡목은 같은데 연주한 사람들이 달라."

"그게 다른가?"

"응, 연주한 사람에 따라서 느낌이 많이 달라. 비교하면서 들어보면 그것도 재미있어."

"흠……."

고개를 끄덕거리긴 했어도 윤은 확실히 납득한 얼굴은 아니었다.

"너도 하나 골라봐. 내가 선물할게."

"됐어."

"그러지 말고 하나 골라."

싫다는 윤을 예주는 다른 음반 코너로 몰았다.

윤이 고른 음반 두 개까지 계산대에 올려놓고 보니 CD가 일곱 장이나 되었다.

"오늘은 남자친구랑 같이 오셨네요?"

단골 매장이라 얼굴을 알고 있는 점원이 예주의 옆에 선 윤을 보더니 싱긋 웃으며 말을 건넸다.

"아뇨."

"맞아요."

예주의 부인과 윤의 긍정이 동시에 튀어나왔다. 알 만하다는 듯 점원의 웃음이 더욱 깊어졌다. 그사이에 윤이 카드를 꺼내 점원에게 건네주었다.

"뭐 하는 거니? 잠깐만요."

점원을 불러 세우며 예주는 지갑을 열었다.

"내가 사주고 싶어서 그래."

윤이 예주의 팔을 잡더니 점원에게 계산하라고 주문했다. 점원은 두 사람의 실랑이를 그저 연인 사이에 종종 일어나는 것으로 알았는지 예주가 말려도 윤의 카드로 계산을 끝내 버렸다.

매장을 나오며 예주는 윤에게 멋대로 계산한 것에 대해 투덜거렸다. 그러나 윤은 아무렇지 않은 듯 싱글거리며 예주의 말을 무시했다.

"내가 사주고 싶었단 말이야."

"그럼 네가 밥 사. 그럼 되겠네."

윤의 태연한 태도가 얄미워 예주는 순간적으로 그의 발을 한 대 걸어차 주고 싶은 열망을 느꼈다.

"저기요. 여기 나온 사람 맞죠?"

어떻게 윤에게 한 방 쏘아주나 고민하는 순간을 파고드는 귀여운 목소리에 예주와 윤은 서로에게 향하던 시선을 소리가 난 쪽으로 돌렸다. 고등학생으로 보이는 교복을 입은 두 여자아이였다. 아이들이 들고 있는 잡지로 시선을 떨어뜨리자 윤과 몹시 닮은 한 남자의 사진이 보였다. 화장을 몹시 진하게 해서 몰라봤을 뿐, 잡지 속 인물이 윤이라는 것을 깨닫는 데는 그리 시간이 오래 걸리지 않았다.

"아닌데?"

윤은 눈 하나 깜박이지 않고 곧장 부인했다.

"맞는 것 같은데…… 성말 아니에요?"

"아니야."

"똑같이 생겼어요."

윤의 확실한 부인에도 불구하고 애들은 순순히 물러서지 않았다. 예주 역시 아이들을 이해할 수 있었다. 똑같이 생겼는데도 표정 하나 바꾸지 않고 부인하는 윤이 그저 놀라울 뿐이었다.

"세상에 진짜 닮은 놈 많네. 나 여친이랑 지금 데이트 중이거든? 이만 가줄래? 나 방해받는 거 무지 싫어하거든?"

"얘, 그만 가자. 아니면 아니지, 되게 싸가지 없다."

조금 전까지만 해도 눈을 빛내며 접근하던 아이들 중 하나가 기분이 상했는지 아직 미련이 남은 것 같은 친구의 팔을 잡아당겼다.

"그래, 그만 가봐라."

윤은 눈앞에서 비난을 들었는데도 태연했다.

"흥! 하나도 안 닮았어."

윤의 태도에 상처받았는지 여자아이는 혀까지 내민 후 그래도 발길을 떼지 못하는 친구를 질질 끌며 사라져 갔다.

"대단하다, 요즘 애들."

태연하게 거짓말하는 윤도, 또 좀 쌀쌀맞게 대했다고 금세 안면을 확 바꾸는 낯선 애들도 예주에겐 놀라울 뿐이었다.

"그만 밥 먹으러 가자."

아무 일도 없던 것처럼 윤은 다시 웃으며 예주의 팔을 잡아끌었다.

"사람들이 아는 척하는 거 싫어?"

"어. 그것 때문에 귀찮아서 일부러 공중파 안 나간 건데."

남의 눈을 개의치 않는 윤이, 그럼에도 접근해 오는 것은 싫은 윤이.

　때론 윤을 제대로 이해하기 힘들다고 생각하며 예주는 고개를 살짝 흔들었다.

9

모델을 오래 하다 보니 낯선 사람들 시선에는 도가 트였다. 패션쇼에서는 몇 초 만에 옷을 갈아입어야 하기 때문에 서로 발가벗는 것에도 신경 쓸 시간이 없을 정도라 오디션장에서의 어수선함은 그에 비교할 바가 아니었다. 그래서 윤은 친한 이 없는 세트장에서도 태연하게 벽에 기대서서 주위 사람들을 살필 여유까지 생겼다.

오늘 오디션을 보는 사람은 윤까지 합해 총 다섯 명 정도로 보였다. 그중에서 두 명 정도는 같은 모델 출신으로 안면이 있었다. 윤이 공중파 방송은 관심 없다는 것이 업계에서는 자자했기 때문에 그들은 윤의 등장에 놀란 표정을 감추지 못했다.

"어떻게 된 거야? 소문이 사실이야?"

"무슨 소문?"

얼굴은 알아도 말은 거의 나눈 적이 없는 홍석훈이 궁금함을 참지 못하고 윤에게 다가왔다.

"네가 마이더스랑 계약하기로 했다던데? 그래서 유지섭이 얼굴이 편치 못하더라고."

유지섭은 윤이 알고 있는 또 다른 모델 출신의 신인배우이다.

"유지섭은 세븐스타랑 계약했잖아. 이번 작품을 세븐스타에서 제작할 거라서 오늘 오디션은 떼놓은 당상이라고 자신만만해했는데…… 네가 마이더스를 등에 업었으면 일이 좀 곤란해지지."

"유지섭이 할 거라면 오디션을 왜 하는 거야?"

의아한 얼굴로 윤이 묻자 홍석훈은 한심하다는 얼굴로 그를 쳐다보았다.

"구색은 맞춰야 하니까."

"그걸 알면서도 넌 왜 온 건데?"

"이렇게라도 자주 얼굴 비추면 혹시 알아? 다른 곳에서라도 날 써줄지."

홍석훈이 세트장을 한번 쓱 훑었다. 드라마를 제작할 스태프들 외에도 세트장과는 어울려 보이지 않는 양복 입은 신사들이 제법 보였다. 홍석훈의 시선을 따라가다 윤은 마이더스의 장 부장 얼굴을 확인하고는 깜짝 놀랐다. 시선이 마주치자 장 부장이 슬쩍 손을 흔들었다. 홍석훈도 그 장면을 놓치지 않았다.

"사실이야? 마이더스랑 계약하기로 한 거?"

"아직은 아니야."

계속 옆에 있다간 고주알미주알 캐는 홍석훈 때문에 귀찮을 것 같아 윤은 자리를 떴다.

유지섭은 윤과 모델업계에서 쌍벽을 이루는 사람이다. 키도 186과 189로 거의 차이가 없었고, 디자이너들이 요구하는 이상적인 몸매와도 제일 많이 닮았다는 평가를 받았다. 차이가 있다면 유지섭이 깎아 만든 것 같은 서구적인 얼굴을 가진 반면에 윤은 소년과 성인 남성이 미묘하게 섞여 있는 얼굴을 갖고 있다는 것이 달랐다. 그래서 두 사람 모두 많은 러브콜을 받았지만 지섭과 달리 윤은 그들의 구애를 물리쳤다. 공중파로 진출한 유지섭은 근래 일요 아침 드라마를 찍었지만, 생각만큼 반향이 좋지는 않은 모양이었다.

윤은 오랜 라이벌 관계라도 홍석훈보다는 유지섭과 더 친분이 있었으나 눈길이 마주치자 재빨리 시선을 피해 버리는 등 유지섭은 윤에게 전혀 다가올 기미가 보이지 않았다. 윤은 어깨를 으쓱하며 스태프들이 나눠준 대본을 받아 들었다.

대본 내용은 어릴 때 헤어진 소녀를 찾아 헤매는 한 남자의 이야기였다. 고아원에서 만난 소녀를 잊지 못해 계속 찾던 남자가 성인이 되어 그녀를 찾게 되지만 결국 그 소녀 때문에 목숨을 잃게 되는 내용이었다. 묘하게 예주와 자신의 상황과 비슷한 부분이 있어 윤은 대본에 쉽게 몰입됐다.

"자, 시작합시다!"

현장 신호와 함께 카메라 테스트가 시작되었다.

홍석훈의 말이 틀리지는 않았는지 카메라 테스트를 하는데 유지섭을 제외하곤 다른 후보들에게 할애하는 시간이 짧았다. 유지섭의 차례가 다가와서야 카메라가 바삐 움직이며 지섭의 여러 모습을 담았다. 감독은 모니터와 카메라를 번갈아 살피며 이런저런 포즈를 요구했다. 마지막으로 윤의 차례가 다가왔다. 강해경이 왜 이번 오디션을 내기로 걸었는지 이해하며 윤은 시니컬한 표정으로 카메라 앞에 섰다.

"이번엔 왼쪽으로 좀 틀어봅시다."

다른 후보들에게는 시키지 않은 요구였다. 사람들이 수군거리기 시작했다.

윤은 감독의 요구대로 몸을 틀었다. 감독은 그 후로도 몇 번의 몸짓을 요구했고, 윤은 그대로 했다. 양복을 입은 남자 몇 명의 얼굴이 굳어졌다. 유지섭의 표정 역시 좋지 않았다.

감독의 특이한 행동은 대본 리딩 시간에도 이어졌다.

아무리 리딩일 뿐이라 해도 연기력이 요구되는 시간이었다. 모델 출신으로 상류층 여자의 눈에 띄어 추악하게 출세하는 드라마 남자주인공의 히스토리에 맞춰 모델 출신으로 후보를 뽑았기 때문인지 후보자들의 리딩 능력이 형편없었다. 심지어 아침 드라마 경험이 있는 유지섭조차도 감정이 느껴지지 않는 리딩에 오디션 촬영장은 절망의 기운이 무겁게 내려앉았다. 그리고 마침내 윤의 차례가 되었다.

"널 위해서 내 목숨을 바칠 수 있다면 난 기꺼이 그렇게 할 거야."

예주를 생각하면 드라마의 남자주인공이 어떤 심정일지 상상할 필요조차 없었다. 지금 연기를 하고 있는 건지, 아니면 그냥 자기 자신을 보여주는 것인지 헷갈릴 정도로 윤은 몰입해서 대본을 읽어 내려갔다.

"내일 유지섭 씨와 최윤 씨는 다시 한 번 봅시다."

감독의 선언에 양복을 입은 사람들이 감독의 곁으로 달려갔다. 뭐라고 감독에게 요구하는 것 같았으나 감독은 그들의 말에 고개를 흔들었다.

"야, 이거 사건인데? 감독이 네가 마음에 들었나 봐. 하긴 카메라 테스트할 때 보니까 디자이너들이 주인공한테 반해서 매달린다는 설정도 이해가 가긴 하더라. 네가 원래 남자들한테도 인기가 좋잖아."

홍석훈이야 좋은 의도로 한 말이겠지만 윤이 듣기에는 기분 나쁜 말이었다. 안 그래도 윤을 두고 남자 디자이너들이 뒤를 봐준다느니 권혁주와 그렇고 그런 관계라느니 하는 말들이 오고 가는 것을 알고 있었다.

"난 이쪽으로 가는데?"

윤이 발을 멈춰 서자 홍석훈은 어리둥절한 얼굴로 주위를 둘러보다 윤의 표정을 보고서야 뜻을 이해한 듯 얼굴을 찡그렸다.

"하여튼 사람 싫어하는 건 여전하구나. 넌 그 태도 고쳐야 할 거다. 안 그럼 대성하기 힘들어."

윤이 표정을 누그러뜨리지 않자 홍석훈은 툴툴거리며 윤을 떠났다. 조용해진 주위에 한숨 돌리며 윤은 홍석훈이 걸어간 길과 반대 방향으로 발길을 돌렸다.

지하철역까지 걸어가며 음악을 듣기 위해 윤은 청바지 주머니를 뒤졌다. 그때 핸드폰이 울렸다.

"무슨 일 있어요?"

[어떻게 됐어? 오디션은 끝났어?]

"끝났죠. 그것 때문에 걸었어요?"

[궁금한 것도 죄냐. 어째 넌 신경 써줘도 불만이야?]

귀찮아하는 마음이 드러났는지 혁주가 퉁명한 목소리로 소리쳤다.

"낼 다시 한 번 보잡디다."

[오호, 감독이 네가 마음에 들었나 보네. 어때? 술이나 한잔할래? 한고비 넘겼는데.]

"애인 만나러 가야 돼서 안 돼요."

[이놈의 자식이. 너 그딴 식으로 사회활동하면 인간관계 다 끊긴다.]

"지금도 인간관계는 없는데요? 그리고 난 예주만 있으면 되니까."

[한심한 새끼. 끊자.]

툴툴거리며 혁주가 전화를 끊었다. 한두 번 있던 일도 아니고, 윤은 어깨를 으쓱하며 핸드폰을 다시 주머니에 넣었다.

예주를 바(Bar)에 데리고 간 윤은 오디션 때 있었던 일을 상세하게 설명해 주었다. 그 모든 일에 낯선 예주는 신기해하며 그가 하는 말을 귀담아들었다.

"윤 씨, 오늘은 일하는 날도 아닌데 웬일이에요?"

이젠 익숙해질 법도 하건만 평화를 깨뜨리며 다가온 여자의 존재에 예주는 살짝 짜증이 났다. 윤도 그런 모양으로 험악한 인상을 지으며 여자를 노려보았다.

"애인이랑 놀려고요."

치렁치렁한 링을 귀에 매단 여자는 이런 바(Bar)에 몹시도 잘 어울리는 세련된 여자였다. 윤과 그녀가 아는 사이라는 사실만으로도 예주는 기분이 언짢아졌다.

"애인 있었어요?"

여자가 호기심 섞인 시선으로 예주를 훑었다. 그때까지 조심스럽게 그들 테이블을 살피던 사람들도 노골적으로 예주에게 시선을 고정시켰다. 칵테일까지 넘기기 힘들어질 정도로 불편해지자 예주는 자기도 모르게 윤을 향해 도움의 시선을 던졌다.

"내 여자한테 다들 그만 시선 떼시지."

바(Bar)에 흐르던 재즈풍의 음악을 순간 덮어버릴 만큼 윤의 목소리는 험악했다. 움찔 놀라며 사람들이 그들에게 향해 있던 몸을 제자리로 돌렸다. 윤에게 처음 말을 걸었던 여자도 말없이 테이블을 떠났다.

"왜 이렇게 남의 일에 관심 가지는 인간들이 많은 거야?"

윤이 투덜거리며 예주에게 미안한 표정을 지었다. 그러나 예주는 윤에게 웃어줄 수 없었다.

"만약 오디션 통과하면 이제 이렇게 만나기도 힘들겠다."

"무슨 소리야? 신경 쓸 거 없어. 마음대로 만나도 돼. 그렇게 약속했으니까."

"그래."

아니라고 했다간 오디션도 그만둘 것 같아 예주는 그의 말에 수긍하는 척했다. 하지만 자꾸만 아래로 가라앉는 기분만은 어찌 달

랠 수 없었다.

"이제 기분 좀 나아졌어?"

아무리 숨기려 해도 완전히 감출 수는 없었는지 예주를 집에 데려다주며 윤이 걱정스레 물었다.

"응. 미안. 오늘같이 역사적인 날에 더 잘 맞춰줘야 했는데 컨디션이 조금 나빴어."

"감기 걸린 거 아냐?"

윤의 큼직한 손이 예주의 반듯한 이마를 짚었다. 따스하고 포근한 느낌에 순간 가슴에서 울컥하고 뜨거운 뭔가가 치밀어 올랐다.

"아니야. 자고 나면 괜찮아질 거야."

예주는 윤의 손을 잡아 그녀의 이마에서 떼어냈다.

"키스하고 싶다."

윤의 손을 미처 다 놓기 전에 그가 불쑥 입을 열었다. 윤의 얼굴이 다가오자 숨이 막혔다.

"윤아, 이러지 마."

안 그러려고 해도 목소리가 떨려 나왔다.

이미 그는 귀여운 남동생이 아니었다. 그녀에게도 이미 그는 남자였다.

"정말 안 돼?"

"안 돼."

거절하면서도 예주의 가슴은 무엇을 기대하는 것처럼 두근거렸다. 그의 뜨거운 입김이 닿은 볼이 불을 삼킨 것처럼 화끈거렸다.

"정말?"

"응."

제발 그가 좀 떨어져 나가줬으면…….

조금만 긴장을 늦춰도 그에게 손을 뻗을 것만 같았다. 그에게 잡힌 손이 바들바들 떨렸다.

"볼에도 안 돼?"

"응?"

방심한 사이 윤의 입술이 예주의 볼에 살짝 닿았다.

"이 정돈 괜찮지?"

괜히 혼자 설레발친 것 같아 예주의 볼이 더 빨갛게 변했다.

"나 간다? 내 꿈 꿔."

슬쩍 예주의 머리카락을 잡아당긴 후 윤이 물러섰다. 히죽 웃는 그를 보고서야 예주는 그에게 한 방 당한 걸 깨달았다.

"최윤, 너 또 장난치면 나한테 죽는다?"

"잘 자라."

예주를 마주 본 자세로 팔을 흔들며 그가 천천히 뒷걸음질 쳤다. 몇 발짝이 지났는데도 여전히 그 자세 그대로인 걸 보고서 예주는 걱정스러워 입을 열었다.

"돌아서 제대로 가. 다치면 어떡하려고."

"너 조금이라도 더 봐야지."

"다치면 보고 싶어도 못 봐."

골목 끝까지 간 윤이 갑자기 다시 그녀를 향해 달려왔다.

"왜……."

말을 끝맺기도 전에 윤의 입술이 예주의 입술에 닿았다 떨어졌다.

"히힛. 아, 좋다."

예주가 잡을 시간을 주지 않으려는 듯 윤은 온 것만큼 또 그렇게 빨리 도망가 버렸다.

골목 끝까지 달려가서야 그는 몸을 돌려 크게 팔을 휘저었다. 아이처럼 천진한 행동에 예주는 화를 내는 것도 잊고 살짝 손을 흔들어주었다. 만족한 얼굴로 윤은 골목을 돌아 자취를 감췄다. 그가 완전히 사라진 후에도 예주는 잠시 자리를 지켰다. 입술을 쓰다듬어 보자 여전히 윤의 뜨거웠던 입술의 느낌이 남아있었다.

행복도 잠시, 2층 계단을 오르면서 예주는 다시 마음이 무거워졌다. 끝을 뻔히 알면서 그를 만나는 자신이 얼마나 잔인한지 인정하지 않을 수 없었다.

윤은 처음부터 진심이었다. 그를 알면서도 윤과 함께하는 행복을 포기하고 싶지 않아 외면한 것은 모두 그녀의 책임이었다. 끝까지 갈 수 없다면 지금이라도 그와 거리를 두어야 했다.

"최윤 만났어?"

규영이 3층에서 내려오는 계단에 서 있다 그녀에게 말을 걸었다. 윤과의 만남 이후 사이가 조금 소원해진 터라 예주는 불편한 얼굴로 고개를 끄덕였다.

"우리 언제 다시 만나자. 내가 그때 무례하게 굴었던 것 같아. 사과할게. 최윤 씨한테도 내가 직접 사과하고 싶은데……."

언제 윤을 무시했던가 싶게 그의 이름을 입에 올리는 규영의 표정은 온화했다. 그러나 예주는 고개를 흔들었다.

"굳이 애쓸 필요 없어. 네가 윤이 받아들이기 힘든 기 나 이해해."

"왜 그래? 내가 받아들이겠다는데. 이번엔 절대로 무례하게 안 굴 거야. 누나가 좋아하는 동생이니까 나도 친하게……."

"아니야. 괜찮아, 규영아. 서로 불편하기만 할 거야. 무리할 필요 없어. 좀 더 시간이 지난 후에…… 네가 좀 더 윤이를 받아들이기 쉬울 때 그때 같이 만나자."

이전에도 규영은 윤을 받아들일 수 있을 거라 말했지만 결국은 아픈 말만 서로 주고받았을 뿐이다. 또다시 그런 모습을 보고 싶지 않았다.

예주의 표정이 단호해 보이자 규영은 어깨를 힘없이 내리며 고개를 끄덕였다.

"네 마음은 전해줄게. 고마워. 네가 많이 애쓴 거 알아."

그녀를 위해 윤을 받아들이려 애쓰는 규영이 고마워 예주는 억지로 미소를 지었다.

도서관에서 논문 쓸 주제와 관련된 책들을 모아놓고 정신없이 읽고 있는데 윤에게서 전화가 왔다.

[나 오디션 통과했어.]

"진짜? 그럼 축하 파티해야겠네."

윤과 거리를 두겠다던 자신과의 약속도 잊은 채 예주는 기뻐서 소리치고 말았다.

[어. 우리 샴페인 마시자. 내가 학교로 갈게.]

"아니야. 내가 데리러 갈게. 장 보고 그러려면 차 필요하잖아."

[그래? 그럼 네가 가까이 오면 전화해. 어, 감독이 부른다.]

"그래, 내가 나중에 다시 전화할게."

전화를 끊고서야 예주는 자신의 행동을 의식했다.

"그래도 오늘은 기쁜 날이잖아? 이런 날에는 축하해 줘야지."

스스로에게 변명을 늘어놓으며 예주는 책상에 올려두었던 책들을 덮었다.

예주와 만날 약속에 들떠서 기쁜 표정을 숨기지 못한 채 윤은 감독 곁으로 달려갔다.

"바쁜 일 없으면 오늘 한잔하지?"

제작사의 압박을 뚫고 윤을 선택한 뒤라 감독도 흥분한 얼굴이다.

"오늘 말입니까?"

"왜?"

"저 애인과 약속 있는데요?"

"뭐?"

어이가 없다는 얼굴로 감독이 반문했다.

"애인이랑 축하연하기로 했습니다."

"애인이랑은 나중에라도 축하하면 되지. 이번 작품 자네로 결정하느라고 감독님이 얼마나 애쓰셨는지 아나?"

보다 못한 스태프 한 명이 중간에 끼어들었다.

"죄송합니다. 저는 오늘은 인사만 나누는 줄 알고 와서요. 다음에 제가 한턱 쏘겠습니다."

예주랑 약속하기 전에 말했다면 몰라도 이미 예주와 약속을 잡은 이상 윤으로서도 어찌할 도리가 없었다. 허리를 숙여 인사한 뒤 윤은 뒤통수에 따가운 압박을 느끼며 사무실을 빠져나왔다.

"축하해. 정말 잘됐다."

조금 불편했던 마음의 찌꺼기는 예주의 환한 웃음을 접하자 순식간에 날아가 버렸다. 예주만 곁에 있으면 그는 다른 아무것도 필요 없었다.

오직 오예주가 존재하기에 그의 인생이 존재했다. 그녀는 그가 살아가는 유일한 목표였다.

이제는 제법 요리가 익숙해진 예주와 함께 윤은 저녁을 같이 만들며 구름 위를 걷는 것 같은 행복을 느꼈다. 이 순간이 영원히 지속된다면 그는 더 이상 바랄 것이 없었다. 그러나 불행히도 짧은 저녁조차도 그들은 방해를 받아야 했다.

"알았어. 지금 들어갈게."

전화를 끊는 예주의 표정이 어두웠다.

"또 그 자식이 뭐라 그래?"

박규영. 아무리 예주가 사랑하는 남동생이라고 해도 윤은 그를 좋아할 수 없었다. 이글거리는 눈동자 속에서 예주에 대한 남자의 눈빛을 읽은 이후에는 더욱더.

"아버지가 좀 보자고 하셨대. 미안해."

"괜찮아."

섭섭했지만 예주에게는 그걸 표현할 수 없어 윤은 대수롭지 않은 것처럼 행동했다.

그녀를 배웅하고 돌아오는 길에야 윤은 외로움에 사무쳐 길에 나뒹구는 돌을 슬쩍 걸어찼다.

"지금 확 결혼하면 좋겠다."

아직은 이루어질 수 없는 꿈임을 알면서도 상상만으로도 가슴을 파고드는 허한 바람을 막을 수가 있었다. 생각만 해도 히죽거리며 웃음이 흘러나왔다.

"조금만 기다려, 오예주! 내가 행복하게 해준다!"

인적이 드문 골목길에 윤이 갑자기 소리를 확 지르자 어느 집 담장 위에서 졸고 있던 새 한 마리가 푸드덕거리며 새까만 밤하늘 위로 솟아올랐다.

예주는 집에 들어서는 순간, 부모님과의 면담이 심상치 않으리라는 걸 깨달았다. 부모님과 조금 떨어져 앉아 있던 규영이 조심하라는 눈짓을 보내왔다. 침을 꿀꺽 삼키며 예주는 소파에 조심스레 앉았다.

"요즘 집에 자주 늦는다면서?"

박 회장의 말에 예주는 입을 열지 못했다.

"이제 곧 졸업도 하고 해서 말인데, 류 회장 아들 말이다. 다시 한 번 만나보면 어떻겠니?

어머니 때문에 어쩔 수 없이 한 번 만났지만 예주는 정중하게 거절의 뜻을 전했다.

"아버지, 전……."

"그쪽에선 네가 아주 마음에 드는 모양이더구나. 내 체면도 있고……."

이럴 때면 규영이 한 수 도와주곤 했는데 이번에는 규영도 힘든 모양이었다. 무거운 침묵이 그녀에게 류 회장 아들을 만나보라고 강권하고 있었다.

거절의 뜻을 말하려는 순간 어머니의 얼굴이 눈에 들어왔다. 두 손을 꼭 잡고 애절한 눈길로 그녀를 쳐다보고 있는 어머니를 보는 순간, 예주는 마음을 돌릴 수밖에 없었다.

"그럴게요."

대답하는 순간, 윤의 얼굴이 떠올랐다. 이번은 첫 만남처럼 그렇게 가볍게 떼어낼 수 없는 만남이었다. 되도록 그녀의 뜻을 들어주던 박 회장이 체면까지 운운하며 얘기하는 것은 류 회장 아들과의 결혼을 집안에서 추진하겠다는 의미였다. 그걸 알면서도 긍정할 수밖에 없었던 것은 그녀의 대답에 안도의 미소를 흘리는 어머니 때문이었다.

처음부터 윤이랑은 잘될 생각이 아니었으니까. 그 앤 동생일 뿐이니까.

거짓임을 알면서도 예주는 스스로를 속이기 위해 혼잣말로 중얼거렸다. 그렇게 거짓말을 하다 보면 그것이 진실이 될 거라 믿고 싶었다.

다음날, 윤은 혁주에게 호출을 받고 그의 사무실로 찾아갔다. 문을 열자 강해경과 장 부장이 함께 그를 기다리고 있었다.

"오셨네요? 소식 들었나 보죠?"

윤의 미소에 아무도 응답하지 않았다. 머쓱해진 윤은 머리를 긁적거리며 비어 있는 소파에 털썩 주저앉았다.

"오디션 주인공 바뀐 거 아직 못 들었나 보지?"

장 부장이 침묵을 깨며 물었다. 처음 듣는 소식에 윤은 눈을 껌벅거리며 혁주에게 답을 요구했다. 답답해하는 얼굴로 혁주가 고개를 끄덕했다.

"회식 자리를 애인 만난다고 박차고 나왔다는 게 사실이야?"

장 부장이 어이없다는 얼굴로 물었다. 그제야 윤은 일이 어떻게 돌아간 것인지 이해했다.

"그것 때문에 바꿨대요? 인간들 쪼잔하네."

"네가 어리광 피웠다는 생각은 안 해?"

그때까지 잠자코 있던 해경이 날카로운 목소리로 외쳤다. 윤도 순간 움찔할 만큼 해경의 시선은 칼날 같았다.

"그런 식으로는 어디서도 너 안 써줘. 여기 너만 한 외모 널리고 널렸어. 이 바닥에서 성공하느냐 안 하느냐는 결국 99%의 성공하겠다는 집념과 1%의 운이야. 대충 할 거면 때려치워. 알겠어? 열심히 하는 다른 사람들한테 폐만 끼치는 짓이야."

한심해하는 해경의 시선에 윤은 자존심이 상했다. 빌어먹게도 받아칠 만한 말이 없기에 더욱더 상처가 쓰렸다.

"우리 일도 없던 일로 하자."

용무가 끝났다는 듯 해경이 가차 없이 일어섰다. 쭈뼛거리며 장 부장이 그 뒤를 따랐다.

"강 사장, 이거 내가 너무 미안하네."

윤이 해야 할 사과를 혁주가 대신했다. 윤은 괜한 자존심에 그녀에게 인사조차 하지 못했다.

해경과 장 부장, 그리고 그들을 배웅하기 위해 혁주가 따라 나가고 사무실에 혼자 남자 윤은 그제야 에잇 하며 머리를 쥐어뜯었다. 이토록 자신이 한심하게 느껴지기는 처음이었다.

"에잇. 에이, 씨발."

꼬장꼬장한 여자에게 이렇게 처참하게 당해 버리다니.

지금 또다시 그때 그 순간이 닥쳐오면 역시나 똑같은 선택을 할 수밖에 없으리라는 걸 알면서도 윤은 후회하지 않을 수 없었다. 그때 조금 더 다르게 거절할 수도 있었다.

거절한 것보다 진지하지 못했다는 것.

그 때문에 윤은 해경에게 한마디의 변명도 하지 못했다.

"오예주. 보고 싶다."

힘들 때면 어김없이 찾아오는 그리움에 윤은 입 밖으로 그녀의 이름을 뱉어냈다. 그것만으로도 그에겐 조금의 위로가 되었다.

10

호텔 레스토랑에는 잔잔한 클래식 음악이 흐르고 있었다. 차라리 사람들이 많은 홀에서 만났으면 나았으련만, 단둘만 있을 수밖에 없는 룸은 숨이 막힐 만큼 답답했다. 그래도 박 회장의 체면을 생각해서 싫은 티를 낼 수도 없었다.

"그동안 졸업 준비 때문에 많이 바쁘셨다면서요."

"네."

짧은 만남, 그 이후로 예주는 부모님께 제대로 거절의 뜻을 전했다고 생각했지만 부모님은 끈을 놓고 있지 않았다는 것을 예주는 그제야 알았다.

"이제 좀 한가해지신 겁니까?"

"한고비는 넘겼지만 제가 미약해서 아직 끝맺음은 못 했답니다."

"겸손하시네요. 아버님이 안 그래도 예주 씨 칭찬을 많이 하셨어요. 아주 똑똑한 분이시라고."

재벌가 자식이라고 해서 무조건 돈만 아는 망나니들만 있는 것은 아니었다. 오히려 후계자로 길러지는 사람들 중에는 다른 이들보다 훨씬 절제된 예의 바름이 있었다. 그러나 규영처럼 그들 대부분은 아주 오만했다. 차가운 예의 뒤에 숨은 타인에 대한 경멸의 시선 때문에 예주는 그들을 좋아하지 않았다. 류정혁 역시 같은 사람일 거란 선입견이 강했다.

시간이 덧없이 흘러갔다.

류정혁과 대화를 나눌수록 섣불리 판단한 선입견들이 조금씩 희미해져 갔지만 그럴수록 예주의 마음은 점점 무거워져 갔다.

"서양 중세사 전공이라고 들었습니다. 미술 전시회를 하나 알고 있는데 혹시 보러 가시겠습니까?"

"네, 좋아요."

이렇게 단둘이 있는 것보다는 그림이라도 보는 것이 좋을 것 같아 예주는 흔쾌히 승낙했다.

그림을 보고 나오자 류정혁은 익숙한 곳으로 그녀를 데리고 갔다. 권혁주의 스튜디오가 있는 동네라서 윤을 만나러 몇 번 와본 곳이다.

"항상 그렇게 말씀이 없으십니까?"

"네?"

"요즘 젊은 여자분들, 대단들 하잖습니까. 예주 씨는 조용해서 요즘 분 같지가 않아요."

"낯을 좀 가려서요."

"그럼 친해지면 달라지는 겁니까? 궁금해서라도 예주 씨랑 어서 친해져야겠네요."

선하게 웃는 남자에게 예의 바른 미소로 답해주던 예주는 낯익은 그림자를 발견하고 얼어붙었다.

"사실은 여자랑 이렇게 데이트해 본 경험이 별로 없어요. 그래서 규영이한테 살짝 물어봤죠."

류정혁은 다행히 예주의 달라진 태도를 알아차리지 못했다. 예주는 카페 안으로 들어서는 윤을 신경 쓰느라 남자의 말은 건성으로 들었다.

위이이잉.

가방에 넣어두었던 핸드폰이 진동으로 울었다. 윤의 손에 핸드폰이 들려 있었다.

"전화 온 거 아닙니까?"

"네? 아, 네."

남자의 지적에 예주는 어쩔 수 없이 핸드폰을 꺼냈다. 역시 윤이었다.

윤에게서 시선을 떼지 않은 채 예주는 핸드폰 전원을 껐다. 그때 윤이 그녀를 발견하고 환한 얼굴로 한 발짝 앞으로 나섰다.

'아는 척하지 마.'

터질 것 같은 긴장감에 입술이 바짝 말랐다.

윤이 평소처럼 저돌적으로 그녀에게 달려든다면.

생각만으로도 눈앞이 아찔했다.

필사적인 그녀의 눈빛을 알아본 것인지 윤이 멈춰 섰다. 그러곤 찌푸린 얼굴로 예주의 앞에 앉아 있는 남자를 살폈다.

"누구 전화예요? 저 신경 쓰지 말고 받아도 됩니다."

"네? 아니요. 그냥 스팸 광고예요."

"아, 요즘 그런 스팸 광고 정말 문제가 많죠."

류정혁은 예주의 행동이 이상하다는 걸 전혀 눈치채지 못한 거같았다.

"……규영이가 제대로 말해준 건지 모르겠네요. 그 녀석, 예주씨한테 워낙 지극정성이라서 어쩌면 골탕먹이는 건 아닌지 조금걱정도 들었거든요."

"규영이가 여기 말해준 거예요?"

"네. 마음에 들지 않습니까?"

류정혁의 이마가 찌푸려졌다.

"아니요. 제가 좋아하는 곳이라서요. 알고 데리고 오신 건지 궁금했어요."

예의상 대답하면서도 예주의 신경은 카페 밖을 향해 돌아서는윤에게 뻗어 있었다.

"하하, 그럼 다행입니다."

서른을 넘긴 남자답지 않게 남자는 순수한 미소를 지으며 예주를 따뜻한 눈빛으로 바라보았다. 박 회장이 어머니를 바라볼 때의눈빛과 비슷했다.

윤의 기운은 더 이상 느껴지지 않았다.

그 아이는 어떤 마음으로 돌아섰을까.

류정혁이 또 뭐라고 말을 했지만 귀에 들어오지 않았다. 윤이받았을 상처만이 가슴에 묵직하게 남아 그녀의 마음을 아프게 했다.

고아원에서 나와 어머니를 따라나서는 순간부터 그녀가 할 수 있는 일은 한정되어 있었다. 그 인생은 최윤이라는 동생을 받아들일 수는 있어도 최윤이라는 남자를 받아들일 자리는 없었다.

차갑게 몸이 식는 것을 느끼면서도 예주는 아무렇지 않은 듯 따뜻한 미소까지 지어가며 남자의 곁을 끝까지 지켰다.

고통밖에는 남지 않은 데이트가 겨우 끝이 났다. 집 앞에 도착하자 예주는 무거운 짐을 내려놓은 것 같았다. 하지만 부모님은 작정한 듯 류정혁을 집 안까지 끌어들였다. 과일이 나오고 온 식구가 거실에 모였다.

"어떻게 재미는 있었어요? 우리 애가 워낙 말이 없어놔서……."

"제가 하는 말을 귀담아들어 줘서 고마웠습니다. 요즘은 그런 여자분들이 잘 없어서요."

"그렇게 좋게 생각해 주니 고마워요."

정혁의 대답이 모두를 흡족하게 해준 모양이다. 가족들이 즐거워하는 모습을 예주는 남 일처럼 무감각하게 쳐다보았다.

"우리 예주도 뭐라 한마디 해야지? 어땠니?"

박 회장이 인형처럼 앉아 있는 예주에게 말을 걸자 식구들의 이목이 그녀에게 향했다.

"좋았어요. 류정혁 씨가 여러 가지 배려를 많이 해주셨어요."

신경을 집중하려고 애쓰며 예주는 어렵게 식구들이 원하는 대답을 뱉어냈다.

"아무리 바빠도 연애할 시간은 있는 법이지. 자주 만나서 우리 예주 좀 맛난 것도 사주고 그러게."

"염려 마십시오."

"류 회장님이 아주 든든하시겠어요."

"과찬이십니다. 규영이야말로 언제나 저희 아버님께서 칭찬이
자자하십니다."

"형도 참……."

예주를 뺀 채 그들은 서로 덕담을 주고받았다. 엄마만이 간간이
걱정스러운 얼굴로 그녀를 훔쳐보았다. 엄마의 걱정을 덜어주기
위해 예주는 억지로 미소를 지어냈다. 그러나 너무도 미약해 그녀
자신도 과연 목적을 달성했는지 혼란스러웠다.

투두투두.

커튼도 없는 넓은 창에 굵은 빗줄기가 새겨졌다. 소파도 없는
거실 바닥에 벽을 기대앉아 윤은 맥주를 들이켰다. 바닥에는 이미
다 마시고 팽개친 맥주 캔이 서너 개나 뒹굴고 있었다.

"안 아플 줄 알았는데 아프네."

자조적인 웃음을 날리며 윤은 다시 맥주를 털어 넣었다.

투두투두…….

빗소리가 점점 더 주기가 짧아지더니 어느새 거실 넓은 창을 모
두 뿌옇게 색칠했다.

"오예주, 오예주."

흐린 창을 쳐다보며 윤은 언제나 그랬듯 예주의 이름을 입 밖으
로 꺼냈다. 이름을 부르는 것만으로도 애틋함이 끓어올랐다.

힘든 상황에서도 구원의 여신처럼 위로가 되어주던 이름이다.

그래도 오늘만큼은 오히려 외로움이 더욱 깊숙이 파고들어 왔다.

카페에서 그녀와 함께 있던 사내는 누구일까.

그가 다가갈까 잔뜩 경계하던 예주의 눈빛이 떠오르자 쥐가 이빨로 가슴을 갉아 먹는 것처럼 쓰리고 아팠다.

"기다린다고 했는데…… 그런데 그게 쉽지가 않네."

눈빛만으로도 윤은 알 수 있었다.

고아원을 떠날 때 꼭 그러했다. 아니, 고아원을 처음 들어왔을 때의 눈빛이 꼭 그러했다.

언제든 여길 떠날 거라고, 누구에게도 정을 주지 않으리라고 다짐하던 그 눈빛대로 그녀는 고아원을 떠났다. 그렇게 이번에도 그녀는 그의 곁을 떠나고 말리라.

"빌어먹을."

맥주가 이렇게 쓴 날이 있던가.

보지 못했을 땐 한 번 만나는 것만도 소원이더니, 이제는 매일 이렇게 만나는데도 그리워 미칠 것만 같았다.

세상에 태어나 유일하게 갖길 소원한 것조차 주어지지 않는다니 인생이 너무 불공평하지 않은가.

"에잇. 엿 같은 세상!"

맥주 캔을 들었다가 비어 있자 윤은 벽에 아무렇게나 캔을 집어 던졌다.

바닥을 뒹구는 맥주 캔이 점점 쌓여가고 바람과 섞인 비는 쉴 새 없이 쏟아졌다. 정신은 여전히 멀쩡해도 벽에 꼿꼿이 기대서 있던 등에는 어느덧 힘이 빠져나갔다.

스르르 바닥에 쓰러져 그대로 잠이 들려는 윤에게 빗소리를 뚫고 들려오는 소리가 있었다. 술기운 때문에 윤은 한참이 지나서야 초인종 소리라는 걸 깨달았다.

올 사람도 없기 때문에 귀찮은 마음에 윤은 일어서지 않았다. 초인종을 누르던 미지의 손님도 절실한 마음은 없었는지 한두 번 더 누르고는 그쳤다. 그런데 너무 쉽게 끝나 버린 그 소리가 윤의 신경을 자극했다. 무시해 보려 해도 혹시나 하는 마음에 가슴이 두근거리기 시작했다.

몇 번을 망설이다 윤은 일어섰다. 술기운 때문에 다리가 풀려 몸이 휘청거렸다. 할 수 없이 한 손으로 벽을 짚어 의지한 채 윤은 인터폰으로 다가갔다. 화면에는 아무것도 없었다. 그 순간 윤은 확신했다.

문을 여는 버튼을 누른 후 윤은 밖으로 나갔다. 우산도 들지 않은 탓에 무섭게 쏟아지는 비가 순식간에 윤을 물에 빠진 생쥐 꼴로 만들었다. 그 덕분에 술기운은 확 사라져 버렸다.

대문으로 가까이 다가가도 문밖에 선 사람은 안으로 들어오지 않았다. 문에 손도 대지 않았는지 살짝 빈틈만 보일 뿐 밖의 상황이 어찌 되어 있는지는 보이지 않았다.

윤은 속도를 좀 더 높여 대문에 도착하자마자 문을 활짝 열었다. 정면에는 아무것도 없었다. 그런데 대각선에서 기운이 느껴졌다. 먼저 차가 보였고, 그 옆에서 그녀를 찾았다.

"나, 난……."

시선이 마주치자 예주가 입을 열었다. 그런데 떠는 모습이 심상치 않았다. 블라우스와 플레어 치마가 가느다란 몸의 선을 드러내며 젖은 몸에 착 달라붙어 있다.

"우산은?"

"차에 있는 줄 알았는데 없어서."

"바보 아니야? 가을비 맞으면 바로 감기라고!"

반가운 마음보단 그녀에 대한 걱정으로 윤은 버럭 소리를 질렀다. 예주는 아무 말도 못 한 채 덜덜 떨며 자기 팔을 감쌌다. 이를 갈며 윤은 그녀를 한 팔로 잡아 안으로 이끌었다. 윤도 완전히 젖어 있었기 때문에 그다지 도움은 되지 않았다.

뒤처지는 예주를 참다못해 윤은 그녀를 안아 올렸다. 얕은 비명을 지르며 예주는 윤의 목을 끌어안았다. 사람들의 시선이 없어서인지, 아니면 한 번 그런 경험이 있어서인지 예주는 반항하지 않았다.

"미쳤어, 미쳤어."

예주를 그대로 욕실에 밀어 넣고 손에 잡히는 대로 수건을 집어 들어 예주의 젖은 머리와 얼굴을 닦으며 윤은 끊임없이 투덜거렸다. 예주는 인형처럼 윤이 하는 대로 가만히 서 있었다.

"옷 갖다 줄 테니까 젖은 거 벗어."

생각 같아선 직접 벗겨주고 싶었지만 감히 그럴 엄두는 나지 않았다.

그녀를 버려둔 채 윤은 깨끗이 세탁해 놓은 추리닝 바지와 티셔츠를 골라 욕실로 가져갔다.

"문 열어서 받아."

닫힌 문을 두드리며 윤이 퉁명스럽게 말했다. 잠시 후 문이 손을 넣을 수 있을 만큼 살짝 열렸다. 그 틈 사이로 윤은 옷가지를 밀었다. 옷을 건네며 잠시 두 사람의 손이 부딪치자 뜨거운 불에 닿은 것처럼 둘은 동시에 화들짝 놀랐다.

"젠장."

그녀에 대한 걱정보다 조금씩 다른 감정이 더 크게 느껴지는 것 같아 윤은 머리를 벅벅 긁었다.

대충 방에서 옷을 갈아입고 수건으로 머리를 털며 윤은 다시 거실로 나왔다. 잠시 후 예주가 쭈뼛거리며 그가 있는 곳으로 나타났다.

"푸웃."

아이가 어른 옷을 입은 것처럼 바닥으로 길게 늘어진 옷을 보자 그만 웃음이 터져 나왔다. 부끄러운지 예주의 얼굴이 발갛게 달아올랐다. 물기를 말리고 촉촉한 기운만 남은 그녀는 세상에 갓 태어난 아기같이 순수해 보였다. 단순하게 살아가고 싶은 그에겐 어울리지 않을 여러 복잡한 생각들로 짜증 나 있던 기분이 순식간에 달아났다.

"키 진짜 작구나."

지금까지 깨닫지 못한 사실을 지적하며 윤은 터져 나오는 웃음을 막기 위해 입으로 손을 가져갔다. 그래도 한 번 터진 웃음은 쉽게 사그라지지 않았다.

"네가 너무 큰 거야."

윤의 웃음이 그치지 않자 예주의 입술이 굳어져 갔다.

"미안, 미안."

조금 더 나아갔다간 모처럼 좋아진 분위기가 사라질 것 같아 윤은 웃음을 멈췄다. 떠들썩한 웃음소리가 사라지자 갑자기 불편한 침묵이 흘렀다.

"흠. 맥주라도 좀 마실래?"

"응."

예주 역시 불편했는지 시선을 피하며 주위를 두리번거리기 시작했다. 두 사람의 시선이 동시에 거실을 뒹구는 맥주 캔으로 향했다.

"술 마시고 있었어?"

"비 오니까 침울해져서."

아직 뜯지 않은 맥주 캔이 몇 개 있었지만 윤은 주방으로 갔다.

찬 맥주와 마른 오징어포를 가지고 오니 예주는 윤이 그랬던 것처럼 벽에 기대앉아 비를 뿌리는 창밖을 보고 있었다. 그 모습이 몹시도 쓸쓸해 보였다.

"맥주 마셔."

예주의 외로움을 덜어주고 싶었다. 그러나 개인에겐 어차피 각자 짊어져야 할 몫이 있고, 타인의 도움으로는 한계가 있다는 것을 윤은 이미 어릴 때부터 깨닫고 있었다.

"고마워."

윤에게 건네받은 맥주를 예주는 단숨에 반쯤 마셔 버렸다.

"천천히 마셔. 안주도 좀 먹고."

방금 전에 윤도 그러했으면서 예주가 따라 하는 모습은 보고 싶지 않아 말이 퉁명스럽게 나왔다. 힘없이 웃으며 예주는 윤이 내민 안주를 받아 입안에 넣고 씹었다.

"비가 많이 오네."

예주의 옆에 똑같은 자세로 앉은 후 윤도 맥주 한 캔을 다시 땄다.

조용한 침묵만 흐른 채 제법 시간이 지난 어느 순간이었다.

"미안해."

예주의 목소리는 자칫 빗소리에 묻힐 만큼 작았다. 그래도 윤은 또렷하게 들을 수 있었다.

"정말 미안해."

윤은 왜냐고 묻지 않았다.

그녀가 나타났을 때 자신의 의심을 확신했고, 그걸 가지고 그녀를 원망하지 않겠다고 이미 공언하지 않았던가.

그저 조금 씁쓸할 뿐이었다. 아무리 벅찬 고통이라도 가볍게 생각하고 웃어넘기면 그 고통이 조금이나마 덜어지는 경험을 했다. 그때처럼 윤은 억지로 웃었다.

"정말 미안해, 윤아."

"기다릴 수 있다고 했잖아. 미안하단 말 하지 마. 미안할 거 하나도 없어."

"기다리지 마. 절대로 안 와. 너하곤 안 돼."

예주의 목소리가 거칠어졌다. 애써 외면하고 있던 얼굴로 윤은 시선을 가져갔다. 말랐던 그녀의 얼굴이 다시 촉촉하게 젖어 있다.

"이번엔 네가 날 버려."

창을 때리는 비처럼 그녀의 얼굴에도 끊임없이 비가 흐르고 있었다. 덜어주고 싶었다. 그것이 설혹 환상이라 할지라도 조금이나마 그 자신이 그녀의 고통을 덜어줄 수 있는 존재라고 생각하고 싶었다.

고개를 숙여 윤은 그녀의 눈물을 받아마셨다. 짭짤했다.

"이러지 마."

피하려는 그녀를 붙잡아 윤은 그녀의 눈물이 지나간 자국마다 짧게 입 맞추었다. 움찔하며 그때마다 예주는 얼굴을 돌리려고 애썼다. 그런 그녀의 얼굴을 고정시킨 채 윤은 떨리는 그녀의 입술에 뜨겁게 입 맞추었다.

"사랑해."

살짝 입술을 뗐다가 윤은 다시 입술을 가져갔다. 더 이상 예주는 그를 피하지 않았다. 예주의 몸이 부드럽게 풀리는 걸 느끼고 윤은 그녀의 얼굴을 잡고 있던 손을 풀어 그녀의 허리를 끌어당겼다. 작은 그녀는 그의 넓은 가슴에 푹 안겼다. 소중한 보물을 안은 것처럼 부드럽게 그녀를 안고서 윤은 끊임없이 그녀에게 키스를 퍼부었다.

깊은 한숨을 내쉬며 예주가 어느 순간 완전히 그에게 몸을 내맡겼다. 굳게 닫혀 있던 입술도 살짝 열리며 그를 초대했다. 혀를 집어넣으며 윤은 그녀의 초대에 응했다. 촉촉한 그녀의 입안에서 두 사람의 혀가 뜨겁게 뒤엉켰다.

점점 호흡이 깊어졌다. 윤의 손은 의식과 상관없이 제멋대로 그녀의 부드러운 몸을 탐색하기 시작했다. 티셔츠가 올라가고 비단 같은 그녀의 뽀얀 속살이 드러났다. 브래지어를 풀지 않은 채 봉긋이 솟아오른 가슴의 둔덕 위를 윤은 부드럽게 키스했다. 미끼에 걸린 물고기처럼 예주의 몸이 파득거리며 뛰어올랐다.

"진짜 예쁘다."

순수한 감탄사가 제멋대로 흘러나왔다. 평소보다 훨씬 가라앉은 목소리에 예주가 꼭 감은 눈을 떠 그를 올려다보았다. 흥건히 젖은 머리카락이 그녀의 이마를 덮고 있었다. 윤은 애정 어린 손길로 그녀의 이마에 있는 머리카락을 훔쳐 뒤로 넘겼다.

"사랑해."

언제든 원치 않으면 도망갈 수 있는 여지를 남기기 위해 윤은 아주 천천히 고개를 숙였다. 예주는 피하지 않았다. 오히려 가슴에 내려앉는 그의 얼굴을 더 끌어당기기 위해 그의 목 뒤로 손을 가져갔다.

예주의 가슴에 가까이 다가갈수록 그녀만의 체취가 코를 자극했다. 불같은 욕망이 치솟으며 몸이 부들부들 떨려왔다. 그녀 역시 그물에 걸린 짐승처럼 덜덜 떨고 있었다. 두려움 때문인지, 아니면 욕망 때문인지 젖꼭지가 브래지어를 뚫고 봉긋 솟아올랐다. 그 유혹을 이기지 못하고 윤은 슬쩍 브래지어를 밑으로 내렸다. 속박이 풀린 젖꼭지는 제 모습을 뽐내며 오뚝이처럼 툭 튀어나왔다. 그다음을 예상한 듯 예주의 입에서 신음 소리가 흘러나왔다.

그녀를 안심시키기 위해 윤은 먼저 그녀의 꼭 감은 눈동자에 살짝 키스했다. 예상치 못한 전개에 놀란 예주가 눈을 번쩍 떴다. 긴장과 욕망으로 살짝 흐려져 있는 눈동자가 매혹적이다. 다시 한번 윤이 눈꺼풀 위로 입술을 내리자 예주는 다시 눈을 감았다. 푸르른 나뭇잎 끝에 매달린 새벽이슬처럼 파르르 떠는 그 모습이 너무도 순수해 보였다.

묘한 감동과 뜨거운 욕망을 동시에 느끼며 윤은 아래로 내려와 분홍빛 꽃잎을 입에 물었다. 뒷머리를 잡고 있던 그녀의 손톱이 강하게 윤의 피부에 박혔다. 헉 소리가 날 정도로 아파 윤은 입안에 머금은 꽃잎을 물었다. 손톱의 압력이 더욱 세지고 예주의 몸이 파드득거리며 용수철처럼 튀어 올랐다. 그 때문에 꽃잎은 더욱 윤의 입과 밀접해졌다. 밀려오는 욕망으로 눈앞이 아찔해지며 몸이 터져 버릴 것처럼 아프게 부풀어 올랐다. 황급히 그녀의 가슴에서 손을 떼고 윤은 그녀를 조심스레 바닥에 뉘었다.

그에게서 풀려난 예주는 두 주먹을 움켜쥔 채 눈을 꼭 감고 뜨질 않았다. 그래도 그가 뉘어놓은 대로 더 이상 움직이지는 않았다. 가슴만 드러내고 누워 있는데도 이름 높은 하나의 예술품처럼 더할 수 없이 아름다웠다.

손을 대는 것조차 예술품을 모독하는 것 같아 몸이 터져 버릴 것처럼 아픈데도 윤은 잠시 망설였다. 거친 호흡 소리가 가득한데도 손길이 닿질 않자 예주가 눈을 떴다.

잠시 방황하던 예주의 눈동자가 조금 떨어진 거리에 앉아 있는 윤을 발견해 냈다. 두 사람의 시선이 마주치자 윤만큼이나 얼어 있던 예주가 어느 순간 모든 것을 이해한 것처럼 웃었다.

"이리 와."

더 이상 아무것도 필요 없었다. 윤은 티셔츠를 벗어 던지며 그녀에게 천천히 다가갔다.

비는 잠잠해지기는커녕 바람까지 더해져 마치 한여름 태풍처럼 넓은 유리창을 울렸다. 윤이 해준 팔베개에 머리를 얹은 채 예주는 그녀 마음과도 같은 유리창 바깥 풍경을 말없이 응시했다. 윤도 그녀의 머리카락을 손가락으로 쓰다듬으며 그녀처럼 비 내리는 바깥을 보고 있었다.

"우리 엄만 막내에다 외동딸이라 부모님 사랑이 극진했었대."

유리창을 때리는 빗소리만 가득하던 거실에 예주의 목소리가 흘러나오자 머리카락을 쓰다듬던 윤의 손길이 잠시 멈칫했다.

"집안도 부유했고 오빠들도 하나밖에 없는 여동생을 소중한 보물처럼 대했고. 그 때문인지 세상 물정 같은 건 전혀 모르고 그냥 온실 속 화초같이, 세상은 동화처럼 그렇게 아름다운 곳이려니 그렇게 생각하며 자랐겠지. 그래서 사랑도 그런 거라 생각했나 봐."

꽃처럼 고운 어머니, 소녀처럼 감수성이 풍부하던 어머니와 무뚝뚝하고 거칠지만 그만큼 또 따뜻했던 아버지를 떠올리자 눈가가 촉촉해졌다. 용기를 북돋워 주려는지 윤이 다시 부드러운 손길로 머리카락을 쓸어주었다. 단순한 그 동작이 그녀에게 위로가 되었다.

"집안에서 정해준 부잣집 매너 좋은 남자보단 홀어머니에 범인 잡느라 수염조차 깎을 시간도 없이 여기저기 뛰어다니는 그런 말단 형사가 더 멋있어 보였나 봐. 가족부터 친구들까지 모두 반대했지만 엄만 아마 위대한 사랑을 향해 가는 아주 작은 장애물 정도로 여기셨겠지. 거기다 나까지 뱃속에 들어섰으니 엄마로서도 더 이상 도망갈 곳이 없었던 거야."

하지만 엄마의 선택은 절대적으로 잘못되었다. 가지 말아야 할 길을 간 대가는 혹독했다.

"소설 속의 위대한 사랑을 택한 이들은 모두 해피엔딩이었는데 엄마 그러지 못했어. 손에 물 한 번 묻혀본 적 없는 여자가 갑자기 홀시어머니에다 집안일, 육아까지 도맡아야 했으니 길을 가다 폭탄을 맞은 거나 마찬가지 충격이었던 거야. 거기다 남편은 한 달에 일주일도 같이 있어주질 않았으니⋯⋯."

그녀가 기억하는 한 어머니는 전혀 행복하지 못했다. 어머니는 일에 서툴러서 울었고, 외로워서 울었고, 슬퍼서 울었다.

"엄마 말대로 아버지가 강력계 형사만 그만두었어도 어쩜 조금은 달라졌을지도 몰라. 하지만 아버진 그건 남자의 신념이라며 절대로 들어주지 않았어. 6시에 퇴근해서 가족들과 오순도순 시간을 보내는 남편을 원하는 엄마의 소원이 정말 그렇게 과한 것이었을까. 어쨌든 아버지로서는 절대로 들어줄 수 없는 것이었기 때문에 엄마와의 사이는 점점 나빠졌지. 나중엔 두 사람이 사랑해서 결혼한 게 정말일까 싶을 정도로 열심히 싸웠어."

다혈질이던 아버지는 성질을 이기지 못하고 집안 물건을 집어 던졌다. 그러면 어머니는 그저 아기처럼 몸을 웅크린 채 하염없이 눈물만 흘렸다.

"할머니는 아무것도 할 줄 모르는 엄마가 문제라고 하셨어. 다른 여자들처럼 자식 낳아서 키우고 가끔 들어오는 남편에게 방긋 웃어주는 것도 못 해서 남자 성질을 건드리느냐고. 일한다고 못 들어오는 남자에게 바가지를 긁으니 남자가 더욱더 집에 안 들어오는 게 아니겠느냐고."

할머니를 사랑했지만 그런 말을 할 때만은 할머니 손녀가 아니고 싶을 성도로 그녀가 미웠다. 그러나 그런 할머니마저 세상을 떠나자 어머니의 외로움은 더욱더 깊어졌다.

"결국 할머니 돌아가시고 어렵게 가진 내 동생을 스트레스로 유산하고 나자 엄마는 아버질 포기했어. 나는 어렸지만 떠난다고 말하는 엄마를 잡을 수가 없었어. 미워할 수도 없었지."

엄마는 정말 하염없이 울었다. 아버지와 살 때보다 더 많이 울던 것은 그날이 마지막이었으리라.

"엄마는 나도 데려가고 싶어 했지만 아버지가 승낙하지 않았어. 아마 아버진 그런 식으로라도 엄말 잡고 싶으셨나 봐. 설마 딸까지 버리고 가랴 싶었겠지만 엄만 결국 그렇게 혼자 떠났어."

몇 번이고 뒤돌아보던 어머니의 뒷모습은 죽을 때까지 잊지 못하리라.

떠나지 말라고, 그녈 버리지 말라고 말하고 싶으면서도 끝내 참을 수밖에 없었던 것은 밤이면 언제나 그녀를 재운 후 소리를 죽이며 울던 엄마를 알기 때문이었다. 아주 드물었지만 아버지와 사이가 좋을 때 환하게 웃던 어머니의 미소가 얼마나 아름다운지 알기 때문이었다.

"사랑한다고 다 해피엔딩은 아니야. 엄마와 아버진 만나지 말아야 할 사람들이었어. 그냥 사랑만 하고 헤어졌다면 아마 둘 다 서로에게 아주 좋은 추억으로 남았을 거야."

"우린 달라."

예주가 무언으로 반대의 뜻을 표하자 윤이 몸을 돌려 예주를 밑에 깔고 내려다보았다.

"네 아버진 자기의 신념 때문에 자기 여잘 행복하게 해주지 못했지만 난 달라. 난 네가 원하는 거라면 무엇이든 할 거니까. 내 생명을 달라고 해도 그렇게 할 거니까."

그가 진심이라는 걸 알고 있다. 그녈 위해서 죽으라고 해도 아마 윤은 그러하리라는 것을 의심하지 않았다. 하지만 문제는 그녀가 윤의 죽음을 원치 않는다는 것이었다.

"예주야, 만약 내가 네 아버질 선택하지 않았다면…… 그때 만약 내가 네 아빨 욕심내지 않고 그냥 포기했다면, 그러면 어쩌면 네 아버진 죽지 않았을지도 몰라. 평범한 집안에서 자라서 요리도 잘하고 아기도 잘 키우고 시부모님도 잘 모시는 그런 좋은 여자가 네 아버지랑 결혼했다면, 네 아버지도 자기 일 보람차게 하면서 그렇게 평범하게 늙어갔을지도 몰라. 모든 여자가 나처럼 남편이 밤에 같이 있어주지 않는다고 무서워서 울진 않으니까. 모든 여자가 나처럼 아기 하나 키우는 것도 힘들어서 쓰러지거나 하진 않으니까. 내가 네 아버질 죽였어. 내가 그랬어, 예주야."

고아원에서 그녀를 데리고 나온 지 얼마 되지 않은 밤, 엄마는 밤에 자고 있는 그녀의 방에 찾아와 그렇게 혼잣말을 쏟아냈다.

그녀가 자고 있는 줄 알고 누구에게도 하지 못한 속말을 한 것이겠지만 예주는 그날 그 말을 듣고서 엄마에게 남아 있던 일말의 원망마저 날려 버릴 수밖에 없었다.

그때 나이 고작 열네 살이었지만 알 수 있었다.

엄마도 아버지도 그저 피해자였을 뿐이라는 걸. 세상에는 결코 만나지 말아야 할 인연도 있다는 것을.

언젠가부터 와이퍼마저 멈춰 버렸다. 가차 없이 내리는 비는 순식간에 차의 정면을 뿌연 커튼으로 덮었다. 이제는 문을 열고 애타게 기다리는 누군가가 나온다 해도 선뜻 알아보기 힘들 정도로 시야가 흐려졌다. 그래도 그녀가 나오기만 한다면, 그것이 아무리 희미한 그림자만 있다 해도 규영은 알아차릴 수 있으리라.

"쿠쿠쿡."

절대로 이 밤이 끝날 때까지 그녀가 나오지 않으리라는 걸 깨닫는 순간 미친 사람처럼 웃음이 흘러나왔다.

"키키킥."

태어나서 처음으로 뜨거운 눈물이 볼을 타고 흘러내렸다. 그녀를 잃었다는 슬픔의 눈물은 이내 그녀를 빼앗아간 사내에 대한 분노로 승화되었다.

"최윤. 최윤!"

이를 갈며 규영은 죽이고 싶은 상대의 이름을 입 밖으로 꺼냈다. 당장에라도 문을 뚫고 들어가 놈을 죽여 버리고 싶었다. 오예주, 그녀만 없다면 당장에라도 그럴 수 있었다.

오예주. 입 밖으로 꺼냈다간 그 이후의 자신을 감당할 수 없을 것 같아 지금 이런 순간에조차 속으로밖에 부를 수 없는 이름이었다.

그녀를 지키기 위해서 그토록 노력했건만 하필이면 최윤 같은 더러운 자식에게 넘어가다니.

"최윤, 지옥 끝까지 쫓아가서라도 오늘의 이 대가는 반드시 치르게 하고 말 테다."

핸들을 부서져라 꼭 쥔 채 규영은 어둠에 잠긴 집을 핏발 선 눈으로 노려보았다.

그의 슬픔을 덜어주려는지, 아니면 분노를 덮으려는지 시간이 지날수록 빗줄기는 더욱더 굵어져 갔다.

11

"아침 먹고 가라!"

욕실에서 샤워를 하고 젖은 머리를 수건으로 만지며 나오는데 윤이 주방 입구에 서서 소리쳤다. 청바지에 티셔츠 하나만 걸치고 있는데도 윤은 눈이 부셨다.

"안 돼. 지금 들어가도 사실 어떻게 얘기해야 할지 눈앞이 캄캄한데."

"이왕 욕 들을 거, 아침까지 먹고 들어가. 응?"

성큼 그녀의 곁으로 다가온 윤이 아기처럼 어리광을 피웠다. 그 표정이 너무나 애절하고 귀여워서 예주의 마음이 살짝 흔들렸다. 때마침 울린 핸드폰 소리가 아니었다면 윤에게 넘어갈 수도 있었으리라.

"아침부터 누구야?"

머리를 들이대는 윤을 밀쳐 내며 예주는 핸드폰을 얼굴로 가져갔다.

"여보세요?"

[나야. 혼자 사는 친구가 사고당해서 병원에 갔다고 부모님께 말씀드려 놨어.]

규영이 어찌 알았을까 깜짝 놀라 예주는 잠시 당황하는 통에 제대로 대구를 하지 못했다.

[그래도 너무 늦지 마.]

"응, 고마……."

뒤늦게 충격을 회복하고 입을 열었지만, 말을 끝맺기도 전에 전화가 뚝 끊겼다.

"누구야?"

"응? 아, 규영이."

규영의 철두철미한 성격으로 그녀가 어디에 있는지도 빤히 다 알 거라는 걸 깨닫고 예주는 볼을 붉혔다.

"왜 그래? 그 자식이 또 뭐라 그랬어?"

예주의 얼굴을 보더니 윤의 표정이 거칠어졌다.

"아니야. 규영이가 알리바이 만들어줬어."

무슨 말인지 알아듣지 못한 듯 윤이 눈만 끔벅거렸다. 한참이 지나서야 예주가 말한 의미를 깨달았는지 윤은 뒤늦게 짧은 탄성을 내질렀다.

"웬일로 그런 기특한 짓을 했대?"

"규영이 원래 속 깊은 애야."

"근데 그 녀석한테 말하고 왔어?"

예주가 고개를 흔들자 윤이 의아한 표정을 지었다.

"그럼 어떻게 알고 그새 알리바이까지 만든 거야?"

"눈치 빠른 애니까. 나 없는 거 보고 바로 감 잡았겠지."

"그놈 혹시 오예주 스토커 아냐?"

"너 내 동생한테 말 함부로 할 거야?"

"아아, 알았어. 거 동생이라고 되게 감싸네."

"아침이나 빨리 차려."

"먹고 가려고?"

티격태격하던 일은 모두 잊은 듯 윤은 환한 얼굴로 주방으로 달려갔다. 윤의 뒤를 천천히 따르며 예주는 규영에 대한 껄끄러운 느낌을 털어버리려 애썼다.

단순히 밤에 뛰쳐나가던 것을 본 것인지도 모른다. 규영의 방은 정원을 향해 있으니까. 아침에 걱정이 되어 방에 가봤다가 없는 걸 보고 짐작했을 수 있다. 그러나 상식적인 결론을 내리면서도 예주는 왠지 모를 미진함이 남는 것 같아 마음이 무거웠다.

"뭐? 잘렸다고?"

목으로 넘어가던 음식이 확 걸린 느낌에 예주는 물을 찾았다. 윤이 즉각 컵에 물을 따라 건네주었다.

"그러니까 회식하자는 말을 뿌리치고 그냥 나오는 바람에 잘렸단 말이야?"

"회식에 목숨 걸었던 모양이야."

"대체 얼마나 급한 일이 있었기에 축하 겸 얼굴 익히자는 회식 요청을 거절하고 나와?"

"그냥 회식하기 싫었어."

아무렇지 않게 대답하는 와중에도 뭔가 미묘함이 느껴졌다. 왜 사실대로 얘기하지 않을까 의아해하며 그 원인을 찾아 머리를 굴리자 해답이 자연스레 떠올랐다.

"나랑 약속한 날이지, 그날?"

흔들리는 윤의 눈빛을 보고 예주는 정곡을 찔렀음을 알았다.

"어차피 다른 녀석 몫으로 내정되어 있던 오디션이었어."

"그럼에도 널 뽑아준 거잖아. 너도 하고 싶었던 거지?"

"별로."

그러나 만약 그녀와의 약속을 지키느라 역을 빼앗기지 않았다면 즐겁게 그 일을 맡았으리라는 것은 자명했다.

"바라는 걸 바라지 않는다고 말하면 좀 도움이 되니?"

윤의 얼굴에 떠올라 있던 태연한 미소가 힘을 잃었다.

"원하는 걸 얻기 위해서 최선을 다하는 건 부끄러운 게 아니라 자랑스러운 거야. 최선을 다하는데도 얻지 못한다면 실망은 크겠지만 그래도 후회 안 남을 테니까."

"난 너한테 최선을 다하니까 그 외에까지 쏟을 에너지가 없어."

불행히도 윤의 대답은 그녀가 원하는 것과 달랐다.

"윤아, 내 일 말고도 다른 것에도 진지해져 봐. 다른 사람들과의 관계도, 네가 하는 일에도."

윤은 굳은 얼굴로 예주를 응시한 채 아무런 대꾸도 하지 않았다.

"스스로 올바로 서지 않으면서 다른 사람 인생을 책임지겠다는 것은 월권이야."

윤이 당장에라도 반박할 것 같은 표정으로 변했다.

"난 네가 네 인생에 좀 더 진지해졌으면 좋겠어. 오예주를 위한 인생이 아니라 너 자신을 위한 인생을 살아봐."

설혹 그의 사랑을 받는 관계가 아니라 해도 꼭 말해주고 싶은 충고였다.

"밥 먹어."

윤은 가타부타 말이 없었다. 그래도 최소한 그녀의 말을 진지하게 받아들인 것만은 느낄 수 있었다. 그것만으로도 다행이라 여기며 예주는 다시 수저를 들었다.

집으로 돌아간 이후 잘 도착했다는 전화만 하고 그 뒤로 예주는 전화를 받지 않았다. 이런저런 복잡한 심정을 이해할 수 있었기 때문에 윤도 굳이 억지로 통화하려고 시도하지 않았다. 예주만큼이나 윤 역시 마음이 복잡했다. 오직 오예주만을 목표로 두고 살아온 인생이다. 그런데 예주가 그녀만을 목표로 하지 말라고 하지 않는가.

하루 종일 윤은 예주가 그녀의 부모에 대해 한 말과 충고들을 되새기고 또 되새겼다.

바(Bar)의 일을 마치고 집으로 향하면서도 윤은 온통 그 생각뿐이었다. 오토바이를 판 것을 알고 함께 일하던 사람들이 차를 태워주겠다고 했지만 거절한 것도 그런 이유에서였다. 걸어서 집까지 가기에는 무리인 거리였지만, 인적도 차도 끊긴 새벽의 조용한 거리를 걸으면서 그의 인생에 대해 좀 더 진지하게 생각해 보고 싶었다.

새벽 3시의 거리는 컴컴한 암흑처럼 어둡고 적막했다. 아이들의 장난 탓인지 가로등 몇 개가 나가 버려 때론 한 발 앞을 내다보기 힘든 곳도 있었다. 그래도 무서울 건 없었다.

길지 않은 세월이지만 그가 살아오면서 깨달은 교훈은 사람보다 무서운 것은 없다는 것이다. 이렇게 철저히 혼자인 것 같은 고요함은 반기면 반겼지 두려워할 것이 없었다.

휘익!

집 앞 골목길 입구를 밝히던 가로등이 꺼져 있는 걸 본 순간, 세찬 바람 소리 같은 것이 귀를 스치고 지나갔다. 본능적으로 몸을 비틀었다. 무엇인지 알아보기도 전에 또다시 비슷한 소리가 등 뒤에서 들려왔다. 두 번째였기 때문에 이번엔 피하는 데도 조금 더 여유가 있었다.

휘익! 휘익!

두 번의 가격에도 윤이 제대로 피하자 안 되겠다 싶었는지 사방에서 휘파람 소리 같은 것이 동시에 일어났다. 그것마저 피하면서 윤은 소리의 정체가 각목이라는 것을 알았다.

어둠에 눈이 점점 익숙해지자 그를 둘러싼 세 명의 남자가 보였다. 어두워서 얼굴은 제대로 보이지 않았지만 넓은 가슴과 떡 벌어진 어깨, 그리고 짧게 깎은 머리만으로도 그들의 출신을 짐작하기엔 충분했다.

"뭐냐, 너희들?"

운 좋게 각목을 피하긴 했지만 숨이 턱까지 차오른 탓에 목소리는 거칠었다. 윤을 쉽게 생각했던지 남자들은 당황스러움을 숨기지 못한 채 어정쩡하게 서 있었다.

"돈이 목적이라면 다른 놈 찾아봐."

겨울로 가는 길목인데도 이마에 땀이 흥건했다. 땀방울 하나가 윤의 눈가에 뚝 하고 떨어졌다. 시야를 트기 위해 윤은 땀을 닦으려 손을 눈가로 가져갔다. 바로 그때 셋 중에 우두머리로 보이는 자의 명령이 떨어졌다.

"죽여."

낮게 깔린 목소리는 권위적이었다. 어정쩡하게 서 있던 사내 둘이 다시 각목을 머리 위로 치켜들며 그에게 달려들었다. 채 눈가에서 손을 떼어내지 못한 채 윤은 뒤로 몸을 젖혔다. 그 순간 뒤에서 커다란 움직임이 느껴졌다. 즉시 오른쪽으로 발을 옮겼지만 이미 머릿속으론 당했다는 생각이 스쳤다.

퍽!

딱딱한 각목이 윤의 팔뚝과 등을 후렸다. 정통으로 맞는 것은 가까스로 피했지만 충격은 컸다.

"크흑!"

신음 소리가 터져 나오는 것과 동시에 다리가 꺾였다. 그것을 놓치지 않고 두 명의 사내가 각목을 휘둘렀다. 맞으면 끝장이라는 것을 깨닫는 순간 오랫동안 익혀온 생존의 기술로 윤은 몸을 옆으로 굴렀다. 각목은 윤이 벗어난 땅을 강타했다.

"제기랄."

"제대로 못 해, 이 자식들아!"

우두머리사내의 호통은 오래가지 못했다. 재빨리 일어난 윤이 사내의 각목을 한 손으로 움켜쥐며 다른 한 손으로 복부를 강타했고, 우두머리사내는 갑작스러운 공격을 이기지 못하고 뒤로 나자

빠졌다.

빠르게, 잔인하게.

윤이 살아온 정글의 법칙에 맞게 윤은 우두머리사내에게서 빼앗은 각목을 들고 사내의 몸을 내려쳤다.

퍽!

"윽!"

퍽! 퍽! 퍽!

사내의 울부짖는 소리를 듣지 못한 듯 윤은 사내의 가슴, 배, 다리 할 것 없이 막무가내로 각목을 휘둘렀다. 미친 짐승처럼 내달리는 윤을 보고선 다른 두 명의 사내는 엄두가 안 나는지 넋이 빠진 채 가만히 서 있기만 했다.

"그, 그만."

마침내 사내의 입에서 항복의 소리가 흘러나왔다. 그래도 윤은 멈추지 않았다. 숨통을 확실하게 끊어놓지 않고 인정을 보였다간 언제든 뒤통수를 맞을 수 있었다. 두 번 다시 접근할 엄두를 내지 못하도록 미친놈이라는 인상을 확실하게 심어줄 필요가 있었다.

"제발…… 제발……."

피투성이가 된 사내가 두 손을 짚고 무릎으로 엉금엉금 기며 윤의 다리를 붙잡고 사정하기 시작했다. 그제야 윤은 휘두르던 각목을 내려놓았다.

"다신 날 건드리지 마. 난 어차피 세상에 겁나는 것 없는 놈이야. 같이 죽으면 그뿐이다."

"아, 알…… 았…… 어."

핏발 선 눈으로 다른 사내들에게 시선을 던지자 얼어붙은 얼굴로 그들도 고개를 끄덕였다. 그것으로 충분했다.

윤은 각목을 들고 몇 걸음을 걸었다. 그래도 그들이 더 이상 달려들지 않는 것을 확인하고서야 피 묻은 각목을 바닥에 팽개쳤다.

응급실에 가서 치료를 한 후 윤은 택시를 타고 집으로 왔다. 몸이 아파서인지 불 꺼진 창이 새삼 쓸쓸하게 느껴졌다.

"제길, 기분 더럽네."

가슴을 횅하니 파고드는 외로움을 벗어던지기 위해 윤은 혼잣말로 거친 말을 뱉어냈다.

그 후 집 안으로 들어온 윤은 불도 켜지 않고 벽을 의지해 주저앉았다. 등으로라도 체중을 좀 실을 수 있다면 좋으련만 뼈가 부러지지 않은 것만도 다행이라던 의사의 진찰 결과를 생각한다면 불평할 일도 아니었다. 등은 운이 좋았지만, 한쪽 팔은 결국 깁스를 해야만 했다.

멀쩡한 나머지 팔 하나로 쿠션을 가져와 가슴에 깔며 윤은 엎드려 누웠다. 움직일 때마다 깁스한 팔이 방해를 했다. 그래도 어느 정도 자세를 잡고 난 뒤 윤은 담배를 집어 불을 붙였다.

"후……"

내장 깊숙이 묻은 더러운 찌꺼기를 모두 뱉어내고 싶어 윤은 최대한 깊이 담배 연기를 빨아들였다가 밖으로 길게 배출했다. 미친 늑대 새끼처럼 날뛰던 흥분과 분노가 몇 번의 흡연 끝에 천천히 가라앉았다.

고아원에서도, 그리고 고아원을 나와서도 그는 많은 위험 속에 노출되어야 했다. 살아남기 위해서는 강해질 수밖에 없었다. 누구도 건드릴 수 없을 만큼 강해야만 무리 속에 들어가지 않고서도 살아남을 수 있었다. 윤은 어느 집단에도 들어갈 수 없었다. 오예주라는 여자의 인생과 만나기 위해서는 그는 혼자여야 했다.

한숨도 자지 못한 채 윤은 아침을 맞았다. 권혁주와 촬영 스케줄이 잡혀 있는 날이다. 욕실에 들어가 얼렁뚱땅 샤워를 마친 후 거울에 비춰보니 다행히 얼굴은 특별한 상처가 없었다.

"멍청한 자식들."

밤을 새우면서 곰곰이 생각한 결과 그들이 원한 것은 윤의 얼굴이었다. 각목이 끊임없이 향한 곳이 바로 그의 머리였기 때문이다. 결국 누구의 사주였든 간에 그들을 철저히 물 먹인 셈이다.

스튜디오에 나타난 윤을 보고 혁주는 혀를 찼다. 개인 화보 촬영이어서 다행이지 상업적 화보 촬영이었다면 펑크를 낼 수밖에 없는 상황이었다.

"몸 관리를 어떻게 한 거야? 교통사고라도 당한 거냐?"

깁스한 팔을 만지다 혁주의 손이 상처 난 등을 스쳤다. 터져 나오려는 비명은 삼켰지만 찡그린 표정은 감출 수 없었다.

"뭐야? 등도 다친 거야?"

"냅둬요."

까칠한 윤의 반응에도 불구하고 혁주는 윤의 옷을 끌어 올려 기어이 하얀 붕대가 감긴 등을 보았다.

"대체 언제 사고 난 거야?"

혁주가 걱정스런 얼굴로 물었다. 하여튼 많은 사람들을 만나왔지만 이렇게 사람 좋은 인간도 드물다 생각하며 윤은 혁주의 손을 뿌리치고 옷을 다시 내렸다.

"알바 뛰고 나오다 깡패들한테 걸렸어요."

"널 뭘 보고 달려드냐?"

"그러게 말입니다."

피식 웃으며 윤은 가볍게 넘기려고 했다. 하지만 혁주는 턱을 만지작거리며 혼자 생각하더니 해답을 찾은 듯 탄성을 질렀다.

"혹시 세븐스타에서 벌인 일 아니야?"

"유지섭 있는 회사? 그쪽에서 왜요? 그 작품 결국 유지섭이 하기로 했다면서요?"

"다 된 밥을 눈앞에서 빼앗겼다 다시 찾은 거니 화날 만도 하지. 그쪽 회사 사장이 뒷골목이랑 좀 관련이 많다는 소문이 있던데……."

"뭐, 하여튼 또 건드리거나 하진 않겠죠."

부모 죽인 원수도 아니고 화풀이 한번 했으니 더 괴롭히지는 않을 거란 생각에 윤은 어깨를 으쓱했다.

"몹쓸 인간들이네. 그게 뭐 대단한 일이라고 사람을 이렇게 묵사발을 만들어놓는지."

반쯤 죽은 인간은 윤이 아닌 상대편이지만 굳이 말할 필요성을 느끼지 못해 윤은 혁주의 오해를 풀어주지 않았다.

예주와 다른 의미로 혁주 또한 그에게 은인이자 친구이기도 했지만, 그렇다고 해서 예주에게조차 보여주지 못한 자신의 가장 어두운 부분을 드러내고 싶지는 않았다. 인간에겐 어차피 누구와도 공유할 수 없는 부분이 각자 있게 마련이었다.

"네 인생에서 중요한 것을 찾아. 그리고 거기에 최선을 다해봐. 자신의 인생을 하찮게 취급하면서 다른 사람의 인생을 어떻게 소중하게 만들 수 있겠니."

이제야 예주의 말이 이해가 갔다.
"보고 싶다."
"누가?"
윤의 생각을 알 리 없는 혁주가 물었다. 하지만 윤은 대답하고 싶지도, 필요도 느끼지 못했다.

규영이 적절한 알리바이를 만들어준 덕분에 예주는 집에 돌아오자마자 깊은 잠에 빠졌고, 아무도 이상하게 생각하는 사람은 없었다. 해가 서쪽 하늘로 넘어가는 시각에야 예주는 잠에서 깨어났다. 샤워를 마치고 나니 엉켜 있던 여러 가지 생각이 조금씩 정리가 되는 것 같았다.
규영이 돌아올 때까지 책을 읽으며 기다리다 예주는 인기척을 느끼고 3층에 있는 규영의 방으로 찾아갔다.
노크를 하고 문을 여니 옷을 갈아입으려 하던 참인지 규영은 셔츠 단추를 다시 잠그고 있었다.

"덕분에 엄마한테 의심 안 받고 잘 넘어갔어. 고마워."

윤과의 일을 의식해서일까. 규영의 무표정한 얼굴이 마음에 걸렸다.

"나한테 실망…… 했니?"

규영은 대답 없이 예주를 물끄러미 바라보았다. 알고 있을 뿐만 아니라 마땅치 않아 하는 것을 느낄 수 있었다.

"나 윤이 사랑해."

어느 누구보다 그녀의 상황을 잘 이해해 주던 규영이 아닌가. 그에게만이라도 인정받고 싶은 마음에 예주는 불쑥 자신의 마음을 고백했다. 그러나 무표정을 넘어 서늘해지는 규영의 눈매와 단단히 다물어지는 입술을 보자 그녀가 너무 큰 기대를 했음을 알 수 있었다.

"나한테 그 얘기는 왜 하는 건데?"

규영의 대답은 시퍼런 칼날이 서 있었다.

"무리인 줄 알면서도 너한테만은 이해받고 싶어서. 아니, 그저 들어줄 사람이 필요한 건지도 몰라."

"어머니한텐 절대 말 못 할 거니까?"

정곡을 찌르는 규영의 말에 예주는 씁쓸하게 웃었다.

"말 못 하겠지. 하면 안 되겠지."

규영이 가능한 꿈이라고 말해주길 바란 건지도 몰랐다. 남동생만이라도 가능하다 말해준다면…….

"누나가 더 잘 알잖아. 절대로 안 되는 일이라는 걸."

불행히도 규영은 완전 못을 박았다. 그것도 부족하다고 느꼈는지 규영이 아픈 화살을 연거푸 쏘았다.

"경신재단에서 어머니를 받아들인 건 아버지의 아내이기 때문이었어. 누나 역시 아버지 때문에 받아들여진 거고. 하지만 그 사람들이 언제 누날 진심으로 받아준 적 있어? 안 그래도 못마땅하게 생각하는 누나가 고아 녀석이랑 결혼한다고 말해 봐. 누나뿐 아니라 어머니의 과거까지 다시 낱낱이 까발려질 거야. 결국 어머닐 받아들인 아버지마저 웃음거리가 되겠지."

간밤 윤을 받아들이면서도 끝내 떨치지 못한 생각들이 그대로 규영의 입을 통해 흘러나오고 있었다. 아니라고 소리칠 수 없는 자신이 슬펐다.

"아버지 새 사업 시작하시는데 류 회장 쪽이 현금 동원력이 좋으니까 계속 욕심이 나시나 봐."

아예 숨통을 끊으려는 듯 규영의 아픈 얘기는 계속 이어졌다.

"게다가 또 어머니 걱정도 덜어줄 수 있으니까. 어머니가 누나에 대해서 얼마나 노심초사하시는지 알지? 혹시나 어머니처럼 그런 일이 벌어질까 봐 무서워하시는 거."

틀린 말이 하나도 없었다. 그래서 예주는 더욱 가슴이 쓰라렸다.

"아버지께 유학 가겠다고 말씀드려."

절망으로 거의 고꾸라질 것 같은 순간 규영이 뜻밖의 제안을 했다.

"아직은 공부 더 하고 싶다고, 결혼은 무섭다고 그렇게 말씀드려 봐. 나도 도와줄게."

"규영아."

"다른 남자 품고 결혼하는 거 나도 원치 않아. 난 누나가 행복해지는 걸 보고 싶을 뿐이야."

규영으로서 생각할 수 있는 최선의 해결책이었으리라. 상황을 복잡하게 만드는 예주가 미울 법도 한데 원망 없이 그래도 그녀를 위한 제안을 해주는 규영이 고마웠다.

"하지만 그 녀석은 안 돼."

윤을 언급하는 규영의 얼굴에는 서늘한 살기마저 묻어 나오는 것 같았다.

"잊어."

규영의 말처럼 그렇게 간단하면 얼마나 좋을까. 확실한 대답을 요구하는 규영을 보면서도 예주는 그가 원하는 대답을 자신 있게 해줄 수가 없었다.

"잊으라고. 누나, 어머니 좋아하잖아. 어머니한테 상처 주는 거 참을 수 없잖아."

규영의 재촉하는 목소리에 초조함이 묻어 나왔다.

"누나!"

"알아. 나도 알아. 아는데…… 아는데…… 그런데 규영아……."

"그런데는 없어. 만약 누나가 계속 그 녀석 고집한다면 유학이고 뭐고 나도 아버지께 류정혁이랑 결혼시키라고 해버릴 거야."

"규영아."

"그 녀석을 잊고 유학을 가든지, 아니면 류정혁과 결혼하든지. 누나가 선택할 수 있는 길은 이 두 가지밖에 없어."

타협할 수 없는 기운에 예주는 쓸쓸하게 웃으며 등을 돌렸다.

"누나!"

“알아. 나도 알아, 규영아.”

해답은 이미 알고 있었다. 규영이 소리치지 않아도 그녀 스스로 너무도 뼈저리게 알고 있었다.

12

열두 살 어린 나이에 십안일은 버거웠다. 엄마처럼 방을 청소하고 부엌을 정리해 보았지만 예주가 보기에도 집 안은 손댄 보람도 없이 어수선해 보였다. 엄마가 없는 빈자리는 저녁 식사에도 여파를 미쳤다. 언제나 정해진 시각이면 식탁으로 부르던 엄마가 사라지자 식사 시간 자체가 불규칙해졌다. 배가 고플 때가 식사 시간이었다. 그나마도 냉장고 문을 열어 차곡차곡 쌓여 있는 밑반찬 통들을 보면 식욕이 사라지기 일쑤였다. 시장에서 산 반찬들은 제때 먹질 못해 쉰 냄새가 코를 찔렀다. 억지로 몇 숟갈 먹어보지만, 엄마와 둘이서 다정하게 먹을 때가 떠올라 수저를 놀리기가 힘이 들었다. 결국은 절반도 먹지 못한 채 그녀는 수저를 내려놓았다.

그녀는 점점 말라갔다. 말도 없어졌다. 방에 앉아 코미디 프로를 틀어놓고도 그녀는 웃지 않았다. 재미가 없었다.

멍하니 텔레비전 앞에 앉아 있다 보면 어느새 바깥은 컴컴해졌다. 엄마가 떠난 후 사흘 정도는 아버지가 꼬박꼬박 집에 들어왔다. 그러나 어느새 그는 제자리로 돌아갔고, 예주만이 홀로 남았다.

"엄마……."

이젠 무서워도 함께 떨 엄마가 없다는 걸 알면서도 예주는 살며시 엄마를 입 밖으로 꺼내 불러보았다. 엄마의 부재가 새삼스레 느껴져 뜨거운 눈물이 볼을 타고 흘러내렸다.

"엄마, 엄마……."

등을 보이며 돌아서는 엄마를 부르며 예주는 그녀를 향해 뛰어갔다.

"제발 가지 마!"

허리를 부둥켜안으며 엄마에게 매달렸다. 그러나 어느새 엄마는 사라져 버리고 그녀 혼자 어두운 허공 속에 홀로 남았다.

"엄마! 엄마!"

사방을 둘러보며 예주는 목이 터져라 엄마를 불렀다. 그러다 눈을 떠보니 익숙한 방이었다.

머리에 축축한 것이 있는 느낌에 손을 더듬어보니 젖은 수건이 만져졌다. 몸이 으슬으슬 아픈 것이 감기에 걸린 모양이다. 살짝 열린 방문 밖으로 두런거리는 소리가 들려왔다.

수건을 내려놓고 예주는 방문 앞으로 기어갔다. 등을 보인 채 아빠와 고모가 서로 얘기를 나누고 있었다.

"차라리 그년한테 보내요. 그래도 지 새끼 데려가겠다고 했다면서?"

"내 자식을 왜 애먼 놈한테 맡겨! 내가 책임질 수 있다!"

"예주 이제 열두 살이에요. 오빠 이틀에 한 번은 외박인데 그 어린것이 혼자 얼마나 무섭겠어요."

"그래서 당분간 네가 데리고 있으라는 거잖니."

뜻밖의 말에 예주는 아빠를 부르려고 열던 입을 재빨리 닫았다.

"오빠도 제 사정 알잖아요. 방 딱 두 개뿐인데, 아무리 애라도 세 명이나 어떻게 한방에 집어넣어요?"

"부탁한다. 방학 때만 네가 좀 데리고 있어. 생활비는 내가 대줄 테니까."

"돈 때문에 그런 게 아니잖아요. 무슨 고집이 이렇게 센지, 원."

"절대로 그 여자한텐 줄 수 없어. 절대로."

이제 더 이상 엄마를 부르는 아빠의 목소리에 애정이 담겨 있지 않았다. 오히려 몇 발짝 떨어진 예주의 몸조차 움찔거리게 할 만큼 미움이 큰 것 같았다.

떠나 버린 엄마에 대한 원망으로 예주를 보내지 못하는 아빠를 이해할 수 있었다. 그래도 고모 집에 갈 바에야 엄마와 함께 가고 싶었다. 아빠를 사랑하지만 열두 해 동안 예주의 생활에서 그와 함께한 시간은 너무도 적었다.

고모 집에 보내려고 엄마와 함께 가지 못하게 하다니. 아빠가 미워질 것 같았다.

똑똑.

이질적인 소리가 예주를 과거의 회상에서 끄집어 올렸다.

"네."

문이 열리며 엄마가 안으로 들어왔다. 걱정이 있는지 안색이 어두웠다.

"무슨 일 있으세요?"

"요즘 류 회장 댁 아들은 잘 만나고 있지?"

걱정거리의 원인을 알고 예주는 한숨을 내쉬었다.

"왜?"

엄마의 미간에 잡힌 주름이 깊어졌다. 그와 만나자는 약속을 몇 번 미루고 있는 중인 예주는 선뜻 대답하기가 어려웠다.

"네 외숙모가 얼마 전에 어떤 남자애랑 같이 있는 널 봤다고 하더라."

하필이면 외숙모한테 들킨 것일까. 가슴이 답답해져 왔다.

"그 남자애 복장이 좀 그랬다던데……."

"후배예요. 나쁜 애 아니에요."

후배라는 말에 엄마가 가슴을 쓸어내렸다.

"그래, 나도 그럴 거라 생각했어. 요즘 꼭 남자, 여자가 애인 사이에만 같이 다니는 거 아니라는 거 나도 알아. 그래서 네 외숙모한테도 그렇게 말했다."

쩔쩔매며 외숙모에게 변명했을 엄마의 모습이 떠오르자 예주는 기분이 나빠졌다. 반면 눈에 띄게 엄마는 표정이 밝아졌다.

"엄마, 저 꼭 류정혁 씨랑 결혼해야 해요?"

예주의 질문에 폭탄을 맞은 듯 엄마의 표정이 다시 딱딱하게 굳었다.

"아니, 다른 사람이 있어서가 아니고, 나 좀 더 공부한 뒤에 결혼하면 좋을 것 같아서."

엄마가 안쓰러워 입 밖으로 꺼낼 수가 없었다. 안도하면서도 불안감을 떨쳐 내지 못하는 엄마를 보자 더욱 본심을 감출 수밖에 없었다.

"엄마도 꼭 이번에 결혼해야 한다는 건 아니야. 그렇지만 정말 좋은 사람인데 공부 때문에 놓치면 그것도 아깝잖아. 결혼하고도 공부 못 하는 거 아니니까."

웃고 있는데 엄마와 맞잡은 손은 가느다랗게 흐느끼고 있었다.

"안 그래도 내일 만나기로 했어."

아직 답은 하지 않았지만 어쨌든 류정혁이 내일 만나자고 연락이 온 것은 사실이다.

"그래, 그렇게 자꾸 만나다 보면 정도 들고 그러는 거야."

엄마의 얼굴이 환해졌다. 반면 예주는 무거운 돌을 매단 것처럼 가슴이 몹시 무거워졌다.

"너 아무래도 누구한테 미움 단단히 받은 것 같다?"

스튜디오로 들어서는 윤에게 찍기로 예정되어 있던 잡지 화보에서 탈락한 사실을 일러주며 혁주가 걱정스러운 얼굴로 말했다.

"나 바(Bar)에서도 잘렸는데."

"세븐스타에 그럴 힘이 있나?"

"뭐, 바(Bar) 일은 워낙 제멋대로 하긴 했지."

저녁 시간이라 그런지 스튜디오에 다른 사람은 없었다.

"안 좋은 일은 꼭 한꺼번에 일어난다니까."

아무렇게나 털썩 소파에 주저앉으며 윤은 혼잣말로 투덜거렸다.

"아무래도 심상치가 않아. 잘 생각해 봐."

"뭘?"

"세븐스타 말고 마음에 걸리는 다른 쪽은 없어?"

"많죠. 그동안 나랑 조금이라도 접해본 놈 중에 나 좋아하는 놈은 하나도 없을걸."

"자랑이다."

카메라를 만지던 손을 멈추며 혁주가 기가 차는지 혀를 끌끌 찼다.

"정말 무진장 보고 싶다."

혁주의 반응은 가볍게 무시해 버리고 윤은 울리지 않는 핸드폰을 꺼내 만지작거렸다.

"그 여자애 집이 부자랬지?"

윤의 행동을 지켜보던 혁주가 문득 생각난 듯 물었다.

"예."

"얼마나 부자야?"

"남의 여자한테 웬 관심?"

"야!"

버럭하는 혁주를 보며 윤은 킬킬거리며 웃었다.

"네 일 막는 거 혹시 그 집안에서 하는 거 아니냐?"

핸드폰을 만지작거리던 손길을 멈추고 윤은 혁주를 올려다보았다.

"그 여자애 집이 그 정도로 대단한 집안인 거냐?"

그를 찢어 죽일 것처럼 노려보던 박규영의 얼굴이 갑자기 떠올랐다.

"맞구나."

서로 함께한 세월을 허투루 보낸 것만은 아닌지 혁주는 단숨에 윤의 생각을 알아챘다.

"하필이면 그런 집안 애냐. 능력도 없는 놈이."

"어이, 말 함부로 하지 맙시다."

"너같이 단순한 놈이 이런 복잡한 판에 휘말린 것부터가 어이 상실이야. 어떡할 거야? 잘못하단 정말 이 바닥에서 두 번 다시 일 못 할 수도 있어."

"까짓 거, 안 되면 배추 장사나 하지, 뭐."

"그래서 네 부자 애인 먹여 살릴 수 있겠냐?"

"아, 진짜 자꾸 그렇게 초를 칠 겁니까!"

정곡을 찔린 것이 아파 태연한 태도를 벗어던지며 이번엔 윤이 버럭 소리를 질렀다. 그와 동시에 윤의 손에 있던 핸드폰에서 음악이 흘러나왔다. 윤은 거칠게 머리를 쓸어 넘기며 핸드폰으로 고개를 숙였다.

오예주. 액정에 뜬 이름을 확인한 순간 윤은 찌푸리고 있던 얼굴을 풀었다.

"보고 싶었는데 잘됐다. 어디야? 내가 갈게."

다짜고짜 들이대는 윤에게 놀랐는지 예주의 대꾸는 조금 시간이 지난 후에 흘러나왔다.

[오늘은 안 돼.]

"뭐야? 벌써 우리 못 만난 지 일주일도 더 넘은 거 알고나 있는 거야? 나 미치는 꼴 보고 싶어?"

[오버하지 마.]

"나 진짜 죽을 것 같아. 보상해."

[애 같긴.]

줄곧 가라앉아 있던 분위기를 깨며 예주가 피식 웃었다.

"키스 100번. 그리고 찐한 것도 해줘야 돼."

[정말 최윤답다.]

웃음소리가 좀 더 커졌다. 그래도 여전히 평상시보다는 훨씬 가라앉아 있었다.

"그럼 언제 만날 수 있는데?"

핸드폰을 통해 느껴지는 심상치 않은 기운에 윤은 초조해졌다.

[이번 주 금요일에 시간 있니?]

"나야 언제나 네가 부르면 콜이지."

[그러지 말라고 했잖아. 일 있음 다른 날로 잡고.]

"아니야. 스케줄 없어."

[그래, 그럼 금요일에 우리 바다 보러 가자.]

"바다?"

예상치 못한 제안에 윤이 되물었다.

[응. 바다 보고 싶어.]

"그래."

통화를 끝낸 후 윤은 핸드폰을 아무렇게나 집어 던져 버리고 소파에 배를 깔고 드러누웠다. 큰 키를 감당하지 못하는 소파 탓에 그의 길쭉한 다리가 반쯤은 공중에 붕 떴다.

"오매불망 기다리더니…… 전화받은 녀석 표정이 왜 그래?"

냉소적인 얼굴로 혁주가 말을 걸었다.

"바다를 보고 싶대잖아요."

"어려운 말을 하려나 보지."

애써 뚜렷한 결론을 내리지 않고 있는데 명확한 진실이 혁주의 입에서 흘러나오자 윤은 소파에 묻고 있던 고개를 들어 혁주를 노려보았다.

"여자들 헤어지자는 얘기하려면 꼭 그런 데 가고 그러거든."

"내가 당신 진짜 싫다는 말 했던가?"

"내가 널 주운 날을 무지 후회한다는 얘기는 많이 했지."

능글맞은 표정으로 대꾸하는 혁주가 얄미웠지만, 속 시원하게 반격할 수도 없어 윤은 투덜거리며 소파에서 내려왔다.

"잘 먹고 잘살아요."

바닥에 떨어져 있는 핸드폰을 주워 들고 윤은 스튜디오 문을 향해 걸어갔다. 혁주는 답 인사도 하지 않은 채 윤이 걸어나가는 뒷모습을 물끄러미 지켜보았다.

금요일 아침, 예주와 마주친 순간 윤은 알았다. 그녀의 입에서 흘러나올 말이 무엇인지를. 그렇지만 윤은 웃었다. 곧 비가 쏟아부을 것처럼 흐린 그녀의 표정을 반대로 돌려놓을 수 있도록 그렇게 웃었다. 그러나 인천까지 가는 동안 예주는 끝내 웃지 않았다.

그들의 앞날에 드리워진 그늘을 아는지 날씨마저도 호의적이지 않았다. 싸늘한 바람이 얇은 옷을 펄럭일 정도로 세차게 불었다.

화려하던 여름의 기억이 희미해지려는 시점의 바다는 쓸쓸했다. 일찍 서두른 탓에 시야에 잡히는 다른 사람도 없었다. 이별을 선언하기에 지독히도 잘 어울리는 풍경이었다. 청바지에 양손을 꽂은 채 윤은 발에 걸리는 자갈을 툭툭 찼다.

"윤아, 나……."

"우리 열흘 만에 본 거거든? 하려던 이야기는 나중에 하면 안 돼?"

두려운 마음에 그녀에게 얼굴을 돌리지 못한 채 윤이 말했다. 침묵이 흐르다 옆에 선 예주의 입에서 한숨이 길게 흘러나왔다.

"뭐 하고 싶은 거 있어?"

"무릎 좀 빌려줘."

자갈을 차던 발놀림을 멈추며 윤은 정색한 얼굴로 예주를 향해 돌아섰다. 윤의 의도를 파악하지 못했는지 예주는 어리둥절한 얼굴이다.

"넌 바다 구경하고 난 좀 자자."

여전히 그의 말을 이해하지 못하는 예주를 보고 윤은 아이처럼 씩 웃었다.

"요즘 많이 바쁘니?"

그의 머리카락을 만지는 예주의 손길이 볼을 스치는 바람보다 훨씬 더 부드러웠다.

"네가 바쁘지 내가 바쁘냐?"

"말버릇 하곤."

머리카락을 만지작거리던 손이 예고도 없이 그의 배를 찰싹 때렸다. 방심하고 있던 윤은 헉 소리를 내며 순간 새우처럼 몸을 구부렸다.

"엄살 부리지 마."

"네 손 매워."

"너 내려가."

"아, 진짜 유세는. 알았어. 네 마음대로 때려."

그래도 배는 치명적이라 윤은 하늘을 향해 열려 있던 몸을 옆으로 틀었다. 자연스레 예주의 허벅지에 올라 있던 머리도 예주의 배 쪽으로 향했다. 소금기 짙은 바다 냄새 사이로 예주의 몸에서만 맡을 수 있는 산뜻한 향기가 코를 매혹시켰다.

"음흉하긴."

그녀의 향기를 좀 더 맡고 싶어 윤이 머리를 예주에게 더 가까이 접근시키자 예주가 두 손으로 그의 머리를 바다 쪽으로 돌려 버렸다.

"야박하기는."

투덜거리면서도 윤은 순순히 예주가 원하는 방향으로 몸을 돌렸다.

바람이 세서 그런지 하얀 거품을 그리며 밀려왔다 사라지는 파도도 자주 일었다. 끝이 보이지 않는 수평선 너머를 보고 있자니 마음이 차분히 가라앉았다.

"어제 잠 많이 못 잤다며? 이제 그만 자."

자장가 대신인 듯 부드러운 그녀의 손길이 다시 윤의 머리카락에 내려앉았다. 눈이 부실 정도로 반짝이는 푸른빛의 바다를 사진처럼 저장하며 윤은 스르르 눈을 감았다.

"자니?"

한참의 시간이 지난 후 예주가 조용히 속삭였다. 눈을 감아서 더욱 예민해진 감각 탓에 예주의 입에서 흘러나오는 입김만으로도 몸이 움찔하며 긴장했다. 그래도 윤은 눈을 뜨지도, 대꾸하지도 않았다. 예주 역시 그의 대답을 기대한 것은 아닌 듯 무심한 손길로 윤의 머리카락을 만지며 다시 얼굴이 멀어져 갔다.

또다시 몇 분이 흐른 뒤다. 규칙적으로 울리는 파도 소리 사이로 멀리서 갈매기 우는 소리가 들린다 싶은 순간, 예주의 목소리가 흘러나왔다.

"윤아, 난 엄마가 좋아. 돌아가신 아빠도 좋아했지만 엄밀히 말하면 아빠는 낯선 타인과 같았어. 같이 있는 시간이 거의 없었거든. 그래서 난 엄마한테 상처 주기 싫어. 나 때문에 엄마가 걱정하고 다른 사람한테 무시당한다면 참을 수 없을 거야."

윤의 몸은 굳었지만 그의 머리카락을 만지는 예주의 손길은 변함없이 부드러웠다.

"넌 나랑 너무 달라. 난…… 난 절대 너처럼 살 수 없어. 난 현재만 보는 사람이 아니야. 그런데 넌 현재만 봐. 넌 맹목적이지. 하지만 난 아니야. 난 너처럼 사랑이 전부인 그런 사람이 아니야."

도저히 더 이상 외면할 수가 없었다. 그의 머리를 만지던 예주의 손을 낚아채며 윤은 몸을 일으켰다. 저 심해의 깊은 어둠보다 더욱 깊어 보이는 어두운 눈빛의 예주는 윤의 날카로운 눈빛을 피하지 않았다.

"난 너랑 시작 못 해. 아니, 안 해."

결심을 굳힌 듯 예주의 눈빛이 선명해졌다. 자기도 모르게 윤은 잡고 있던 예주의 손목에 힘을 주었다. 아팠는지 움찔하며 예주가 입술을 깨물었다. 그러나 비명은 흘러나오지 않았다. 놀란 예주의 손을 놓으며 윤은 소리쳤다.

"우린 이미 시작했어!"

두 사람의 눈빛이 팽팽히 맞섰다.

"끝이라곤 말할 수 있어도 시작하지도 않았다고는 말하지 마."

"윤아."

"그리고 넌 끝일지 몰라도 난 끝 아니야."

그의 말에 예주의 눈동자가 흔들렸다.

"너 마음대로 해. 도망가고 싶으면 도망가. 난 기다릴 테니까. 까짓 1년? 아니면 10년? 아니면 한 30년?"

그늘지는 예주의 얼굴에서 눈길을 돌리지 않은 채 윤은 피식 웃었다.

"네 마음대로 살다 돌아오고 싶을 때 돌아와. 난 기다릴 수 있어."

"윤아."

"어떻게 그럴 수 있느냐고 묻지도 마. 그때도 넌 날 떠난다고 생각했겠지만 난 널 떠나보내지 않았으니까. 그러니까 이번에도 기다릴 수 있어."

그들의 시작은 고아원에서부터였다.

그 이후로 윤은 단 한 번도 그녀를 포기한 적이 없었다. 최소한 이제 그것만은 예주도 인정해야 했다. 예주의 얼굴이 석고상처럼 굳었다.

오이를 먹지 못하는 윤을 챙겨준 이후로 예주는 그와 급속도로 친해졌다. 한 번 마음을 열기 시작하자 윤은 어떤 아이보다도 그녀에게 의지가 되었다. 열 살의 나이답지 않게 어른스러운 윤은 버림받은 것 같은 막연한 두려움을 예주가 떨칠 수 있도록 많은 힘을 주었다. 그러면서도 다른 아이들과는 가까이 지내지 못하게 하는 소유욕에 찬 행동에서는 여전히 아이다운 면도 있었다. 예주는 아이들과 윤의 사이를 좁혀보려고 여러 번 시도했지만 아이들도 윤도 그녀의 노력에 시큰둥했다.

"같은 친구들인데 친하게 지내면 좋잖아."

"멍청이들이랑은 친해지기 싫어."

"나쁜 말이야, 그런 말은."

눈살을 찌푸리는 예주를 윤은 비웃는 듯한 표정으로 쳐다보았다.

"여긴 약육강식이란 말이야. 그렇게 무르게 굴다간 너야말로 잡혀 먹힐걸? 여기 애들은 빨리 자란다고."

그녀보다 네 살이나 어리다고 믿을 수 없을 만큼 시니컬한 말이다.

"좋은 애들인데. 모두 가족이라고 생각하면 좋을 텐데."

"자식이나 버리는 그런 가족 같은 거 좋을 게 뭐야? 부자한테 입양되거나 맛있는 거 먹는 것에나 관심 있는 멍청이들은 싫어."

예주는 마음을 열지 않는 윤이 안타까웠다. 함께 자란 친구들마저 의지할 수 없다면 윤은 언제나 혼자일 것이 분명했다. 윤을 좋아하는 예주로선 그렇게 놔둘 수 없었다. 엄마가 떠난 후 외톨이가 된 예주는 외로움이 얼마나 무서운 것인지 잘 알고 있었다.

그러나 시간이 지나도 윤은 여전했다. 아이들 역시 예전처럼 그들에게만 모든 관심을 쏟지 않는 예주에게 거리를 두기 시작했다. 결국 어느 순간부터 예주는 자신의 의지와 상관없이 거의 대부분의 시간을 윤과 함께 보내게 되었다.

그날도 여느 때처럼 윤을 찾고 있었다.

"부엌에 있는 걸 봤어."

놀이방에서 장난감을 갖고 놀던 아이 한 명이 예주가 찾던 답을 주었다.

"아냐. 세탁방에 있었어."

"아냐. 분명히 부엌에 있었어."

"뭐야? 그럼 내가 거짓말했다는 거야?"

조금 전까지만 해도 사이좋게 놀던 일곱 살의 두 아이가 서로 자기 말이 맞다며 싸우기 시작했다.

"두 사람 다 맞는 말인 것 같아. 누나가 둘 다 가볼게."

손에 들고 있던 장난감을 서로에게 휘두르는 아이들을 진정시킨 뒤 예주는 황급히 놀이방을 빠져나왔다.

먼저 부엌으로 가봤지만 윤은 없었다. 세탁방은 본관과는 떨어져 있기 때문에 마당을 가로질러야 했다.

"흑흑."

뜨거운 햇볕 때문에 눈을 찡그리며 황급히 마당을 가로지르던 예주는 누군가의 울음소리를 듣고 걸음을 늦췄다.

"흑흑."

가만히 귀를 기울이니 울음소리는 좀 더 분명해졌다. 침을 꿀꺽 삼키며 예주는 울음소리가 들려오는 방향으로 살금살금 다가

갔다.

소각장 옆의 그늘 속에 한 여자아이가 몸을 동그랗게 만 채 서럽게 울고 있었다. 한주희라는 이름을 떠올리기까지는 조금 시간이 걸렸다. 그녀보다 고작 한 살이 많다는 걸 알고 초기에 몇 번 친해보려 시도했다가 주희의 신경질적인 반응에 상처 입고 포기한 기억이 떠올랐다.

"흐흑."

어린아이들을 괴롭히고 뾰족한 말로 남을 상처 입히기 좋아하는 평소의 이미지와는 몹시 다른 모습에 예주는 마음이 무거워져 한 발을 내디뎠다.

"저기……."

어떻게라도 위로해 주고 싶은 마음이었다. 하지만 예주의 갑작스런 출현에 주희는 저승사자라도 본 것처럼 화들짝 놀라며 울음을 뚝 그쳤다. 눈물범벅이 된 얼굴을 든 주희는 예주라는 것을 알자 눈을 이글거리며 그녀를 노려보았다. 얼굴이 따끔거릴 정도로 주희의 증오심이 강하게 느껴져 예주는 깜짝 놀라며 자기도 모르게 몇 발짝 뒤로 물러섰다.

"여기서 뭐 해?"

어찌할 바를 모르고 당황해 있던 예주는 윤의 갑작스런 출현이 그렇게 반가울 수가 없었다.

"윤아, 저기……."

"계속 찾아다녔잖아."

윤은 예주가 뭐라고 말할 시간도 주지 않은 채 그녀의 손목을 덥석 움켜쥐더니 주희가 있는 곳과 반대 방향으로 끌어당겼다.

"윤아, 저기⋯⋯."

"나 배고파."

마음만 먹으면 네 살이나 어린 윤을 뿌리칠 수도 있었지만, 손목으로 부딪쳐 오는 윤의 단호함 때문에 예주는 할 수 없이 윤이 이끄는 방향으로 걸었다.

"주희 언니가 울고 있는데 그냥 내버려 둬도 괜찮을까?"

윤의 독점욕이 나쁘지 않을 때도 많았지만 지금은 윤이 아무리 어리다 해도 조금은 다른 사람의 사정을 봐줬으면 하는 아쉬움이 들었다. 그러나 윤은 행여나 그녀가 도망갈까 두려운 듯 손목을 잡고 있는 손에 힘을 잔뜩 주었다.

"윤아, 넌 정말 좀 성숙해질 필요가 있어."

한숨을 내쉬며 예주는 슬쩍 뒤를 살폈다. 아무래도 주희가 걱정되었다. 그러나 어느새 주희는 자취를 감췄고 소각장 옆은 텅 비어 있었다.

그날 이후 주희는 예주를 자주 괴롭혔다. 식당에서 발을 걸어 식판을 떨어뜨리게 만들기도 하고, 윤과의 관계에 대해 이상한 느낌을 주는 말들을 쏟아붓기도 했다. 주희의 강한 적개심에 예주는 어떻게 대응해야 할지 몰랐다. 반면, 윤은 주희가 예주를 괴롭힐 때마다 똑같은 방식으로 갚아주었다. 그렇게 한 달쯤 흘렀을 때다.

"언니, 원장선생님이 원장실로 오래."

놀이터에서 윤과 함께 있던 예주는 원장의 호출에 몸을 일으켰다. 그런데 윤이 심각한 얼굴로 예주의 손을 붙잡고 가지 못하게 막았다.

"왜?"

"그냥 가지 마."

"원장선생님이 부르시는데 어떻게 안 가?"

어이가 없어 웃으며 예주는 윤에게 잡힌 손을 뺐다.

"그럼 나랑 같이 가."

그것만은 절대 양보 못 하겠다는 윤의 굳은 얼굴을 보고 예주는 한숨을 내쉬며 손을 내밀었다.

"이 녀석은 왜 달고 왔어?"

원장실로 들어서는 예주를 보고 환한 웃음을 짓던 원장은 윤이 뒤이어 모습을 드러내자 화를 벌컥 냈다.

"윤이를 돌봐줄 사람이 없어서요."

원장이 왜 화를 내는지 의아했지만 예주는 미안한 얼굴로 고개를 숙일 수밖에 없었다. 반면, 윤은 거만한 자세로 예주와 원장의 사이를 가로막았다. 마치 그녀를 보호하려는 듯.

"심각한 일이라서 너 혼자 부른 거다. 그런데 이런 혹을 달고 와?"

원장은 윤을 못마땅한 얼굴로 노려보았다. 윤 역시 원장을 향해 노골적으로 싫은 기색을 드러냈다.

"윤아, 바깥에서 기다려."

"싫어."

한번 고려해 보는 척도 하지 않고 윤이 즉각 대답했다.

"쯔쯧. 예주 너도 너무 동정심이 많아서 큰일이구나. 그런데 네 고모 이야기인데 말이다. 아무래도 윤이랑 있는 자리에서 얘길 하면 안 되지 않겠니? 윤이는 가족이란 걸 가져본 적도 없는데 네 가족 얘기를 하면 마음에 상처가 되지 않겠니?"

"그딴 거 없어!"

원장을 노려보며 윤이 거칠게 대답했다. 하지만 예주는 원장의 말에 더 수긍이 갔다.

"윤아, 잠깐만 나가 있어."

"싫어!"

"이 녀석, 어디서 어리광이야!"

인내심이 바닥이 났는지 원장이 불쑥 다가와 윤을 한 아름에 들더니 원장실 밖으로 내보냈다. 그러곤 문을 찰칵 잠가 버렸다.

"예주에게 손대면 가만 안 둬!"

문을 거칠게 두드리며 바깥에서 윤이 외쳤다.

"저런 버르장머리 없는 놈!"

윤의 몸부림에 헝클어진 머리를 손으로 정리하며 원장은 어른스러운 포용력과는 전혀 상관없는 험악한 얼굴로 투덜댔다. 윤이 왜 저렇게 흥분했는지, 원장이 왜 윤을 그렇게 거칠게 다루는지 이해가 가질 않아 예주는 불안한 마음에 가슴이 두근거렸다.

"저기…… 혹시…… 엄마한테 연락이……."

밖에서 계속 윤이 문을 두드려 대는 통에 예주는 곧장 본론을 꺼냈다.

"엄마? 너한테 엄마가 있었던가?"

"네?"

"아아, 맞다. 엄마가 있었지. 널 버리고 간……."

원장의 무책임한 말에 예주는 발끈했다.

"엄마는 절 버리신 게 아니에요!"

"아아, 그래. 물론 그렇고말고."

무성의한 원장의 대답에 예주는 입술을 깨물었다.

"그럼 하실 말씀이란 건⋯⋯."

"뭘 그리 서두르니? 여기 좀 앉거라."

머뭇거리는 예주의 팔을 붙잡아 원장이 소파에 앉혔다.

"네 고모 말인데⋯⋯."

원장이 말끝을 흐리며 예주의 옆자리에 앉았다. 맞은편 소파에 앉지 않고 바로 옆에 앉는 원장이 부담스러워 예주는 살짝 옆으로 몸을 옮겼다. 그러자 원장이 다시 거리를 좁혔다.

"후원금이 더 이상 들어오질 않아서 말이다. 서류에 적어준 전화번호로 연락을 해봤는데 받지를 않더구나. 그래서 집으로 사람을 보냈는데 이사를 갔다지 뭐냐."

"네? 그럴 리가 없어요!"

원장의 말이 너무나 충격적이라서 예주는 바짝 다가앉은 원장의 체취와 입 냄새에 대한 불쾌함도 잠시 잊었다.

"후원금이라곤 두 달 치밖에 받지 못해서 말이다. 여간 곤란한 게 아니야. 땅 파서 여길 운영하는 것도 아니고 말이다."

"뭔가, 뭔가 잘못된 걸 거예요. 고모가⋯⋯ 날 버릴 리 없어요."

"충격이 크겠지. 그렇지만 세상이란 게 원래 그렇단다."

고통으로 몸부림치는 예주의 어깨를 원장이 커다란 손으로 감쌌다. 자동적으로 예주는 원장의 어깨에 기댄 꼴이 되었다.

"그래도 너는 운이 좋은 셈이야. 나는 인정이 많은 사람이니까."

어깨에 놓여 있던 원장의 손이 천천히 아래로 내려왔다. 반팔 원피스를 입고 있던 예주는 원장의 손이 맨 팔에 닿자 움찔했다.

"걱정하지 마라. 네 고모님이 널 버렸어도 내가 널 보살펴 줄 테니까."

원장의 목소리는 부드러웠지만, 그의 얼굴이 너무 가까운 탓에 역한 입 냄새가 곧장 전해져 와 예주는 얼굴을 찌푸렸다. 등 뒤로 느껴지는 그의 가슴도, 팔을 더듬는 그의 손길도 모두 마음에 들지 않았다. 그래서 몸을 떼려고 하자 팔을 잡고 있던 원장의 손에 힘이 들어갔다.

"저기……."

불편하다고, 그만 나가고 싶다고 말하려는데 원장의 다른 손이 예주의 허벅지를 붙잡았다. 치마 위였지만 예주는 왠지 모를 수치심에 얼굴을 붉혔다.

"저…… 그만 나갈래요."

귓가에 심장 고동 소리가 쿵쿵 울려 퍼질 정도로 두려움이 밀려와 목소리마저 떨렸다.

"왜? 아직 할 이야기가 많이 남았는데……."

허벅지 위에 놓인 원장의 손이 바위처럼 무거웠다. 어떻게 해야 할지 몰라 우왕좌왕하는 동안 눈에 눈물이 그렁그렁 고였다. 그때였다.

쨍그랑!

귀가 찢어질 것 같은 날카로운 소리와 함께 산산조각이 난 유리가 바닥으로 흩어졌다. 화들짝 놀란 원장이 예주를 붙잡고 있던 손을 풀고 소파에서 벌떡 몸을 일으켰다. 원장이 유리가 깨진 창으로 다가가는 동안 예주는 몸을 피해야 한다는 걸 알면서도 몸이 얼어붙어 꼼짝도 하지 못했다.

"어떤 놈이냐!"

창문을 가리고 있는 두꺼운 커튼을 젖히면서 원장이 소리쳤다.

"예주야, 나와!"

두려움으로 움직일 수 없던 예주는 윤의 고함 소리에 정신이 퍼뜩 들었다.

"이 후레자식 놈이!"

깨진 창문 밖을 윤이 지키고 있자 원장이 버럭 소리를 지르며 그에게 손을 뻗었다.

"어서 도망쳐!"

원장의 손에 멱살이 붙잡히는데도 윤은 예주에게 시선을 놓지 않은 채 외쳤다. 예주는 그때서야 정신없이 일어나 원장실 밖으로 도망쳤다.

그날 일으킨 소동으로 윤은 반성실에 갇혔다. 잘못을 저지른 아이들을 하루 정도 가둬놓는 용도로 사용되는 방이다. 벌을 서는 동안은 방에만 머물러야 했다. 친구들도, 장난감도, 책도 없었다. 오로지 혼자였다.

예주는 윤과 함께 반성실에 갇히겠다고 사정했다. 동생을 잘 돌보지 못했으니 자신의 책임이 크다며 매달렸다. 윤도 예주와 함께 갇히는 게 아니라면 죽어버리겠다고 난리를 부렸다. 결국 다른 선생님들이 그러는 게 좋겠다며 원장에게 사정하는 바람에 원장은 똥 씹은 표정으로 두 사람 모두 반성실에 가두라는 명령을 내렸다.

어른 두 명이 누우면 꽉 찰 것 같은 작은 방 안엔 정말 아무것도 없었다. 창문조차 없었다. 불을 환하게 켜놓고 둘은 벽에 기대앉았다.

"여기도 제법 괜찮아. 조용하잖아?"

윤은 반성실에 여러 번 갇힌 경험이 있다며 자랑처럼 얘기했다. 예주는 창문도 없는 협소한 방이 답답했지만 그래도 윤도 없이 바깥에 혼자 있는 것보단 차라리 반성실이 더 낫다고 생각했다. 몇 시간이 지났지만 아직도 두려움은 마음 깊숙이 새겨져 있었다.

"그 자식 취미야. 여자애들한테 이상한 짓 하는 거."

다리를 앞으로 길게 뻗는다 싶더니 윤이 바닥으로 스르르 미끄러졌다.

"한주희도 당했어. 그 때문에 성격이 이상해진 거야."

아직 어린 소년이라 원장의 비정상적인 행동이 의미하는 바를 모르는 것일까.

심각한 내용에 비해 윤의 목소리나 태도는 너무나 평이했다.

사실 예주도 원장의 이상한 행동이 정확하게 의미하는 바를 알지 못했다. 다만 몹시 수치스럽고 치욕적인 짓이라는 것만 느낄 뿐이었다.

뚝뚝.

무서웠던 원장실의 기억이 다시 떠오르자 눈물방울이 무릎 위로 떨어졌다. 지루함을 달래려는지 바닥에 등을 붙인 채 방을 슬슬 옮겨 다니며 혼자 놀고 있던 윤이 벌떡 일어나 그녀에게 다가왔다.

"미, 미안. 나 때문에 네가 다쳤는데. 내, 내가 널 위로해 줘야 하는데, 난 바, 바보같이……."

원장에게 맞은 뺨이 부풀어 올라 한쪽 눈이 완전히 잠겨 버린 윤을 보면서도 그를 위로하기는커녕 눈물만 뚝뚝 흘리고 있는 자신이 한심스러웠다. 그래도 눈물을 그칠 수가 없었다. 무섭고 외로웠다.

"내가 지켜줄게. 원장 놈이 너한테 아무 짓도 못 하게 내가 옆에 꼭 붙어 있어줄게."

안타까운 얼굴로 울음이 터진 예주를 바라보고 있던 윤이 비장한 목소리로 말했다. 조금 전까지만 해도 어린 소년 같던 모습은 어느새 사라지고 없었다.

"그러니까 울지 마. 무서워하지 마."

윤이 팔을 뻗어 그녀를 감쌌다. 덩치는 그녀가 더 컸지만 윤의 품이 넓게 느껴졌다. 고아원에 온 이후 처음으로 예주는 자신이 안전하다고 생각했다. 띄엄띄엄 흐르던 눈물이 봇물처럼 터져 나왔다.

"엄마가 보고 싶어."

윤에게 매달리며 예주는 마음 깊숙이 숨겨두었던 소망을 끄집어냈다.

"내가 지켜줄게."

윤의 무릎에 머리를 묻고 온몸으로 흐느끼는 예주에게 윤은 계속해서 맹세의 말을 건넸다. 그 순간만은 윤은 어린 동생이 아니었다. 그녀를 지키는 갑옷 입은 기사였고, 달콤한 연인이었다.

그랬다. 그 순간이 바로 그들의 시작점이었다.

"미안해."

인천 바닷바람에 예주의 머리카락이 흩날렸다. 예주의 볼을 타고 뜨거운 눈물이 흘러내렸다.

"미안해, 윤아."

처음 배신한 것도, 그리고 이번의 배신도 모두 그녀의 몫이었다.

13

"이거 가져."

서울로 돌아와 마지막 이별을 앞둔 시점에 윤이 새끼손가락에 끼고 있던 실반지를 빼내 예주에게 내밀었다. 가느다란 금빛의 실반지는 낯익은 것이었다.

"이건……."

어떤 실반지인지 잘 알고 있기에 예주는 고개를 흔들었다.

"이건 정말 소중한 거잖아. 이런 걸 나한테 주면 안 돼."

"소중한 거니까 주는 거지."

퉁명스럽게 말을 툭 내뱉으며 윤이 팔을 불쑥 뻗었다. 예주의 왼손이 윤에게 붙잡혔다.

"윤아!"

예주는 황급히 주먹을 쥐며 거절 의사를 나타냈다.

"이건 안 돼. 네 친부모님 물건이잖아. 네 가족을 찾을 수 있는 유일한 물건인데."

생후 3개월도 안 된 윤이 고아원 앞에 버려졌을 때 윤의 목에 걸려 있던 물건이다. 아이를 부탁한다는 쪽지와 더불어 친부모와 연결되는 유일한 흔적이기도 했다. 그 때문에 고아원을 떠나던 날, 윤이 예주에게 반지를 내밀었을 때 그녀는 거절했다. 친부모 따위 알 게 뭐냐는 윤이었지만 그래도 부모를 찾을 수 있는 유일한 단서를 그리 쉽게 버리는 걸 용납할 수 없었다. 아니, 사실은 무서웠다. 그리 중요한 물건을 감당하기에 그녀는 너무 어렸다. 그 막중한 책임감을 감당하는 것이 두려웠다.

"내 가족은 너야. 너 하나뿐이야. 그러니까…… 내가 찾을 수 있도록 네가 끼고 있어. 언젠가…… 언젠가 우리가 다시 만났을 때 그때 나한테 돌려줘."

윤이 예주의 주먹을 풀었다. 예주는 멍하니 윤이 그녀의 왼손 약지에 반지를 끼우는 것을 지켜보았다. 반지는 거짓말처럼 그녀의 손에 꼭 맞았다. 윤이 약지에 낀 반지 위로 입술을 얹었다. 사뭇 진지한 그 모습에 윤의 절실한 마음이 느껴져 눈물이 핑 돌았다.

'버리지 마. 날 떠나지 마.'

열 살의 어린 소년은 엄마 차를 타고 떠나는 예주를 향해 말 없는 호소를 보냈다. 전화할게, 편지할게라고 많은 약속을 남발하였지만 예주 역시 알고 있었다. 소년이 원하는 것은 그녀가 곁에 있는 것이라는 것을. 떠나길 원치 않는다는 것을. 그럼에도 겨우 열네 살인 예주에겐 그런 소년의 마음이 부담스러웠다. 아무리 소년이 그녀를 지켜준다 약속했어도 엄마 품이 더 그립고 더 안전해 보였다. 엄마가 혹시나 다시 그녀를 버리고 떠날까 두려워 소년의 상처 입은 마음에 많은 신경을 쏟을 수가 없었다. 그래서 예주는 작별 인사조차 제대로 하지 못한 채 소년을 버리고 떠났다.

"미안해, 윤아."

눈물이 주르륵 흘러내렸다. 또다시 그를 버린다는 생각에 스스로가 싫어 견딜 수가 없었다.

"정말 미안해."

언젠가 그때처럼 윤이 예주를 안았다. 이제는 그의 품이 그녀보다 훨씬 더 크고 넓었다. 곁에서 공주를 지켜주던 씩씩한 어린 기사는 이제 직접 용을 물리칠 수 있는 완전한 어른이 되어 있었다.

"괜찮아. 너는 그냥 그대로 있어. 내가 찾아갈게. 내가 너한테 갈게."

예주를 안고 있는 윤의 팔에 힘이 들어갔다. 숨이 막힌다 싶을 정도로 강하게 끌어당기는 윤이었지만 예주는 오히려 더욱더 세게 그가 안아주었으면 싶었다. 영영 그녀가 도망갈 수 없도록 그렇게 윤이 그녀를 붙잡아주었으면 싶었다.

혼자 집 근처에 차를 세워놓고 몇 시간을 울었는지 모른다. 더 이상 눈물을 흘릴 기력조차 남아 있지 않은 상태가 되어서야 예주는 집 안으로 들어갔다.

시간은 이미 자정을 훌쩍 넘어서고 있었다.

"여자애가 이렇게 자꾸 늦으면 어떡하니?"

거실로 들어서는 예주에게 조 여사가 가벼운 질책을 하며 다가왔다. 조 여사에게 엉망이 된 얼굴을 보여주기 싫어 예주는 2층으로 통하는 계단으로 몸을 틀었다. 붉은 조명등만 은은하게 켜져 있어 얼굴을 숨기기 좋았다.

"무슨 일…… 있니?"

뒤에서 조 여사가 걱정스런 목소리로 물었다.

"아니요. 그냥 좀…… 피곤해서요."

돌아보지 않은 채 예주는 최대한 감정을 감추며 말했다. 몇 시간을 흐느낀 탓에 목이 아팠다.

"그래. 그럼 내일 얘기해. 그만 올라가 봐."

"네. 쉬세요."

뒤에서 짧은 한숨 소리가 흘러나왔다. 딸에게 심상치 않은 기운을 느끼면서도 차마 묻지 못하고 망설이는 것을 알 수 있었다.

"엄마……."

"응?"

말할 수 있을까.

머릿속에서 수많은 생각이 스쳐 지나갔다.

"그만 주무세요."

끝내 터져 나오려는 말을 삼키면서 예주는 계단에 한 발을 얹었다.

"잘 자렴."

계단을 반쯤 올랐을 때 조 여사가 안방으로 들어가는 소리가 들려왔다. 곧 실내에 정적이 흘렀다.

'당신이 좀 더 강했다면…… 조금만 더 강한 사람이었다면…….'

이제는 더 이상 흘릴 눈물이 없다고 생각했는데 또다시 볼을 타고 흐르는 축축한 것이 있었다.

째깍째깍.

거실 벽시계의 초침이 돌아가는 소리 하나까지 들릴 만큼 조용한 침묵 속에 예주는 젖은 얼굴로 그렇게 한참을 서 있었다.

뚝, 뚝, 뚝.

물방울이 하나둘 떨어지기 시작하더니 새벽녘이 되자 앞을 바라보기 힘들 정도로 거센 비바람이 몰아쳤다. 정처 없이 길을 방황하던 윤은 금세 물에 빠진 생쥐 꼴로 변했다.

젖은 옷이 바위처럼 무거워지고, 며칠 전에 깁스를 푼 한쪽 팔도 욱신거렸다. 그래도 상처 입은 가슴만큼 아프지는 않았다.

겨우 찾았다고 생각했는데…….

예주가 고아원을 떠난 이후로 너무도 막막하고 외로웠다. 그 세월을 또다시 견뎌야 한다니, 지옥을 헤매는 것도 이보단 낫겠다 싶었다.

"이 바보야, 나도 좀 봐주지. 나도 아픈데. 나도 외로운데."

차마 예주 앞에서는 하지 못한 말을 혼잣말로 중얼거리며 윤은 전봇대에 몸을 기댔다. 체온이 낮아져 몸이 으슬으슬 떨리는 데다 쉴 새 없이 흐르는 빗물에 눈을 뜨기가 괴로웠다. 하지만 이런 육체적 고통이라도 없으면 예주를 잃어버렸다는 아픔을 몇백 배는 더 깊이 느낄 수밖에 없기에 차라리 흠뻑 젖은 육체가 고맙기까지

했다.

그렇게 얼마나 시간이 흘렀을까.

동쪽 하늘이 서서히 밝아지면서 이른 아침을 맞이하는 사람들이 하나둘 나타나기 시작했다. 그때서야 윤은 천천히 몸을 일으켰다. 밤새 내리던 비는 거의 약해져 바람을 따라 흩날리고 있었다.

쾅!

이른 새벽에 울리는 갑작스런 굉음에 혁주는 놀란 얼굴로 잠에서 깼다.

"야, 인마! 뭐 하는 짓이야!"

헐레벌떡 몸을 일으키다 문 앞을 차지하고 있는 윤을 보고 혁주가 소리쳤다.

"나 일거리 찾아줘요."

"뭐?"

자다 봉창 두드리는 소리에 혁주는 윤을 노려보았다.

"뭐든 다 할 거야! 돈을 벌 수 있는 일이라면 무엇이든!"

이놈이 잠을 잘못 잤나 하고 혀를 차며 윤의 말을 무시한 채 혁주는 다시 침대에 누우려 했다. 그때 윤의 예사롭지 않은 모습이 시야에 잡혔다.

"야, 너 그 꼴이 대체 뭐야?"

옷을 입고 욕탕에 그대로 들어갔다 나온 사람처럼 윤은 흠뻑 젖어 있었다. 닦지도 않았는지 그가 서 있는 주위로 물이 흥건했다.

"야, 이 미친놈아! 수건으로 몸이나 먼저 닦아!"

"뭐든 다 할 거라고! 알겠어요? 돈 버는 일이라면 뭐든 다 한다고!"

덫에 걸린 짐승처럼 윤의 눈빛은 절박했다. 혁주는 그런 윤의 눈빛이 낯설지 않다는 것을 깨달았다. 오래전 윤과 처음 만났을 때도 그는 길들여지지 않은 거친 야생동물처럼 위험하면서도 절박해 보였었다. 그제야 혁주는 윤이 장난을 치는 것이 아니라는 걸 깨달았다.

그다음 날부터 혁주는 윤이 부탁한 대로 일거리들을 가져왔다. 하지만 그들이 의심한 대로 보이지 않는 손이 작용하는지 굵직한 일거리는 떨어지지 않았다. 거의 단발성 홍보 사진이 전부였다. 시간이 갈수록 윤은 점점 초조해졌다. 그는 성공해야 했다. 예주가 누구에게 그를 소개해도 부끄럽지 않을 정도의 자리에 올라야만 했다. 그러나 그 자리는 너무도 높아 보였다.

"야, 최윤! 너 나한테 크게 한턱 쏴야겠다!"

"억짜리 광고라도 땄소이까?"

혁주의 사무실 소파에 누워 여전히 아물지 않은 이별의 상처와 싸우고 있던 윤은 환한 얼굴로 사무실 문을 열고 들어오는 혁주를 보고도 심드렁했다.

"어린놈의 자식이! 네 주제를 좀 알아라!"

누워 있는 윤의 얼굴 위로 혁주가 종이를 확 뿌렸다. 그중의 하나가 윤의 시야를 가렸다.

"언제는 얼굴이 무기라고 조심하라더니."

투덜거리며 윤은 얼굴을 덮고 있는 종이를 치우고 일어났다.

소파에 앉고 나서 손에 들고 있는 종이로 시선을 주었다. A4에 프린트한 글자가 빽빽이 쓰여 있는데, 자세히 보니 뮤직비디오라는 글자가 눈에 들어왔다.

"이건……?"

그제야 윤의 얼굴에 긴장이 이는 것을 보고 혁주가 으스대는 웃음을 흘리며 맞은편 의자에 털썩 주저앉았다.

"억대는 아니지만 그래도 신인치고는 돈은 쏠쏠하게 쳐주겠다더라. 사실 돈이 문제가 아니지. 메이저 가수 뮤비에다 자그마치 TV 방영까지 한다고 하더라고. 아직 정식 데뷔도 하지 않은 신인을 메인으로 써준다는 자체가 파격적인 대우라고 볼 수 있지."

"그래서 얼마 준다는데요?"

"천만 원."

단발 잡지 광고와는 비교할 수도 없는 액수에 윤은 귀가 솔깃했다.

"30분짜리 뮤비라서 세게 주는 거야. 이래저래 운이 좋았어. 어찌 되었든 이것만 제대로 하면 얼굴 알리는 건 일도 아닐 테고, 그럼 기회도 많이 생기겠지."

30분짜리라서 그런지 시놉시스가 서너 장이 넘었다. 아름다운 부잣집 아가씨가 조폭을 만나 사랑에 빠진다는 내용이었다. 우연히 남자주인공에게 도움을 받은 인연으로 철부지 아가씨가 조폭을 따라다니는 내용을 보니 예주에게 들었던 그녀의 부모님 이야기가 떠올랐다.

"참, 너 혹시 지선경이 아냐?"

자기도 모르게 예주 생각에 젖어 있던 윤은 조금 시간이 지나서야 혁주의 말을 인식했다.

"그 계집애는 왜요?"

"네 상대야. 그 애가 널 추천했다고 하더라. 나중에 만나면 고맙다고 술 한잔이라도 사라. 그 애 아니면 이번 일 어려웠어."

"지선경이 상대역이라고?"

밥맛없는 계집애와 함께할 생각을 하자 자연스레 눈살이 찌푸려졌다.

"그 나잇대에선 제일 잘나가는 애라고. 예쁘잖아? 그런데 그 표정은 뭐야?"

"난 그 계집애 싫은데……."

끈적끈적하게 달라붙던 지선경을 떠올리자 반갑게 느껴지던 뮤직비디오 일이 그리 즐겁게 다가오지 않았다.

"인마, 지금 네가 찬밥 더운밥 가릴 때야?"

혁주의 비난이 울려 퍼지는 가운데 윤은 손에 들고 있던 시놉시스를 물끄러미 바라보았다. 이것만 하면 다른 기회도 갖게 될 것이라는 혁주의 말과 함께 그들이 너무 다르기에 함께할 수 없다던 예주의 말도 떠올랐다.

"좋아. 하죠, 뭐."

혁주의 말처럼 찬밥 더운밥 가릴 때가 아니질 않은가.

예주가 미치도록 그리웠다. 그녀에게 다가가는 길이라면 그 사이에 어떤 괴물이 있든 상관없었다. 모두 무찔러 버리면 되니까!

"오랜만이야?"

서로 인사를 나누기 위해 만난 자리에서 지선경은 짙은 화장품 냄새를 풍기며 그에게 달라붙었다. 재수 없는 건 여전하다고 생각하며 윤은 신경질적으로 그녀를 밀어냈다.

"너, 이번 일 누가 물어다 준 건지 못 들었어?"

허리에 두 손을 얹으며 지선경이 거만한 얼굴로 윤을 노려보았다.

"내가 부탁한 게 아니잖아. 네가 필요한 게 있으니까 한 일이겠지."

일찍 사회에 나간 데다 모델 생활을 한 탓에 윤은 지선경 같은 여자애들을 잘 알고 있었다. 그들에겐 심장이 없었다. 재력을 노리거나 또는 남자의 싱싱한 육체를 사냥하는 재미로 살아가는 여자들이었다. 지선경이 그에게 무엇을 원하는지 뻔했다.

"그래도 어쨌든 내가 아니었으면 이 일 못 딴 건 맞잖아. 그럼 고맙다고 말이라도 해야 하는 거 아냐?"

"고마워."

조금도 지체하지 않고 윤은 대수롭지 않게 툭 뱉어냈다. 감사의 마음은 조금도 느껴지지 않는 윤의 태도는 오히려 지선경에 대한 조롱처럼 느껴졌다. 모욕을 당한 지선경의 눈동자가 활활 불타올랐다. 그런 지선경을 내버려 둔 채 윤은 다른 스태프들을 향해 걸어가 버렸다.

대해그룹의 창립기념일이었다.

한 층을 통째로 연회장으로 꾸몄는데도 어딜 가나 사람들로 붐빌 만큼 기념일 파티는 성황리에 진행되고 있었다. 오너의 가족으로서 파티에 참석한 예주에게 많은 이들이 호기심 짙은 시선을 던졌다. 애처가로 소문난 박 회장이 의붓딸을 몹시 아낀다는 소문에다, 그것을 증명이라도 하듯 류 회장의 셋째 아들과 혼담이 오가는 탓이다. 모임마다 항상 예주의 존재를 무시해 오던 배 여사마저도 처음으로 그녀에게 다가와 먼저 말을 걸었다.

"그런데 약지에 낀 그건 뭐니?"

이런저런 이야기가 흘러가던 와중에 배 여사가 눈썹을 치켜뜨며 예주의 손을 가리켰다.

"아무것도 아니에요."

예주는 오른손으로 왼손을 가렸다.

"아무것도 아니긴, 그거 반지지?"

뭐라 할 사이도 없이 배 여사가 예주의 왼손을 낚아챘다.

"뭐니, 이건? 이런 시시한 걸 류 회장 댁 아드님이 줬을 리는 없고……."

왼손에 끼고 있는 금 실반지를 살펴보고는 배 여사가 경멸 어린 코웃음을 흘렸다.

"너 혹시 연애하니?"

배 여사가 조롱이 가득한 눈빛으로 예주와 조 여사를 번갈아 살폈다. 조 여사가 당황한 얼굴로 예주를 바라보았다.

"제가 류정혁 씨 만나는 거 아시잖아요. 이건 그냥 액세서리로 끼고 있는 거예요."

예주는 싸늘한 목소리로 대답하며 배 여사에게 잡혀 있는 손을 휙 뺐다.

"흐응……."

예주의 말을 믿지 않는다는 듯 배 여사가 조롱의 눈빛을 던졌다. 예주도 지지 않고 단호한 눈빛으로 그녀를 쏘아보았다.

"버르장머리 없이! 쯔쯧. 이래서 피는 못 속인다니까."

"새언니!"

그때까지 어쩔 줄 몰라 하며 조용히 자리만 지키고 있던 조 여사가 예주를 보호하듯 앞으로 나섰다.

"어떻게 그런 말을 하세요. 예주는 제 딸이에요. 그리고 박 회장님…… 딸이기도 합니다. 그러니까, 그러니까 그만큼 대우를 해주세요."

예주의 팔을 잡고 있는 조 여사의 손이 부들부들 떨었다. 분노, 그리고 모멸감이었다.

"네, 그렇죠. 제가 어떻게 감히 아가씨 비위를 상하게 할 수 있겠어요."

배 여사는 기분 나쁜 기색을 숨기지 않은 채 빈정거리는 말을 남기고 뒤돌아섰다.

"저 때문에 죄송해요."

곧 쓰러지는 게 아닌가 싶을 정도로 바들바들 떨고 있는 엄마가 안쓰러웠다. 조금만 참으면 되었는데……. 자책하며 예주는 조 여사의 손을 마주 잡았다.

"네 잘못이 아니잖니. 모두 내가…… 나 때문에 네가……."

"전 괜찮아요, 엄마. 그러니까 괜히 마음 쓰지 마세요."

딸이 너무 안쓰러워 죽을 것 같은 엄마의 표정에 예주는 가슴의 상처를 숨기고 활짝 웃었다.

"그래, 얼마 남지 않았어. 우리가 류 회장님 댁과 사돈만 맺는다면…… 그럼 아무도 널 무시하지 못할 거야."

조 여사가 굳은 결의가 담긴 얼굴로 파티장을 훑었다. 류정혁을 찾고 있는 것 같았다. 마침내 규영이와 함께 있는 류정혁을 찾은 조 여사의 얼굴에 모처럼 웃음꽃이 피었다.

"마침 규영이도 있구나. 엄마가 데리고 올게."

"아니, 엄마. 난 괜찮아요."

발길을 옮기려는 조 여사를 예주는 황급히 붙잡았다. 류정혁과 함께 있고 싶지 않았다. 그러나 조 여사의 행동이 이목을 끌었는지 규영이와 함께 류정혁이 그들 곁으로 다가왔다.

"안녕하세요. 인사가 늦었습니다."

"바쁜 사람이 늦을 수도 있죠. 난 이만 가볼게요. 나 같은 늙은 이는 빠져줘야죠. 아무래도 젊은 사람들끼리 나눌 이야기가 많을 테니까."

조 여사는 예주에게 의미심장한 눈빛을 날린 후 박 회장 곁으로 돌아갔다.

조 여사의 의도가 너무나 노골적인 탓에 세 사람 사이에 멋쩍은 침묵이 흘렀다. 먼저 침묵을 깬 사람은 류정혁이었다.

"아직 조 여사님께는 말씀드리지 않은 모양입니다."

"네…… 조만간 말씀드리려고요."

"예주 씨가 마음을 돌리면 안 되겠습니까. 제 부모님께서도 예주 씨를 아주 마음에 들어 하셔서요. 유학은 결혼하고 나서 가도 되질 않겠습니까."

류정혁의 적극적인 태도에 부담을 느끼고 예주는 시선을 피했다. 그러다 조 여사가 안테나를 바짝 세운 채 그들을 곁눈질하는 모습을 보고 마음이 무거워져 얼굴에 그늘이 깔렸다.

"형이 조금 기다려도 되지 않겠어? 아무래도 여자는 결혼하고 나면 이것저것 신경 쓸 일이 많아질 테니까 말이야. 누나가 마음 편하게 유학 갈 수 있도록 형이 좀 도와주라."

규영이 예주의 불편한 기색을 눈치채고 그녀를 거들었다. 고마운 마음을 숨기지 못하고 예주는 규영을 올려다보았다. 예주의 눈빛을 읽은 규영의 얼굴이 부드럽게 펴졌다. 오랜만에 보는 따스한 얼굴이다.

"어쩐지 잘 도와준다 싶더니……. 이 자식, 이렇게 뒤통수를 치냐?"

"형한테 아까운 누나라고."

두 사람의 친밀함이 그대로 드러나는 대화가 오고 가는 가운데 예주는 등골이 오싹하는 기운에 온몸이 굳었다. 이건…….

결코 여기서 만날 리 없는 사람을 떠올리며 예주는 천천히 시선이 느껴지는 쪽으로 몸을 틀었다. 윤이었다!

대해그룹이라는 한마디에 윤은 지선경의 손에 이끌려 순순히 파티에 참석했다. 예주를 보게 될 거라는 건 알고 있었지만 막상 파티장에서 그녀를 보았을 때의 기쁨은 그리 크지 않았다. 새하얀 원피스 드레스 차림에 머리를 우아하게 틀어 올린 그녀는 빛나는 공주님이었다. 순결하면서도 도도해 보이는 그녀는 이 세상 사람 같지 않았다. 보는 것은 괜찮아도 누구도 감히 손을 대서는 안 될 것 같은 그런 고귀함이 있었다.

마침내 예주가 그의 존재를 눈치챘는지 창백한 얼굴로 뒤돌아섰다. 파티장 안에 많은 사람들이 있었지만 두 사람의 눈이 마주친 순간, 다른 이들의 존재감은 희미해져 갔다. 이 세상에 오직 두 사람만이 남은 것처럼 예주와 윤은 서로를 갈구했다. 아무래도 상관없었다. 지금 그녀를 안고 싶었다. 갈망이 가슴을 점령하자 윤은 그녀를 향해 한 발을 뗐다. 아무도 보이지 않았다. 오직 예주밖에.

그러나 예주는 달랐다. 그녀의 얼굴에서 핏기가 가시는 것을 보고 윤은 움직임을 멈췄다. 금방이라도 울 것 같은 얼굴을 하고 예주는 호소하고 있었다.

다가오지 마.

예주의 간절한 애원을 무시하고 그녀에게 다가가서 키스를 퍼붓고 싶은 열망과 그녀를 곤란하게 해서는 안 된다는 이성 사이에서 윤은 갈등했다. 예주에게 다가가고 싶은 마음이 너무 커서 관절이 하얗게 솟아오를 정도로 주먹을 움켜쥐었다.

숨 막힐 것 같은 긴장감은 예주의 어깨에 손을 얹으며 그녀를 제 것처럼 감싸는 규영을 보고 난 뒤 깨졌다. 둘만의 세상에 뻔뻔한 얼굴로 침범한 규영은 그에게 도전하고 있었다. 힘이 있다면 빼앗아가 보라고.

두 남자 사이에 새로운 긴장감이 흘렀다. 당장에라도 예주의 어깨에 올라 있는 규영의 손을 낚아채 쫓아버리고 싶었다. 그렇지만 윤은 규영의 거만한 태도를 보며 현실을 뼈아프게 인식할 수 있었다. 아직 그는 박규영과 비교조차 할 수 없는 위치라는 것을. 지금 그녀를 규영의 손에서 빼앗을 수는 있지만 그건 예주를 더욱 고통스럽게 하리라는 것을.

"어디 가?"

지선경의 당황한 목소리를 뒤로한 채 윤은 파티장을 떴다.

박규영이 어째서 그렇게 오만할 수 있었는지, 예주가 어째서 그를 떠났는지 윤은 오늘 파티장에서야 정확하게 이해할 수 있었다. 지금처럼 광고 몇 개에 일희일비하는 처지로선 영영 예주를 되찾을 수 없다는 것 또한 확실하게 깨달았다. 그에겐 힘이 필요했다. 지금과는 비교도 할 수 없는 거대한 힘이.

윤이 떠나고 있었다. 그가 평소처럼 막무가내로 다가오지 않을까 불안해하던 마음은 그를 상처 입혔다는 아픔과 그에 대한 그리움으로 바뀌었다. 이렇게 떠나게 할 수는 없었다.

예주의 그런 마음을 짐작이라도 한 사람처럼 어깨에 놓여 있던 규영의 손에 힘이 얹혔다.

"규영아."

"정신 차려."

얼굴을 숙여 예주에게 뭔가 재미있는 이야기라도 하는 듯한 얼굴로 규영이 나지막하게 경고의 말을 던졌다.

"이대로 저 녀석을 쫓아가면 여기 있는 사람들 모두 누나의 그 실반지에 대한 해답을 얻었다고 생각할 거야. 그럼 어머니는 어떡하지?"

규영의 말에 예주는 어머니를 보았다. 조 여사는 여전히 신경을 곤두세운 채 그녀를 살피고 있었다. 예주의 눈이 뿌옇게 흐려졌다.

"형, 미안하지만 누나가 몸이 좀 안 좋은 것 같아서 말이야. 잠시 바람 좀 쐬고 올게."

당장에라도 허물어질 것 같은 예주의 상태를 규영이 눈치채고 류정혁에게 양해를 구하며 그녀를 가까이 끌어당겼다. 예주는 딱딱하게 굳은 상태로 규영의 품에 얼굴을 묻었다.

"어, 그래."

무슨 일이 벌어지고 있는지 알 리 없는 류정혁은 당황한 얼굴로 길을 열어주었다.

규영과 예주가 딱 붙은 채 파티장을 떠나자 몇몇이 호기심 어린 얼굴로 수군거렸다. 그러나 대부분의 사람들은 그들이 자리를 비운 것조차 모르고 있었다.

"잠깐만요. 약속을 하고 오셔야 해요."

비서의 뾰족한 목소리와 함께 문이 쾅 열렸다. 큰 소란에 강해경은 서류를 보던 것을 멈추고 거친 방문자를 확인했다. 최윤이었다.

"죄송합니다, 사장님. 이분이 너무 막무가내라서……."

"됐어. 그만 나가 봐."

비서가 물러나자 문에 버티고 서 있던 최윤이 그 긴 다리로 성큼성큼 다가왔다.

"당신과 안 자. 다른 어떤 여자하고도 안 자. 예주를 포기하지도 않겠어. 하지만 그것 빼곤 시키는 건 뭐든 다 하겠어."

윤의 엉뚱한 조건에 어지간한 강해경도 웃고 말았다.

"키워달라는 프러포즈치곤 너무 거만한 거 아니니? 내가 널 찼다는 걸 기억할 텐데?"

"당신이 나한테 관심 있었다는 걸 알아. 배우로서 날 제대로 키워보고 싶어 한다는 걸 말이야. 하지만 그전에 내 기를 꺾어놓고 싶었겠지. 당신 뜻대로 되었어. 난 당신에게 복종하겠어."

"한 가지 조건을 빼고는 말이지."

"두 가지지."

"내가 너랑 자고 싶어 할 거라고 생각하니?"

"별로 그래 보이지는 않아. 그 때문에 당신을 찾아온 것도 있어. 하지만 세상엔 별의별 인간이 다 있으니까 말이야. 난 못 볼 꼴을 제법 봐왔거든."

그저 자만심에 한 말이 아니라는 걸 깨닫는 순간 해경은 측은함이 일었다.

"너 몇 살이라고 했지?"

"스물한 살."

평범한 가정에서 자랐다면 아직은 세상이 험하다는 사실을 알기 어려운 나이다. 세상 무서운 줄 모르고 아무렇게나 살아가는 양아치 같은 아이라고 생각한 것을 수정하지 않을 수 없었다.

"좋아, 계약하지."

그의 말대로 원래부터 계약할 생각이 있던 아이이기에 해경은 시간 끌지 않고 계약서를 꺼냈다.

"그런데 당신이 한 가지 알아야 할 것이 있어."

계약서를 건네받으며 윤이 심각한 얼굴로 말했다.

"날 재수 없게 생각하는 인간이 있어서 말이야. 어쩌면 당신이 손해 볼지도 몰라."

"세븐스타를 말하는 거라면……."

"아니, 대해그룹이야. 아마도……."

윤의 말에 해경은 깜짝 놀랐지만 그걸 겉으로 드러내지는 않았다.

"어차피 알게 될 테니까 말이야. 내가 좋아하는 여자가 대해그룹 회장 딸이야. 그 때문에 날 지독히 미워하는 놈이 하나 생겼지."

요즘 세상에 재벌 딸과 남자배우의 연애담이 흔치 않은 것도 아니다. 하지만 아직 뜨지도 못한 신인이 그 때문에 재벌과 등을 진 것은 충분히 고려하지 않을 수 없는 장애 요인이었다.

"계약서 보고 사인해."

"정말 나랑 계약할 생각이야?"

거만한 얼굴로 쳐들어온 주제에 윤이 놀란 얼굴로 반문했다.

"두 번 말하게 하지 마. 그리고!"

해경은 책상 위에 놓여 있던 서류 뭉치로 윤의 팔을 강하게 때렸다.

"계약서에 사인한 순간 난 네 사장이야. 고용주한테 반말하는 짓거리는 고치라고! 알겠어?"

"정말 계약할 거야? ……요?"

해경의 눈초리가 사나워지자 윤이 마지막에 요를 덧붙였다.

"계약서 꼼꼼히 살펴봐야 할 테니까 가지고 가서 읽어보고 내일 보자."

"아니, 됐어…… 요. 그냥 사인할래…… 요."

해경의 눈치를 살피며 말꼬리에 요를 갖다 붙이더니 윤은 시원스럽게 계약서에 사인했다.

"읽어보지도 않고 사인하다니…… 너 나중에 딴소리하면 안 된다?"

"두 가지 조건만 지키면 무조건 복종한다니까…… 요."

하는 짓이 귀여워 해경은 오랜만에 사무적인 얼굴을 벗어던지고 살짝 웃었다.

14

푸켓의 기후는 덥고 습했다. 냉랭한 겨울 하늘을 뒤로하고 날아온 푸켓이기에 그래도 더위가 그렇게 싫지는 않았다. 비키니를 뽐내며 그의 앞을 왔다 갔다 하는 귀찮은 날파리 같은 지선경이 아니라면 그리 견디기 어려운 시간은 아니었다.

촬영을 기다리며 윤은 전화기를 만지작거렸다. 예주에게 연락을 하고 싶었다. 그녀가 헤어지자고 한 뒤로 그에게 일어난 많은 변화에 대해 알려주고 싶었다.

"당분간은 오예주라는 아가씨완 완전히 연락을 끊어. 대해그룹을 군이 자극할 필요는 없잖아? 날기 전에 누구나 워밍업은 필요한 법이니까. 그때까지만 웅크리고 있어."

강해경의 말이 일리가 있었다. 창립기념일 파티에서 그가 절실히 깨달았던 두 사람 사이의 차이를 좁히기 위해서 그는 하늘 높이 날 수 있는 날개가 필요했다.

그래도 보고 싶었다. 만날 수 없다면 목소리라도 듣고 싶었다. 아님 그녀의 숨소리만이라도.

"촬영 시작합니다."

밀려오는 갈망에 결국 무릎을 꿇고 버튼에 손을 얹으려는 순간 촬영장에서 그를 찾는 소리가 들려왔다. 매니저에게 전화기를 던져 주고 윤은 자리에서 일어났다.

윤이 촬영에 들어간 지 얼마 지나지 않아 윤의 전화기가 울렸다.

—내 여자

매니저는 보류를 눌렀다. 그리고 잠시 시간이 지난 뒤 전화가 끊기자 매니저는 통화 목록에서 조금 전 걸려온 전화번호 기록을 삭제했다.

예주는 오랫동안 희망을 버리지 않고 전화기를 들고 있었다. 하지만 결국엔 힘없이 전화를 끊을 수밖에 없었다.

"화가 많이 났나 보네."

쓴웃음을 그리며 예주는 약지에 끼고 있는 실반지를 천천히 돌렸다.

먼저 헤어지자고 했지만 헤어진 그 후로 혼자일 때면 어김없이 윤이 떠올랐다. 그의 웃음이 그립고 따스한 체온이 그리웠다. 파티장에서 뜻밖에 윤과 마주쳤을 때, 온통 마음으로만 그리던 사람이 눈앞에 나타나자 이성 따윈 저 멀리 사라져 버리는 것 같았다. 그때 규영의 손이 그녀의 어깨를 눌러왔다. 비이성적인 충동 따윈 버리라는 듯, 차가운 현실을 떠올리라는 듯.

그럼에도 윤이 다가왔다면 그녀는 아마 끝내는 그의 가슴 안으로 뛰어들 수밖에 없었으리라. 그래서 윤이 다가오지 못하도록 막았다. 눈으로 애원했다.

윤에게 헤어지자고 하는 그 순간에도 그녀는 알지 못했다. 그들의 관계가 이만큼 깊어져 있다는 것을.

이제는 알고 있다. 헤어지자는 한마디 말로 그리 쉽게 깨질 수 없는 관계라는 것을.

"기다릴 거야. 평생이 걸려도 좋아. 계속 기다릴 거야."

윤은 그녀의 손을 놓지 않았다. 여전히 한쪽 손을 붙잡고 그녀를 기다리고 있었다.

예주는 그에게 말했다. 끝을 알면서 그 끝을 향해 걸어갈 수는 없다고.

그러나 지금 다시 그가 묻는다면 그녀는 그렇게 쉽게 대답할 수 없을 것 같았다. 끝이 뻔한데도, 그 끝이 결코 핑크빛 희망으로 빛나지 않을 것을 아는데도 지금은 윤의 말처럼 그냥 그렇게 끝까지 한번 가봐도 좋지 않을까 하는 생각이 자꾸만 머릿속에 감돌았다.

뚜, 뚜······.

전화는 여전히 연결되지 않고 있었다.

먼저 헤어지자 말해놓고 멀리 떠난다는 말을 전하고자 이렇게 연락을 하려는 이유는 무엇인가.

윤이 달려올 것을 알고 있다.

그걸 알면서도 전화기를 놓지 못하는 이유는······.

그와 다시 시작할 용기를 내지도 못하는 주제에, 그러면서도 그를 완전히 떠나보낼 용기조차 없는 자신에게 화가 나 예주는 입술을 질끈 깨물며 전화기를 내려놓았다.

몇 분이 흘렀을까.

예주의 손은 또다시 전화기로 향해 갔다.

윤과의 미래를 꿈꾸기 위해서는 이 세상에서 가장 소중한 어머니에게 상처를 입혀야만 한다. 그렇지만 지금은, 지금은 그저 그의 목소리가 듣고 싶을 뿐이었다. 다른 모든 것은 잠시 제쳐 두고 싶을 정도로 그저 그렇게 윤이 몹시도 보고 싶었다.

규영은 3층에서 마당에 앉아 있는 예주를 훔쳐보고 있었다. 전화기를 놓지 못하고 있는 예주가 그토록 연락하고 싶은 상대가 누구인지 규영은 잘 알고 있다. 아직도 그 양아치 같은 자식을 잊지 못하고 있는 예주를 보자 언제나처럼 싸한 분노가 올라왔다.

"네, 박규영입니다."

예주에게서 눈길을 떼지 않은 채 규영은 휴대폰을 들었다.

[말씀하신 대로 마이더스의 강해경 사장과 합의를 보았습니다. 강해경 사장이 예주 아가씨와 최윤이 연락을 하지 못하게 막는 대

가로 더 이상 이쪽에서 최윤의 앞날을 막는 행동을 하지 않는다는 데 합의했습니다.]

"수고하셨습니다."

전화를 끊으며 규영은 비릿하게 미소 지었다. 이제야말로 모든 것이 제자리를 찾는다고 생각하자 당장에라도 최윤을 죽이고 싶어 끓어올랐던 분노가 조금은 가라앉았다.

어느덧 예주의 출국 날짜가 당일로 다가왔다.

공항에 서서 규영과 조 여사의 배웅을 받는 와중에도 예주는 혹시나 하는 마음에 자꾸만 공항을 둘러보았다. 스스로도 가망 없는 희망임을 알면서도 윤이 거짓말처럼 그녀 앞에 나타났으면 싶었다.

"정말 이렇게 꼭 가야겠니?"

아직도 류 회장 댁과의 혼사에 미련을 버리지 못한 조 여사는 발권 시간이 되었는데도 눈물을 훔치며 그녀에게 말했다.

"미안해요, 엄마."

윤을 볼 수 없다는 생각에 가슴이 무너져 가는데도 예주는 조 여사에게 최선을 다해 밝은 미소를 지었다.

"혼자 많이 외로울 텐데……."

"주위에 유학생들도 많은데요, 뭘."

"그래도…… 위험하지는 않을는지……."

"아버지가 안전한 곳으로 집도 사주셨잖아요. 걱정하지 마세요."

"자주 시간 내어서 가보면 되잖습니까. 너무 걱정하지 마세요,

어머니."

조 여사가 자꾸만 눈물을 흘리자 규영이 그녀를 감싸며 다독였다.

"미안해. 내가 너무 바보 같지? 아무래도 여자애니까, 그래서 내가 좀 과민반응을 하나 봐."

그제야 조 여사는 멋쩍은 얼굴로 눈물을 거두었다.

"제가 자주 연락할게요."

"그래……."

그러고 보면 고아원에서 그녀가 어머니의 품으로 돌아온 이후 이렇게 장시간 헤어지는 것은 처음 있는 일이다. 울음을 참고 있는 엄마가 안쓰러워 예주는 두 팔로 조 여사를 껴안았다.

"엄마, 건강하세요."

"그래, 너도……."

울음을 끅끅 참으며 조 여사도 예주의 허리를 붙잡고 끌어당겼다. 힘든 세월을 함께 견뎌온 두 사람이다. 서로에 대한 사랑을 느끼며 두 사람은 오랫동안 포옹을 나눴다.

"잘 지내."

"누나도."

규영이 아니었다면 이렇게 쉽게 유학을 떠날 수 없으리라는 걸 알기에 예주는 고마움을 이기지 못하고 그를 껴안았다. 언제나처럼 예주의 품에서 규영은 딱딱하게 굳었다. 누구보다 예주에게 부드러운 규영이지만 그는 스킨십에 대해서는 그리 넉넉하지 못했다. 그걸 알기에 예주는 규영이 따스하게 반응을 해주지 않아도 섭섭하지 않았다.

"엄마랑 아버지랑 잘 부탁해."

"그래……."

서로 따스한 눈빛을 교환한 뒤 예주는 캐리어에 손을 얹었다.

마지막으로 비행기 표를 다시 한 번 확인한 뒤 막 떠날 차비를 할 때였다. 시야에 윤이 잡혔다. 헛것을 보는 게 아닌가 싶어 예주는 표를 들고 있는 손으로 눈을 비볐다. 그래도 윤은 사라지지 않았다.

"윤아."

어머니가 있다는 사실도 잊고 예주는 그를 향해 움직였다. 윤을 발견하고 규영이 예주의 손을 낚아챘다. 조 여사는 당황한 얼굴로 예주의 시선이 향하고 있는 곳을 찾았다.

"윤아!"

더 이상 마음을 억누를 수가 없었다. 어쩌면 마지막이라는 생각에 그 모든 장애가 잠시 힘을 잃은 것인지도 몰랐다.

예주의 마음을 읽은 것처럼 윤이 다가왔다.

그가 예주와 몇 발짝 떨어지지 않은 곳까지 다다랐을 때 예주는 규영에게 잡혀 있던 손을 뿌리치고 윤에게 달려갔다.

"윤아!"

수많은 사람들이 오가는 공항이라는 것도, 엄마가 걱정스러운 눈으로 그녀를 보고 있는 것도, 규영의 격분한 얼굴도 상관없었다. 이 세상에 오직 두 사람만이 존재하는 것처럼 윤 외엔 아무것도 보이지 않았다.

"윤아!"

두 팔을 뻗어 그의 목에 매달리는 예주를 윤이 힘주어 껴안았다. 가슴과 가슴이 한 치의 틈도 없이 붙었다. 혈관을 타고 흐르는 피가, 심장이 서로를 알아보고 격렬하게 호응했다.

"윤아, 윤아."

그의 어깨에 얼굴을 묻고 예주는 눈물을 흘리며 윤을 불렀다.

얼마나 보고 싶었는지, 얼마나 그리워했는지.

차라리 이대로 죽어버리고 싶었다.

윤 역시 그녀만큼이나 격렬했다. 뼈가 으스러질 정도로 그녀를 힘주어 안고선 예주의 맨살을 찾아 뜨거운 입술이 헤매고 다녔다. 풍성한 머리카락을 젖히고 새하얀 목이 드러나자 윤은 보물이라도 찾은 사람처럼 허겁지겁 목에 키스를 했다. 짧게 이어지던 키스는 점점 격렬해지다가 생명이 요동치는 장소에 다다랐을 때는 격정을 이기지 못하고 살짝 물었다. 아찔한 아픔에 온몸으로 짜릿한 전류가 번져 나갔다. 윤도 똑같은 감정을 느꼈는지 바짝 붙어있는 그의 몸이 부르르 떨렸다.

잠시 서로의 몸을 타고 흐르는 전율을 음미하던 윤은 고개를 들고는 그녀의 입술을 찾았다. 예주는 기꺼이 그의 입술을 반겼다. 기갈 난 사람처럼 윤은 그녀의 입안을 헤매고 다녔다. 모든 생명력이 그에게로 빨려 나가는 것 같았다. 그래도 좋았다. 황홀했다.

마침내 그들이 현실을 다시 인식할 수 있기까지는 꽤 오랜 시간이 흘렀다. 정신을 차리고 보니 그들 주위에 고요가 흐르고 있었다. 바삐 옮겨 다니던 사람들이 잠시 목적을 잊은 듯 멀찍이 서서는 두 사람을 호기심 어린 얼굴로 구경하고 있었다. 그제야 두 사람이 무슨 짓을 했는지 깨달은 예주는 부끄러움에 윤의 가슴에 얼굴을 묻었다.

"와아!"

짝짝짝!

대단한 구경거리라도 본 것처럼 사람들이 박수를 치며 환호했다.

그들의 웅성거리던 소리가 사그라졌을 때에야 예주는 윤의 품에서 얼굴을 들었다.

잠시 걸음을 멈췄던 사람들이 사라진 자리에 조 여사와 규영만 덩그러니 그 자리에 서 있었다.

"예주야……."

핏기를 찾을 수 없는 조 여사의 얼굴을 보고 예주는 죄책감이 밀려왔다.

"너…… 너……."

믿을 수 없다는 듯 조 여사는 예주와 윤을 번갈아 쳐다보았다. 윤에게 머무는 시간이 많아질수록 조 여사의 얼굴엔 절망감이 차올랐다. 예주는 조 여사의 시선을 따라 윤을 다시 쳐다보았다. 청바지와 반팔 티셔츠 차림의 그는 믿음직함과는 거리가 멀어 보였다. 귀에서 반짝이는 은빛 십자가는 어머니의 인식을 더욱 나쁘게 만들기에 충분해 보였다.

"엄마, 난……."

"너무 늦었어. 그만 들어가."

냉랭한 목소리로 규영이 예주의 말을 잘랐다. 새하얀 분노에 휩싸여 있는 규영은 예주에겐 낯선 모습이었다.

"이야긴 다음에 해. 어머니껜 내가 잘 말씀드릴게."

당장에라도 모든 것을 태워 버릴 만큼 눈동자가 활활 불타오르고 있는데도 규영의 목소리는 침착 그 자체였다. 그것은 어머니의 얼굴에 차오르는 슬픔만큼이나 예주에게 차가운 현실을 깨닫게 하는 힘이 있었다.

"그래, 들어가. 내가 나중에 찾아갈게."

그때까지도 예주의 허리에 손을 얹고 있던 윤이 그녀를 풀어주며 부드럽게 속삭였다. 규영의 분노도, 어머니의 절망도 윤의 앞에선 희미해지는 것 같았다. 그것이 두려워 예주는 황급히 윤의 품에서 떨어졌다.

"엄마……."

"그래, 얘기는 나중에 하자."

울 것 같은 얼굴로 조 여사가 힘겹게 입을 열었다.

예주도 울고 싶었다.

어째서 이토록 간절한 마음이 엄마에게는 상처가 되어야 하는지…….

예주는 돌아섰다.

각기 다른 마음으로 세 사람은 점점 멀어져 가는 그녀를 응시한 채 움직이지 않았다.

"어머닌 차에 먼저 돌아가 계세요."

예주의 모습이 사라지자 규영이 조 여사와 윤의 사이를 가로막으며 말했다.

"규영아……."

"제가 집에 가서 말씀드릴게요. 그러니까 지금은 그냥 돌아가세요."

조 여사가 어찌해야 할지 모르겠다는 얼굴로 윤과 규영을 번갈아 쳐다보았다.

언젠가 예주를 데리러 고아원에 왔던 그녀를 윤은 선명하게 기억하고 있었다. 예주를 그에게서 훔쳐 가는 조 여사를 윤은 좋은 모습으로 기억하고 있지 않았다. 하지만 성인이 되어 바라본 예주의 어머니는 딸을 고스란히 닮아 있어 그가 생각하던 괴물의 흔적은 찾을 수 없었다. 특히 눈매는 완전히 복사판이었다. 그래서 조 여사의 고통스런 얼굴을 지켜볼 수가 없었다.

예주를 사랑한다고, 그녀를 그만 놓아주라고…….

조 여사에게 퍼붓고 싶은 많은 말을 윤은 그냥 삼켰다.

계속 망설이던 조 여사는 윤이 아무런 반응 없이 서 있자 체념한 얼굴로 돌아섰다.

조 여사가 사라질 때까지 규영과 윤은 일절 입을 열지 않았다.

그녀가 완전히 시야에서 사라졌을 때에야 규영이 먼저 입을 열었다.

"네가 지금 무슨 짓을 하고 있는지 알고 있어?"

바지주머니에 두 손을 꽂은 채 규영이 살벌한 얼굴로 물었다.

"너야말로 주제넘게 우리 사이에 끼어들지 마."

"뭐라고?"

"감히 누나를 아끼는 순수한 동생의 마음이라고 말할 수는 없을걸."

윤의 말에 정곡을 찔린 듯 규영의 눈빛이 흔들렸다.

"예주를 사랑해. 네가 뭐라고 하던 예주가 날 원한다면 나는 그 옆에 있을 거야."

"감히!"

규영이 이성을 잃고 윤의 멱살을 붙잡았다.

"너 같은 놈이 누나를 더럽게 놔둘 줄 알아!"

"아무리 네가 몸부림쳐도 예주는 내 여자야."

퍽!

이를 갈며 규영이 윤의 배를 주먹으로 강타했다. 예상했으면서도 규영의 주먹을 피하지 않은 윤은 다시 한 번 규영의 주먹이 날아오자 한 손으로 막아내며 다른 손으로는 멱살 잡힌 손을 떼어냈다. 두 손이 모두 윤에게 막힌 규영은 붙잡힌 손을 풀려고 힘을 썼다. 하지만 윤의 손은 바위처럼 꼼짝하지 않았다. 단숨에 두 사람의 상황이 역전되었다. 수치심과 분노를 이기지 못하고 규영의 눈동자에 시뻘건 핏줄이 섰다. 윤은 무표정한 얼굴로 규영을 잡고 있던 손을 놓았다. 규영은 밀어대던 힘을 이기지 못하고 균형을 잃고 비틀거리다 바닥으로 넘어졌다.

"네가 나한테 한 짓을 알고 있어. 그래도 예주가 너를 동생으로 생각하니까 가만히 있는 거야."

윤은 헝클어진 머리를 정리하며 쓰러져 있는 규영에겐 시선조차 주지 않았다.

"네가 무슨 짓을 해도 날 못 막아. 그러니까 일찌감치 마음 고쳐먹어."

매무새를 모두 정리한 다음 윤은 규영을 향해 시선을 떨어뜨렸다. 때마침 이성을 되찾았는지 규영은 피식 웃으며 자리에서 일어났다.

"그렇게 자신 있다면 어디 한번 당해보시지."

넥타이를 고쳐 매고 바지에 묻은 먼지를 털어낸 뒤 규영은 윤이 익히 아는 냉혹한 모습으로 돌아가 비열한 냉소를 흘렸다.

"누나가 원하는 한 곁에 있을 거라고? 과연 너 같은 놈을 누나가 끝까지 원할까? 그렇다면 그건 네가 잘못 알고 있는 거야. 내가 알고 있는 오예주는 절대 너 같은 놈을 선택하지 않아."

이번엔 규영이 제법 크게 한 방 먹인 셈이다.

두 사람 사이에 격렬한 증오심이 흘렀다. 서로 꼼짝하지 않은 채 노려보던 두 사람은 당황한 얼굴로 공항에 나타난 강해경을 보고서야 서로에게 향한 시선을 돌렸다.

"약속하신 것과 다르군요. 사업에 있어 신뢰만큼 소중한 것은 없지요. 그에 대해 각오는 하셨을 걸로 생각합니다."

규영이 먼저 강해경에게 입을 열었다.

"불가항력이라도 있는 것이니까요. 제 의도가 아니었어요."

강해경이 자세를 낮췄지만 규영의 눈동자는 북극의 바다처럼 차갑기만 했다.

"무능력한 자는 더욱 용서받을 수 없는 법이지요."

"하지만……."

그러나 규영은 강해경의 말을 끝까지 듣는 관용조차 보여주지 않은 채 그들을 버려두고 곧바로 자리를 떠났다.

두 사람만 남게 되자 강해경은 눈을 치켜뜨며 윤을 노려보았다.

"꼭 이렇게 해야 했어?"

"그 녀석이 떠난다는데 그냥 보낼 수는 없었어요."

"그 여자 때문에 네 인생이 끝장날 수도 있어."

"어차피 그 여자 없으면 내 인생은 그날로 끝입니다. 그 여잘 만날 수 있다는 일념 하나로 살아왔어요. 앞으로도 예주랑 함께 살수 있다는 일념 하나로 버틸 겁니다. 그것만이 내가 살아갈 수 있게 해주는 유일한 힘이에요."

흔들림 없는 눈동자를 보자 강해경은 그녀가 일을 너무 가볍게 생각했다는 것을 깨달았다. 애초에 여자친구 때문에 인생의 행로를 바꾸려 하는 것을 보고 알아챘어야 했다. 그 여자를 향한 윤의 마음을 절대로 막을 수 없다는 것을.

"이제 어떡할 거야? 내가 박규영과 합의를 본 것도 알았고…….우리 회사 그만둘 거니?"

"나보다 박규영을 더 걱정해야 하는 거 아니에요? 박규영과 척을 지게 생겼으니 나랑 계약을 유지할 생각이 없어졌을 것 같은데요?"

"날 뭐로 생각하는 거야? 나를 아직 머리에 피도 안 마른 아가에게 쩔쩔매는 그런 바보라고 생각하는 거야?"

허리에 양손을 얹으며 해경이 거만하게 턱을 치켜들었다.

"피도 안 마른 아가가 재벌새끼라는 게 좀 걱정이 될 만도 하겠죠?"

"그래서?"

"당신이 그만둘 생각이 없다면 나도 마찬가집니다. 어차피 당신이 거둬주지 않으면 갈 곳도 마땅치 않으니까."

"좋아, 그렇게 결심이 섰다면!"

처음 계약을 맺을 때와 또 다른 마음으로 해경은 눈을 반짝였다.

"실력을 길러. 스타라는 게 뭔지 알아? 새벽이 오면 사라지는 허무함의 상징일 수도 있지만, 때론 누구도 건드리지 못하는 저 높은 하늘의 권력일 수도 있어. 대해그룹조차도 감히 손댈 수 없는 스타가 되는 거야. 물론 그러려면 뼈를 깎는 고통이 필요하겠지만. 운도 필요하고."

"정말로 제대로 한번 해보려는 거예요? 설마 이러다 또 뒤통수 치는 건 아니겠죠?"

"뭐야? 그래, 내가 실수 한 번은 했다. 좀 쉽게 가보려고 했는데 잘못 생각했다는 걸 오늘 확실히 알았어. 두 번 실수는 안 해. 물론 믿을 수 없다면 함께 못 가는 거지만."

해경은 윤의 대답이 떨어질 때까지 조용히 기다렸다.

"좋아요. 대표님을 믿어보죠. 날 스타로 만들어줘요. 내가 예주 앞에 당당히 설 수 있을 만큼."

"너나 잘해!"

동생 해수를 스타로 올려놓은 모든 과정이 머릿속으로 스쳐 지나갔다. 최윤은 부드러운 카리스마의 대명사로 한국 배우계에 우뚝 서 있는 그녀의 동생, 강해수와는 또 다른 매력을 갖고 있었다. 마이더스를 대표하는 또 다른 걸출한 스타를 키울 생각에 강해경은 오랜만에 온몸을 타고 흐르는 흥분에 들떴다.

두 사람의 결의에도 불구하고 후폭풍은 무서웠다.

푸켓에서 찍어온 뮤직비디오는 이유도 없이 취소되었다. 간간이 들어오던 잡지 화보 촬영도 모두 끊겼다. 마이더스에 소속되어 있던 다른 연예인들에게도 비슷한 조치가 내려졌다. 재계약이 유력시되던 많은 광고주로부터 계약을 연장하지 않겠다는 연락을 받아야 했다. 제작을 준비하고 있던 드라마들도 약속되어 있던 투자들이 줄줄이 떨어져 나갔다. 그나마 마이더스를 대표하는 배우 강해수와 전유지는 여파가 적었다. 그것을 보고 윤은 강해경이 한 말의 의미를 좀 더 명확하게 깨달을 수 있었다.

"박규영, 제법 하는데?"

의기소침해할 거라 생각한 강해경은 오히려 신난 얼굴이었다.

호출을 받고 불려간 윤이 사장실 앞에 나타나자 통화를 하고 있던 강해경이 안으로 들어오라는 손짓을 보냈다.

"아버지, 그 돈 죽어서 갖고 가실 거 아니잖아요. 그러니까 이번 기회에 좀 푸세요. 제가 나중에 은행 이자에 두 배는 쳐서 드릴게요."

윤에게 소파에 앉으라는 신호를 보내면서 해경은 계속 통화에 열중했다.

"아버지, 딸이 지금 이렇게 간청하는데 정말 무시하실 거예요?"

좀처럼 보기 힘든 흥분한 얼굴로 해경이 전화기에 대고 소리를 버럭 질렀다.

"알았어요! 두 번 다시 딸 얼굴은 못 볼 줄 아세요!"

탕 하고 소리 날 정도로 전화기를 내려놓는 것을 보면 험악한 통화 내용을 짐작할 수 있었다.

"이 한심한 차별주의자 같으니!"

전화기를 거칠게 내려놓는 정도로는 분이 풀리지 않는지 강해경은 공중에다 대고 또 한바탕 소리를 질렀다. 그 모습이 재미있어 윤은 킥킥거리며 웃었다.

"뭐야, 그 거만한 자세는?"

윤이 탁자 위에 올려놓은 다리를 가리키는 해경의 얼굴이 험악했다. 윤의 웃음이 그녀의 신경을 거스른 모양이다.

"아버지가 돈이 많은가 봐요?"

"그 노친네, 돈만 아는 욕심꾸러기에 지독한 남녀 차별주의자야. 그저 아들이라면 바들바들 떠는 주제에 딸내미 이야기는 귓등으로도 안 듣는다니까!"

윤의 말에 새삼스레 또 아버지에 대한 생각이 떠올랐는지 해경은 아버지에 대한 불평을 숨도 쉬지 않고 털어놓았다.

"이렇게 되면 할 수 없지. 강해수를 움직여야지, 뭐."

"그렇게 어려워요?"

계약을 하고 나서 강해수는 딱 한 번 보았다. 부드러운 신사로 이름 높은 이미지와는 달리 직접 만나본 그는 거만하고 거칠어 보였다. 그럼에도 여덟 살 차이인 누이 강해경 앞에서는 또 한없이 작아지는 것이 특이했다.

"아직은 회사가 흔들릴 정도는 아니야. 하지만 언제까지 수비만 하고 있을 수는 없으니까. 노친네, 소갈딱지는 밴댕이 같아도 돈은 제법 있거든. 꽤 괜찮은 실탄이 될 거야."

"다행이네요."

만만치 않은 상대로 보여 강해경을 찾아오긴 했지만 이렇게까지 그녀가 대해그룹에 잘 대처하리라곤 기대하지 못했기에 윤은 고맙기도 하고 존경스럽기도 했다.

"그건 그렇고, 너도 이제 슬슬 발동을 걸어야지?"

강해경이 정색하며 탁자 위에 놓여 있는 노트북 화면을 윤이 볼 수 있는 방향으로 돌렸다. 그의 전면 사진이 첫 화면을 장식하고 있는 홈페이지 사이트가 떠 있었다.

"이번에 개설한 사이트야. 화보 사진이랑 푸켓에서 찍은 폐기된 뮤비랑 올라가 있어. 어때? 마음에 들어?"

"깔끔하네요."

홈페이지를 둘러보던 윤은 자신의 이름이나 프로필 등 그에 관한 어떤 정보도 올라 있지 않은 것을 깨달았다.

"신비감과 호기심을 동시에 충족시키려는 거지. 오늘 밤부터 24시간 동안 인터넷 포털사이트에 쫙 뿌리라고 지시해 놓았어. 우린 반응만 기다리면 돼."

"이런 방법이 먹힐 거라고 생각해요?"

"너 같은 경우엔 인지도를 올리는 것이 급선무니까 말이야. 정상적으로 할 수 있는 루트는 다 막혔으니까 이런 방법이 최고지. 일주일 동안 반응을 기다려 보는데, 홈페이지가 그동안 한 번이라도 다운되지 않으면 네가 그냥 마음 접고 다른 길 찾아봐."

해경의 얼굴에는 농담이라는 흔적은 전혀 없었다.

"흐음, 괜찮은 게임인데요? 일주일 안에 내 인생이 결정 난다니 재밌네."

강해경마저 손을 떼면 인생이 고달파지리라는 것을 알면서도 윤은 피식 웃는 것으로 두려움을 쫓아버렸다.

"사업은 원래 도박이야. 누가 확률 높은 도박을 하느냐에 따라서 사업의 승패가 갈리는 법이지."

"흐음. 뭐, 난 복잡한 건 딱 질색이니까. 계획이야 당신이 잡는 거고, 난 그저 그걸 따르기만 하면 되는 거겠지."

"맞아. 그런 자세 좋아. 그런 면에서 어차피 일주일 동안 네가 할 일은 없으니까 이거나 공부하고 있어."

강해경이 이번엔 책 한 권을 그에게 집어 던졌다. 영어회화 책이다.

"젠장. 난 공부는 질색이라니까!"

"요즘 세태가 얼마나 우스운지 알아? 한글은 못 해도 영어는 잘해야 하는 세상이야. 그러니까 성공하고 싶으면 군말 없이 배워."

반박할 건더기가 없었다. 투덜거리면서도 윤은 강해경이 던진 책을 집었다.

윤의 미래가 결정 나기까지 굳이 일주일을 기다릴 필요는 없었다. 포털사이트에 그의 사진과 뮤비를 깐 지 정확히 스무 시간 만에 홈페이지가 처음 다운됐다. 급히 서버를 늘렸지만 열 시간 만에 홈페이지는 다시 다운됐다. 해경의 계획이 대성공한 것이다.

"자, 이제 더 밀어붙여야지?"

해경은 연예신문을 내려놓으며 눈을 번뜩였다. 연예신문에는 이름도 모르는 한 신인 연예인의 홈페이지가 다운된 사실을 대대적으로 홍보하고 있었다. 물론 거기에는 그동안 끈끈하게 이어오던 연예부 기자들과의 친목을 이용한 해경의 입김이 작용했다.

"기자들은 언제나 새로운 먹잇감을 찾아다니는 하이에나들이라서 말이야."

비장의 무기라도 가진 사람처럼 해경의 얼굴에 자신만만함이 가득했다.

　일주일이 지난 뒤 해경이 말한 비장의 무기가 세상에 공개되었다.

　마이더스에서 제작하려다 투자자들의 취소로 연기되었던 드라마의 제작발표회였다. 주인공으로 일본 한류의 중심인 강해수와 전유지가 동시에 출연한다는 소식만으로도 연예부 기자들의 흥분은 상상 이상이었다. 거기에 혜성처럼 나타난 이름 모를 신인이 조연으로 참여한다는 소식이 양념처럼 곁들여지자 제작발표회는 기자들로 발 디딜 틈이 없었다.

　"이 녀석이 그렇게 가치가 있어? 날 투입시킬 만큼?"

　제작발표회가 정식으로 시작되길 기다리면서 대기하고 있던 강해수는 이번 일이 마음에 들지 않는 듯 끊임없이 투덜대고 있었다.

　"나 이번엔 진짜 액션이 하고 싶었단 말이야. 그런데 계집애들이나 좋아하는 이런 최루성 드라마라니, 젠장."

　"어머, 멜로드라마가 어때서? 겉멋 잔뜩 든 얼굴로 오토바이나 타고 다니면서 무기 휘두르는 그런 양아치들 나오는 것보단 훨씬 낫지."

　강해수와 비슷한 나이로 비슷하게 성공 가도를 달리고 있는 전유지가 강해수에게 전혀 뒤지지 않는 말투로 반박했다.

　"제일 문제는 바로 너야. 너 같은 계집애랑 멜로 분위기가 나겠냐 말이야."

　"흥! 나야말로 하고 싶은 말일세!"

부드러운 남자 강해수와 청순한 여자 전유지의 말싸움은 그들 이미지로는 상상할 수도 없이 살벌하고 싸늘했다. 그 상반된 이미지에 윤은 재미있게 지켜보다 피식 웃었다.

"너 어쩌다 강해경한테 걸려들었냐? 인생 고달프게."

그제야 윤의 존재를 의식한 듯 강해수가 윤에게 말을 걸었다.

"재미있잖아요."

"재미는."

강해수는 코웃음을 치며 점점 수위가 높아지는 해경의 분노 띤 얼굴을 슬쩍 훔쳐보았다.

"도대체 이런 바보는 어디서 데리고 온 거야?"

"강해수, 내가 너 말조심, 행동 조심하라고 했지. 당장 자세부터 못 고쳐?"

팔짱을 낀 채 세 사람이 하는 행동을 조용히 지켜보던 강해경이 버럭 고함을 질렀다. 그러자 거짓말처럼 강해수는 삐딱하게 앉아 있던 자세를 고쳤다. 그 모습이 또 우스워 윤이 킥킥 웃자 강해경의 화살이 그를 향해 날아왔다.

"최윤, 제작발표회에서 넌 입 열지 마. 그냥 인상만 쓰고 있어."

그거야말로 그가 바라던 바라 윤은 서슴없이 고개를 끄덕였다.

"강 사장이 이미지 꾸미는 데는 아주 선수지."

해수가 그새를 못 참고 빈정거림을 날리자 해경의 서슬 퍼런 눈빛이 또다시 그에게 한 방을 날렸다.

"아, 역시 멋져, 우리 사장님은!"

해수가 깨갱 하는 것과 동시에 전유지가 황홀한 목소리로 외쳤다.

정식으로 제작발표회가 시작되고 강해수, 전유지와 함께 윤은 무대에 올랐다. 그들이 무대에 모습을 드러내자 수많은 카메라가 그들을 향해 집중되었다. 수없이 쏟아지는 플래시 세례에 눈이 부셨다. 그래도 강해수와 전유지는 대기실과 전혀 다른 너그러운 웃음을 지으며 기자들이 요구하는 포즈를 취해 보였다. 아무리 거짓이 종횡하는 세계라고 해도 이렇게까지 확 바뀌어 버리는 그들이 재미있기도 하고 씁쓸하기도 했다.

제작발표회가 이어지는 동안 윤은 강해경이 주문한 대로 입을 꾹 다문 채 예의 시니컬한 얼굴로 자리를 지켰다. 대답은 거의 대부분 다른 사람들이 해주었다. 꼭 해야 하는 대답인 경우에는 단답형으로 짧게 끊어 했다. 모든 질문에 상냥하게 대답하는 강해수나 전유지와는 전혀 다른 윤의 태도에 기자들은 흥미를 느낀 듯 시간이 지날수록 윤에게 카메라 플래시를 들이대는 기자들이 많아졌다.

다음날 제작발표회는 연예신문과 포털사이트에 대대적으로 소개되었다.

"자, 이제 시작이야!"

실패는 상상조차 할 수 없다는 얼굴로 해경이 자신만만한 미소를 지으며 소리쳤다.

15

[어때? 죽이지?]

"이런 사진은 누가 찍어줬어?"

[마음에 안 들어?]

"아니. 그냥 다른 사람 같아 보여서."

핸드폰으로 건네받은 윤의 사진이 낯설었다. 검은 셔츠를 반쯤 열어젖히고 오토바이에 기대서 있는 윤은 몹시 섹시해 보였다. 그와 더불어 누구에게도 잡히지 않을 것 같은 자유로운 방랑자와 세상 모든 법칙을 거부하는 반항아의 이미지도 풍겨 나왔다. 무엇보다 당장에라도 어떤 위험한 짓을 저지를 것 같은 위태로움이 예주를 불편하게 했다.

[그게 그 말이지, 뭐. 쳇. 다른 걸로 찍어달라고 그래야겠다.]

"윤아, 너…… 잘 지내지?"

로마에 온 지 어느덧 석 달이 지났다. 전화 통화를 하는 것 빼곤 윤이 어떻게 지내고 있는지 알 도리가 없었다. 그저 잘 있다는 윤의 말만 믿을 수밖에 없었지만, 설혹 잘 못 지낸다 해도 윤이 제대로 말해줄 리가 없어 예주는 그게 걱정이었다.

[당연하지. 널 미친 듯이 보고 싶은 것만 빼면 다 괜찮아.]

대답을 기다리듯 전화기 너머로 잠시 침묵이 흘렀다.

보고 싶었다. 목소리를 듣는 것만으로는 참을 수 없는 갈망이 일었다. 하지만 윤에게 자신을 찾아오라고 말할 용기가 없었다.

"윤아, 건강 조심해."

다른 대답을 기대했는지 윤은 한동안 말이 없었다. 그러나 곧 석 달 동안 그랬던 것처럼 윤은 작별 인사를 했고 둘은 웃으며 전화를 끊었다.

한국에서 윤이 어떻게 지내고 있는지 근황을 알게 된 것은 그 전화 통화가 있은 지 일주일이 지나서였다.

"요즘 한국에서 또 대형 신인 하나 나왔더라? 봤어?"

로마에 도착한 첫날 이후 처음으로 한국 유학생들이 모인 자리였다. 이런저런 이야기를 나누는 와중에 연예인들에 관한 대화로 자연스레 이어졌다.

"봤어. 진짜 멋지더라. 아직 어리다던데 완전 남성미가 철철 흘러넘쳐. 꺄악!"

"아니야. 아직 뭔가 소년 같은 면이 있어. 어제 비 맞고 우는데 나도 따라서 펑펑 울었잖아."

"오예주, 너도 한마디 해봐. 넌 어땠어?"

"미안. 난 드라마 잘 안 봐서……."

"뭐야, '비 오는 풍경' 안 봤어? 진짜 재미있는데."

"미안."

다들 어떻게 그걸 안 볼 수 있느냐는 어이없는 표정이라 예주는 마음에도 없는 사과의 말을 던졌다.

"한번 봐. 최윤이라고, 아주 죽여줘."

"정말! 강해수도 멋있긴 하지만 풋풋함은 역시 최윤이지!"

"맞아, 맞아!"

최윤?

친구들의 말을 한 귀로 듣고 한 귀로 흘리던 예주는 익숙한 이름에 귀를 쫑긋했다.

유학생들과의 모임을 끝낸 뒤 예주는 집으로 돌아와 컴퓨터를 켰다.

'최윤'이라는 이름을 검색하면서도 예주는 아는 사람일 거라곤 생각지 못했다. 그러나 정말 그녀가 알고 있는 바로 그 윤이라는 것을 발견하고 나서는 한동안 말을 잃었다.

어떻게 이런 중대한 일을 그녀에게 말하지 않았던 것일까.

윤에게 섭섭함을 느끼며 예주는 멍하니 화면 속의 사진들을 응시했다. 그중에는 얼마 전에 윤이 핸드폰으로 보내준 바로 그 사진도 있었다.

윤에게 자신의 일을 열심히 하라고 말한 날이 떠올랐다. 그녀의 충고 때문인지 아닌지 윤은 하는 일에 인정을 받고 있는 모양이었다.

윤이 조연으로 출연한 '비 오는 풍경'이라는 드라마는 현대극임에도 방영한 지 6회 만에 20%를 돌파하며 주목받고 있다는 기사들이 주를 이었다. 그중에서도 한국 최고의 배우라는 '강해수'의 그림자에 덮이지 않고 스스로 빛을 발하는 '최윤'이라는 신인에 대한 기사도 상당수였다.

많은 사진이 있었다. 전유지와 함께 찍은 드라마 스틸 사진 중에서는 보는 것만으로도 기분 나쁜 사진도 몇 개 있었다. 윤의 어깨에 손을 얹고 금방이라도 입술이 닿을 것처럼 가까이 몸을 밀착시킨 전유지를 보다가 마음이 아파 예주는 화면을 꺼버렸다.

배우가 된 윤이라니!

지금까지 윤의 직업에 대해 심각하게 생각해 본 적이 없는 예주였지만 막상 눈으로 확인하니 기분이 좋지 않았다. 다른 여자가 함부로 윤을 만지다니!

그녀 스스로 이렇게 질투가 심한 여자였나 싶을 정도로 온몸이 타고 아팠다.

자꾸만 머리를 어지럽히는 사진들을 떨치기 위해 예주는 자리에서 일어나 원두커피 한 잔을 따랐다. 그러다 유학생들이 윤에 대해 떠들던 것이 떠오르자 입으로 가져가던 잔을 다시 내려놓았다. 이제 곧 어디를 가든 윤을 알아보는 사람이 많아지고, 그렇게 된다면 윤과의 관계를 지속시키기란 더욱더 힘들어질 것이다. 예주는 복잡한 심경에 따라놓은 커피를 마시려던 것을 곧 잊어버렸다. 테이블 위에 도로 올려진 커피가 차갑게 식어갔다.

"도대체 제대로 하는 일이 뭡니까! 어떻게 그놈이 출연하는 드라마가 이렇게 버젓이 방영될 수 있느냔 말입니다!"

끓어오르는 분노를 참지 못해 통화를 하는 내내 규영은 방을 왔다 갔다 서성거렸다.

[죄송합니다. 투자자들을 막는다고 다 막았는데, 강유식이가 뒤통수를 쳤습니다.]

"강유식이라니! 그 자식은 또 뭡니까?"

[마이더스 대표 강해경 부친입니다. 부동산 재벌로 현금 보유력으로 따진다면 국내에서 한두 손가락 안에 드는 인물입니다. 그런 인물이 뒤에 버티고 있으니 저희로서도 한계가 많습니다.]

"그래 봤자 고작 돈 가지고 장난치는 하찮은 인물 아니오! 대해그룹에서 그런 놈 하나를 막지 못해 이런 사달을 벌어지게 한다는 것이 말이 됩니까!"

[죄송합니다. 하지만 강유식이 그렇게 만만한 인물이 아니라서요. 게다가 저희가 광고를 막겠다고 해도 강해수랑 전유지 조합이다 보니 다른 쪽에서 광고를 넣고 싶어 하는 이들이 많아서 손쓰기가 어렵습니다.]

무능한 것들 같으니라고!

화를 참지 못한 규영이 전화기를 벽에 팽개쳤다. 탕 하는 커다란 소리와 함께 전화기가 부서져 바닥으로 흩어졌다.

딩동.

초인종 소리에 문을 여니 양복 차림의 규영이 서 있었다.

"아니, 연락도 없이 어떻게……."

깜짝 놀라며 예주는 문을 열었다.

"올해부터 회사 들어간 거 알지? 출장 온 거야."

안으로 들어오면서 규영이 등 뒤로 숨기고 있던 꽃을 내밀었다. 프리지아다.

"세상에! 너무 예쁘다."

샛노란색의 꽃을 받아 들면서 예주는 환하게 웃었다. 그녀가 제일 좋아하는 꽃이었다.

"누나가 더 예뻐."

"어머! 너 안 본 사이에 제법 능글맞아졌구나?"

규영의 칭찬에 예주는 가볍게 눈을 흘기며 꽃을 꽂을 만한 병을 찾으러 부엌으로 들어갔다.

"뭐 마실래?"

꽃을 병에 꽂아 식탁 위에 올려놓으며 예주가 물었다.

"커피 있어?"

"응. 조금만 기다려."

예주는 에스프레소 기기에서 커피를 뽑고 돌아섰다. 그런데 규영이 보이지 않았다.

커피가 든 잔을 들고 규영을 찾던 예주는 그녀의 침실 앞에 서 있는 그를 보았다.

"뭐야? 누나가 여자 침실은 함부로 보는 거 아니라고 했지?"

급하게 그의 곁으로 다가간 예주는 규영의 시선이 벽에 걸려 있는 윤의 포스터에 머물러 있는 것을 보고는 얼굴을 붉혔다.

"자, 커피."

규영의 손에 잔을 건네주며 예주는 급히 침실 문을 닫았다. 규영은 무표정한 얼굴로 그녀를 따라 거실로 향했다.

소파에 마주 보고 앉은 두 사람 사이에 침묵이 흘렀다. 예주는 갑자기 싸늘해진 규영의 눈치를 살피며 윤에 대해 어떻게 말해야 할지 고민했다.

그렇게 불편한 시간이 지난 뒤 규영이 먼저 입을 열었다.

"그 녀석이랑 계속 연락해?"

커피잔을 내려놓으며 규영이 심각한 얼굴로 예주를 응시했다. 예주가 바로 대답을 하지 않자 규영의 얼굴에 분노가 떠올랐다.

"겨우 어머니 진정시켜 놓았는데 정말 어머니 돌아가시는 거 보려고 그래?"

버럭 소리를 지르며 일어난 규영이 그녀 앞에 다가와 무릎을 꿇었다.

"다시는 만나지 않겠다고 했잖아! 공항에서의 만남이 끝이라고 말했잖아!"

규영의 손에 잡힌 어깨가 부서질 듯이 아팠다. 두 눈이 벌게진 채 그녀의 어깨를 흔들며 소리 지르는 그는 마치 미친 사람처럼 보였다.

"규영아."

그의 노여움이 생각보다 너무 심한 것 같아 예주는 당황했다.

"그놈은 쓰레기야! 누나한테 절대로 어울리는 놈이 아니라고!"

"규영아!"

이번엔 예주의 목소리에 좀 더 힘이 실렸다. 브레이크 없이 폭주하던 규영이 그제야 정신을 차린 듯 깜짝 놀란 얼굴로 예주의 어깨를 흔들던 움직임을 멈췄다.

"규영아……."

자신이 방금 무슨 짓을 한지 모르겠다는 혼란스러운 규영의 얼굴이 너무나 안쓰러워 예주는 그의 얼굴을 향해 손을 뻗었다. 볼에 예주의 손이 닿자 그가 움찔하며 뒤로 몸을 뺐다. 다시 마주친 규영의 눈빛은 냉정을 되찾고 있었다.

"미안해. 내가 좀 흥분했어."

규영이 몸을 일으켰다.

"규영아."

"생각해 보니까 약속이 있지 뭐야. 그만 가볼게."

그는 뒤돌아보지 않은 채 작별 인사를 남기고 빠른 걸음으로 현관으로 걸어갔다.

"규영아!"

예주가 안타까운 얼굴로 뒤따라갔지만 규영은 어느새 현관 밖으로 사라지고 없었다.

규영은 호텔로 돌아오면서도 의아하게 쳐다보던 예주의 눈빛을 떨쳐 낼 수가 없었다. 이성을 잃고 그의 본심을 여과 없이 드러낸 위험한 순간이었다. 혹시나 예주가 그의 마음을 눈치챈 것은 아닐까 생각하니 가슴이 두려움으로 얼어붙었다.

"왜 이제야 왔어요?"

호텔 문을 열자마자 그의 품으로 달려드는 여자가 있었다. 예주와 있던 일을 생각하느라 방심하고 있던 규영은 끈적끈적하게 달라붙는 여자의 입술을 미처 피하지 못했다. 여자는 마치 제 것인 양 그의 입술뿐 아니라 그의 얼굴 여기저기에 뜨거운 키스를 퍼부었다. 그래도 마음은 조금도 동하지 않았다. 이 세상에서 그가 원하는 여자는 오직 한 사람뿐이었다. 그러나 그 여자는 결코 그가 가질 수 없는 사람이었다.

힘겹게 억누르고 있던 분노가 불끈 솟아올랐다. 낙지처럼 달라 붙는 여자를 규영은 아무렇게나 침대 위로 집어 던졌다.

"꺄악!"

규영에 의해 거칠게 침대로 내팽개쳐졌는데도 여자는 오히려 즐거운 얼굴이다. 규영은 양복 상의를 벗어 아무렇게나 집어 던지고 침대 위로 올라갔다.

"최윤 그 자식 유혹하는 건 별거 아니라고 그러지 않았나?"

규영은 침대에 누워 있는 여자의 양옆으로 두 손바닥을 짚으며 차갑게 질책했다.

"너한테 투자한 게 얼만지 알아? 내가 호구로 보여?"

여자의 얼굴에 그래도 웃음이 사라지지 않자 규영은 이를 갈며 여자의 머리카락을 우악스럽게 움켜잡고 끌어당겼다. 그제야 여자의 얼굴에서 미소가 자취를 감췄다.

"넌 최윤 그 자식이 아니라면 전혀 이용 가치가 없어."

"규영 씨."

여자가 겁먹은 목소리로 손을 뻗었다. 규영은 여자의 머리카락을 더욱 세게 끌어당겼다. 여자는 비명을 지르며 손을 거두었다.

"나한테 여자가 너밖에 없는 줄 알아? 넌 나한테 아무것도 아니야."

경멸 어린 그의 말에 여자는 이제 완전히 자신감을 잃은 얼굴로 그의 눈치를 살폈다.

"넌 아무것도 아니야. 자신 없으면 말하라고. 다른 여잘 구할 테니까."

"아니에요! 아니, 내가 할 수 있어요!"

여자가 다급하게 소리쳤다. 비굴함이 느껴질 정도로 애원하는 눈빛을 보자 여자에 대한 경멸은 더욱 커졌다. 하지만 거침없이 분노를 쏟아낸 탓인지 몸이 뜨거워졌다. 식힐 뭔가가 필요했다.

여자는 이미 그와 오랜 시간을 함께 보냈다. 어느 순간에 규영의 분노가 욕망으로 변했는지 정확히 알고 있었다. 유혹하는 미소를 지으며 여자가 손을 뻗었다. 이번엔 규영도 피하지 않았다. 오히려 머리카락을 잡고 있던 손을 느슨하게 풀어 그녀의 얼굴을 가까이 끌어당겼다.

두 사람의 입술이 격렬하게 부딪쳤다. 혀와 혀가 서로 엉기며 두 사람의 몸이 하나로 합쳐졌다. 몇 번의 짧은 애무를 뒤로하고 규영은 곧장 여자의 몸으로 파고들었다. 방이 떠나가라 크게 신음을 지르며 여자가 규영의 등을 손톱으로 긁었다. 규영의 머리는 여전히 차가웠지만 몸만은 여자의 촉촉함 속에 흥분을 느끼며 뜨겁게 불타올랐다.

한국에서 윤이 어떤 생활을 하는지 알게 된 이후 예주는 하루에 한 번씩은 꼭 컴퓨터를 켜서 인터넷 검색을 했다. 윤의 공식 홈페이지에서 피렌체 촬영이 있다는 것도 그렇게 해서 알게 되었다. 로마에서 피렌체는 마음만 먹으면 하루 만에 왔다 갔다 할 수 있는 거리다. 촬영일이 다가올수록 예주는 가고 싶은 마음과 가서는 안 된다는 마음 사이에서 갈등했다. 그렇게 하루하루 시간이 흘러갔다. 그리고 마침내 그날이 왔다.

하루 종일 예주는 공부가 손에 잡히지 않았다. 침이 바싹 말라 몇 번이고 차가운 물을 들이켰지만 갈증은 사라지지 않았다. 결국 남은 강의 하나를 포기하고 예주는 집으로 돌아왔다.

촬영이 있다는 이틀 내내 그녀는 그렇게 몽롱한 꿈을 꾸듯 어느 하나에도 마음을 붙이지 못했다. 불면증 또한 이틀 내내 계속 이어졌다. 차라리 윤의 촬영 일정이 모두 끝난 날에는 마음이 한결 편해졌다. 더 이상 갈등할 필요가 없어졌기 때문이다. 그러나 끝없이 마음을 괴롭히던 갈등이 사라진 공간에는 윤에 대한 그리움과 자신의 나약함에 대한 분노가 대신 자리를 잡았다. 결국 마지막 날에도 예주는 강의를 듣는 둥 마는 둥 하다가 해가 저물 때쯤 집으로 돌아왔다.

"여어."

집으로 올라가는 계단에 앉아 어제도 만난 사람처럼 편안한 모습으로 인사하는 윤을 보고 예주는 드디어 자신이 헛것을 본다고 생각하며 눈을 비볐다.

"뭐야, 그런 고전적인 시추에이션은?"

킥킥거리며 윤이 몸을 일으켰다. 장난기 가득한 윤의 목소리를 듣고서야 현실감이 났다.

"정말 너니?"

"확인시켜 줄까?"

눈을 빛내며 윤이 기습적으로 그녀의 입술에 키스했다. 그래도 얼떨떨한 눈빛을 거둬들이지 않자 윤이 그녀를 끌어안고 본격적으로 키스하기 시작했다. 처음엔 부드럽게 입술을 훑으며 그녀가 입을 벌리도록 유도하다가 예주가 입술을 벌리자 굶주린 듯 그녀의 입술을 파고들기 시작했다. 허리를 받치는 커다란 손과 끝을 모를 것 같은 갈증 어린 입술을 느끼고서야 윤이라는 것이 제대로 실감 났다.

예주의 몸이 나긋나긋해지며 입술이 반응하기 시작하자 윤의 키스는 더욱 격렬해졌다. 아무리 해가 저물었다 해도 밖에서는 감당하기 힘들 정도로 그의 거친 흥분이 느껴지자, 그제야 예주는 정신을 차리고 그를 밀치기 시작했다.

"유, 윤아!"

몇 번이나 그의 이름을 외치고 나서야 윤의 입술이 떨어졌다. 새빨갛게 불타오른 그의 눈동자가 그가 얼마나 흥분했는지를 보여주고 있었다. 안 된다는 걸 알면서도 그녀를 통째로 삼켜 버릴 것처럼 이글이글 타고 있는 그의 눈동자를 보자 안 그래도 뜨겁던 예주의 몸도 식기는커녕 더 큰 위험한 흥분으로 들끓기 시작했다.

"들어가자."

윤이 나지막이 속삭이며 예주의 손을 잡았다. 맞잡은 손에서 화상을 입을 것만 같은 뜨거운 열기가 느껴졌다. 숨이 턱 막혀 예주는 입을 열 수가 없었다. 지금 무슨 일이 벌어지고 있는지조차 알지 못했다. 주위의 모든 것이 시시하게 변해 버렸다. 야수처럼 눈을 번득이고 있는, 길들여지지 않은 한 명의 위험한 사내만이 그녀가 인식할 수 있는 유일한 존재였다.

탁.

현관문이 닫히는 소리와 함께 두 사람은 다시 한 치의 오차도 없이 몸을 붙였다. 불룩하게 솟은 보드라운 가슴이 딱딱한 가슴에 눌리고 촉촉이 젖은 비밀스러운 부분이 강한 상징에 짓눌렸다. 그 비밀스러운 결합에 소름 끼치는 전율이 흘렀다. 자기도 모르게 예주는 커다란 환희의 소리를 질렀다. 반면 윤은 예주의 새하얀 목덜미에 입술을 묻으며 흐느낌보단 으르렁거림에 가까운 소리를 나지막하게 흘렸다.

달콤한 전율이 가시기도 전에 윤이 예주의 목덜미를 동물처럼 핥으며 본격적으로 그녀를 애무하기 시작했다. 허리를 짚고 있던 윤의 손이 타고 올라와 블라우스 속의 가슴을 움켜잡았다. 가슴이 터지는 것은 아닐까 싶을 정도로 거친 손길이었지만 예주의 몸을 타고 흐르는 것은 달콤한 기쁨이었다. 오히려 더욱더 거센 학대를 바라며 예주는 그에게 더욱 가까이 다가갔다. 그녀의 작은 몸짓 하나에도 윤의 흥분한 신음 소리는 더욱 거세지고 손길은 더욱 거칠어졌다.

예주가 다리를 그의 허리에 감고 온몸의 체중을 그에게로 보내자 윤은 그녀를 벽에 밀어붙였다. 그의 손이 허겁지겁 예주의 치마를 걷어 올리는 사이, 윤의 입술은 그녀의 새하얀 목덜미에서 점점 그늘에 잠긴 가슴의 계곡으로 미끄러지고 있었다. 아기가 젖을 찾듯이 한곳을 찾아 헤매는 윤을 위해 예주는 가슴을 그가 닿기 좋게 위로 들었다. 그와 동시에 윤의 머리카락을 두 손으로 잡아 가슴으로 끌어당겼다. 마침내 그의 입술이 정상에 뾰족이 솟은 열매를 찾고 그것을 빨아들이자 예주는 급격한 흥분으로 잡고 있던 그의 머리카락을 사정없이 일그러뜨렸다.

열매를 손에 넣은 야수는 집요했다. 빨고 핥는 것도 부족해 깨물었다. 그러고도 성에 차지 않는 듯 다른 가슴으로 넘어가 또 같은 짓을 반복했다. 그때마다 예주는 눈앞이 뿌옇게 흐려지는 걸 느끼며 마약을 한 사람처럼 몸을 떨었다.

한편 그의 손도 쉬지 않았다. 치마를 파고들어 온 손은 허벅지를 쓰다듬다 축축이 젖은 비밀스러운 곳까지 침입했다. 정신을 차릴 사이도 없이 속옷은 어느새 사라지고 없었다. 처음엔 하나가, 다음엔 두 개가, 그렇게 그의 기다란 손가락이 예주의 몸을 파고들었다.

도저히 더 이상은 견디기 힘들겠다 싶은 순간, 윤의 상징이 그녀의 비밀스러운 꽃을 열고 들어왔다. 이미 활짝 열려 있던 꽃은 아무런 저항 없이 윤을 끝까지 단숨에 받아들였다. 두 사람의 입술에서 동시에 단발의 짧은 신음 소리가 터져 나왔다.

뜨거운 희열이 머리끝부터 발끝까지 흘러내리는 걸 음미하면서 두 사람은 서로의 입술을 찾았다. 달콤한 혀가 예주의 입안을 구석구석 훑었다. 그와 리듬을 같이하여 윤의 상징 또한 예주의 몸을 규칙적으로 넘나들었다. 윤의 몸이 강하게 부딪쳐 올 때마다 예주는 눈앞이 새하얗게 변해가는 걸 느끼며 미칠 듯한 희열을 느꼈다. 몸을 타고 흐르는 기쁨이 너무 커서 차라리 이대로 죽어버렸으면 좋겠다고 생각했다.

"여긴 어떻게 알았어?"

먼저 샤워를 하고 나온 예주는 윤이 젖은 머리를 수건으로 문지르며 부엌으로 들어오자 그에게 주스를 건네며 물었다.

"강 사장이 알려주더라."

"강 사장?"

"응? 아 참, 모르지? 내가 말이야……."

주스를 마시려다 다시 잔을 내려놓으며 윤이 멋쩍은 얼굴로 뒷머리를 긁적거렸다.

"드라마에 출연하고 있지?"

"어? 어떻게 알았어?"

윤이 눈을 동그랗게 뜨며 물었다.

"요즘 같은 시대에 그런 걸 모른다는 게 더 이상하잖아. 드라마 반응도 좋은데."

"뭐야, 그럼 계속 알고 있었던 거야? 그런데 왜 전화할 때 모른 척했어?"

"안 지 얼마 안 됐어."

"아, 그렇구나."

고개를 끄덕이다 윤이 눈을 빛내며 바짝 상체를 그녀를 향해 숙였다. 상큼한 향과 함께 그의 숨결이 느껴지자 현관에서 나눈 격렬한 사랑이 떠올랐다. 심장박동이 다시 뛰기 시작하자 예주는 볼을 발그레하게 붉히며 몇 발짝 뒤로 물러섰다.

"나 어땠어?"

윤은 예주의 반응을 눈치채지 못한 것 같았다. 사탕을 기대하는 아이처럼 눈을 계속 빛내며 그녀의 대답을 기다리기만 했다.

"멋지더라. 다른 친구들도 모두 네가 너무 멋지대."

"다른 여자들은 관심 없고, 진짜 멋져?"

"응, 멋져."

사실은 윤이 그 일을 그만뒀으면 싶었지만, 윤의 기대에 찬 눈빛을 보고선 차마 그 말을 할 수가 없었다.

"야호!"

확실히 예주의 말이 그를 행복하게 한 모양이다. 그는 다짜고짜 예주의 허리를 양손으로 붙잡더니 한 바퀴 빙글 돌았다. 어지러웠지만 윤이 기뻐하는 모습에 예주 역시 행복했다.

"밥…… 먹고 갈래?"

윤이 다시 예주를 내려놓았을 때 그녀는 잠시 숨을 가다듬은 후 샤워를 하면서 줄곧 고민하던 갈등에 종지부를 찍었다.

"응, 좋아."

아이처럼 윤은 솔직하게 기뻐했다.

두 사람은 언젠가 윤의 집에서 그랬던 것처럼 함께 요리를 했다. 즐거웠다. 별거 아닌 이야기에도 자꾸만 웃음이 터져 나왔다. 이리저리 움직이다 서로의 손이나 팔이 살짝 스칠 때는 가벼운 흥분에 몸이 떨리기도 했다. 그 모든 일이 더없이 행복했다.

"그런데 네 소속사 사장님 말이야. 내가 사는 곳을 어떻게 알았대?"

"모르지. 하여튼 놀라운 여자니까 이 정도는 아무것도 아닐걸."

"그 사장님이 우리 일…… 알아?"

그녀 앞에서 다른 누구를, 그것도 여자를 칭찬한 일이 없었기에 예주는 살짝 기분이 상했다.

"어."

가볍게 대답하다가 예주의 얼굴에서 미소가 가시자 윤은 슬쩍 눈치를 보더니 다시 입을 열었다.

"그러니까 그게…… 그 여자랑 계약을 하려다 보니까 아무래도……. 그래도 우리 일은 상관 안 하기로 약속했어."

윤답지 않게 횡설수설하더니 그는 입을 다물고 예주의 반응을 살폈다.

그들 일에 대해 잘 알지도 못하는 사람과 이야기를 나눴다는 사실이 불쾌했다. 하지만 그걸 가지고 윤에게 화를 내는 것도 유치했다. 그래서 결국은 윤이 그토록 간절히 원하는 미소를 짓고 말았다. 윤이 환하게 웃자 결정이 옳았다는 생각에 마음이 편해졌다.

"내가 온 거 때문에 화났어?"

식사를 마치고 커피로 마지막 여운을 즐기는 중에 윤이 진지한 얼굴로 물었다.

"응?"

"기다린다고 해놓고 이렇게 찾아왔으니 말이야. 그런데 보고 싶더라. 미치도록 보고 싶더라. 그래서 얼굴만이라도 보려고."

예주의 대답이 두려운 사람처럼 윤의 얼굴에 그늘이 졌다.

어째서 윤이 이렇게 비 맞은 강아지처럼 처량하게 보이는 걸까.

마음이 아팠다. 그 원인을 잘 알기에 더욱 가슴이 아프게 죄어왔다.

손을 내밀었다 한순간에 돌아서 버리곤 하질 않았던가.

윤은 언제나 그녀가 1순위였지만, 그녀에게 윤은 언제나 2순위였질 않은가.

예주는 천천히 일어나 그의 앞으로 다가갔다. 윤이 궁금한 얼굴로 그녀의 행동을 지켜보았다. 그의 시선을 놓지 않은 채 예주는 그의 머리카락으로 손을 뻗었다.

아이를 다루듯이 머리를 이마 뒤로 넘겨주는데도 윤은 계속 그녀의 손길에 몸을 맡긴 채 조용히 있었다. 윤의 이마가 훤히 드러나자 예주는 그곳에 입술을 얹었다. 윤이 예주의 허리로 손을 뻗었다. 하지만 그 이상의 행동은 하지 않았다. 예주는 이마에서 코로, 그리고 입술로 내려갔다. 그녀는 입술에 입술을 얹고 조용히 기다렸다. 따스한 욕조에 누운 것처럼 몸이 따스해져 왔다.

"사랑해."

살짝 입술을 뗐다가 예주는 다시 그의 입술에 키스했다. 하지만 윤의 강한 손길에 키스는 짧게 끝났다.

"예주야!"

윤은 자신이 들은 말을 믿을 수 없다는 듯 눈을 동그랗게 뜨고 그녀를 뚫어져라 응시했다.

"사랑해, 윤아."

예주는 부드럽게 웃으며 여전히 그녀의 말을 믿지 못하고 있는 그를 향해 다시 몸을 숙였다. 느슨하게 묶여 있던 머리카락이 풀리며 그의 얼굴을 덮었다. 그와 함께 그녀의 입술이 윤의 입술을 찾았다. 그제야 윤은 그녀의 말이 거짓이 아님을 알아챈 듯 허리를 잡고 있던 손에 힘을 주어 그에게 끌어당겼다. 동시에 입술을 벌리며 예주의 혀를 낚아챘다.

달콤함은 순식간에 격렬한 열정으로 바뀌었다. 윤은 기갈 난 사람처럼 예주를 탐했다. 예주 역시 그에 못지않은 욕심 어린 손길로 그의 몸을 애무했다.

"사랑해. 사랑해, 예주야."

윤은 키스를 하는 사이사이 열에 들뜬 목소리로 사랑의 맹세를 수없이 속삭였다.

16

[보고 싶다.]

"투정부리지 말고 일이나 열심히 해."

한국으로 돌아간 후 윤은 이제 시도 때도 없이 전화했다.

[키스해 주면.]

말도 안 되는 소리에 예주는 눈을 치켜떴다.

[전화기에 대고 쪽쪽 해봐.]

"야, 윤!"

어이가 없어 예주가 소리를 빽 지르자 영문을 모르는 주위 사람들이 예주를 힐끗 쳐다보았다. 예주는 볼을 붉히며 재빨리 차에 올라탔다.

"쓸데없는 소리 말고 이만 끊어. 나 운전해야 해."

[어? 나도 부른다. 그럼 그동안 나 보고 싶더라도 참고 기다려.]

"최윤 너!"

[히힛. 사랑해, 예주야. 쪽쪽.]

예주가 뭐라 반응할 사이도 없이 전화가 끊겼다.

"하여튼 애라니까."

툴툴거리면서 예주는 안전벨트를 맸다. 하지만 시동을 걸고 차를 출발시킬 때쯤엔 달콤한 미소만이 얼굴에 가득했다.

그러나 집에 돌아와 거실 소파에 걱정스러운 얼굴로 앉아 있는 조 여사를 발견했을 때, 예주의 행복은 빛을 잃었다.

"웬일이세요, 어머니?"

심상치 않은 조 여사의 얼굴을 보면서도 예주는 희망을 잃지 않고 태연을 가장하며 반갑게 인사했다. 하지만 어머니는 인사를 받는 대신 탁자 위에서 뭔가를 들어 그녀에게 내밀었다. 고개를 갸웃하며 예주는 조 여사가 건넨 서류 봉투를 받았다. 그 안을 열어 보니 사진 몇 장이 있었다. 윤과 그녀의 사진이었다.

"이 사진들은 도대체…… 어디서 이런 걸 얻으셨어요?"

떨리는 목소리로 사진을 내려놓으며 예주가 물었다.

"발신인 없이 누가 우체통에 넣어났더라. 그것보다…… 어떻게 이런 사진이……. 이 애랑은 헤어졌다고 하지 않았니? 공항에서…… 그날이 마지막이라고……. 그래서 그동안 안심하고 있었는데 어떻게 이런 사진이…….""

"엄마."

"그냥…… 그냥 그 남자애가 일방적으로 찾아온 거였지? 넌 금방 돌려보낸 거지?"

"엄마……."

"내가 괜히 걱정하는 거지? 그런 거지?"

두 손을 신경질적으로 비틀며 조 여사가 필사적으로 외쳤다.

"죄송해요, 엄마. 하지만 그 앨…… 사랑해요."

평생이라도 지켜주고 싶은 사람의 가슴에 비수를 꽂는 것만큼 힘든 일은 없었다. 예주의 대답에 핏기가 가시는 엄마를 보니 가슴이 찢어지는 것 같았다. 그렇지만 이제 그녀에겐 어머니만큼 소중히 여겨주고 싶은 사람이 생겨 버렸다.

"죄송해요……."

"안 돼! 안 돼!"

덜덜 떨며 도저히 이 상황을 현실로 받아들일 수 없는 눈으로 그녀를 응시하던 조 여사가 갑자기 악을 쓰며 예주에게 달려들었다.

"예주야, 안 돼! 그러면 안 돼!"

"엄마."

"규, 규영이가 얘기해 주더라. 공항에서 너 그렇게 가고 난 뒤 천지간에 의지할 데 없는 고아라고. 몸 하나 믿고 술집에서 술 따르며 하루살이처럼 연명하는 아이라고. 어떻게…… 어떻게 그런 아이를……."

"규영이가 잘못 안 거예요, 엄마. 윤이 그렇게 나쁜 아이 아니에요. 오히려 윤이……."

처음으로 규영에게 느낀 깊은 배신감을 억누르며 예주는 조 여사에게 윤을 설명하려 애썼다.

"그 애 얘기라면 듣고 싶지도 않아! 내가 듣고 싶은 건 네가 두 번 다시 그 앨 만나지 않겠다는 다짐이야!"

조 여사는 신경질적으로 소리치며 예주의 양팔을 움켜쥐고 세게 흔들었다.

"지금 약속해! 두 번 다시 만나지 않겠다고! 어서 말해!"

코스모스같이 연약한 엄마였다. 누가 험한 소리를 해도, 무례한 행동을 해도 그저 울기만 할 뿐 누구에게 소리 한 번 제대로 못 지르는 그런 여자였다. 그런 그녀가 집이 떠나갈 듯 소리를 지르고 거칠게 행동하는 것은 그만큼 필사적이라는 것을 의미했다.

당장에라도 허물어질 것 같은 조 여사의 모습에 예주의 마음이 약해졌다.

"제발! 예주야, 제발!"

끝내 조 여사의 입에서 흐느낌이 터져 나왔다. 어느새 눈물도 터져 그녀의 얼굴을 흠뻑 적셨다.

"엄마……."

앞으로도 뒤로도 갈 수도 없는 막막한 심정에 예주는 어떻게 해야 할지 알 수가 없었다. 윤을 버릴 수도, 그렇다고 이렇게 아파하는 엄마를 지켜보는 것도 너무나 힘들었다.

"예주야, 약속해! 제발! 응?"

조 여사의 절망적인 호소는 계속 이어졌다. 시간이 흐를수록 예주의 굳은 결심은 점점 허물어져 갔다. 도저히 엄마를 외면할 수가 없었다. 결국 질 수밖에 없다고 결론을 내릴 때였다. 입을 열려는 찰나, 어린 소년의 얼굴이 스쳐 지나갔다.

"나 버리지 마."

예주가 탄 차가 고아원을 떠나던 그 순간까지도 소년은 희망을 버리지 않고 있었다. 끝까지 시선을 놓지 않고 두 주먹을 불끈 움켜쥔 채 그녀의 뒷모습을 응시하던 소년의 말 없는 호소 뒤에는 그녀가 결코 그를 버리지 않을 것이라는 희망찬 믿음이 있었다. 그런 소년의 기대를 예주는 끝내 외면했다.

스물한 살의 윤을 버린 것도 그녀이다. 서늘한 바닷가에서 영원히 기다리겠다는 말로 버리지 말아달라는 말을 돌려 말하는 윤을 예주는 버리고 돌아섰다.

"미안해요, 엄마. 그럴 수 없어요. 이번엔 절대로…… 그 애를 버릴 수 없어요."

맑은 눈물이 두 볼을 타고 흘러내렸다. 아팠다. 결코 엄마의 가슴을 아프게 하지 않겠다던 어린 시절의 결심을 스스로 무너뜨린 것에 대한 회한도 들었다. 그렇다 해도 그 아픔을 또다시 윤에게 지게 할 수는 없었다. 이번만은 피눈물도, 가슴을 짓누르는 무거운 고통도 모두 그녀의 몫이었다.

"젠장! 전화를 왜 이렇게 안 받아?"

"거 정신 사납게 좀 그만해. 촬영 시간 빌 때마다 10분에 한 번씩 전화질이잖아. 너 그거 잘못하단 스토커로 몰리기 딱 쉽다?"

촬영을 모두 끝내고 밴을 타고 숙소로 돌아오는 길에도 윤이 핸드폰을 내려놓지 못하자 안 매니저가 혀를 끌끌 차며 한 소리 했다. 그러나 예주와의 전화가 계속 연결되지 않는 답답함과 걱정에 정신이 팔린 윤에겐 안 매니저의 잔소리는 들리지도 않았다.

"뭔 일이 있는 거 아닐까? 나 잠깐 로마에 갔다 와야겠어요."

"야, 야! 누구 죽는 꼴 보고 싶어? 너 내일도 촬영 있어, 인마."

"누가 그걸 몰라요? 그래도 원래 경조사 같은 그딴 거 있으면 다 사정 봐주잖아요."

"그래서, 누가 죽었냐, 아니면 누가 결혼이라도 하냐?"

"그것보다 더 중요하지! 예주가 전화를 안 받는데!"

"야, 이놈 진짜! 너 같은 놈 보면 너무 사랑해도 병이다 싶다!"

둘이 티격태격하는 사이 밴이 멈췄다.

"다 왔습니다."

로드매니저인 성훈의 말에 윤은 다시 전화기를 손에 들고 예주와 통화를 시도했다.

"쓸데없는 생각 말고 들어가서 잠이나 자. 벌써 새벽 3시다."

"젠장. 예주야, 전화받아라. 제발……."

안 매니저의 말은 귓등으로 흘린 채 윤은 초조한 목소리로 예주를 부르며 밴에서 내렸다. 핸드폰에 모든 정신이 쏠려 윤은 새벽 밤하늘을 찢어놓는 날카로운 소리에 즉각적으로 반응하지 못했다.

휘익 하는 소리와 함께 윤의 손에 들려 있던 핸드폰이 하늘 위로 치솟았다. 동시에 얼얼한 고통이 손가락 끝과 어깨에 느껴졌다.

"윤아!"

안 매니저의 외침과 함께 각목이 또다시 날아왔다. 본능적으로 윤은 각목을 피했다. 하지만 그 방향에서 또 다른 각목이 그를 겨냥했다.

퍽! 퍽!

"윤아!"

"윤 씨!"

고통으로 희미해지는 가운데 두 매니저가 윤의 곁으로 달려오는 소리가 들렸다. 하지만 곧 제압당한 듯 일방적인 비명 소리가 울려 퍼졌다.

"젠장."

차가운 아스팔트에서 몸을 빠르게 움직여 각목의 과녁에서 벗어난 윤은 입가에 묻은 피를 손등으로 대충 닦으며 주위를 살폈다. 모두 다섯 명이다. 그중 둘은 매니저들을 잡고 있었다. 윤이 상대해야 할 사람은 셋이었다.

"좋아, 한번 해보자고."

천천히 그를 향해 다가오는 셋을 날카롭게 응시하며 윤은 대전 자세를 취했다. 팽팽한 긴장감이 세 사람 사이에 흘렀다.

어느 정도 그들과의 거리가 가까워지자 윤이 먼저 그들 중 한 명을 기습했다. 미처 예상하지 못한 듯 윤의 공격을 받은 한 명이 비틀거렸다. 그때 윤은 잽싸게 그자의 손에 들린 각목을 빼앗았다. 손에 각목이 제대로 자리를 잡자 윤은 그대로 상대방을 향해 휘둘렀다. 사내는 대응 한 번 제대로 못 하고 아스팔트 바닥으로 쓰러졌다.

"자, 덤비라고."

일행 한 명이 당하는 걸 보고 윤을 향해 다가오던 두 사람이 주춤했다. 그러다 이내 결심을 굳힌 듯 두 사람이 한꺼번에 윤에게 달려들었다.

"으아아!"

윤은 사나운 비명 소리와 함께 두 사람에게 거침없이 각목을 날렸다. 몇 번의 실랑이 끝에 두 사람은 힘없이 무너졌다. 매니저들을 지키고 있던 나머지 두 사람은 추가 기울어지자 기겁한 얼굴로 줄행랑쳤다.

"괜찮아요?"

윤은 각목을 내려놓고 매니저들에게 다가갔다.

"어. 괜찮아."

최근에 붙은 로드매니저 성훈과 달리 제법 격 없이 지내던 안 매니저마저 윤을 낯선 사람처럼 서먹하게 바라보았다. 어지간히 맞은 듯 얼굴부터 몸의 여기저기가 상처투성이였다.

"그런데 너 뭐 하던 놈이야? 싸움 잘한다?"

"글쎄요……."

윤은 쓸쓸하게 웃으며 옆구리를 짚고 있는 안 매니저를 부축했다. 그래도 아직 20대 초반이라 그런지 성훈은 상처는 더 많아 보이는데도 혼자서 일어났다.

"원래는 매니저가 배우를 엄호해 줘야 하는데, 제길. 강 사장이 우릴 죽이려 들 거야."

"괜찮아요. 내가 잘 말해줄 테니까."

윤도 어깨부터 등까지 아픈 곳이 많았지만 내색하지 않았다.

"뭐야! 너도 많이 다쳤잖아!"

밴 안으로 들어갔을 때 안 매니저가 윤을 보고 깜짝 놀라 소리쳤다.

"뭐, 별거 아니에요."

고아원을 빠져나온 이후의 생활을 생각하면 이런 상처쯤은 대수롭지 않았다. 그러나 매니저들의 생각은 다른 모양이었다.

"당장 내일부터 촬영 있는데! 배우에겐 얼굴이랑 몸이 생명이라고!"

조금 전까지만 해도 아파 죽을 것처럼 얼굴을 찡그리며 몸을 웅크리고 있던 안 매니저가 정색하며 약상자를 꺼내더니 윤을 자기앞에 끌어 앉혔다.

"야, 성훈아, 병원 가자. 기자들 달라붙으면 안 되니까 외곽으로 빠져."

성훈이 황급히 운전석에 앉았다. 그사이에 안 매니저는 약상자를 열어 윤에게 필요한 응급조치를 시작했다.

다음날 윤은 의사의 만류를 뿌리치고 촬영장으로 향했다. 윤이 촬영장에 도착하자 기자들이 벌떼처럼 달려들었다.

"간밤에 싸움이 있었다면서요? 최윤 씨에게 원한을 갖고 있는 사람들이 누군지 짐작이 가십니까?"

"지난밤 동영상이 인터넷에 뜬 거 아십니까! 그걸 보고 최윤 씨 전직에 대해 궁금해하는 사람들이 많습니다. 한 말씀 해주시죠."

"자, 자, 죄송하지만 촬영을 해야 하니 이만 물러가 주시죠. 최윤 씨뿐 아니라 다른 배우분들께 폐가 되질 않습니까."

윤이 무표정한 얼굴로 서 있는 동안 안 매니저와 성훈이 다른 보디가드들을 지휘하며 안으로 가는 통로를 뚫었다.

"최윤 씨, 한 말씀 해주시죠! 항간에 조폭이었다는 소문도 있는데 사실입니까?"

"이보세요! 당신, 어디 소속입니까? 할 말이 있고 안 할 말이 있습니다! 말조심하시죠!"

안 매니저가 버럭 소리를 지르자 기자는 사람들 속으로 황급히 몸을 숨겼다. 그사이에 다른 기자들이 처음 기자의 말을 받아 시끄럽게 소리치기 시작했다. 결국 안 매니저는 항의하는 것에도 지쳤는지 입술을 꾹 다문 채 길을 뚫는 데만 정신을 쏟았다. 그렇게 해서 가까스로 윤은 촬영장에 도착했다.

그러나 촬영장도 바깥만큼이나 분위기가 험악했다. 분장으로 간밤의 상처는 가려 흔적이 없었으나 인터넷에 뜬 동영상을 대부분 본 듯 사람들은 보이지 않는 상처를 찾아 호기심 어린 시선을 던졌다.

"촬영할 수 있겠습니까."

다행히 감독은 감정이 담기지 않은 일적인 시선으로 그를 바라보았다.

"감독님께서 괜찮으시다면 저도 괜찮습니다."

윤의 담담한 목소리에 감독은 고개를 끄덕이며 촬영 시작을 알렸다.

"이건 음모야!"

강해경은 윤의 험담 기사가 실린 신문들을 거칠게 집어 던지며 소리쳤다. 그러나 정작 당사자인 윤은 핸드폰만 만지작거릴 뿐 신문에는 시선조차 주지 않았다.

"밤에 공격하는 것도 모자라 그걸 이렇게 써먹어? 박규영 이 자식, 완전 개자식이네."

"머리 좋네요, 뭐."

남의 일인 양 무관심한 어조로 윤이 입을 떼자 강해경이 날카로운 눈으로 그를 노려보았다.

"다행히 싸가지 캐릭터이니까 이걸 이용해야지. 내가 이렇게 순순히 당할 것 같아?"

누르면 누를수록 타오르는 성격인지 강해경은 두 눈을 활활 불태우며 입술을 질끈 깨물었다.

"너, 토크쇼 나가야겠다."

온통 핸드폰에만 정신이 팔려 있던 윤이 처음으로 강해경을 향해 고개를 들었다.

"꽤나 고전적인 방법이긴 하지만, 고전이라는 건 그만큼 먹혔다는 얘기이기도 하니까 말이지. 나가서 너 하고 싶은 말 다 해. 솔직하게. 그 여자 얘기도 하면 좋겠지. 거칠지만 순정을 갖고 있는 남자라는 이미지는 제법 쓸 만하거든."

"예주는 우리 일에 끼워 넣지 않기로 했잖습니까."

윤이 정색하자 강해경이 어깨를 으쓱했다.

"그래, 그럼 그 여자애 얘기는 빼. 대신 어린 시절 이야기는 해야 돼. 구구절절 할 필요는 없어. 오히려 네 담담한 말투가 더 효과가 좋을지도 모르지."

"제가 하기 싫다고 하면 어떻게 됩니까?"

"우리 계약을 다시 상기시켜야겠지. 넌 내가 시키는 건 뭐든 다 하겠다고 했잖아?"

강해경은 물러설 기미가 보이지 않았다. 윤은 당장에라도 예주가 있는 로마로 날아가고 싶었다. 그렇지만 이젠 알고 있다. 마음

내키는 대로 하고 다니다간 예주와 함께할 기회는 더욱더 줄어든 다는 것을. 지금 그에게 남아 있는 패는 오직 강해경뿐이었다.

윤은 천천히 고개를 끄덕였다.

"왜 그런 짓을 한 거니?"

예주는 그녀에게 등을 돌리고 창밖만 내다보고 있는 규영에게 조용히 물었다.

조 여사는 예주를 혼자 내버려 둘 수 없다며 한국으로 돌아가자 고 애원했다. 예주는 한국으로 돌아오지 않을 수도 있었다. 집 밖 을 나가 윤을 만날 수도 있었다. 경호원들이 집 안팎을 막고 있기 는 하지만 그렇다고 그녀를 완전히 구속할 수는 없었다. 그러나 예주는 스스로 자신을 집 안에 유폐했다. 어머니의 눈물은 그 어 떤 우람한 경호원들보다 더 구속력이 있었다.

"너지? 엄마한테 사진 보낸 사람."

규영이 출장을 가는 바람에 예주는 귀국한 지 일주일이 지나서 야 규영과 마주할 수 있었다.

규영이 천천히 예주를 향해 몸을 돌렸다. 깊은 늪에 빠진 사람 처럼 어두운 눈빛이 그녀를 조용히 응시했다. 그런 규영이 예주는 낯설었다. 로마에서의 그날 이후 예주는 규영이 어떤 사람인지 확 신할 수 없게 되어버렸다.

"언제부터 날 감시하라고 한 거니?"

침묵이 곧 긍정이라고 생각하며 예주는 다시 물었다.

"누나 방에 그 자식 사진이 걸려 있는 것을 본 뒤부터."

신랄함이 그대로 묻어 나오는 목소리에 예주는 몸을 떨었다. 윤에 대한 규영의 미움은 그녀가 상상하는 것보다 훨씬 큰 모양이었다.

"그래도 그러지 말았어야 해. 더욱이 엄마한테 그런 사진들을 보내다니."

"어머니라면 누나를 말릴 수 있을 거라 생각했어. 어머니한테 상처를 주다니. 그건 누나가 절대로 할 수 없는 일이라 생각했으니까."

규영의 눈빛에서, 목소리에서 예주는 그녀가 알지 못하는 깊은 뭔가가 있다는 것을 알았다. 새삼스런 눈으로 예주는 규영을 바라보았다.

"그 애에게 더 이상 상처 주고 싶지 않아."

"그래서 어머니보다 그 자식이 더 소중하다는 말이야?"

"비교할 대상이 아니야. 모르겠니?"

"누난 어머니와 그 자식 사이에서 결국 그 자식 편을 든 거야. 그건 절대로 누나가 해서는 안 되는 일이야."

"규영아, 제발……. 어머닐 사랑해. 하지만 그 애도 사……."

"그만! 그런 말은 듣고 싶지 않아!"

규영이 차갑게 예주의 말을 끊었다. 의식적인 냉정함이 사라진 규영은 말 그대로 활활 끓어오르고 있었다.

"누난 결혼하게 될 거야. 누나와 어울리는 사람과."

"그게 무슨 소리니?"

청천벽력 같은 소리에 예주의 목소리도 뾰족해졌다.

"이번 주에 부모님이 류 회장님을 만날 거야. 정혁이 형이랑 누나의 결혼식 날짜를 잡기 위해서."

"말도 안 돼!"

너무도 놀라 예주는 자리에서 벌떡 일어났다. 하지만 규영은 어느새 문을 향해 발길을 돌리고 있었다.

"규영아! 거짓말이지?"

예주는 황급히 규영을 향해 뛰어갔다. 그러나 규영이 예주의 팔을 차갑게 뿌리쳤다. 너무도 냉랭한 시선이 그 뒤를 따랐다.

"누나를 위해서야. 우리 모두를 위해서야. 그러니까 누나도 마음 고쳐먹어."

"규영아!"

쾅!

예주의 눈앞에서 문이 단호하게 닫혔다. 규영이마저도 철저하게 등을 돌렸다는 충격에 다리에서 힘이 빠져나갔다.

바닥에 아무렇게나 주저앉으며 예주는 두 손에 얼굴을 묻었다.

그저 한 남자아이를 사랑하는 일일 뿐이다. 그런데 어째서 그리 단순한 마음 하나가 이렇게 많은 죄책감을 불러일으키는 것일까.

"윤아……."

예주는 몹시 그리운 이름 하나를 입 밖으로 꺼내보았다. 앞으로 닥쳐올 여러 일이 주르륵 떠오르는 와중에도 그 이름 하나가 그래도 위로가 되었다.

토크쇼 출연으로 위험하게 출렁이던 윤의 주가는 조금 안정이 되었다. 기자들은 한밤의 난투극 대신 윤이 던진 어린 시절의 떡밥을 물었고, 팬들은 고아로 지낸 윤의 어린 시절에 동정을 보냈다. 애초에 윤의 이미지 자체가 까칠했기 때문에 과거가 어떻든 상관없다는 반응도 다수였다.

강해경과 스태프들은 위험한 고비를 넘겼다며 축하의 분위기였지만 윤은 그 기쁨을 함께할 수 없었다. 예주의 목소리를 듣지 못한 지 어느덧 열흘이 넘고 있었다.

잘 지내고 있다고, 당분간 연락하지 말고 지내자라는 문자만 왔을 뿐 통화는 이루어지지 않았다.

힘들게 억누르고 있던 인내심이 마침내 폭발했다.

강해경은 처음엔 계약을 언급하며 그를 말리려고 했지만 그래도 윤이 말을 듣지 않고 막무가내로 나오자 그녀가 알고 있는 사실을 얘기해 주었다.

"어떻게 알았어요?"

예주의 어머니가 로마를 방문했다는 소식을 들려주는 강해경에게 윤은 의심스런 얼굴로 물었다. 언젠가 예주가 그녀의 집을 강해경이 어떻게 알고 있느냐 물었던 것을 상기하면서.

"원래 전쟁을 하려면 적부터 알아야지. 오예주 씨가 적은 아니지만 박규영과 상대하려면 몹시 중요한 패거든."

"그래서…… 예주를 감시했다고요?"

"그 아가씨에게 나쁜 영향은 전혀 없어. 오히려 두 사람에게 도움이 되면 몰라도."

"예주가 기분 나빠할 겁니다. 그런 거 진짜 싫어해요."

윤이 얼굴까지 찡그리며 난색을 보이자 강해경은 혀를 끌끌 찼다.

"어이쿠, 하여튼 오예주 씨 얘기라면 아예 이성을 잃는구나. 쯔쯧."

"예주한테 말할 거예요. 예주가 괜찮다고 하면 상관없지만 예주가 화낸다면 그만둬야 할 겁니다."

"지금 오예주 씨 반응을 걱정할 때가 아니야, 이 바보야. 박규영이 난투극까지 조작하면서 이런 일을 벌일 정도면 그 인간도 거의 끝으로 몰린 거나 마찬가지 아니겠어? 그런데 이 정도로 끝날 것 같아? 내가 오예주 씨를 지켜보는 것만큼이나 박규영도 마찬가질걸."

예주의 반응에만 신경 쓰고 있던 윤은 강해경의 말을 듣고 깜짝 놀라 자리에서 벌떡 일어섰다.

"그 자식이 예주를 감시한다고요? 젠장! 뭐 그런 놈이 다 있어?"

"아마 네가 오예주 씨를 찾아간 것도 이미 다 알고 있을걸."

강해경에게도 얘기하지 않은 일이다. 정말로 예주를 감시하고 있었다는 사실에 윤은 강해경을 기분 나쁘게 노려보았다.

"오예주 씨 어머니가 로마를 방문했다고 했지? 왜 그랬을까? 과연 박규영이 너란 존재에 대해 입을 다물어주었을까?"

"역시 예주한테 가봐야겠어요."

"이번 일부터 해결하는 게 먼저야. 지금 네가 간다고 해서 해결될 일이 뭐가 있어? 진짜 네 여자를 지키고 싶다면 힘을 갖는 게 먼저야. 그래서 날 찾아온 거잖아?"

강해경의 말은 지독히도 일리가 있었다. 그렇지만 어떤 이성적인 결론도 예주가 홀로 아파하고 있을 거라는 생각 앞에서는 무의미했다.

윤의 눈빛에 강해경은 자신의 설득이 소용없다는 걸 깨달았는지 옅은 한숨을 내쉬었다.

"죄송합니다."

윤이 일어섰다.

"잠깐만 기다려."

"미안합니다. 하지만 아무리 말려도 소용없어요."

"나도 알아. 그렇지만 네가 로마에 간다 해서 그 사람을 만날 수 있으리라고는 생각지 마."

"박규영 그 자식이 막을 거라는 거죠? 아무리 그래도 예주를 만나는 걸 막을 수는 없을 겁니다."

"그 말이 아니야. 오예주 씨 지금 한국에 와 있어."

뜻밖의 소식에 윤은 문으로 향하던 몸을 강해경에게로 돌렸다.

"언제요?"

"며칠 되었어."

"그걸 알면서도 말하지 않았단 말입니까!"

한국에 와 있다니!

이렇게 가까이 있는데도 모르고 걱정만 하고 있던 자신이 한심해 윤은 언짢은 얼굴로 다시 문을 향해 몸을 틀었다.

"만나지도 못할걸. 문 앞에서 흠씬 두들겨 맞지나 않으면 다행이지."

"그거야 두고 봐야 알 일이죠."

어떤 누구라도 절대로 예주를 만나고자 하는 자신을 막을 수는 없을 거라 생각하며 윤은 단호하게 대답했다.

"지금 그렇게 무모하게 찾아가는 게 얼마나 어리석은 일인지 진짜 모르는 거니? 예주 씨 어머님께 얼마나 더 안 좋은 인상을 줄

참이야?"

강해경의 말에 윤은 걸음을 멈추고 그녀를 물끄러미 응시했다.

"왜 한국에 끌려왔을 거라고 생각해? 아직 학기 중인데 말이야."

"날 못 만나게 하려고 그랬다고요? 바보같이. 예주가 원한다면 어느 누구도 날 막을 수 없어요."

"오예주 씨 집안에서 널 보면 절대로 좋은 조건이 아니야. 거기에 네 막무가내 행동까지 합쳐지면 아무리 오예주 씨가 널 원해도 절대로 두 사람 사이는 이루어질 수 없을 거야."

"지금 악담하는 겁니까?"

강해경의 힘이 필요했기에 줄곧 억눌러 오던 야생의 거친 기운이 윤의 온몸에서 터져 나왔다. 그럼에도 거의 30㎝나 차이 나는 몸집을 하고 있으면서도 강해경의 얼굴에는 조금도 무서워하는 기색이 없었다.

"현명하게 생각하라는 거야. 네 귀족 아가씨를 정말로 얻고 싶다면."

"어떻게 하는 게 현명한 행동입니까?"

윤은 팔짱을 끼고 비아냥거렸다.

"지금 네 아가씨가 집에 갇혀 있다는 건 최소한 네 귀족 아가씨는 널 포기할 생각이 없다는 거겠지. 그럼 네 아가씨 입장을 어떻게 하면 유리하게 해줄까 생각해 봐야 하지 않겠어? 만약 네가 재벌 3세나 또는 그 비슷한 집안의 자제였다면 어땠을까?"

"하나 마나 한 소리는 그만하시고 본론으로 들어가시죠."

"네가 그런 배경은 타고나지 못했어도 최소한 제대로 된 인간이라는 건 증명해야 하지 않겠어? 설혹 네 아가씨가 대해그룹 딸이 아닌 평범한 집안 출신이었다 해도 네 조건이 그리 환영받을 만한 것은 아니잖아?"

약점을 송곳처럼 날카롭게 헤집는 강해경이었지만 윤은 기분이 상하지 않았다. 사실이니까.

"그래서요?"

"지금 네가 가서 미친 망아지처럼 날뛴다면 널 두 번 쳐다볼 생각도 안 하겠지. 그렇지만 네가 차분하게 시간을 두고 그분들께 좋은 모습을 보인다면 최소한 다음 기회를 가질 수 있으리라는 희망은 가질 수 있지 않겠니?"

"진심으로 그렇게 믿어요?"

시니컬한 윤의 물음에 강해경의 자신만만하던 얼굴이 처음으로 흔들렸다.

피식.

"내가 어떻게 하든 그 사람들 눈에 나 같은 놈은 쓰레기밖에 안 되겠죠. 그래도 상관없어. 내가 예주를 데리고 왔을 때 그 사람들이 나와 예주의 인생을 감히 멋대로 손댈 수 없게 할 정도의 힘만 가지고 있다면."

"하지만 지금은 그런 힘이 없잖아?"

"젠장. 그렇다고 예주가 한국에 억지로 끌려와 있는 걸 아는데 그럼 가만히 있습니까. 지켜주겠다고 약속했어요. 나 때문에 우는 모습은 보고 싶지 않습니다. 만약 꼭 울 수밖에 없는 상황이라면 최소한 곁에 있겠어요."

"최윤!"

이번에는 어떤 말로도 그를 막을 수 없으리라 생각하며 윤은 차 키를 움켜쥐고 발걸음을 옮겼다.

"후. 알았어. 내가 졌다."

문을 열고 바깥으로 한 발짝 내딛는 순간에 강해경의 항복 선언이 들렸다.

"그 아가씨가 지금 어떤 상황인지 내가 한번 알아볼게. 그러니까 너도 이번 한 번만 좀 참아봐."

"그 녀석이 잘 있는지, 괜찮은지 내 눈으로 직접 확인해 봐야겠어요."

"지금 네가 간다고 해서 꼭 만날 수 있으리라는 보장은 있니? 온통 다 찢긴 얼굴로 들어가서 겨우 만난다 해도 네 아가씨 마음만 더 아프게 할 뿐이라는 생각은 안 해봤어?"

강해경의 말을 무시하고 싶었다. 어떻게 해서든 예주를 만나고 싶었다. 살이 찢어지고 뼈가 부서지는 한이 있더라도 예주를 만날 가능성이 있다면 그렇게 하고 싶었다. 그렇지만 걱정스런 얼굴로 그를 내려다보는 예주의 얼굴을 떠올리자 내딛는 발걸음이 망설여졌다.

"그 아가씬 자기 자리에서 나름대로 투쟁하고 있는 거야. 두 사람의 미래가 있다고 믿기에 그렇게 하는 것이겠지. 그런데 네가 지금 자폭해 버린다면 어떻게 될까? 그 아가씨가 정말 바라는 게 뭐라고 생각하니?"

빌어먹게도 강해경의 말은 일리가 있었다. 애초에 예주가 그를 떠날 수밖에 없었던 이유는 전혀 해소되지 않고 있었다. 그 때문에 그가 강해경을 찾지 않았던가.

"전화해 봐요."

"뭐?"

"당신이라면 어떡하든 그쪽이랑 전화가 연결되지 않겠습니까. 그러니까 예주와 통화할 수 있도록 연결해 줘요. 만약 연결이 된다면, 그래서 예주가 괜찮다고 한다면 저도 참겠습니다. 하지만 연결이 안 된다면…… 그러면 아무도 날 막을 수 없을 겁니다."

벽창호도 이런 벽창호가 없었다. 강해경은 할 수 없이 한숨을 쉬며 핸드폰을 붙잡았다.

저녁 식사 분위기는 무거웠다. 박 회장이 홀로 딱딱한 공기를 바꿔보려 노력했지만 세 사람은 각자 고개를 숙인 채 조용히 수저만 놀렸다. 가슴을 짓누르는 공기가 너무 답답해 기계적으로 수저를 놀리는 탓에 시간이 흘러도 밥은 줄어들지 않았다. 예주뿐 아니라 조 여사와 규영도 상황은 거의 비슷했다.

저녁 식사가 끝나자 모두들 힘겨운 수련이라도 끝낸 사람들처럼 안도하는 기색이 역력했다.

"그만 올라가서 쉬어라."

보통은 식사가 끝나면 다 함께 모여 앉아 차를 마시는 것이 오랜 습관이었으나 예주가 예정에 없이 한국에 돌아온 이후부터 그런 절차는 생략되었다.

"저…… 말씀드릴 게 있어요."

조 여사와 함께 식당을 나서던 박 회장이 의아한 얼굴로 돌아섰다. 조 여사의 얼굴엔 경계의 빛이 떠올랐고, 규영의 얼굴은 차갑게 굳었다.

"그래, 그럼…… 오랜만에 티타임이나 가질까?"

식당에 흐르는 불편한 기운을 알고 있을 텐데도 박 회장은 평범한 저녁 시간인 것처럼 자상한 얼굴로 예주의 청을 받아들였다. 그러나 다른 두 사람은 거실로 걸음을 옮기는 와중에도 계속 예주를 날카롭게 살피며 경계했다.

차가 나올 때까지 예주는 입을 다물고 있었다. 나머지 식구들이 각자 앞에 놓인 차를 절반쯤 마셨을 때에야 예주는 조용히 운을 떼었다.

"이번 주에 류 회장님과 만나기로 하셨다고 들었어요. 사실인가요?"

예주의 질문이 의미하는 바를 파악한 박 회장과 조 여사의 눈길이 규영을 찾았다. 규영은 무표정한 얼굴로 원망과 질책의 시선을 동시에 받아냈다.

"그래, 사실이다."

이미 각오하고 있는 사실임에도 박 회장의 간결한 대답을 들은 충격이 몸으로 전해져 왔다.

"저와 류정혁 씨의…… 결혼 때문에요?"

부들부들 떨리는 손을 치맛자락을 움켜잡아 진정시키며 예주는 힘겹게 다시 입을 열었다. 바싹 마른 입술 때문에 한마디 내뱉을 때마다 혀로 입술을 축여야 했다.

"그래."

"저한테는 한마디 말씀도 안 해주시고요?"

"다 널 위해서야. 이번 고비만 넘기면……."

불안에 떨며 그때까지 지켜만 보고 있던 조 여사가 불쑥 박 회장과 예주의 대화 사이로 끼어들었다.

"다른 사람 있는 거 아시잖아요. 그런데 어떻게 류정혁 씨와의 결혼을 추진하실 수가 있으세요?"

그때까지 의식적으로 피하고 있던 조 여사의 얼굴을 똑바로 응시하며 예주가 떨리는 목소리로 물었다.

"말도 안 되는 상대를 갖다 붙이니까 이러는 거 아니. 비단 길이 바로 눈앞에 있는데 왜 진흙탕 길을 걸어가려고 그러니?"

"제가 걷고 싶지 않으니까요. 아무리 비단 길이라 해도 제겐 의미 없는 길이니까요."

"그게 아직 네가 세상을 제대로 몰라서 그러는 거야. 엄마 말 들어, 예주야. 엄마가…… 엄마도 알아. 네가 지금 어떤 마음인지……."

조 여사의 말이 과거에 대한 미묘한 기억들을 불러일으킨 듯 박 회장의 안색이 변했다. 하지만 예주에게 필사적으로 매달리느라 바쁜 조 여사는 자신의 말이 어떤 영향을 미쳤는지 전혀 깨닫지 못하는 듯했다.

"하지만 네가 틀렸어. 틀린 거야."

당장에라도 눈물을 터뜨릴 것처럼 조 여사의 눈에 눈물이 그렁그렁했다. 그 모습에 날카로운 수십 개의 바늘이 가슴을 콕콕 찌르는 것처럼 아팠다. 흔들리는 마음을 붙잡기 위해 예주는 치맛자락을 쥔 손에 잔뜩 힘을 주었다.

"저…… 류정혁 씨랑 결혼 안 해요. 그건 제가 죽는다 해도 변하지 않아요. 그러니까 류 회장님과 만나시는 일은 취소해 주세요."

"예주야!"

예주의 단호한 태도에 조 여사가 목이라도 졸린 사람처럼 날카롭게 외쳤다.

"류정혁 씨와의 결혼을 외부적으로 공표해 버리면 제가 어쩔 수 없이 받아들일 거라 생각하셨겠지요. 그렇지만 아니에요. 그것만은…… 그런 짓만은……. 아무리 두 분의 입장을 생각한다 하더라도 그것만은 받아들일 수 없어요."

"다 널 위해서야. 내가 가봤는데…… 가본 길인데…… 그 길을 또 내 딸이 똑같이 걷는 걸 바라봐야만 하겠니?"

"여보."

끝내 조 여사의 눈물이 터지자 박 회장이 안쓰러운 얼굴로 조 여사의 어깨를 끌어당겼다.

"죄송해요. 제가 두 분께 나쁜 짓 하는 거 알아요. 윤이를 받아들이기 쉽지 않으실 거라는 것도…… 이해해요. 그래서 두 분이 받아들일 수 있을 때까지 기다리겠다고 생각했어요. 그렇게 할 수 있도록 도와주세요. 제발…… 저에게 다른 선택을 하라고 하지 말아주세요."

"다 널 위해서인데…… 끝이 뻔한데…… 어떻게, 어떻게 네가…… 어떻게 네가 이런 짓을 할 수가 있니. 어떻게 네가……."

"여보!"

폭포수처럼 눈물을 쏟아내던 조 여사가 끝내 정신을 잃었다.

"물! 물 가져와!"

박 회장이 새파랗게 질린 얼굴로 조 여사를 끌어안으며 주방을 향해 외쳤다. 주방에서 가사도우미가 황급히 물잔을 들고 뛰쳐나왔다.

예주는 조 여사가 다시 의식을 회복할 때까지 창백한 얼굴로 지켜보고 있었다. 마침내 조 여사의 입에서 희미한 신음 소리가 흘러나오는 것을 보고서야 예주는 참았던 숨을 토해냈다.

"내일 얘기하자꾸나."

조 여사를 부축해 안방으로 향하며 박 회장은 조금 냉랭한 얼굴로 말을 남겼다.

한바탕 소동이 가신 거실에는 무거운 침묵이 흘렀다. 예주는 구원의 손길을 기대할 수 있는 유일한 인물에게 고개를 돌렸다. 그때까지 규영은 줄곧 침묵을 지키며 냉정한 얼굴로 상황을 지켜보고만 있었다.

시선을 느낀 규영이 예주에게 눈길을 맞췄다. 살갗을 아프게 할 정도로 얼음장 같은 분노가 그녀를 향해 날아왔다. 규영이도 끝내 그녀의 편으로 다시 돌아올 생각은 없는 모양이었다.

사방이 모두 꽉 막힌 답답한 공간 속에 그녀만 버려둔 채 규영이마저 거실을 떠났다.

아무도 그녀를 이해해 주지 못한다는 사실에 깊은 외로움이 밀려왔다.

누구에게도 폐 끼치지 않고 조용히 살고 싶던 그녀의 삶이 송두리째 흔들리고 있었다. 모두가 그녀에게 요구하고 있었다. 처음으로 욕심내어 본 것을 포기하라고 다그치고 있었다.

"윤아……."

묵직한 늪이 그녀의 두 발을 컴컴한 어둠 속으로 끌어당기는 것 만 같았다. 끝을 알 수 없는 깊은 어둠 속에 갇혀 영영 빠져나오지 못할까 두려워 예주는 유일한 구원줄인 윤의 이름을 조용히 내뱉 었다.

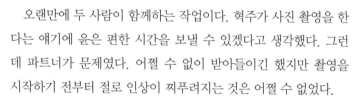

17

오랜만에 두 사람이 함께하는 작업이다. 혁주가 사진 촬영을 한다는 얘기에 윤은 편한 시간을 보낼 수 있겠다고 생각했다. 그런데 파트너가 문제였다. 어쩔 수 없이 받아들이긴 했지만 촬영을 시작하기 전부터 절로 인상이 찌푸려지는 것은 어쩔 수 없었다.

"왜 또 얼굴이 그 모양이야?"

카메라를 점검하던 중에 윤의 시무룩한 얼굴을 보고는 혁주가 눈살을 찌푸리며 물었다.

"지선경 때문이죠, 뭐. 대체 그 계집애랑 나랑 뭔 상관이라고 동반 촬영이야?"

"지선경이야 요즘 젊은 애들 중에 제일 잘나가는 애고, 너도 요즘 제법 반응이 있으니까 괜찮은 조합이라고 생각했겠지. 비록 방영은 못 되었지만 인터넷에서 둘이 찍은 뮤비도 제법 호응이 좋았고."

"기분 나쁜 계집애. 별로 부딪칠 일도 없는데 눈앞에서 알짱거리기나 하고, 어떻게 번호를 땄는지 전화질까지 한단 말이지."

"아무래도 지선경이 너한테 관심 있는 모양인데……."

"미쳤어요? 그런 계집애는 정말 밥맛이라고!"

소리가 제법 컸던 모양이다. 분주히 움직이던 스태프들이 잠시 멈춰 선 채 두 사람에게 호기심 어린 눈길을 던졌다. 그들 사이로 노기등등한 얼굴로 다가오는 지선경을 발견하곤 혁주가 끙 하고 굵직한 신음 소리를 흘렸다.

"지금 내 얘기 하는 거야?"

탁자 위에 기다란 다리를 쭉 뻗고 완전히 앉은 것도, 그렇다고 누운 것도 아닌 어정쩡한 자세로 앉아 있는 윤의 앞에 지선경이 딱 멈춰 서더니 허리에 두 팔을 얹으며 날카롭게 쏘아보았다.

"그런 것 같은데?"

혁주나 주위 사람들이 기겁하는 것을 보면서도 윤은 태연한 얼굴로 받아쳤다. 지선경의 얼굴이 시뻘겋게 달아오르다 못해 아예 창백해졌다.

"겨우 드라마 하나 성공했다고 잘난 척하는 모양인데……."

"아니, 원래부터 이랬는데?"

어이가 없어 말문이 막힌 듯한 지선경을 윤은 조롱 섞인 얼굴로 응시했다.

"자, 자, 다들 제자리로 돌아가요. 분장팀 준비하고. 어서 촬영 시작합시다."

불편한 공기를 한시바삐 털어내려는지 혁주가 스태프들을 향해 소리 지르며 갑자기 부산하게 움직이기 시작했다. 어떻게 하면 위험한 공기를 피할 수 있을까 생각하던 사람들처럼 스태프들은 혁주의 주문을 받자마자 바쁘게 움직였다. 윤도 천천히 자리를 털고 일어났다.

"너, 이렇게 계속 날 무시했다간 큰코다칠걸."

붙박인 돌처럼 아직도 굳어 있는 지선경의 곁을 지나가던 윤에게 그녀가 남들은 들을 수 없을 정도로 작은 목소리로 속삭였다. 분기를 곱씹고 있는 듯한 그녀의 목소리에 피식 웃으며 윤은 시선 한 번 돌리지 않은 채 그녀 곁을 빠져나왔다.

불편한 공기가 흐르는 두 사람이었지만 화보 촬영은 혁주의 주도 아래 별 탈 없이 잘 진행되었다. 그러나 중간중간 쉬는 시간이 되면 두 사람은 가장 멀찍이 떨어진 채 서로 본체만체했다. 그래서 마지막 촬영을 마치고 났을 때는 무거운 짐을 벗어 던진 것처럼 홀가분했다.

"오늘 고마웠어. 잊지 않을게."

지선경은 어느새 화가 풀렸는지 윤의 곁으로 불쑥 다가와선 생글거리며 작별 인사를 던졌다. 갑작스러운 기습에 윤이 눈만 끔벅 거리는 동안 지선경은 빠르게 접근한 만큼 또 빠르게 사라져 버렸다.

"미친년."

윤은 멀어져 가는 지선경을 바라보며 어이가 없어 고개를 흔들었다.

화보 촬영은 끝났지만 드라마 촬영이 남아 있어 윤이 집에 돌아왔을 때는 남들이 이제는 일어나려고 부산을 떠는 새벽녘이었다.

샤워를 마친 뒤 바지만 대충 걸쳐 입은 채로 윤은 거실로 나왔다. 수건으로 젖은 머리를 말리며 냉장고에서 갓 꺼낸 맥주를 한입 들이켜자 축 늘어질 것 같던 몸에 활기가 돌아오는 것 같았다.

"이제 들어온 거냐?"

맥주 한 캔을 다 마시고 다른 캔을 따고 있을 때 2층에서 혁주가 아직 잠에 겨운 목소리로 하품을 하며 고개를 내밀었다.

"피곤할 텐데 잠은 안 자고 웬 술이야?"

끊임없이 하품을 늘어놓으며 혁주가 1층으로 내려왔다. 그때까지도 윤은 혁주에겐 눈길도 주지 않고 조용히 맥주만 마시고 있었다.

"젊음이 좋긴 좋구나, 인마. 밤 꼴딱 새우고 와서도 이렇게 술 마실 기운이 있으니……."

윤이 꺼내놓은 맥주 캔 하나를 집으며 혁주는 윤의 맞은편 소파에 털썩 앉았다.

"촬영 이제 얼마 안 남았지? 강해경이 능력 있다고 내 입으로 이야기하긴 했다만, 이번에 네 일 처리하는 거 보니까 장난 아니더라."

자꾸 말을 걸어보지만 윤이 반응을 보이지 않자 혁주가 얼굴을 찡그렸다.

"뭐가 또 불만이야, 인마? 사람이 앞에 있으면 아는 척 좀 해라."

그제야 윤은 혁주에게 시선을 보냈다. 창밖은 점점 환하게 밝아 왔지만 윤의 눈빛은 깊게 잠겨 있었다.

"너 또 네 아가씨 생각하냐?"

정곡을 찌른 혁주의 말에 피식 웃으며 윤은 또 다른 캔을 땄다.

"보고 싶냐?"

대답할 필요도 못 느끼는 질문이다. 윤은 타는 갈증을 조금이나마 무마시켜 보려고 맥주를 한꺼번에 들이켰다. 그래도 갈증의 천 분의 일도 가시질 않았다. 차라리 일을 할 때는 조금은 마음을 다스릴 수 있었다. 이렇게 조금이나마 한숨을 돌릴 여유가 있을 때가 문제였다.

"아니, 그런 거 아니야. 내가 스스로 원해서 여기 이렇게 있는 거야."

강해경의 도움으로 가까스로 연락이 닿은 예주는 억지로 갇혀 있는 게 아니냐는 윤의 질문에 그렇게 답했다.

"엄마가 충격이 컸나 봐. 너도 알지? 나한테 엄마가 어떤 존재 인지……."

그 한마디로 예주는 찾아가겠다는 윤의 말을 막았다.

"지금은 널 만날 수 없어. 그건 엄마를 기만하는 거잖아. 엄마가 널 용납하실 수 있도록 그때까지 우리 조금만 기다리자."

강제로 그녀가 갇혀 있었다면 윤은 당장에라도 달려갔을 것이다. 담을 넘는 한이 있어도, 대문을 부수는 한이 있어도 누구도 그를 막을 수 없었을 것이다.

그렇지만 예주가 스스로 갇혀 있기를 원하는 이상은 그녀를 구할 수가 없었다. 그냥 얼굴이라도 잠깐 보자는 말조차 할 수 없었다. 그립다, 보고 싶다는 말조차 하지 못했다.

그토록 소중하다는 어머니가 끝끝내 그를 용납하지 못한다면 이렇게 영원히 만나지 못할 수도 있느냐고도 물어볼 수가 없었다. 또다시 날 버릴 수도 있느냐는 물음이 목구멍까지 차올랐지만 내뱉지 못했다. 희미한 기대라도 갖고 있길 원했기 때문에.

그날 이후 윤은 내내 기다리고 있었다.

예전에 예주가 헤어지자는 말을 한 뒤에도 그는 언제나 그녀를 기다렸다. 그렇지만 그땐 아예 희망이 없었기 때문에 차라리 견딜 만했다. 그렇지만 지금은 언제라도 그녀가 달려올 것만 같아서, 또한 언제라도 끝났다는 말을 할 것 같아서 전화가 기다려지면서도 또한 몹시도 두려웠다. 그런 아슬아슬함은 그를 항상 긴장 상태에 놓이게 했다. 그래서 그는 제대로 잠조차 잘 수 없었다. 잠들었다가 전화벨 소리를 듣지 못할까 봐. 잠시 여유 시간이 오면 이렇게 술잔을 기울이거나 조용히 벽에 등을 대고 앉아 멍하니 어둠을 지키곤 했다.

두 사람은 말없이 식전의 술을 뱃속에 채워 나갔다. 술이라면 둘 다 누구에게도 지지 않기 때문에 수북이 쌓여가는 맥주 캔에도 불구하고 두 사람의 낯빛은 그리 달라지지 않았다.

그렇게 얼마쯤 마셨을까.

초인종 소리가 울렸다.

"누구 올 사람 있냐?"

혁주의 물음에 윤은 고개를 흔들며 자리에서 일어섰다.

대문 밖을 밝히는 화면 속에 처음엔 아무도 없었다. 그러다가 윤이 머리를 긁적이며 돌아서려는 찰나 낯설지 않은 여자 하나가 불쑥 얼굴을 들이밀었다.

"뭐야?"

지선경을 확인하는 순간 자연스레 윤의 얼굴이 일그러졌다.

"누군데 그래?"

"지선경."

다시 소파로 돌아오는 윤을 보고 혁주가 눈썹을 치켜세웠다.

"무슨 용건이래?"

"모르죠."

어깨에 드리우고 있던 수건을 소파 등에 걸치며 윤이 퉁명스레 대답했다.

"그럼 나가서 알아봐야지."

"귀찮아."

윤이 소파에 털썩 주저앉자 혁주가 탁자 너머로 다리를 뻗어 그의 정강이를 찼다.

"야, 그래도 눈이 번쩍 뜨일 만한 미인이 이른 아침에 남자 사는 집엘 왔는데 그렇게 문전박대하면 되냐?"

"그렇게 궁금하면 당신이 나가 봐."

술기운이 조금씩 올라와 눈꺼풀이 무거워졌다. 윤은 혁주가 째려보는데도 소파에 길게 드러눕곤 눈을 감았다. 혁주가 한숨과 함께 부스럭거리며 일어서는 소리가 들려왔다. 그리곤 곧 현관문이 열리고 닫히는 소리가 울려 퍼졌다.

잠시 후, 혁주가 다시 들어오는 소리를 듣고 윤은 눈을 번쩍 떴다.

"무슨 일로 왔대요?"

"관심 없다면서?"

상체만 일으킨 채 윤이 묻자 혁주가 어깨를 으쓱하며 통박을 날렸다.

"그 계집애, 여기는 또 어떻게 알았대?"

딱히 듣고 싶은 것도 아니어서 윤은 다시 벌러덩 소파 위로 쓰러졌다.

"야, 물어봐 놓고 그렇게 드러누우면 어떡하냐?"

"말해주기 싫다면서요."

"말해주기 싫은 게 아니라, 인마."

답답하다는 듯 혀를 차면서 혁주가 원래 앉아 있던 자리에 앉았다. 윤은 그대로 누운 채 눈만 떴다.

"그래서요?"

"뭐 특별한 용건이 있는 건 아닌 것 같고…… 그냥 촬영 때 너한테 심하게 한 것 같아서 사과하려고 왔단다."

"거 진짜 미친 계집애 아니야?"

어이가 없어 윤이 벌떡 몸을 일으켰다. 그런 윤이 마뜩잖다는 듯 혁주가 혀를 찼다.

"네가 이럴까 봐 그냥 돌려보냈다."

"걔 진짜 병원 가서 검사 한번 받아봐야 돼. 또라이야."

"그냥 남자한테 반한 여자애라고 생각하는 게 더 정상적인 반응 아니냐?"

"반했다고? 에이, 스토커겠지."

"뭐 별로 지선경 욕할 것도 아니지 않아? 열 살 때 반했다고 그렇게 구구절절하는 네놈보다야 백배는 이해가 가는데, 뭘."

윤의 표정이 단번에 변하자 혁주가 아차 싶은지 슬쩍 눈길을 돌렸다.

"자야겠어요."

단박에 지선경에 대한 흥미를 잃어버린 윤은 소파에서 일어나 침실로 걸어갔다.

"잘 자라."

좀 전의 실수를 만회하고 싶은지 혁주가 인사를 건넸지만 윤은 무시한 채 침실로 들어와 곧장 침대 위로 대자로 몸을 날렸다.

"보고 싶다……."

차마 예주의 이름은 입 밖에 꺼내지도 못한 윤은 가슴을 파고드는 스산함을 이기지 못하고 베개 밑으로 얼굴을 밀어 넣었다. 두꺼운 커튼이 쳐진 침실은 어두웠지만 그렇다고 예주를 그리는 마음을 지워주지는 못했다.

수목 마지막 2회를 놔두고 월요일에 24부작 드라마의 종방연이 열렸다. 평균 시청률이 30%를 넘어선 데다 직전 시청률마저

대망의 50%에 근접한 성공한 드라마라 그런지 종방연의 분위기는 화기애애했다. 배우들과 스태프들은 서로 구분 없이 앉아 격의 없는 대화들을 나눴고, 오고 가는 술잔과 함께 웃음소리가 끊이지 않았다. 다섯 달의 촬영 기간 동안 잠잘 시간도 없이 바빴던 제작진들을 위해 종방연이 비공개로 진행된 탓에 그들은 한결 편안해 보였다. 덕분에 카메라 앞에서는 부드러운 신사와 수줍은 아가씨로 자리매김하고 있는 강해수와 전유지도 가면을 벗어던지고 대기실에서 그랬던 것처럼 티격태격하며 그들만의 친밀함을 사람들 앞에 보여주었다.

그러나 윤은 원래 떠들썩한 분위기를 좋아하지 않았기 때문에 몇 개월을 같이한 사람들이라고 해도 자리가 썩 편하지 않았다. 그래서 거대한 대양에 홀로 떠 있는 섬처럼 조용히 맥주만 들이켜고 있었다. 여러 달 동안 함께 드라마를 만들면서 이미 윤의 성격을 파악하고 있는 이들은 굳이 그를 시끄러운 분위기로 끌어들이려 하지 않았다.

고깃집에서 진행되었던 1차가 끝나고 언론에 공개될 예정인 2차 장소로 사람들이 떠날 시간이 되었다. 먼저 스태프들이 움직이는데 소속사 직원이 심각한 얼굴로 윤을 찾았다.

"어? 너 어디 가?"

해수가 슬며시 일어나는 윤을 발견하고 소리를 질렀다. 수북이 쌓인 술병을 보면 2차에 가서 인터뷰나 제대로 할 수 있을까 싶지만 얼굴을 봐서는 술은 한 모금도 마시지 않은 것처럼 멀쩡했다.

"사장님께서 부르셔서 저희 먼저 이동합니다."

윤을 부르러 온 소속사 직원이 대신 대답했다.

"야, 누나가 진짜 너 심하게 챙긴다? 노처녀가 바람났나?"

"강 사장님한테 그게 무슨 말버릇이야? 노처녀라니. 진짜 강 사장님이 불쌍하다. 너 같은 걸 동생이라고 두고 있으니."

강 사장의 열렬한 팬이라고 자부하는 전유지가 강해수를 신랄한 목소리로 꾸짖었다.

"어이, 어이, 내 누나 내가 마음대로 부르는데 그걸 또 옆에서 갈구냐? 왜? 찔려?"

"한심해서."

전유지와 강해수가 다시 티격태격하는 사이, 윤은 무표정한 얼굴로 앞서 고깃집을 빠져나왔다.

다리를 꼬고 심각한 얼굴로 앉아 있던 강해경이 윤이 들어서자 사무실 탁자 위를 가리켰다. 신문이 하나 있는 걸 보고 가까이 다가간 윤은 1면에 커다랗게 나 있는 사진을 보고는 코웃음을 쳤다.

"뭡니까, 이게?"

파파라치 사진이었다. 지선경 사진을 갖고 왜 이러는가 싶어 고개를 든 윤은 강해경이 고집스럽게 신문을 가리키는 모습에 다시 신문으로 시선을 돌렸다. 그제야 대문짝만한 글씨가 눈에 들어왔다.

―열애 중! 최윤의 진짜 상대는 지선경?!

"뭐야, 이 말도 안 되는 기사는?"

너무 어처구니가 없어 웃음만 나왔다. 그렇지만 강해경은 그렇게 쉽게 넘길 수 없는 모양이었다.

"이거 너희 집 사진이지?"

다리를 풀고 탁자로 몸을 뻗은 강해경이 신문을 윤의 손에서 뺏어 들었다.

"맞아요. 며칠 전에 갑자기 저 계집애가 한 번 찾아온 적 있어요."

"너한테 조심하라고 말했어야 했는데, 네가 워낙 여자한테는 알레르기 반응이 심해서 괜찮을 거라고 넘긴 게 잘못이었어."

"집에 들이지도 않았는데 무슨……."

심지어 대문까지 나가지도 않았다. 그러나 교묘하게 문 안쪽에 서 있는 혁주를 가린 탓에 사진으로만 보면 새벽 은밀한 시각에 지선경을 안으로 들이는 모습처럼 오해할 만했다.

"뭔가 꿍꿍이가 있지 않을까 생각은 했지. 그런데 참 이런 더러운 수까지 쓰다니…… 그쪽도 어지간히 절박한 모양인데?"

"지선경이 그 계집애, 뭔가 이상하다니까요. 언덕 위의 하얀 집에 데려가 봐야 하는 거 아닌지 몰라."

"지선경이 아니야. 박규영이 뒤에서 조종하는 거야."

"에?"

"지선경이한테 스폰서가 붙었는데, 추적해 보니까 박규영 친모쪽 회사더라고."

"휘유~ 박규영 친모도 한 재산 있나 보죠?"

차라리 박규영 짓이라고 하니 이해가 갔다. 박규영이 왜 하필이면 지선경을 갖고 이런 짓을 벌이는지는 여전히 헷갈렸지만.

"뭐, 그쪽이야 워낙 끼리끼리니까. 장인희 씨라고, '미래신문' 사주 딸이야. 신문뿐 아니라 호텔, 리조트, 놀이동산 등등 웬만한 건 다 다루는 언론 재벌이지."

"흐음⋯⋯."

짜식, 복도 많지. 새엄마에 친엄마까지.

"그런데 박규영이 좀 지나친 것 같은데? 아무리 누나 일이라지만 천하의 원수 대하듯이 너한테 이를 가니 말이야. 오예주 씨라면 지금 박 회장 사모가 데리고 들어온 딸이지?"

"예주 이야기는 그만하죠."

강해경이 왜 두 사람의 혈연관계를 묻는지 그 의미를 정확히 읽었기에 윤은 정색하며 분위기를 끊었다. 강해경 역시 바보가 아니기에 어깨를 으쓱하며 화제를 돌렸다.

"어떻게 할래?"

"그 계집애는 목을 졸라 버리고 박규영 그 새끼는 아예 죽여 버리죠."

농담 반, 진담 반인 대답에 해경이 피식 웃었다.

"뭐, 이미 어떻게 할 건지 계획이 있는 거 아닙니까? 안 그래요?"

동안에 자그마한 체구를 가졌다고 해서 얕볼 수 있는 여자가 아니라는 건 이미 잘 알고 있다. 윤의 말에 해경의 눈이 반짝 빛났다.

"내가 이쪽 계통 여자애들 맘을 좀 알거든. 박규영이야 지선경을 널 무는 도구로 생각했겠지만 지선경은 아마 생각이 좀 다를걸."

의아한 얼굴로 윤이 쳐다보자 해경이 다시 입을 열었다.

"너랑 박규영 중에 누가 더 좋은 미끼로 보일까 생각해 봐."

"지선경이 진짜 원하는 사람은 박규영이라는 겁니까?"

해경이 긍정의 의미로 어깨를 으쓱했다.

"그 계집애, 완전 상또라이인 줄 알았는데 그냥 바보로군요?"

"지선경이 못 잡을 거라고 생각해?"

"그럼 그 계집애가 박규영을 잡을 거라고 생각합니까?"

"문제는 그 아가씨가 원하느냐 원하지 않느냐이지. 우린 그걸 이용하면 되는 거야."

이번엔 윤이 어깨를 으쓱했다.

"그런데 네 아가씨가 문제구나. 두 사람 연락 안 하지?"

"예주는 걱정 안 해도 돼요."

"왜?"

"이런 거짓말 같은 거 안 믿을 테니까."

자신만만한 윤의 대답에 해경이 어이없다는 얼굴로 웃음을 던졌다.

"넌 여자에 대해서 잘 모르는구나. 여자들은 말이야, 사랑이 깊으면 깊을수록 확인받고 싶어 하거든? 지금 이렇게 자신만만해할 때가 아니라고."

"아니요. 예주는 그냥 여자가 아니라 예주니까요. 그러니까 믿지 않을 겁니다."

윤이 다시 단호하게 대답을 돌리자 해경도 차마 더 이상 반박하지 못했다.

벌써 윤을 못 본 지 두 달이 넘어가고 있었다.

예주가 큰맘 먹고 마음을 밝힌 날 이후로 집안은 언제나 우울한 회색이었다. 그날 그렇게 쓰러져 버린 조 여사는 그 뒤로 영 기운을 차리지 못했다. 박 회장과 꼭 동행해야만 하는 일을 제외하곤 모든 활동을 접은 채 침실에 박혀 있었다. 발 딛고 있던 든든한 세상이 꺼져 버린 것처럼 그렇게 기운 없는 어머니를 보면서 예주의 죄책감 또한 날이 갈수록 깊어져 갔다.

"엄마……."

포근한 향기가 굳은 마음을 조금은 풀어주지 않을까 하는 소망을 안고 예주는 언제나처럼 어머니의 방문을 두드렸다. 하지만 그날 이후로 그녀의 존재 자체를 아예 지워 버린 것처럼 행동하고 있는 조 여사에게선 아무런 반응이 없었다.

"엄마, 재스민차예요. 항상 제가 우려내는 차가 제일 맛있다고 하셨잖아요."

애써 밝은 목소리로 다시 말을 이어보았지만, 여전히 차가운 침묵만이 흘렀다.

"저…… 2층에 올라가요. 그러니까 잠깐 정원이라도 산책하면서 바깥 공기라도 좀 쐬세요."

식사조차도 같이 하지 않으려는 어머니 때문에 한집에 있으면서도 제대로 얼굴을 마주친 적이 없다. 서운했지만 모질지도 않은 사람이 이렇게까지 모질게 굴 때 그 마음이 얼마나 지옥일까 싶은 생각도 들어 그녀 자신의 상처는 밖으로 드러낼 수조차 없었다.

조 여사를 위해 우려낸 차를 집안일 해주시는 아주머니에게 부탁드리고 예주는 2층으로 올라왔다.

공부라도 하려고 책을 펼쳤다. 그렇지만 글자가 눈에 들어오지 않았다.

어머니가 계속 저렇게 고집을 피우시면 어떡하나 하는 걱정 속에서도 윤을 포기해야겠다는 생각은 들지 않았다. 오히려 질식할 것처럼 무거운 이 공기를 덜어줄 수 있는 윤의 미소가 더욱더 절실하게 그리워졌다.

"윤아……."

메마른 입술을 축이며 어렵게 뱉어낸 이름 하나가 달콤한 기억을 불러일으켰다. 마치 윤이 가까이 있는 것처럼 그 애에게서만 맡을 수 있는 싱그러운 체취가 느껴졌다.

"예주야……."

다시는 부르지 못할 이름이라는 듯 절박하게, 애절하게 그녀의 이름을 부르며 피부 위를 미끄러지던 뜨거운 입술 감촉이 실제처럼 되살아났다.

"예주야, 예주야."

마치 그녀가 그를 피해 달아나기라도 할 것처럼 옴짝달싹 못 할 정도로 강하게 품에 가두던 팔의 근육이 얼마나 탄탄했는지 그 느낌이 생생하게 되살아나자 입술이 자연스레 벌어졌다.

"사랑해. 너뿐이다. 오직 너뿐이야!"

흔들림 없는 단호한 목소리가 귓가를 울리면 그녀는 몸을 최대한 열고 그를 안으로 받아들였다.

똑똑.

너무나 이질적인 소리에 예주의 은밀한 환상이 깨어졌다.

"누나."

"맙소사!"

규영의 목소리를 듣자 당혹감에 예주는 의자에서 벌떡 일어섰다. 거울을 보지 않아도 볼이 얼마나 상기되었는지 알 수 있을 정도로 화끈거리는 열기가 느껴졌다.

"잠깐만!"

급하게 소리치며 예주는 베란다로 통하는 커다란 문을 열었다. 서늘한 공기가 한꺼번에 휩쓸려 들어왔다.

잠깐 그렇게 바깥 공기를 마신 후에 예주는 문을 열었다.

"왜 그래? 그 자식이랑 통화라도 하고 있는 중이었어?"

방으로 들어오는 규영의 얼굴에 위험한 살기가 어렸다.

"아니야."

거짓말은 아니었지만 예주의 볼이 다시 발갛게 달아오르자 규영은 그녀의 말을 믿지 않는 듯했다.

"그래서 그 자식이 뭐래? 모두 거짓말이래?"

"응?"

"이게 다 거짓말이라고 그러더냐고."

영문을 몰라 당황한 예주 앞에 규영이 불쑥 신문을 내밀었다. 윤의 이름이 커다랗게 박힌 기사에 예주는 천천히 손을 내밀어 신문을 받았다.

"어린 녀석이잖아. 한창 여자한테 미쳐 있을 나이에 좋아하는 여자가 옆에 없으면 결국 이런 문제가 생기는 법이지."

윤과 고작 두 살밖에 차이 나지 않는 규영이 할 말은 아니었지만, 이제 모든 일이 다 해결된 것처럼 의기양양한 규영의 태도를 보니 두 사람의 나이 차가 더욱더 적게 느껴졌다.

"어째서 이런 기사가 난 건지 모르겠다. 어쨌든 이건 잘못된 거야."

"뭐?"

규영의 입가에 어려 있던 자신만만한 미소가 슬그머니 자취를 감췄다.

"윤이는 이럴 애가 아니야."

두 번 볼 기사도 아니었다. 예주가 신문을 내밀자 규영이 고개를 흔들며 날카로운 목소리로 외쳤다.

"사진을 봐! 새벽녘에 여자를 집에 들이는 녀석을 믿는단 말이야? 어떻게 그렇게 맹목적일 수 있지?"

"맹목적인 게 아니라 신뢰하는 거야."

"신뢰라고?"

규영이 이를 갈며 그녀를 노려보았다. 그의 날 선 눈빛에 예주는 깜짝 놀랐다.

"규영아……."

"남자한테 미쳐서는 그 자식이 뒤에서 누날 마음대로 농락하고 있는데도 그걸 모른 체하겠다고?"

"그게 아니야."

어떻게 표현하면 이 마음을 알아줄까.

마음을 표현하고 싶어 규영에게 손을 뻗었지만 그는 거칠게 그 손을 뿌리쳤다.

"네가 날 절대로 해치지 않을 거라는 믿음 같은 거. 그런 걸 맹목적이라고 할 수는 없는 거잖아. 그거랑 마찬가지야. 내가 윤일 아프게 하는 일은 있을지 몰라도 윤이가 날 아프게 할 일은 없을 거야."

야생동물처럼 씩씩대는 호흡 소리가 방 안을 흔들었다. 예주는 규영이마저 윤을 이렇게 아프게 내치는 것이 안타까웠다. 분노로 이성을 잃고 여기저기를 방황하던 규영의 눈동자가 어느 순간 예주와 마주쳤다. 그 속에서 분노가 아닌 또 다른 어떤 감정이 느껴져 예주는 의아했다. 그 순간 규영이 몸을 돌렸다.

"규영아!"

그녀의 목소리는 탕 하고 닫힌 문에 부딪쳐 힘없이 되돌아왔다.

"윤아…… 왜 규영이마저 우리 편이 아닌 걸까."

어머니보다 오히려 더 그녀 편이라 믿을 정도로 한없이 관대하던 규영이 왜 윤의 일에만은 이리도 완고한 벽이 되는 것일까.

조금 전 규영의 눈빛에서 잠시 엿보았던 아픔이 혹시 무슨 관련이 있는 것은 아닌지…….

예주는 꼭 닫혀 버린 방문을 보며 깊은 한숨을 내쉬었다.

"전 거짓말한 적 없어요. 기자들이 사진을 보여주면서 묻는데 별수 있나요?"

해경을 만난 지선경은 이미 이런 사태를 예상이라도 한 것처럼 눈 하나 깜짝하지 않았다.

"스캔들이란 건 보통 여자 연예인에게 훨씬 더 가혹한 법이죠. 그런데 지선경 씬 믿는 구석이라도 있나 봐요?"

"글쎄요? 이젠 세상이 좀 변했잖아요? 힘들게 거짓말하는 것보다 차라리 사실을 있는 그대로 인정하는 게 더 낫지 않나 생각했을 뿐이에요."

"사실이라는 게 뭐죠?"

"최윤의 집을 찾아간 건 사실이니까요. 기자들이 물은 건 그것 밖에 없었어요."

선경의 교묘한 논리에 해경은 피식 웃고 말았다. 그것이 지선경의 신경을 거스른 모양이었지만 얼굴 근육만 조금 굳혔을 뿐 달리 그에 대해 말을 하지는 않았다.

"표면적으론 둘 다 잘나가는 선남선녀이니 스캔들이 그렇게 문제될 것 같지는 않는데…… 그럼에도 이런 기사가 무리하게 나온 이유가 뭐라고 생각해요?"

해경은 다시 조금 둘러갔다.

"글쎄요? 혹 제 인기에 힘입어 최윤의 인지도를 높여보려는 사장님의 계략일까요?"

아역배우부터 시작해 연예계에서 잔뼈가 굵었다면 굵은 지선경이다. 꽤 큰 한 방에 해경은 씁쓸하게 웃으며 바로 직격탄을 날렸다.

"그것보단 차라리 그늘 속에 숨어 있는 어떤 한 분의 생각이 크게 작용한 것이 아닐까 싶은데요."

처음으로 지선경의 눈빛이 흔들렸다.

"혹시 아는지 모르겠는데, 윤이가 아는 귀한 공주님이 한 분 있는데…… 그걸 또 무진장 싫어하는 귀공자분이 있거든요. 그런데 왠지 지선경 씨가 그분을 알 것 같아서 말이죠."

해경이 박규영의 존재를 정말 아는지 모르는지 판단이 어려웠다고 하더라도 더 이상은 의심할 여지가 없을 정도로 확실한 말에 지선경은 경계심을 선명하게 드러냈다.

"더 이상 이 일로 할 얘기가 없으신 것 같으니 이만 돌아가시죠."

지선경이 소파에서 일어섰다. 두 사람이 이야기할 수 있도록 자리를 피해 주었던 지선경의 매니저가 그 모습을 보고 그들이 있는 곳으로 걸음을 옮겼다.

"하긴 지선경 씨 입장에선 박규영 씨를 입 밖에 못 꺼내겠죠. 박규영 씨가 가진 힘이 무서울 테니까."

박규영이라는 이름 석 자를 입 밖으로 꺼낸 힘은 대단했다. 선경은 매니저에게 다가오지 말라는 손짓을 보냈다.

"그 사람 이름을 언급할 정도면 그 사람이 무슨 생각으로 이런 일을 벌인 건지도 알 텐데요?"

"그렇다고 박규영 씨 생각이 곧 지선경 씨 생각과 같다고도 볼 수 없을 테지요."

해경의 진심을 파악하고 싶은지 지선경이 눈썹을 찌푸리며 그녀의 얼굴을 응시했다.

"망나니 재벌도 많지만 박규영 씨가 물려받을 회사는 이미지가 그런 쪽과는 거리가 멀죠. 하지만 재벌과 여배우라…… 혹 새빨간 거짓말이라 해도 한 번 소문이 나면 그럴 수 있다고 생각하는 게 한국 사회죠. 하물며 사실이 섞인 스캔들이라면…….."

"박규영 씨를 상대로 전쟁이라도 할 생각이에요? 그런 스캔들 기사가 나도록 그 사람이 가만있을 것 같아요?"

"아무리 한국을 주무르는 재벌 중의 재벌이라고 해도 항상 빈틈이란 존재하는 법이니까요."

"그런 걸로 날 협박할 수는 없을걸요? 난 스캔들이 나도 상관 안 해요."

"오히려 스캔들이 나길 원하는 건 아니고요?"

해경의 날카로운 지적에 선경은 잠시 말문이 막힌 것 같았다. 하지만 곧 뾰족한 웃음소리를 흘리며 해경에게 반박했다.

"여배우에게 스캔들이 훨씬 불리하다고 말씀하신 분은 강해경 씨인 것 같은데요?"

"하지만 이미지에 신경 쓰는 재벌 후계자라면…… 스폰서도 때론 신데렐라 이야기로 포장될 수 있는 법이지요."

생각에 잠긴 지선경을 보고 해경은 자신이 제대로 짚었다고 생각하며 마음속으로 승리의 쾌재를 불렀다.

"기사 같은 건 낼 수도 없을 거예요. 박규영 씨는 그렇게 호락호락한 사람이 아니라고요."

"계란으로 바위 치기라고 생각하죠? 하지만 가끔은 그런 무모함이 기적을 만들어낼 때도 있는 거죠."

선경의 눈빛이 갈등으로 심하게 흔들렸다. 그것만으로도 해경은 그녀를 찾은 목적을 이루었다고 생각했다.

"명함을 놓고 가죠. 언제든 도움이 필요하면 연락해 줘요."

해경은 테이블 위에 명함을 올려놓고 일어섰다. 지선경은 해경이 떠날 때까지 팔짱을 풀지 않은 채 깊은 생각에 잠겨 있었다.

18

　―최근 급부상하고 있는 남자 신인배우 A와의 스캔들 기사로 뭇 여인들의 시샘을 한 몸에 받은 여자 톱스타 B의 실제 연인이 재벌 3세 C라는 소문이 파다합니다. 스캔들 기사도 재벌 3세와의 소문이 퍼지는 것을 막기 위해 일부러 만들어낸 거라는 얘기가 있다는군요. 과연 여자 톱스타 B의 진짜 마음은 어디에 있는 걸까요?

　알파벳으로 처리된 연예가 단신이었지만 인터넷에서의 반응은 뜨거웠다. 기사가 나온 지 반나절도 되지 않아 A, B, C로 추측되는 이름들이 각 포털사이트의 검색어 순위를 채웠다. A, B가 누구인지는 거의 논란의 여지가 없을 정도였으나 재벌 3세 C의 정체에 있어서는 네티즌들 사이에서도 여러 이름이 흘러나왔다. 그중에는 대해그룹 박규영의 이름도 있었다.

"이게 어찌 된 일이냐?"

학교에서 곧장 불려간 규영은 박 회장의 손에 들린 신문을 보고 눈살을 찌푸렸다.

"행실을 어떻게 하고 다니기에 이런 더러운 기사에 이름이 오르내려!"

아무 일도 아니라고 변명하기에는 박 회장의 책상 위에 놓인 서류를 의식하지 않을 수 없었다. 조 여사의 일을 제외하고 다른 일에 있어서는 지나칠 정도로 치밀한 박 회장이다. 규영이 회장실에 도착하기도 전에 이미 두 사람의 관계에 대해 알아봤으리라는 걸 짐작하고도 남았다.

"제가 처리할 수 있습니다."

규영은 밀려오는 수치심과 분노를 드러내지 않으려 애쓰며 최대한 담담하게 말했다.

"소문나기 전에 최대한 빨리 처리해. 이런 일로 네 이름이나 회사가 오르내리는 건 마음에 안 든다."

"잘 알고 있습니다. 신경 쓰게 해드려 죄송합니다."

다정한 부자 관계와는 거리가 먼 두 사람이었다. 그나마 조 여사가 들어와서야 겉으로나마 가족 흉내를 낼 수 있게 되었으니까. 그들은 둘 다 먼저 자신의 감정을 드러내는 사람들이 아니었다. 너무나 똑같은 성향의 두 사람이라 언제나 평행선일 수밖에 없었다.

"으음."

더 이상 할 말이 없어진 박 회장은 불편한 얼굴로 책상 위의 다른 서류로 눈길을 돌렸다.

"그럼 이만 물러가겠습니다."

규영의 인사에 슬쩍 눈길을 주더니 박 회장은 재빨리 다시 서류로 눈길을 떨어뜨렸다. 그런 그에게 잠시 더 시선을 주었다가 규영은 조용히 회장실을 빠져나왔다.

"두말할 것도 없어. 지금 곧장 미국으로 가."

회장실을 나오자마자 지선경을 찾은 규영은 그녀와 눈 한 번 제대로 마주치지 않고 다짜고짜 차갑게 명령을 내렸다.

"내가 한 게 아니에요! 난 정말 모르는 일이라고요!"

지선경이 억울한 얼굴로 그의 앞에 섰다.

"난 당신이 시킨 대로 다 했어요. 최윤을 유혹하라고 해서 그렇게 노력했고, 최윤과의 스캔들을 흘리라고 해서 기자들에게 일부러 그 소스도 주었다고요."

"네가 뭘 했는지 내 알 바 아니야. 내게 중요한 건 지금의 결과야. 한마디로 넌 아무 쓸모 없는 쓰레기라는 거지."

조금의 동정심도 느껴지지 않는 냉혹한 말투에 지선경의 얼굴이 새하얗게 변했다. 그래도 상관없었다.

"내가 너 같은 계집애를 뭘 믿고 투자했는지……."

최윤과 조금이라도 연결 고리가 있는 계집이라는 단 하나의 이유뿐이었다. 분노와 질투심 때문에 신중함은 저 멀리 팽개쳐 버린 것이다.

"사랑하고 있어요."

경멸의 눈빛을 숨기지 않고 있는 규영에게 지선경은 오히려 사랑 고백을 내놓았다. 어처구니없는 상황에 규영은 미칠 것 같은 분노 속에서도 웃음이 터져 나왔다.

"내가 아는 것과 좀 다른 이야긴데? 원래 넌 최윤에게 관심 있다고 하지 않았나?"

"그건 그냥 치기 어린 관심이었죠. 하지만 당신은…… 당신은 달라요."

"내가 그 자식보다 돈과 권력이 좀 세긴 하지."

"그런 게 아니에요! 나, 난……."

지선경의 팔이 규영의 가슴에 닿았다. 그녀는 그 접촉으로 자신의 마음을 전하려 한 것인지 몰라도 규영에겐 그저 짜증스러운 감촉일 뿐이었다.

"연기는 집어치우라고!"

철저하게 돈으로 맺어진 관계였다. 예의를 차릴 필요도 느끼지 못했다.

규영이 차갑게 선경의 팔을 뿌리치자 그녀의 가느다란 몸이 그 힘을 이기지 못하고 비틀거리다 털썩 그의 발아래 주저앉았다.

"너 같은 머리에 피도 안 마른 계집애에게 잡힐 만큼 난 애송이가 아니야."

지선경과의 시간이 지겨워진 규영은 그대로 몸을 돌렸다.

"임신했어요!"

그 어떤 말로도 규영의 발걸음을 멈추게 할 수 없으리라. 오직임신이라는 단어 외에는.

"뭐라고?"

규영이 천천히 돌아섰다. 그 반응만으로도 지선경은 흡족했던 모양이다. 그녀의 얼굴에 짧지만 승리감이 번뜩이는 걸 볼 수 있었다. 반면 규영의 머리는 더할 수 없을 만큼 차갑게 얼어붙었다.

"임신했어요."

"그런 말도 안 되는 거짓말을……."

지선경을 잘못 보아도 한참을 잘못 본 것이다. 이 정도의 거짓말을 할 만큼 대담하다곤 생각지 못했는데…….

그러나 지선경이 이번엔 노골적으로 승리감을 드러내며 그의 앞에 초음파 사진을 내밀자 규영은 그녀에 대한 생각을 다시 고치지 않을 수 없었다. 그녀는 거짓말이어야 할 일을 진실로 만들 만큼 그의 생각보다 몇천 배는 훨씬 더 대담했다.

"결혼 같은 건 원하지 않아요. 당신과 내 입장을 생각했을 때 그건 불가능하다는 거, 잘 알고 있다고요. 당신에게 그런 부담 지우고 싶진 않아요."

"그럼 뭘 원하지?"

그녀는 대담하고 영악했다.

규영은 냉랭한 목소리로 물었다.

"당분간은 당신 말처럼 미국에 가 있겠어요. 그곳에서 당신 아이를 낳아 조용히 키울게요. 당신은 한가해지면 날 만나러 와도 좋아요. 난 그냥 평생 당신 그늘에서…… 당신 아이를 낳아 키우며…… 그렇게 살면 만족해요."

"연기는 안 하고?"

"당신을 위해서라면…… 그깟 연기는 아무런 의미도 없어요."

이 여자가 몇 살이던가.

규영은 새삼스런 얼굴로 지선경을 훑었다.

감히 임신을 할 정도로 대담하고, 평생 아이를 담보로 자신을 부양하라는 말을 돌려 말할 정도로 영악했다. 결혼이라는 강수를 두어 어쩌면 생길지 모르는 위험을 피하는 잔머리도 있었다. 적당히 양보하면서 또 적당히 밀어붙이는 교활함이란 그녀의 짧은 인생 경험에 비추어 지나치게 노숙했다.

지선경은 모든 것이 자신의 생각대로 된다고 여겼는지 점점 본심을 숨기지 못하고 드러내고 있었다. 하지만 불행히도 그녀는 상대를 잘못 택한 것을 몰랐다.

"아이는 지워. 그리고 이 일을 만약 누구에게든 한 번이라도 입 밖에 꺼내는 그 순간 네 인생은 끝장날 줄 알아."

"네?"

설마 규영의 입에서 이런 말이 나올 거라곤 생각하지 못한 모양이었다. 한동안 그의 말을 알아듣지 못해 눈만 끔벅이다가 마침내 그가 진심으로 하는 말이라는 걸 깨닫고 지선경의 얼굴에 핏기가 가셨다. 그것을 보자 상처받은 자존심이 조금이나마 회복되었다.

"당신 아이라고요! 첫 아이요!"

더 이상 그녀와 시간을 보낼 이유가 없었다.

"하루. 그 이상은 안 기다려."

"규영 씨! 박규영!"

마침내 가면을 벗어 던진 지선경의 입에서 뾰족한 분노가 터져 나왔지만 규영은 돌아보지 않았다. 이미 지선경은 그의 관심에서 사라진 지 오래였다. 어쩌다 이런 거지 같은 일이 벌어지도록 만든 건지 스스로가 너무나 한심해 다른 생각은 자리를 차지할 겨를도 없었다.

그나마 대기하고 있던 차에 올라타자 지선경의 일이 아직 제대로 마무리되지 못했다는 것이 떠올랐다.

"지선경을 잘 감시해. 조금이라도 허튼짓하면 당장 연락하고."

"알겠습니다."

차가 출발했다. 그 순간 규영의 뇌리에서 지선경이라는 이름은 다시 사라졌다.

지선경과의 스캔들이 발단이 되어 뭔가 하나라도 더 캐볼 생각으로 서성거리는 기자들을 피해 규영은 오랜만에 해가 어스름이 지는 시각에 집으로 들어갔다. 고집을 피우는 예주를 보고 있기가 괴로워 되도록 늦게 들어오던 그로선 오랜만의 이른 귀가였다.

저택 앞에 도착했을 때 규영의 시야에 몹시 닮은 두 사람이 들어왔다.

"다녀오세요."

얼굴이 많이 상한 예주가 그래도 애써 밝은 표정을 지으며 조 여사에게 배웅의 말을 건넸다. 그러나 모처럼 예쁘게 치장을 한 조 여사는 냉랭한 얼굴로 눈길조차 주지 않다가 규영을 보자 그때서야 환한 미소를 지었다.

"오늘은 일찍 왔구나."

"어디 나가세요?"

조 여사 뒤에 조용히 서 있는 예주를 흘깃 쳐다보며 규영이 물었다.

"회장님께서 부부 동반으로 참석해야 하는 모임이 있다고 하시는구나."

"오랜만의 외출이신데, 모임은 그만두고 아버지랑 둘이서 오붓하게 시간 좀 보내다 오세요."

"지금 내가 그럴 정신이 있겠니. 오늘도 공식 모임만 아니면 나가지 않을 텐데……. 그런데 넌 얼굴색이 왜 이러니?"

"네?"

"얼굴빛이 안 좋아."

조 여사가 걱정스러운 얼굴로 규영의 얼굴에 손을 뻗었다. 엄마의 손길이 이렇게 따뜻한 것인지 처음으로 알려준 사람이다. 처음 보았을 때와 변함없이 조 여사의 손길은 부드럽고 따스했다.

"그저 좀 피곤해서 그렇게 보이는 모양입니다. 전 괜찮아요."

"집안 분위기가 이러니 집에서 제대로 쉬지도 못하고. 내가 정말 미안하다."

"아닙니다."

조 여사가 누구를 겨냥하고 하는 말인지 알기에 규영은 다시 예주의 얼굴에 시선을 줄 수밖에 없었다. 그녀는 홀로 쓸쓸히 서서 씁쓸한 얼굴로 두 사람을 보고 있었다.

"어서 가세요. 늦으시면 안 되잖습니까."

"그래, 그래야지. 너도 들어가서 어서 쉬어."

"네, 어머니."

조 여사는 예주의 존재는 새까맣게 잊은 양 뒤로는 눈길 한 번 주지 않고 그대로 발걸음을 옮겼다. 예주는 규영의 시선이 닿아 있는 것도 알지 못한 듯 멀어져 가는 조 여사의 뒷모습에서 눈길을 떼지 못했다. 상처받은 감정이 고스란히 드러나 있는 그 얼굴이 뒤늦게 그의 시선을 알아채더니 애써 그 감정을 감추었다.

"나 때문에 고생하는 사람이 한둘이 아니구나. 그렇지? 미안해."

금방이라도 쓰러질 것처럼 안쓰러운 낯빛을 하고서도 잘도 그를 배려하는 모습에 규영은 오랫동안 떠올리지 않은 어느 날의 기억을 떠올렸다.

친부모가 갈라선다고 했을 때 규영은 놀라기는 했지만 아쉽거나 아프지는 않았다. 두 사람 다 집에 있지 않을 때가 더 많았고, 어쩌다 함께 집에 있는 경우에도 큰 소리를 지르며 싸우거나 냉기를 흘리며 불편한 공기만 더 짙게 했기 때문이다. 새어머니 조 여사가 어머니의 자리를 대신 차지하고 들어왔을 때에야 조금 위기감을 느꼈다. 하지만 곧 책에서나 읽어본 모성애 깊은 어머니의 이미지를 고스란히 채워주는 조 여사에게 호감을 느끼고 그녀를 진심으로 어머니로 받아들였다. 그래서 처음에는 새어머니의 딸이 온다는 소식을 들었을 때 싫었다. 처음으로 느껴보는 어머니의 애정과 관심을 친딸에게 빼앗길지도 모른다는 생각에 만나기도 전에 그녀가 싫어졌다. 그러나 막상 새어머니와 똑같이 생긴 인형 같은 소녀를 보자 미움은 곧 사라졌다. 외모뿐만 아니라 다정한 성격마저 꼭 닮은 그녀가 좋아졌다. 하지만 그건 우정 같은 것이었다. 마음이 변한 것은 그렇게 일 년쯤 지났을 때다.

무슨 날이었는지는 기억나지 않는다. 어찌 되었든 아버지만 빼고 셋이서 예주의 외가에 갔을 때다. 예주의 또래 사촌들은 다른 어른들과 마찬가지로 그에게 친절했다. 박 회장이라는 강력한 보호막을 걸친 조 여사 또한 마찬가지였다. 그렇지만 '박' 씨도 '조'

씨도 아닌 '오' 씨 성을 가진 예주만은 그들의 호의를 받기에는 모자란 모양이었다.

"너희 아버지는 건달이라지?"

"아니야!"

"우리 아빠가 하는 말 다 들었어. 네 아버지가 재산을 노리고 고모를 유혹한 거랬어. 그런데 할아버지가 재산을 안 주니까 고모를 버린 거야."

"그런 거 아니야!"

"너 고아원에 있었지? 고모도 널 안 데려오고 싶었는데 사회 이목 때문에 어쩔 수 없어서 데리고 왔다더라."

어른들의 은근한 무시와는 달리 아이들의 반응은 좀 더 직접적이었다.

"아니야!"

연이은 모욕에 부들부들 떨면서도 예주는 끝까지 아니라는 말만 되풀이했다. 그렇지만 잔인한 아이들의 공격은 쉽게 그치지 않았다.

"거지!"

"고아 계집애!"

한 아이가 예주의 어깨를 툭 쳤다.

"아니야!"

예주가 아이의 손길을 뿌리치자 다른 아이가 또 예주의 어깨를 쳤다.

"사생아!"

"깔깔깔!"

아이들은 예주를 빙 둘러싸더니 비웃음을 흘렸다.

"아니야!"

예주는 두 주먹을 불끈 움켜쥔 채 단호한 목소리로 계속 부인했다. 더 이상 두고 볼 수 없어 규영이 앞으로 나서려는 순간, 멀리서 한 아이 엄마가 찾는 소리가 들려왔다. 그러자 아이들은 화들짝 놀라며 어른들이 있는 곳으로 달려가 버렸다.

홀로 남은 예주는 그때까지도 몸을 부들부들 떨기만 할 뿐 움직일 힘조차 없어 보였다. 가냘픈 그 모습에 규영은 한 발짝 나섰다. 그러나 조용히 굵은 눈물 한 방울을 떨어뜨리는 예주를 보자 자기도 모르게 그 자리에 멈춰 섰다. 홀로 싸우고 있는 그녀의 필사적인 전쟁터에 감히 그가 침범해서는 안 될 것 같았다.

"예주야."

멀리서 새어머니의 목소리가 들려왔다. 그러자 어깨를 들썩이며 조용히 흐느끼고 있던 예주의 울음이 갑자기 그쳤다. 곧 그녀는 손으로 눈물을 훔쳐 냈다. 그녀가 어머니가 있는 쪽으로 몸을 돌리는 순간, 규영은 자기도 모르게 숨었다. 왜 그랬는지는 모르겠지만 그래야 할 것 같았다.

"엄마."

"어디 갔었어? 얼굴이 왜 이래? 혹시 누가 너한테 안 좋은 소리라도 했어?"

조 여사가 예주의 얼굴을 보더니 눈을 가느다랗게 뜨며 물었다.

"아니, 먼지가 들어가서. 눈이 아파서 막 울었더니 이젠 괜찮아졌어."

"아니, 어쩌다가……. 어디 한번 보자."

"이젠 괜찮아요."

"그래도 엄마가 한번 보자."

"응."

예주가 고개를 들자 조 여사가 눈을 살폈다.

"지금은 괜찮은 것 같은데……."

"그렇다니까. 이젠 안 아파."

"조심하지."

"응."

"이젠 정말 안 아프니?"

"응."

충혈된 눈으로 예주는 환하게 웃었다. 그 모습에 조 여사의 낯빛도 펴졌다. 하지만 조용히 두 사람을 지켜보던 규영은 그들처럼 웃을 수 없었다. 눈부실 정도로 밝기만 한 미소라 생각했던 예주의 미소 뒤에 숨어 있는 아픔이 느껴져 웃을 수가 없었다.

그날부터였다.

예주의 미소 뒤에 숨은 슬픔을 읽게 된 그날.

그때부터 오예주는 그의 누나가 될 수 없었다.

그럼에도 또한 알고 있었다. 절대로 가질 수 없다는 것을. 그녀를 욕심내서는 안 된다는 것을. 두 사람이 남매라는 틀에 갇힌 이상 그녀를 욕심내는 것은 곧 그녀를 힘들게 하리라는 것을 알았다. 그들 사회의 룰을 깨뜨린 벌을 조 여사가 아닌 예주가 받고 있었다. 이런 상황에서 그가 예주를 얻고자 한다면 예주는 또다시 사람들 시선에 노출된 채 그 조롱을 다 받아들여야 한다. 그럼에도 그에게 아프다는 소리조차 하지 않을 사람이다.

그래서 그는 포기했다. 그녀에게 남자가 되는 것은.

남자가 아닌 남동생으로서 평생 그녀를 지켜주겠노라 다짐했다. 그래서 그녀의 남자 또한 그가 구해주리라 생각했다. 절대로 그녀를 상처 입히지 않을 그런 남자, 다른 어떤 사람도 감히 그녀를 무시할 수 없게 하는 그런 남자를 구해주리라 생각했다.

그런데 최윤 같은 쓰레기 녀석이라니.

어떻게 그녀가 그럴 수 있단 말인가.

세상의 이목을 받는 걸 그토록 싫어하던 그녀가, 어머니를 위해서라면 자신의 상처 따윈 아무렇지도 않게 숨기던 그녀가 어머니의 마음마저 찢어놓는 그런 사랑을 하다니. 그건 오예주가 절대로 할 수 없으리라 자신했는데.

"어머니가 끝까지 허락하지 않으면 어떡할 셈이야?"

바람이 흔들어놓은 머리카락을 가라앉히려던 손길이 그의 질문을 듣고 중간에 멈췄다.

"그래도 끝까지 그 녀석을 고집할 셈이야?"

힘들고 잔인한 질문이라는 것을 알고 있다. 그래도 듣고 싶었다. 결국은 포기하고 말 거라는 말을. 그래야 덜 억울하지 않을 것 아닌가. 시도조차 하지 못하고 거두어 버린 마음에 대해.

"이미 포기하고 말고 할 일이 아니야."

"그래서 끝까지 그 녀석과 같이 가겠다고?"

싸늘한 분노가 가슴을 차갑게 태웠다. 그가 알고 있는 오예주라면 절대로 그런 선택을 할 수 있을 리가 없는데.

"엄마를 설득해야지."

"안 될 거야. 그러니까 누나가 포기하는 것이 나아."

물기 젖은 미소를 지으며 예주가 돌아섰다. 하지만 규영은 그렇게 쉽게 포기할 수 없었다. 규영은 돌아서는 그녀의 팔을 강한 힘으로 낚아챘다. 갑작스런 규영의 손길에 화들짝 놀란 예주의 얼굴이 규영을 마주 보았다.

"누나가 포기해. 이렇게 집안을 뒤집어놓는 거, 세상에서 제일 싫어했잖아. 오예주한텐 있을 수 없는 일이잖아. 그러니까 그만 포기해."

"규영아……."

"포기하라고!"

답답함과 분노에 휩싸여 규영은 예주의 팔을 잡고 흔들었다. 규영의 거친 손길에 갈대처럼 흔들리는 그녀의 눈이 점점 커다랗게 떠졌다.

"포기하란 말이야!"

이를 갈며 규영은 자제심을 잃고 소리쳤다. 뜻밖의 상황에 놀라 당혹스런 얼굴로 그를 쳐다보던 예주가 곧 평정을 회복하고 부드러운 얼굴로 그의 팔을 붙잡았다.

"미안해. 내가 널 많이 실망시켰다는 거 알아."

그를 쳐다보는 예주의 눈빛이 부드러웠다. 손에 잡힌 그녀의 팔은 연약했지만 가까이 접한 그녀의 체취는 달콤했다.

이대로 안아버린다면.

나 역시 오랫동안 너를 사랑해 왔다고 말해 버린다면.

정말로 그렇게 해버릴까 두려워 규영은 급하게 예주의 팔을 놓았다.

"미안해, 규영아."

예주의 손이 다시 그의 팔에 놓이자 규영은 황급히 몇 발짝 벗어났다가 그대로 저택 안으로 발길을 옮겼다. 그녀 곁에서 멀어져야 했다. 잠시간의 판단 착오로 그녀에게 진심을 털어놓았다간 영영 예주를 잃을 수도 있었다.

19

"용서 못 해!"

챙! 탁! 탁!

거울이 부서지고 손에 잡히는 물건들이 사방을 날아다녔다. 나중엔 힘이 부쳐 엉망이 된 방에 주저앉아 씩씩대면서도 선경의 분노는 쉽게 가라앉지 않았다.

박규영이 얼마나 대단한 사람인지는 잘 알고 있었다. 그렇다고 그녀가 하루살이 벌레만도 못한 대우를 받으며 이렇게 버림받아야 할 정도로 하찮은 존재였던가.

아역으로 발을 디딘 이 계통이 얼마나 지저분한지, 얼마나 살벌한지 그녀는 아주 어릴 때부터 잘 알고 있었다. 소싯적에는 벗어나고 싶은 생각도 있었다. 그러나 어느덧 가랑비가 몸을 적시듯 그렇게 익숙해져 버렸다.

앞으로 우리나라의 경제를 이끌 황태자로 여러 여자 연예인들의 타깃이 되어오던 남자의 시선이 마침내 그녀에게 향했을 때 선경은 정말로 흥분했다. 최윤에 대한 어린애 같은 유치한 감정은 저 멀리 사라져 버렸다. 박규영이 접근한 목적이 그녀가 아니라 최윤을 그의 누이로부터 떼어내기 위한 것이라는 걸 알게 된 뒤에도 흥분은 가라앉지 않았다. 어떤 식으로든 박규영과의 연결 고리를 가지고 있는 한 그를 유혹할 자신이 있었다. 그래서 최윤을 유혹하는 척 그의 곁을 맴돌면서 한편으론 박규영을 자신의 침대로 끌어들였다. 다른 많은 여자 연예인들이 이미 박규영의 마음을 사로잡고자 시도했음을 알고 있다. 그러나 그녀는 그런 시시한 여자들과는 달랐다. 그 여자들은 신데렐라라는 가망 없는 꿈을 꾸다가 추락했지만 그녀는 애초에 그것이 불가능하다는 것을 알고 있었다. 박규영은 그렇게 만만한 사람이 아니었다. 그렇지만 최소한 그가 가족만은 소중히 한다는 것을 알고 있었기에 그 부분은 파고들만 하다고 생각했다. 의붓어머니와 그 딸마저 그렇게 소중히 생각하는데 하물며 자신의 자식은 어떻겠는가. 그래서 의도적으로 임신했다. 최소한 그가 평생 자신의 남은 인생을 후원해 줄 것이라 믿었다. 그런데…….

"박규영! 이 못된 자식! 죽일 놈의 자식!"

또다시 치밀어 오르는 분노에 선경은 이를 갈며 바닥을 손으로 짚었다. 무엇이든 손에 잡히는 걸 들고 집어 던질 생각이었다. 그런데 손끝에 닿은 차가운 감촉이 어떤 기억을 일깨웠다.

"오예주! 오예주!"

조각상을 안는 것처럼 언제나 차갑던 박규영이다. 아무리 뜨겁게 달라붙어도 박규영은 필요 이상으로 흥분하지 않았다. 그러던 그가 몹시 술에 취한 날이었다. 그날 그는 마치 다른 사람처럼 열에 들떠 그녀를 안았다. 이제야 박규영의 심장을 손에 넣었나 싶어 몹시 흥분했던 그날, 그의 입에서 흘러나온 이름은 다른 여자였다.

어째서 잊고 있었던 것일까.

좌절감으로 가라앉아 있던 심장이 활어처럼 뛰어올랐다.

박규영에게 한 방을 먹일 완벽한 건수를 잡고 있었는데.

눈을 빛내며 선경은 손에 잡힌 핸드폰을 들어 올렸다.

박규영은 결코 회복될 수 없으리라.

최소한 그녀가 받은 모욕감을 완전하게 되돌려 줄 수 있다는 생각에 선경의 좌절감과 분노는 희미하게 가라앉았다.

"지선경이 CF 다 잘렸단다. 캐스팅 운운하던 곳에서도 완전히 자취를 감추었고."

강해경의 말에 윤은 어깨를 으쓱했다.

"박규영이 열 좀 받았나 보죠?"

"그렇겠지."

"지선경이도 열 받았겠는데요?"

윤의 말에 강해경의 눈꼬리가 치켜 올라갔다.

"지선경이 박규영한테 불면 어떡합니까. 당신이 한 일이라는 걸 지선경이 다 알고 있는데."

"어차피 내가 한 짓이라는 걸 모르진 않겠지. 다만 박규영이 더 이상은 지선경을 믿을 수는 없을걸. 그것 때문에 지선경을 찾아간 거니까. 그러니까 지선경이 아무리 결백을 주장해도 박규영한텐 아웃이지. 최소한 더 이상은 지선경이 네 주위에 얼씬거리진 않을 거란 말이야."

"에헤."

"에헤? 힘들게 스캔들 기사 해결해 주니까 고작 에헤? 네 그 싸가지는 정말 좀 어떻게 해야 할 것 같다."

해경의 뾰족한 말투에도 윤은 여전히 심드렁했다.

"한시름 덜었지만 이 일로 박규영이 더 독이 바싹 올라 덤벼들 테니 마음의 준비를 하고 있어야 할 거야."

"그 자식이 무슨 짓을 하든 상관없어요. 그저……."

"오예주 씨를 보고 싶다는 말이지? 밤에 몰래 그 근처를 서성거린다는 얘기는 들었어. 그러다 기자한테 들키기라도 하면……."

"그것까지 막을 생각은 말아요. 정말 지금이 내가 할 수 있는 최대의 인내심이니까."

"그렇겠지."

답답한지 강해경의 입에서 한숨 소리가 새어 나왔다.

"이제 지치나 보죠?"

"넌 아니니?"

"별로."

"하여튼 너도 대단하다."

윤은 씁쓸하게 웃으며 예주의 사진이 찍혀 있는 핸드폰으로 고개를 숙였다.

"오예주 씨?"

아버지 기일이었다. 한국에 돌아온 뒤로 유일하게 바깥 땅을 밟은 날, 낯설지 않은 여인이 나타나 아는 척을 했다. 대웅전에서 절을 마치고 일어서던 예주는 여인의 이름이 생각나지 않아 살짝 고개를 숙이는 것으로 인사를 대신했다.

"잠깐 할 말이 있어요."

"네?"

얼굴은 눈에 익다고 해도 제대로 인사 한 번 해본 적 없는 여자가 다짜고짜 할 이야기가 있다니, 당황하여 예주는 반문했다.

"박규영 씨 누나 되시죠? 최윤의 애인이기도 하고요."

뭔가 결심을 단단히 한 것 같은 여인의 얼굴을 보고 예주는 그제야 지선경이라는 이름이 떠올랐다.

"여기 말고 다른 곳에 가서 이야기하시겠어요? 여긴……."

"아니요. 여길 나가면 이렇게 두 사람이서 이야기할 기회 같은건 있지도 않을 거예요."

여자의 눈길을 따라간 예주는 경호원 중의 한 명이 법당 안으로 들어오려는 모습을 목격했다.

"박규영 씨는 자기 잘못이 드러날까 봐 제가 오예주 씨 곁에 오는 걸 용납하지 못하는 거예요."

그사이에 경호원이 안으로 들어왔다.

"이곳에 계시면 안 됩니다."

"억지로 끌고 나가 보시죠. 날 협박해서 병원으로 억지로 데려간 것처럼요."

법당에서 여자를 끌어내리면 소란을 피워야 한다는 걸 깨달은 경호원이 망설였다.

"병원으로 데려가다니…… 무슨 말이죠?"

"우선은 저 아저씨 좀 내보내 주시겠어요?"

"아가씨, 이만 자리를 뜨시죠. 저분의 이야기 같은 건 들을 가치도 없습니다."

차라리 예주를 공략하는 것이 더 쉽겠다고 여겼는지 경호원이 예주에게 돌아섰다.

"아니에요. 먼저 나가 계세요."

"아가씨."

"미안합니다. 밖에서 기다려 주세요."

경호원은 불만인 듯했지만 결국은 예주의 말대로 법당 밖으로 다시 나갔다. 하지만 언제든 뛰어 들어올 수 있도록 그들의 시야 안에 서 있었다.

"이제 말씀해 보시죠."

그제야 지선경은 예주를 찾아온 용건을 이야기하기 시작했다.

지선경의 이야기가 끝났을 때 예주는 충격으로 할 말을 잃었다. 그녀가 묘사한 박규영은 예주가 알고 있는 동생에 대한 이미지를 완전히 뒤바꿀 만큼 믿을 수 없는 말이었다. 그대로 예주는 자신의 생각을 털어놓았다.

"규영이가 얼마나 지선경 씨를 섭섭하게 했는지는 몰라도 이 정도로 남을 중상하는 것도 큰 잘못이에요."

예주는 동생에 대해 함부로 말하는 지선경에게 분노를 느끼며 가라앉은 목소리로 말했다. 그러자 지선경의 입에서 날카로운 웃음소리가 터져 나왔다.

"오예주 씨야말로 박규영 씨의 실체에 대해서 너무도 모르는군요."

지선경이 가방을 열었다. 엄지손가락만 한 기기에서 규영의 것이 분명한 목소리가 흘러나왔다.

[아이는 지워. 그리고 이 일을 만약 누구에게든 한 번이라도 입 밖에 꺼내는 그 순간 네 인생은 끝장날 줄 알아.]

지선경의 말을 도저히 부인할 수 없을 만큼 결정적인 말이 흘러나오자 예주는 큰 망치로 머리를 맞은 것 같은 엄청난 충격을 받았다.

"결국 난 애를 지워야만 했어요. 안 그러면 날 파멸시키겠다고 협박했으니까요. 날 병원까지 억지로 납치해서는 수술대 위에 올려놓고 내 뒷조사한 자료들을 앞에서 펼쳐 보이더군요. 당신을 호위하라고 옆에 붙여준 저 사내가 말이죠."

지선경이 턱으로 밖에서 기다리고 있는 경호원을 가리켰다. 무슨 내용이 오가고 있는지 분명히 알고 있을 경호원은 핸드폰을 들고 누군가와 통화하고 있었다.

"아이를 낳고 싶었어요. 평생 그늘 속에서 살아도 좋다고 했어요. 그런데도 내 아이를 억지로 지워 버렸어요. 난 박규영을 절대로 용서할 수 없어요!"

"왜…… 저한테 와서 이런 이야길 하는 거죠?"

생각할 시간이 필요했다. 도저히 같은 사람이라고는 믿을 수 없을 정도로 그녀가 알고 있는 규영과 너무도 다른 그 사람에 대해 생각할 시간이 필요했다. 하지만 우선은 규영의 적이 분명한 지선경이라는 여자의 의도부터 알아야 했다. 어찌 되었든 규영은 자신의 동생이니까.

"당신이 그 남자 실체를 정확히 알아야 한다고 생각했어요. 불쌍하잖아요. 아무것도 모르고 휘둘리는 게."

복수심으로 일렁거리는 여자의 얼굴을 봐서는 그녀의 말을 믿을 수 없었다. 그렇지만 어떤 여자가 이런 잔인한 거짓말을 할 수 있단 말인가.

"죄송합니다."

"네?"

예주의 갑작스런 사과의 말에 이번엔 지선경이 어리둥절한 표정을 지었다.

"어떤 말로도 위로가 될 수 없다는 걸 알아요. 그렇지만 이렇게 제가 사과드리는 것으로 조금이나마 마음의 위로가 되었으면 좋겠어요. 그래서…… 우리 규영이…… 너무 미워하지 말아주세요."

뜻밖의 일격을 당한 사람처럼 지선경의 얼굴이 일그러졌다.

"박규영의 실체를 알고도 아무렇지 않나요?"

지선경의 목소리가 날카로워졌다.

"누나로서 너무 죄송하고 면목이 없어요."

예주의 대답은 그녀가 바라는 것이 아닌 모양이었다. 길을 잃은 사람처럼 지선경의 시선이 불안하게 불당을 훑쓸었다.

"미안하다는 말이 진심이라면 최소한 날 안전하게 만들어줄 수는 있겠죠?"

마침내 지선경의 눈동자가 다시 예주에게 고정되었다 싶은 순간, 예주가 이해하지 못할 말이 그녀의 입에서 흘러나왔다.

"무슨…… 말씀이신지……?"

"내가 이렇게 오예주 씨를 찾은 걸 안 순간 박규영은 아마 날 산 채로 묻어버리려고 할 걸요?"

그래도 예주가 선뜻 그 의미를 깨닫지 못하자 지선경의 시선이 경호원에게로 향했다. 부지런히 통화에 열중하던 경호원이 지선경의 시선을 깨닫고 위협하는 눈빛을 보냈다. 그 순간에야 예주는 지선경의 말이 무슨 의미인지 깨달았다. 또한 그녀가 말한 그 끔찍한 일들이 아마도 사실일 것이라는 것 또한 확실하게 알 수 있었다.

"아마 바보 같은 최윤 자식은 입을 꾹 다물고 있었겠지만, 박규영 그 자식에게 손쓴 일도 한두 번이 아닐걸요. 날 이용해서 최윤을 유혹해 보려한 시도 말고도 말이죠."

어째서……. 아무리 윤이 미워도 어째서 그렇게까지 필사적으로…….

"어째서 그 자식이야! 어째서!"

그 당시 규영의 손에 붙잡힌 팔이 몹시도 아팠다. 그만큼 규영의 눈에 비친 절망감도 깊었다. 그것은 결코 단순한 남동생의 분노가 아니었다.

문득 깨달은 진실에 예주는 깜짝 놀라 지선경을 바라보았다. 그녀는 아무 말도 하지 않았다. 하지만 예주와 마주친 그 시선에는 분명 방금 예주가 깨달은 진실에 대한 수긍이 들어 있었다.

맙소사!

예주는 꿈에도 생각지 못한 진실과 마주친 충격에 잠시 할 말을 잃었다. 냉수를 온몸에 끼얹은 것처럼 몸이 싸늘하게 식었다.

"여자의 질투심에 대해 이런저런 말들을 하지만 남자의 질투심만큼 치명적인 것도 없어요."

지선경이 일어섰다. 그렇지만 더 이상 움직이지는 않았다.

그녀가 왜 불당을 나서지 않는지 깨닫고 나서야 예주는 충격에서 가까스로 벗어났다.

"제가 규영이한테 말할게요. 그러니까 걱정하지 마세요."

자신의 말을 증명하기 위해 예주는 지선경과 함께 불당 밖으로 걸어 나갔다. 즉시 경호원들이 몰려와 두 사람을 에워쌌다.

"지선경 씨가 가실 거예요. 여기 계시는 분뿐 아니라 다른 어떤 분도 지선경 씨에게 접근하지 않도록 해주세요."

"걱정 마십시오."

오예주의 말에 경호원들이 물러섰다. 그렇지만 지선경은 쉽게 발걸음을 떼지 못했다.

"제가 규영이한테 전화할게요. 그러니까 안심해요."

"오예주 씨 앞에서는 어떨지 몰라도 뒤에서는 무슨 짓이든 할 수 있는 사람이에요."

지선경의 말에 경호원들의 얼굴이 굳어졌다. 아니라고 말하려다 지선경의 비웃는 시선을 보고 예주는 입을 다물었다. 이젠 그 무엇도 규영에 대해 자신 있게 말할 수가 없었다.

"제가 어떻게 하면 되겠어요?"

"지금 바로 공항으로 갈 거예요. 오예주 씨가 같이 가주면 최소한 공항까지는 안전하겠죠."

"안 됩니다!"

경호원 중 하나가 날카롭게 외쳤다.

"좋아요."

"아가씨!"

경호원들이 예주의 앞길을 가로막았다.

"물러서세요. 규영이한텐 제가 직접 전화하겠어요."

예주는 언제나 일하는 사람들에게 친절하려고 애썼다. 규영이처럼 자연스럽게 사람을 부리는 것에 익숙해지지 않았다. 그렇지만 지금 이 순간만은 박 회장의 의붓딸이 가진 권위를 내세울 수밖에 없었다.

경호원들은 여전히 머뭇거렸다. 그렇지만 지선경의 차에 올라타는 예주를 막지도 않았다.

―금단의 사랑!

인기 배우와 재벌녀의 사랑, 집안의 거대한 장벽에 가로막히다!

출처 없이 포털사이트에 떠오른 게시물 하나가 세상을 발칵 뒤집어놓았다. 최윤과 오예주라는 실명이 그대로 언급된 내용이었다. 늘어가는 클릭 수에 뒤늦게 포털사이트에서 게시물을 삭제하였지만 이미 게시물은 수없이 복사되어 여기저기로 번진 뒤였다.

대해그룹으로 그 사실이 옮겨지는 데에도 시간이 얼마 걸리지 않았다.

탕!

"지선경이 지금 어디 있어!"

"이미 출국했습니다."

"그 여자 잡아와! 아예 목숨을 끊어놓아야 정신을 차릴 여자다!"

격노한 규영의 눈에서 새파란 안광이 터져 나왔다.

"어쩌다가 이런 일이……. 결국은 모두가 다 알게 되어버렸구나."

조 여사는 예주를 원망스러운 얼굴로 바라보았다. 예주는 떨리는 손길로 박 회장의 비서가 프린트해 준 종이를 내려놓았다.

"죄송해요."

새파랗게 질린 예주의 얼굴을 보더니 조 여사의 마음도 흔들린 모양이다.

"이제 포기하겠지? 이것 봐라. 두 사람 사이가 세상에 어떻게 비춰지는지……. 그 남자랑 같이 있으면 이런 식으로 계속 사람들 입방아에 오르내리게 될 거다."

엄마의 말이 옳았다. 게다가 지금 같은 상황은 그녀가 죽어서도 절대로 하고 싶지 않은 행동이 아닌가. 사람들의 시선이 집중되는 것도, 그녀 때문에 엄마와 새아버지 이름이 오르내리는 것도 끔찍했다. 그런데도…….

"그만둘 거지?"

희망에 차서 조 여사가 물었다. 그렇지만 예주의 입은 차마 떨어지지 않았다.

"대해그룹에서도 언론은 막고 있으니까 인터넷에서 조금 떠돌다 끝날 거야. 그냥 조용히 있으면 돼."

강해경은 윤이 혹시라도 엉뚱한 짓을 벌일까 그게 걱정인 모양이었다. 그녀의 걱정처럼 윤은 자신이 뭔 짓을 할지 스스로도 두려웠다. 한 번 이슈가 되니까 모델계에서 떠돌던 자신에 대한 루머도 여과 없이 그대로 올라왔다. 유지섭이 캐스팅되었다 번복되었던 오디션 얘기까지 나왔다. 유지섭이 연기한 드라마 내용이 실제 윤의 실화라서 쉽게 연기할 수 있었다는 추측과 더불어 디자이너들에게 몸을 팔았다는 얘기까지 올리는 이들도 있었다. 너무도 쉽게 무시해 오던 그런 루머들이 이제 와 자신뿐 아니라 예주까지 공격하고 있었다. 재산을 노리고 예주에게 접근한 양아치 새끼 최윤이라고 공격당하는 건 상관없었다. 하지만 그런 윤의 정체를 모르고 넘어간 바보 같은 오예주라고 그녀가 조롱받는 건 견딜 수 없었다.

"아무것도 모르는 새끼들이 예주한테 함부로 말하는 걸 그냥 지켜보라고요?"

"이 상황에서 네가 인터뷰하면 오히려 기름을 끼얹는 것밖엔 안 돼!"

"제기랄! 그렇다고 이대로 아무것도 못 하고 그냥 있는 건 말도 안 돼요!"

이렇게 무기력함을 느낀 적이 없었다. 예주의 행방을 알지 못할 때도 언젠가는 그녀를 만나게 되리라는 희망이 있었다. 행복하게 해주겠다고 결심했었다. 그런데 오히려 그녀가 윤 때문에 온갖 조롱 속에 갇히게 되다니. 윤은 자신이 그녀를 위해 아무것도 할 수 있는 일이 없다는 사실이 정말 끔찍했다.

"이 상황을 정말 반전시키고 싶다면 너랑 오예주 씨가 결혼을 해야 돼. 사랑 때문에 신분을 극복한 아름다운 이야기를 던져 주면 열광할걸. 사람들은 누구나 이왕이면 동화 같은 해피엔딩을 꿈꾸는 법이니까."

강해경의 말에 윤은 잠시 멈칫했지만 이내 고개를 흔들었다.

"왜? 자신 없어? 차라리 이 상황을 너한테 유리하게 만드는 것도 나쁘진 않아. 오예주 씨만 결심해 준다면."

"그만해요! 예주를 두고 그런 머리를 굴리지 말라고요!"

"어차피 오예주 씨도 너한테 마음 있는 거 아냐? 차라리 이렇게 언론이 집중되어 있을 때 오예주 씨가 너와 결혼을 발표하면 대해그룹도 이미지 때문에 반대하지 못할걸."

"예주에겐 누구보다 가족의 허락이 필요해요. 가족을 버리는 것보단 차라리 날 버릴 겁니다."

"그렇게 생각하면서 넌 왜 그 여잘 먼저 버리지 못하니?"

"그래도 좋으니까. 예주만 행복하다면 난 아무래도 상관없으니까."

윤의 말에 강해경도 말문이 막히는지 한숨만 내쉬었다.

"내가 무슨 소리를 들어도 상관없어요. 예주만 어떻게든 이 소동에서 빼주세요. 그럴 능력 있잖아요."

"너만 조용히 있으면 대해그룹에서 다 알아서 할 거야. 오예주 씨가 너와 관계를 끊기만 한다면 대해그룹에서 자기 사람을 해칠 이유가 없지."

강해경의 냉정한 판단에 윤은 서성거리던 발걸음을 멈췄다. 어쩌면 처음부터 답은 알고 있었는지 모른다. 애써 외면했을 뿐. 그와 엉키지만 않았다면 예주가 이렇게 모르는 이들의 입에 오르내리며 난도질당할 이유가 없다는 걸.

"당분간 외국에 나가 있거라."

박 회장의 말에 조 여사는 움찔했다.

"최대한 막고는 있다만 인터넷에 떠도는 말들은 어찌할 수가 없어. 그저 시간이 흐르길 기다리는 수밖에 없다."

박 회장 입장이라면 은혜를 원수로 갚았다고 펄쩍 뛸 수도 있는 일이다. 정식으로 기사가 나지는 않았다 할지라도 이미 그들이 속한 사회에는 소문이 파다한 상태였다. 엄마의 올케인 배 여사가 직접 전화를 걸어와 친절히 알려주었다. 조 여사의 옛이야기까지 함께 입방아에 올라 있다며 히스테리컬한 어조로 조 여사와 예주를 비난하는 배 여사에게 엄마는 아무런 변명도 하지 못했다. 그 모든 것을 박 회장이 모를 리 없었다. 누구보다 재벌로서 좋은 이미지를 심고자 노력한 그다. 그렇지만 그는 여느 때와 다름없는 차분한 얼굴로 조언하고 있었다. 엄마에게는 최고로 자상한 남편이었지만, 자식에게는 그렇게 다정한 아버지였다고는 할 수 없다. 엄마와 함께 살던 시절, 허물없던 친아버지와의 관계는 새아버지와 이루어지지 못했다. 그건 의붓딸이어서가 아니었다. 친아들인 규영이와도 박 회장의 관계는 다를 바가 없었다.

"정말 죄송합니다."

고개를 숙이고 2층으로 올라가는 예주를 조 여사는 안타까운 눈으로 바라보았다.

정말 그녀의 사랑이 이렇게도 이기적인 것일까.

이미 예상한 일이지만 소중한 사람들에게 상처를 줬다는 사실이 생각보다 힘들었다.

침대에 누워 남이 들을까 숨죽여 우느라 예주는 문이 살짝 열리며 그녀를 안타까운 눈으로 보고 있는 사람이 있음을 알지 못했다.

규영은 예주가 흐느낄 때마다 심장이 조금씩 무너져 내리는 것 같았다. 어째서 그녀는 그런 쓰레기 같은 녀석을 포기하지 못한단 말인가. 더 이상 지켜볼 수가 없어 규영은 힘없이 돌아섰다.

처음엔 마음의 고통이 너무나 심해 알지 못했다. 한 번 끊기고 두 번째 진동이 울리고 나서야 예주는 전화를 받았다. 윤이었다.

[미안해. 먼저 절대로 전화하지 않겠다고 했는데…….]

전화기 너머로 윤의 죄책감이 느껴졌다. 절대로 그녀를 상처 입히지 않겠다는 맹세가 깨진 것에 대한 죄책감이다. 하지만 예주는 그저 그의 목소리를 듣는 것만으로도 고통이 조금 가시는 것 같았다. 그걸 모르는 윤은 어두운 목소리로 말을 이어갔다.

[네가 원하면 난 평생 그늘 속에 살 수도 있어. 나 버려도 원망 안 해. 그러니까 내 걱정 말고 네 생각만 해.]

바보처럼. 윤이 사과할 일은 아무것도 없는데…….

[그 말 해주려고 전화한 거야. 난…… 난 괜찮아. 알지? 나야 언제나 제멋대로에 단순한 놈이잖아. 그러니까 나 같은 건 신경 안 써도 돼. 너한텐 나보다 더 신경 써야 하는 사람들이 많잖아. 나도

그건 알아. 그 정도는 아니까······.]

평소처럼 윤의 말투는 가벼웠다. 그렇지만 그 뒤에 숨긴 아픔까지 모를 정도로 예주는 바보가 아니었다.

[안녕······.]

절대로 그녀의 손을 놓지 않겠다고 얘기하던 윤이다. 그런 윤이 작별 인사를 하고 있었다. 그 마음이 어떨지 알기에 예주는 아무 말도 하지 못하고 흐느끼기만 했다. 침묵과 조용한 흐느낌만이 두 사람 사이를 가득 채웠다. 그러던 어느 순간, 전화가 끊겼다. 그리고 오직 흐느낌만이 남았다.

그녀는 밤새도록 울었다. 상처 주고 싶지 않은 사람들에게 어쩔 수 없이 상처를 줄 수밖에 없는 상황에 대해 울었다. 또 앞으로도 영영 상처를 주게 될 것 같아 또 울었다.

그렇게 펑펑 울다가 새벽 어스름이 환하게 밝아올 때에야 그녀는 일어섰다. 가슴속에 있는 고통은 가시지 않았지만 더 이상 울고 있을 수만은 없다는 걸 알고 있다.

차분한 얼굴로 예주는 얼굴을 씻었다. 그리고 화장을 하기 시작했다.

"예주야······."

조 여사는 예주의 얼굴을 본 순간 그녀가 무슨 말을 하려는지 깨달은 듯 얼굴이 새하얗게 변했다.

"죄송해요, 엄마."

"예주야."

"원래는 윤이를 버릴 생각이었어요. 중요한 순간엔 언제나 제가 먼저였으니까. 어릴 때도 그랬고 커서도 그랬으니까, 이번에도……."

윤이에게 얼마나 이기적이었나 깨달으면서 예주는 슬프게 웃었다.

"윤이를 버리는 것이 옳다고 생각했어요. 엄마가 저 때문에 아픈 건 싫으니까. 저 때문에 친척들한테, 사람들한테 손가락질받는 거 너무 싫으니까. 그런데 엄마, 이번에 또 그 애 버리면 이번엔 나 엄마도 못 볼 것 같아요."

"예주야!"

"알고 있어요. 둘 다 가질 순 없는 세상이라는 걸. 그런데요, 그런데요, 엄마. 이번에도 그 애 버리면 난…… 난 이번엔 둘 다 잃을 것 같아요. 엄마도, 그 애도."

"한순간이야. 한순간만 참으면 돼. 죽을 것 같아도…… 그래도 그 순간만 넘기면 살 수 있어."

"끝까지 가지 않고선 모르는 것도 있잖아요. 이젠 안 돼요. 이젠 정말 안 돼요. 설혹 엄마처럼 실패한다고 해도, 그래도 이번엔 끝을 봐야 해요. 안 그럼 안 돼요."

"예주야, 제발……."

"열심히 키워주신 거 정말 감사드려요. 저 낳은 거 후회하실지 몰라도, 그래도 전 엄마가 제 엄마라는 거 정말 좋았어요. 그리고 제 손 끝까지 놓지 않고 붙잡아주신 거, 그것도 언제나 정말 감사했어요."

"그게 무슨 말이니. 넌 내 딸인데. 내 딸인데……."

조 여사의 눈에서 굵은 눈물이 터져 나왔다. 예주의 얼굴에도 눈물이 조용히 흘러내렸다.

"엄마가 원하는 대로 그렇게 하지 못해서 정말 죄송해요. 이렇게 아픈 상처를 다시 건드려서 정말 죄송해요."

"나, 나도 너 낳은 거 후회한 적 없어. 이렇게 예쁜 딸인데…….어떻게 내가 네 손을 놓지 않았다고 그걸 고맙다고 생각해. 그건 엄마가 당연히 할 일인데. 당연히 할 일인데……."

예주가 차마 하지 못했던 말, 그 마음을 조 여사는 뒤늦게 깨달은 듯 예주의 손을 잡고 한참을 그렇게 펑펑 울었다. 그런 엄마의 아픔을 덜어줄 수가 없어 예주는 그저 조용히 손을 맡긴 채 그렇게 울음을 삼키려 애썼다.

"네가 어떤 선택을 하든 나한테 미안해할 필요 없어. 부모 자식 간이잖아. 난 그저 네가 걱정되어서……."

한참을 그렇게 울던 조 여사가 몸을 일으키더니 슬픈 얼굴로 예주의 얼굴에 묻은 눈물을 닦아냈다.

"다른 아무것도 생각하지 마. 그냥 너만 생각해. 나도 다른 거 아무것도 상관없어. 아버지, 가족들, 박 회장님, 다 상관없어. 그 사람들 때문이 아니라 내 딸 인생이니까, 내가 가서 실패한 길이니까 말리는 거야. 그것뿐이야."

"고마워요, 엄마. 그리고 미안해요."

예주는 조 여사가 더 이상은 말리지 않으리라는 걸 알았다. 여전히 그녀의 결정을 반대하지만, 그것이 세상의 이목 때문이 아니라는 걸 말해줌으로써 그녀의 선택을 존중해 줬다는 걸.

규영은 예주의 말에 충격을 숨기지 못했다. 늘 감정을 드러내는 것보단 감춰오던 규영의 맨얼굴이 몇 분간 그렇게 그녀를 향했다.

"미안해. 그리고 고마워."

구구절절 해야 할 말이 많을 수도 있었다. 지선경이 해준 말속엔 윤이 당한 일도 있었다. 그렇지만 그걸 따져 묻기엔 그동안 규영이 숨겨온 그 마음이 너무도 아팠다.

"나 혼자 이렇게 무책임하게 떠나서 미안해. 또 너한테 다 이렇게 떠넘기는구나. 누난데 언제나 보호만 받았어. 그래서 고맙고 미안해."

규영은 아무 말도 하지 않았다. 그저 아프게 그녀를 내려다볼 뿐이었다. 그렇게 침묵이 흐른 뒤 예주가 돌아섰을 때다. 등 뒤로 규영이 물었다.

"왜 아무것도 묻지 않아? 지선경 만났다면서. 궁금한 게 많을 텐데?"

언제나 자신만만하던 규영이다. 목소리는 차분했지만 표정까지 숨기진 못할 것 같은 느낌에 예주는 돌아서지 않았다.

"네가 얘기하고 싶을 때 언제든 들어줄게. 넌 내 동생이고 앞으로도 그럴 거야. 그러니까 난…… 난 그냥 네가 얘기하는 것만 들을 거야. 가족은 그런 거니까."

지선경한테, 윤이한테 잘못된 행동을 했다고 해도 규영은 규영이었다. 아무리 나쁜 짓을 했어도 그 사람들한테 사과를 대신 할지언정 규영을 비난할 수 없었다.

"지선경 씨한테는 내가 대신 사과했어. 그 사람 다친 마음에는 내 사과가 성에 차지 않겠지만. 그래도 더 이상은 그 사람에게 그러지 마. 네가 다른 사람한테 나쁜 말 듣고 그러는 거 싫어. 좋은 말만 듣고 좋은 일만 생기면 좋겠어."

규영은 대답하지 않았다. 하지만 그녀는 알고 있었다. 규영의 침착함이 곧 무너질 거라는 걸. 그리고 그 모습을 절대로 그녀에게 보이고 싶어 하지 않을 거라는 걸.

"나중에 모든 게 정리되면 그때 다시 웃으면서 보자. 그때까지 건강하게 있어."

예주는 돌아서지 않은 채 그렇게 마지막 인사를 건넸다. 그리고 그렇게 집을 나섰다.

"훗, 후후후후, 하하하!"

방에 들어서자마자 규영은 벽을 의지한 채 웃었다. 아니, 울었다.

이처럼 철저하게 마음을 거절당할 수가 있을까. 그녀는 가족으로서 최상의 의리를 보여주었다. 하지만 그건 돌려 말하면 남자로서는 절대로 안 된다는 것이었다.

자라면서 한 번씩 그런 상상을 해본 적이 있었다. 혹시나 예주가 그의 마음을 눈치채면 어쩌나. 그것이 두려우면서도 때론 달콤하기도 했다. 어쩌면 한 번쯤 그녀가 돌아봐 줄 수도 있지 않을까. 어쩌면, 어쩌면…….

규영은 오랫동안 어둠 속에 주저앉아 울고 또 울었다. 태어나 처음으로 세상에 드러내는 감정이다. 다시는 누구에게도 느끼지 못할 감정이다. 이날 이후로는 스스로에게도 절대로 내비치지 못할 감정이다. 그렇기에 그는 혼자 울고 또 울었다.

기자들 때문에 예주는 권혁주에게 연락했다. 그리고 그가 알려준 한 스튜디오에서 기다렸다. 그리고 잠시 후 그 안으로 윤이 숨을 헐떡거리며 뛰어 들어왔다.

금방이라도 뛰어들 것처럼 바로 앞까지 달려오던 윤이 손만 뻗으면 닿을 거리에서 갑자기 멈춰 섰다. 그러곤 자신 없는 눈으로 그녀를 바라보았다. 내일이 없을 것처럼 언제나 솔직하던 윤의 주저하는 모습에 예주는 마음이 아팠다.

"버리지 않을 거라고 했잖아. 다신 버리지 않을 거라고."

예주는 손을 뻗어 윤의 볼을 쓸었다.

많은 사람을 아프게 하고 찾은 사랑이다. 하지만 윤의 얼굴이 활짝 펴지고 그가 뜨거운 팔로 예주를 안았을 때 그녀는 그럴 가치가 있다고 생각했다.

"정말? 정말이야? 정말로 날 택한 거야?"

그녀의 허리를 부서져라 세게 움켜잡으면서도 이게 꿈은 아닌지 윤은 걱정스러운 얼굴로 물었다. 두고 온 사람들을 지우며 예주는 환하게 웃었다.

"그래. 그러니까 네가 책임져."

"와우!"

기쁨을 이기지 못한 윤이 탄성을 지르며 그녀의 허리를 안고 천장으로 들어 올렸다.

"꺄악! 윤아! 내려줘!"

급기야 예주가 소리를 지를 정도로 윤은 몇 번이고 현기증이 나도록 계속해서 그녀를 안고 빙글빙글 돌았다.

"윤아!"

참다못한 예주가 주먹으로 윤의 어깨를 때리자 그때서야 윤은 예주를 내려놓았다.

"정말 너는……. 읍!"

입을 열기 무섭게 윤의 입술이 그녀를 덮었다. 너무나 갑작스러운 기습에 예주는 반항했다. 하지만 계속해서 부딪치는 뜨거운 입술에 저항은 힘없이 사그라졌다.

"예주야."

몇 번이고 키스하면서 중간중간 윤은 그녀의 이름을 불렀다. 예주가 그대로 사라질지도 모른다는 두려움이 윤의 목소리에서 느껴졌다. 그동안 윤이 느꼈을 불안함과 외로움이 고스란히 밀려와 예주는 눈물이 핑 돌았다.

"사랑해."

두 발을 들어 올리며 예주는 그의 목을 두 팔로 감았다. 그리고 모든 사랑을 담아 그에게 키스했다. 방어적이던 그녀의 갑작스러운 공세에 윤이 흠칫했다. 하지만 곧이어 그의 입술이 열리며 그녀를 집어삼킬 듯 뜨거운 키스가 이어졌다.

더 이상은 두 사람을 가로막을 것이 없었다. 윤은 그대로 그녀를 벽으로 끌고 갔다. 그러곤 치마 안으로 손을 집어넣었다. 예주는 그의 손을 반기며 두 다리로 그를 감았다.

윤의 손은 곧장 흰 천을 벗기고 펄펄 끓는 용암 속으로 들어왔다. 그 뜨거운 침입에 예주는 짧은 탄성을 지르며 그의 어깨에 흔적을 남겼다.

"사랑해."

뜨거운 열기에 희미해진 시야 안으로 윤의 환한 얼굴이 들어왔다.

"사랑해, 예주야."

윤이 다시 한 번 속삭이는 순간 그가 그녀 안으로 들어왔다. 그와 동시에 두 사람의 혀는 누가 먼저랄 것 없이 서로 뒤엉켰다.

힘들게 인정한 사랑이다. 어쩌면 엄마처럼 실패할 수도 있었다. 그렇다고 해도 이 순간을 후회하지는 않으리라.

모든 것이 끝난 뒤에도 윤의 몸은 그녀 안에 있었다. 두 사람의 눈이 마주쳤다. 윤이 웃었다. 세상의 모든 행복을 품은 사람처럼 그렇게 웃는 윤을 보고 그녀도 따라 웃었다.

행복했다. 그거면 된 것이다.

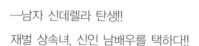

20

—남자 신데렐라 탄생!!

　재벌 상속녀, 신인 남배우를 택하다!!

　윤과 예주의 결혼 사실이 공표되자 언론은 일제히 자극적인 기사들을 쏟아냈다. 하지만 스캔들 기사에 비해서는 많이 우호적이었다. 인터넷 여론도 호감으로 급변했다. 아직 윤의 위상이 정상급 연예인이라고 보긴 힘들었기 때문에 예주의 선택이 진짜 사랑이라는 시선이 많아졌고, 그에 맞춰 두 사람의 로맨스를 응원하는 글도 증가했다.

　"일본 계약도 성사됐어. 해피엔딩이지."

　"감사합니다."

대해그룹이 입에 오르내리는 건 어쩔 수 없다고 해도 윤의 연예 활동만은 일이 잘 풀려서 다행이었다. 가슴을 쓸어내리며 예주는 가만히 있는 윤을 째려보았다.

"고맙다고 말씀드려."

"고맙습니다."

예주의 말이 끝나기가 무섭게 윤이 그대로 행하자 강해경이 피식 웃었다.

"어쨌든 나한테도 잘된 일이네요. 안 그래도 최윤 씨가 워낙 망아지 같아서 좀 힘들었는데 이렇게 쉽게 컨트롤할 수 있는 분이 옆에 있으니 앞으론 좀 일이 쉽겠어요."

윤이 한마디라도 반박을 할 거라 예상했으나 윤은 그저 예주를 보며 싱글벙글했다. 그 모습을 보며 강해경은 고개를 살짝 흔들었다.

민망함에 예주는 사무실에 들어서면서도 계속 잡고 있던 윤의 손을 놓았다. 윤이 눈썹을 찡그리며 예주의 손을 다시 잡으려고 했으나 예주는 윤의 손등을 살짝 내려치며 강해경을 눈짓으로 가리켰다.

"아, 왜?"

그렇게 눈치를 줬건만 윤은 오히려 도전적인 눈빛을 던지며 예주의 손을 다시 덥석 잡았다.

"뭐 불만 있어요?"

윤이 강해경에게 물었다.

"윤아!"

당혹스런 얼굴로 예주가 윤의 손을 떨쳐 내려고 했지만 윤은 완강했다.

"정말 죄송해요. 아직도 너무 철이 없어요."

결국 윤의 손을 그대로 둔 채 예주는 강해경에게 사과했다.

"잘됐어요. 어차피 사랑꾼 이미지를 얻은 거니까 그런 모습을 자꾸 노출하는 것도 나쁘지 않아요."

"네?"

뭔가 항변하고 싶은 마음이다. 그 눈빛을 읽었는지 강해경이 웃었다.

"이 동네에선 진실이란 그리 중요한 것이 아니에요. 대중들이 갖고 싶어 하는 이미지를 얼마나 충족시켜 줄 수 있는가 하는 거죠. 이젠 이쪽 세계로 넘어왔으니까 오예주 씨도 그런 덴 익숙해져야 할 거예요."

"예주는 익숙해질 필요 없어요. 그냥 이대로 쭉 있으면 돼요."

윤이 처음으로 강한 어조로 두 사람 사이에 끼어들었다.

"저 사람 말 신경 쓰지 마. 이젠 이야기 끝난 거죠?"

"윤아."

"괜찮아요. 저런 것도 뭐 장점이니까."

강해경은 윤의 말을 쿨하게 넘겼다.

"사장님께서 저희 많이 도와주신 거 아는데 그러면 안 되죠. 사과해, 윤아."

예주의 말에 윤은 눈썹을 추켜올렸지만 이내 순순히 강해경에게 고개를 숙였다.

"죄송합니다."

"순한 양이네, 완전히."

강해경이 신기한 듯 웃었다. 그 모습에 윤은 조금 자존심이 상한 것 같아 보였지만 예주를 볼 때는 이미 그런 마음은 사라졌는지 다시 사랑에 빠진 얼굴만 남았다.

"참, 결혼식 말인데……."

"사장님께서 도와주세요. 전 상관없지만 되도록 대해그룹 얘기는 안 나왔으면 좋겠어요. 가능하시다면요."

"근데 가능하지가 않아요. 대해그룹에서 이번 결혼을 주관하겠다는 연락이 와서요."

"네?"

"이왕 이렇게 된 거, 대해그룹에서도 이미지를 고려한다면 사랑을 택한 딸의 선택을 존중해 주는 게 훨씬 이미지에 도움이 되니까요."

강해경의 말에 예주는 혼란스러웠다.

"어느 쪽에서 연락이 온 건지 물어봐도 되나요?"

"대해그룹 비서실에서 왔어요."

"잘된 거지?"

윤에게도 예주가 가족을 등지고 온 것은 무거운 돌인 듯했다.

"글쎄……. 응, 잘된 거지."

윤의 심각한 얼굴을 보고 예주는 자신의 복잡한 심정을 감췄다.

"다행이다."

예주의 대답에 윤의 얼굴이 펴졌다.

"최윤, 너 생각보다 더 결혼 잘하는구나?"

"당연하죠. 우리 예주가 와줬으니까 난 앞으로 세상에서 제일 행복한 사람입니다."

"최윤!"

낯간지러운 윤의 말에 예주의 얼굴이 붉게 변했다. 그러나 윤은 한술 더 떠 예주의 볼에 가볍게 입을 맞췄다.

"사랑해."

"어휴."

다시 다가오는 윤을 밀어내며 예주는 황급히 강해경에게 인사했다.

"잘 가요."

다행히 강해경은 아무렇지 않은 얼굴로 자리로 돌아갔다. 그런 그녀에게 다시 한 번 고갯짓으로 인사를 하고 예주는 윤과 함께 사무실을 빠져나왔다.

"최윤, 너 사람들 앞에선 제발 그러지 마."

"왜? 내 여자한테 내가 애정 표현을 하는데 뭐 문제 있어?"

그러면서 윤이 다시 예주에게 고개를 숙였다. 이번엔 짧은 입맞춤이었다.

"아이, 참."

"사실은 좋지?"

씩 웃으며 윤이 다시 예주에게 입술을 가져왔다.

"안 돼!"

예주는 다가오는 윤의 입술을 손바닥으로 살짝 쳤다.

"쳇!"

"알았지? 밖에선 이제 이런 건 안 하는 거야."

"그럼 집에 얼른 가자."

"뭐?"

"집에 가자고. 널 만지고 안고 키스하고 싶어."

너무나 태연한 얼굴의 윤을 보고 예주는 순간 멍해졌다. 제대로 들었나 싶은 순간, 윤이 예주를 두 손으로 끌어안고 안아 올렸다.

"꺄악!"

"집에 얼른 가자. 그리고 키스하고 또 사랑하자."

"최윤!"

둘만 있던 복도에 갑자기 사람들이 나타났다. 너무나 부끄러워 예주는 윤의 어깨에 고개를 묻었다.

"바보! 바보!"

주차장에 도착하고 땅에 두 발이 닿자마자 예주는 발갛게 달아오른 얼굴로 윤의 가슴을 때렸다.

"왜? 뭐가 부끄러워? 난 이렇게 좋은데. 네가 내 여자라는 거세상에 막 소리치고 싶은데, 넌 싫어?"

예주가 지쳐 때리는 걸 멈추자 윤이 고개를 숙이더니 예주와 시선을 맞췄다. 그의 진지한 물음에 예주는 할 말을 잃었다.

"진짜 싫으면 안 할게."

강아지처럼 윤이 시무룩해졌다. 그 모습에 부끄러움으로 가득 차 있던 기분이 스르르 풀렸다.

"바보. 싫지 않은 거 알잖아."

"정말?"

환하게 웃으며 윤이 다시 예주를 끌어안았다.

"지금 연기한 거지?"

윤과 한차례 키스를 나눈 뒤 예주는 가쁜 호흡을 삼키며 윤을 노려보았다. 윤은 대답 없이 씩 웃었다.

"그래도 앞으로 조심은 하는 거다? 우리나라에선 너무 티 내도 사람들이 싫어하잖아. 그러니까 애정 표현은 둘만 있을 때. 응?"

"그럼 앞으로 외출은 되도록 안 해야겠다."

"최윤!"

어처구니없어하는 예주를 다시 윤의 입술이 막았다.

"알았어. 조심할게."

너무도 성의 없는 대답이었지만 예주는 더 이상 그를 막을 마음이 나지 않았다. 윤의 입술이 뜨거워졌다. 문이 달칵 열리는 소리와 함께 두 사람은 재빨리 차에 올라탔다.

"엄마, 대해그룹에서 결혼식을 주관해 주신다고 하셔서⋯⋯. 제 결혼 허락해 주신 거예요?"

[나랑은 상관없는 일이야. 박 회장님이 그룹 차원에서 대외 이미지 고려하셔서 필요하다고 하신 일이야. 네 결혼은 여전히 반대야. 박 회장님 때문에 어쩔 수 없이 참석하는 것뿐이다.]

"⋯⋯감사해요. 힘든 결정이셨을 텐데."

[난 지금이라도 네가 다 포기하고 여길 떴으면 좋겠어. 절대로 너희 둘은 행복해질 수 없어.]

"죄송해요."

그녀를 사랑하는 마음에 하는 말이라는 걸 알고 있음에도 마음이 무거워지는 건 어쩔 수 없었다.

통화가 끝났어도 예주는 한동안 윤에게 등을 돌린 채 서 있었다.

"오시는 게 맞지?"

윤의 걱정 섞인 목소리에 예주는 얼른 마음을 추슬렀다.

"응. 오신대."

윤을 향해 돌아서면서 예주는 아무렇지 않은 얼굴로 웃었다. 윤이 살짝 그녀의 얼굴을 살피는 게 느껴졌다.

"엄마가 그날 얼굴이 좀 안 좋으실 수도 있어. 그래도 이해해 줘. 알았지?"

윤은 더 이상 묻지 않았다. 그저 아무 말 없이 그녀를 끌어안았다. 꼭 닿은 그의 가슴이 따뜻했다. 예주는 그의 체온에 힘입어 상처 입은 가슴을 달랬다.

"만날 이유가 없어요."

윤이 처음으로 조 여사를 찾은 날, 윤은 집 안에 들어가 보지도 못하고 문전박대를 당해야 했다. 하지만 윤은 그다음 날도, 또 다음 날도 계속해서 성북동을 찾았다. 그렇게 일주일이 지난 어느 날 대문이 열렸다. 예주와 꼭 닮은 자그마한 여인이 몹시 지친 얼굴로 그의 앞에 모습을 드러냈다. 마음고생이 심했을 그녀를 보니 마음이 아팠다.

"죄송합니다. 하지만 저 한 번만 믿어주십시오."

윤은 무릎을 꿇었다. 그녀가 윤을 받아들여서 예주와 화해했으면 싶었다.

"예주를 위해서라면 제 목숨을 내놓을 수도 있습니다."

"나는 아닌가요? 그렇게 예주를 위한다면 왜 예주와 헤어지지 않았어요? 우리 예주를 당신 같은 사람이 정말 행복하게 해줄 수 있다고 믿어요?"

작은 가슴이 터질 것처럼 아픈 목소리로 조 여사가 소리쳤다.

"지금이라도 예주를 생각한다면 우리 예주를 돌려보내 주세요."

분노를 이어갈 힘도 없는 사람처럼 어느새 힘이 빠진 조 여사가 떨리는 목소리로 애원했다.

"예주한테 어머님 이야기 들었습니다. 하지만 상황이 다릅니다. 저는 예주를 위해서라면 어떤 것도 포기할 수 있습니다. 어머님이라도 제가 예주를 생각하는 그 마음은 못 따라오실 겁니다."

"뭐라고요?"

어이없어하는 조 여사의 눈길을 윤은 흔들림 없는 눈동자로 받았다. 시간이 흘러도 윤의 눈빛이 흔들리지 않자 조 여사가 먼저 눈길을 피했다.

"그런 말 할 거면 돌아가세요."

조 여사가 등을 돌렸다.

"예주가 힘들어합니다. 어머님이 있어야 예주가 행복해요."

"결혼식에 참석할 거라는 얘기 듣지 않았나요?"

"진심으로 축복해 주십시오."

"이기적이네요. 사람 마음까지 강요하는 건가요?"

"어머님도 누구보다 예주가 행복해지는 걸 원하시지 않습니까. 아니면 어머님이 옳았다는 걸 증명하고 싶으십니까?"

"이봐요!"

조 여사가 윤을 바라보며 몸을 바르르 떨었다. 그렇지만 윤은 진지했다.

"오늘은 이만 돌아가겠습니다. 하지만 결혼식까진 한 달이 남았으니까 그때까진 매일 들러서 어머님 설득하겠습니다."

"다신 오지 말아요!"

"저는 예주가 행복한 것이 인생의 목표인 사람입니다. 그리고 예주는 어머님이 있어야 완전하게 행복해지는 사람입니다. 그러니까 저는 매일 찾아올 겁니다. 어머님이 진심으로 예주 행복을 빌어주실 때까지."

"절대로 내 마음 변하지 않아요. 딸이 뻔히 실패할 길을 가는데 어느 부모가 그걸 박수까지 쳐주겠어요?"

"아직 한 달 남았으니까 저에 대한 믿음이 생길 수 있도록 열심히 노력하겠습니다!"

장난꾸러기처럼 갑자기 분위기를 바꿔 씩 웃음을 날리곤 넋이 나간 사람처럼 멍하니 서 있는 조 여사를 남겨둔 채 윤은 일어서서 걸음을 옮겼다.

대망의 결혼식이었다.

비공개 결혼식으로 치르는 대신 프레스룸을 통해 언론이 필요로 하는 기사와 사진, 인터뷰를 제공하기로 예정되어 있었다. 그런데 가장 중요한 신랑이 없었다.

"전화 안 돼요?"

무슨 큰일이 벌어진 건 아닌지 걱정이 된 예주는 새파랗게 질린 얼굴로 전화기를 건네받아 직접 윤에게 전화를 걸었다. 하지만 연결이 되지 않았다.

"아무래도 무슨 일이 있나 봐요."

윤이 예식장에 고의로 나타나지 않을 리가 없었다.

"경찰에 전화해야겠어요."

흥분한 예주를 강해경이 달랬다.

"조금 늦을 수도 있다고 했으니까 조금만 기다려 봐요."

"하지만……."

"왔어, 왔어."

권혁주가 급하게 드레스룸으로 들어와서 윤의 도착 사실을 알렸다. 그제야 안심하고 웨딩드레스를 내미는 도우미를 세워둔 채예주는 황급히 바깥으로 뛰어나갔다.

"엄마……."

윤이 혹시라도 다친 건 아닌지 걱정스러워 살피던 예주는 그 뒤로 나타난 사람을 보고는 깜짝 놀랐다.

"저 사람이 내가 진심으로 결혼식에 참석하는 게 아니면 자기도 결혼식을 미룰 거라고 하더구나."

"네?"

"네가 자기를 택한 건 사랑 때문이지만 그렇다고 날 버린 건 아니라고. 아마도 엄마 축복 없이 결혼하면 평생 가슴에 한이 되어 그 아픔만은 자기도 못 고칠 거라고 책임지라고 협박을 하더라."

"윤아, 대체 왜 그랬어?"

상처 주지 않겠다는 엄마에게 어쩔 수 없이 상처를 주었던 예주다. 진심 어린 축복을 기대하는 것은 염치없다고 생각했다. 그래서 예주는 윤을 조금은 원망스럽게 쳐다보았다.

"화낼 필요 없어. 결혼식 날에 신부는 웃어야지."

그녀보다 더 화를 낼 줄 알았던 조 여사의 따뜻한 말투에 예주는 깜짝 놀랐다. 그런 그녀를 조 여사가 꼭 끌어안았다.

"난 저 사람이 널 나보다 더 사랑할 수 있다고 말한 건 인정할 수 없어. 그렇지만 네가 행복해졌으면 하는 마음만큼은 나하고 똑같다는 건 인정할 수밖에 없을 것 같구나."

생각지도 못한 엄마의 말에 예주는 목이 메어 아무 말도 하지 못했다.

"난 아직도 두렵구나. 하지만 네가 나와는 다른 결말을 맺는다면 나도 행복해질 거다."

"엄마."

그제야 말문이 트인 예주는 포옹을 되돌렸다.

"어떤 엄마도 딸의 불행을 바라지는 않아. 1%라도 네 실패에 내 몫이 있는 건 바라지 않아."

"잘살게요. 사랑해요."

수많은 말들이 머리를 스쳐 지나갔다. 하지만 입 밖으로 나온 말은 두 마디뿐이었다. 그것만으로도 충분했다. 그렇게 한동안 두 사람은 말없이 꼭 끌어안고만 있었다.

행복한 결혼식이었다.

조 여사는 예주가 웨딩드레스를 입을 때도, 화장을 할 때도 옆에 있었다. 조 여사는 뿌듯한 얼굴로 박 회장에게 예주와 윤을 인사시켰다. 조 여사의 행복한 얼굴에 박 회장도 만족한 얼굴로 두 사람을 반겼다.

대해그룹의 회장 부부가 참석하느냐 마느냐에 관심을 가졌던 언론도 해피엔딩의 핑크빛 소식을 앞다퉈 전했다. 유일한 남동생인 규영이 불참했지만 회장 부부의 참석에 가려 어느 누구의 관심도 받지 못했다.

[규영아, 나 결혼했어.]

예주의 결혼식이 진행되는 동안 규영은 자기가 할 수 있는 한 가장 먼 곳으로 떠나 있었다.

[네가 아니었으면 나 성북동에서 절대로 견뎌내지 못했을 거야.]

이제 그녀에 대한 마음은 모두 봉인했다고 생각했는데 조용하지만 깊이가 있는 예주의 목소리는 그의 마음을 다시 흔들어놓는 것 같았다.

[정말 고마워. 그리고 사랑해.]

자신이 간절히 바라는 그 뜻이 아니라는 걸 알면서도 자기도 모르게 핸드폰을 쥐고 있는 손에 힘이 들어갔다.

[그리고 정말 미안해.]

그녀가 미안해할 일이 뭐가 있을까. 그의 마음을 알지 못했기 때문에?

[행복해져야 해. 나보다, 그 누구보다 더 행복해져야 해.]

마지막이리라. 또 언제 그녀를 보게 될까.

그는 아버지처럼 그런 행운 같은 건 없으리라는 걸 알고 있었다. 그녀는 조 여사와는 달랐다. 누구보다 닮은 두 사람이지만 조 여사에겐 없는 단단함이 예주에겐 있었다.

[잘 있어.]

"예주야."

통화가 끝나는 그 순간 규영은 참지 못하고 입을 열었다.

"예주야."

단 한 번도 불러보지 못한 이름이다. 누나가 아닌 여자로 보고 있었기 때문에 더욱이 부를 수 없는 이름이었다. 마음속으론 수없이 외쳤지만 차마 입 밖으론 꺼내지 못한 그 이름을 내뱉는 순간 눈시울이 붉어졌다.

"잘살아."

[규…….]

예주의 목소리가 들렸지만 규영은 다급히 전화를 끊어버렸다. 그녀의 목소리를 들으면 한 번 풀린 마음을 종잡을 수가 없을 것 같았다. 지금이라도 그녀가 있는 곳으로 가서 끌고 올지도 몰랐다. 하지만 그렇게 할 수는 없었다. 그러기엔 예주를 너무나 사랑했다. 이기적일 대로 이기적인 자신이지만 예주에게만은 그녀의 마음이 자기 자신보다 더 소중했다. 그래서 그녀의 선택이 실패하길 바랄 수도 없었다. 그저 그녀가 행복해지길 원했다. 그것을 위해서라면 자신의 마음은 영원히 봉인할 수 있었다. 오직 그녀를 위해서라면. 그래서 그는 그녀를 볼 수 없었다. 아마도 영원히…….

"왜 그래? 무슨 일 있었어?"

샤워를 마치고 막 나온 윤이 눈가를 훔치고 있는 예주를 보고 화들짝 놀라 가까이 다가왔다.

"아니야."

규영과 어쩌면 아주 오랫동안 보지 못할 거라는 걸 깨닫고 슬픔에 눈물을 흘리던 예주는 재빨리 눈물을 닦았다.

"아닌 게 아닌데?"

"바보. 너무 행복해서 그래."

"정말?"

"응. 난 너무 행운안가 봐. 너무 고마운 사람들이 많아."

"정말이지?"

　약간은 미심쩍은 얼굴이지만 윤은 더 이상 예주를 다그치지 않았다. 그런 그를 예주는 끌어당겼다.

"고마워."

"내가 왜?"

"날 사랑해 줘서."

"그건 내가 할 소리지."

　어이없어하는 윤을 좀 더 끌어당기며 예주는 윤의 입술에 뜨겁게 키스했다. 평생의 사랑을, 충성을 맹세하는 키스였다. 그런 예주의 마음에 윤의 입술이 뜨겁게 화답했다.

"사랑해."

　윤의 속삭임과 함께 두 사람의 몸은 한 치의 틈도 없이 꼭 달라붙었다. 윤의 목에 매달린 그녀의 손에는 오늘 윤이 끼워준 다이아몬드 반지와 함께 언젠가 윤이 맡긴 실반지도 함께 있었다.

에필로그

"아아아아아!"

누가 더 길게 같은 음량으로 소리를 지를 수 있는가를 테스트하고 있었다. 한 줄로 서 있던 다른 이들이 하나둘 지쳐 입을 다물었다. 윤은 가장 늦게까지 소리를 낼 수 있었다.

짝짝!

"자, 오늘은 여기까지! 다들 수고 많았습니다!"

수업이 끝났다는 교수의 말에 학생들은 안도의 한숨을 내쉬었다.

"수고하셨습니다!"

"수고하셨습니다!"

교수와 학생들 사이에서 작별 인사가 흘러나왔다. 이제는 제법 안면이 생긴 영상학부 애들과 윤도 가벼운 인사를 나눴다.

"실례합니다."

가방을 챙기고 연기 수업이 있던 강당을 빠져나오는데 입구에서 기자가 달라붙었다. 그 뒤로 카메라를 든 다른 기자 한 명도 보였다.

"최윤 씨, 이번에 영화 촬영이 있다고 들었습니다. 그런데 계약 조건이 조금 특이하다는 소문이 있던데, 말씀 좀 해주시겠습니까?"

"할 말 없습니다."

결혼을 하기 전이었으면 기자들 따위 가뿐하게 무시해 버렸겠지만, 부부란 일심동체라 그가 잘못 행동해서 예주까지 욕먹는 게 싫은 관계로 최대한 예의를 지키는 윤이었다. 그래도 짜증 나는 건 어쩔 수 없어 말이 퉁명스럽게 나왔다.

"그러지 마시고 얘기 좀 해주시죠. 영화 계약을 하면서 개런티를 낮게 받는 대신 주 5일 촬영에 하루 촬영 시간을 열 시간 이하로 제한한다는 조항을 걸었다던데 사실입니까?"

"예, 사실입니다."

사전 약속된 인터뷰가 아니었기 때문에 기자를 막아줄 매니저도 없었다. 주차장까지만 도착하면 이 귀찮은 기자도 떼어낼 수 있을 거라 생각하며 윤은 걸음을 빨리했다.

"역시 재벌가 사위가 되셨으니 돈 걱정은 없으신 모양입니다. 하하!"

제대로 응대해 주지 않는 윤 때문에 비위가 상했는지, 아니면 원래부터 반감이 있었는지 기자의 목소리에 비꼬는 기색이 느껴졌다. 하지만 예주와 결혼을 발표하는 그 순간부터 이미 줄곧 들어온 말이기에 윤에게 주는 타격은 적었다.

"드라마 촬영 제의도 있었는데 거절하셨다지요? 드라마로 뜨셨는데 영화만 찍겠다는 이유라도 있습니까? 혹 영화배우가 좀 더 처갓집에 그럴싸하게 보인다고 생각하셔서 그런 건 아닙니까?"

아예 속을 박박 긁기로 작정한 모양이다. 말을 섞을 위인이 안 되는 것 같아 윤은 주차장까지 입을 다물어 버렸다. 그러자 기자는 점점 상기되어 가는 얼굴로 조금씩 수위를 높여갔다. 그때까지도 줄곧 카메라는 윤이 이성을 잃고 덤벼들기만을 기다리는듯 그의 얼굴에서 떠나지 않았다.

마침내 주차장에 세워놓은 차 앞에 서자 윤은 그제야 입을 열었다.

"부인과 자식이 너무 예뻐서 집에 못 들어가면 미칠 것 같아서 말입니다. 드라마 시작하면 몇 날 며칠 집에 못 들어갈 일도 생기는데 그러다간 드라마 촬영하기도 전에 제가 먼저 미칠 것 같아서 못 찍습니다."

윤의 말을 믿어야 하나 말아야 하나 벙찐 얼굴로 서 있는 기자들을 버려둔 채 윤은 차에 올라탔다. 시동을 걸면서 윤은 마지막으로 백미러를 통해 아직도 얼음 상태로 서 있는 기자들을 보고 피식 웃고는 차를 출발시켰다.

"아빠, 다녀오셨어요."

이제 생후 6개월이 된 아기를 끌어안고 윤을 맞이한 예주는 아기의 팔을 흔들며 환하게 웃었다.

"야, 엄마 안 괴롭히고 잘 지냈냐?"

"최윤, 아빠라는 사람이 아들한테 하는 소리가 그게 뭐니?"

"뭘. 이 자식은 그런 말 들어도 싸. 뭐가 그렇게 맘에 안 든다고 빽빽 울어싸는지."

"아빠한테 인사한 거 취소! 준아, 아빠 말은 듣지 마. 알았지? 넌 이 세상에서 제일 귀엽고 착한 아기란다."

장난이었는데 예주가 눈을 흘기며 현관문에서 등을 돌렸다.

"어이, 어이, 나한테 잘 다녀왔냐는 키스는 해줘야지."

"됐어. 아들한테 함부로 말하는 아빠는 인사 같은 거 받을 자격 없어!"

예주의 목소리가 진짜로 뾰족하게 흘러나오자 윤은 당황했다.

"진짜 화났어?"

혼자 거실로 들어가 버린 예주의 뒤를 따르며 윤은 걱정스레 물었다. 평소 같으면 이 정도에서 끝날 텐데 이번엔 정도가 심했는지 아이에게 고개를 숙인 채 예주는 그를 바라보지 않았다.

"난 그냥 이 자식이……."

"자식?"

"아니, 그러니까…… 우리 아드님께서 널 괴롭히니까……."

"그걸 지금 변명이라고 하는 거야?"

"어유, 우리 아드님, 잘 지내셨어요?"

아무래도 아들을 공략해야 이 위험한 분위기를 넘길 수 있으리라는 걸 깨닫고 윤은 재빨리 예주의 품에서 아들을 빼냈다.

"우와, 오늘 아침보다 좀 자란 것 같은데?"

위로 번쩍 들어 올려 아이를 살피던 윤은 신기해서 소리쳤다.

"아빠 닮아서 그래. 아마 너보다 더 클걸."

아이에게 관심이 쏠리자 예주는 언제 그랬냐는 듯 환하게 웃으며 아이에게 사랑스러운 미소를 돌렸다. 그 모습이 너무 예뻐 윤은 기습적으로 예주의 입술에 쪽 하고 키스했다.

"최윤!"

"네가 너무 애한테만 관심을 쏟으니까 질투 난다고. 나도 좀 예뻐해 줘."

"애도 아니고."

"나도 사랑이 고프단 말이야. 응? 응?"

애를 한쪽 팔에 안은 채 입술을 내미는 윤의 모습에 예주는 혀를 차면서도 웃음이 나오는 걸 어쩔 수 없었다.

"남자들은 전부 애라더니. 내가 애를 두 명 키우는 거야?"

툴툴대면서 예주는 윤의 입술에 입을 맞췄다.

"한 번만 더. 응?"

짧은 키스에 윤이 다시 보챘다.

"이리 줘."

예주는 그런 윤을 무시한 채 아이를 잡으려고 팔을 뻗었다. 윤의 눈이 빛나더니 갑자기 윤이 애를 안은 팔을 천장 위로 쭉 뻗었다.

"최윤!"

"찐하게 키스해 주면 돌려주지."

"준이 갖고 장난하지 마!"

"싫어!"

"나 화낸다?"

"으앙!"

그때 갑자기 위에서 준의 울음소리가 울려 퍼졌다. 윤이 깜짝 놀라 얼른 팔을 내렸다.

"괜찮아. 괜찮아, 준아."

울음이 터진 준을 윤이 안절부절못하며 달래기 시작했다.

"아빠가 장난친 거야."

윤의 말에도 아랑곳없이 준의 울음소리가 더 커졌다.

"미안. 미안하다고. 다신 장난 안 칠게."

그 순간 마치 윤의 말을 알아들은 것처럼 준이 울음을 멈췄다. 이마에 땀까지 맺혀가며 아이를 달래던 윤의 얼굴에 안도감이 번졌다.

"아, 이 자식, 말 알아듣는 거 아냐?"

아이가 다시 싱글거리자 윤은 마음이 놓이는지 다시 또 예의 장난기 어린 모습으로 돌아갔다.

"또! 애기한테 자꾸 이 자식 할 거야?"

옆에서 아이를 달래는 윤을 빙그레 웃으며 지켜보던 예주가 가볍게 눈을 흘기며 아이를 받아갔다.

"아무래도 이 자식, 아니, 준이가 내 라이벌이 될 것 같은 불길한 느낌이 들어."

그러면서도 윤은 준이가 너무 귀여워 어쩔 수 없다는 얼굴로 준이의 작은 손가락을 살짝 잡았다.

"완전 보들보들하네."

사랑스러움을 이기지 못하고 윤이 준의 손을 잡고 키스를 퍼부었다.

"뉘 집 자식인지 엄청 잘생겼어. 그렇지?"

"뉘 집 자식?"

윤이 아기를 귀여워하는 모습이 보기 좋아 웃으면서도 예주는 장난스럽게 눈을 흘겼다.

"최윤과 오예주 자식이지. 그래서 이 세상에서 제일 예쁘다고 할 수 있지."

윤의 답에 예주는 다시 웃었다.

"우리 이런 예쁜 아이 많이 만들자."

"조금 전엔 준이가 라이벌 될 것 같아서 싫다더니."

"라이벌이야 많으면 많을수록 좋지. 그래도 언제나 내가 일등이야. 이런 녀석들이 아무리 많아도 널 생각하는 내 마음은 언제나 내가 일등이야."

윤의 얼굴이 다가왔다. 이제 장난기는 가시고 없었다. 예주의 가슴도 두근거리기 시작했다. 그렇게 두 사람의 마음이 합쳐지려는 찰나였다.

"으아앙!"

준의 울음소리에 두 사람은 황급히 떨어졌다.

"그래, 준아. 울지 마."

예주는 황급히 준을 끌어안고 어르기 시작했다.

"아무래도 수상해, 이 녀석."

윤은 입맛을 다시며 준에게 살짝 눈을 흘겼다. 그러나 준이 울음을 그치고 살짝 미소 짓자 찌푸렸던 눈은 어느새 풀어지고 그의 입술도 살짝 미소로 벌어졌다.

"배고픈가 봐. 젖병."

"어? 알았어."

예주의 다급한 목소리에 윤은 헐레벌떡 일어나 부엌으로 뛰어 갔다.

"어서 자라라, 최준. 네가 말귀를 알아들어야 내가 교육을 확실 히 시키지."

젖병 온도를 확인하고 아이와 예주가 있는 곳으로 달려가며 윤 이 혼잣말로 중얼거렸다. 아이가 어서 자라 예주의 옆자리를 다툴 생각을 하자 행복한 미소가 밀려왔다.

〈끝〉

작가 후기

안녕하세요, 오랜만에 인사드립니다.

이 작품은 오래전에 럽펜에서 연재하다가 끝을 못 내고 중단했던 작품입니다. 글을 쓰다가 중단하는 작품이 여러 개 있지만 그중에서도 꼭 끝을 내고 싶던 작품이라 이렇게 출판의 기회를 주신 〈청어람〉 관계자분들께 감사드립니다. 그리고 연재 내내 제 소설을 읽어주시고 궁금해해주신 로맨스 소설 팬분들의 응원 덕분에 이 작품을 놓지 않고 끝까지 갈 수 있었던 것 같습니다. 그분들께도 죄송함과 감사함을 전하고 싶습니다.

〈그녀에게 올인하다〉, 이 작품은 윤의 매력에 빠져 글을 써 내려갔습니다. 로맨스 소설을 읽고 쓰는 이유는 이 세상에 오직 두 사람만 존재하는 것 같은 그런 절실함을 느끼고 싶어서입니다. 윤은 세상의 전부를 예주에게 올인했지만 예주의 세상을 자신이 전부 가지려고는 하지 않았습니다. 그런 점에서 일반적인 집착남과는 조금 다르다고 할 수 있겠죠?

예주의 부모님과 예주―윤의 사랑이 비슷하면서도 다른 이유 또한 서로를 위해 기꺼이 자신의 세상을 포기할 수 있는 상대방이 있었기 때문이 아닐까요? 단순히 현실을 이기지 못하고 탈출했다는 이유로 조 여사만을 탓할 수는 없다는 생각을 해봅니다.

제가 글을 쓰면서 느낀 즐거움을 많은 분들이 공감할 수 있으면 좋겠습니다.

2009년에 종이책을 낸 이후로 로맨스 소설계도 참 많이 변했습니다. 이젠 종이책보다는 이북이 더 많이 활성화되어 있지만, 종이책은 이북과는 또 다른 매력이 있는 것 같습니다. 각각의 장점을 살려 로맨스 소설계가 계속해서 발전했으면 하는 바람입니다.

따뜻한 시선으로 로맨스 소설을 봐주시는 모든 분들께 감사의 말씀을 드립니다. 또 제가 놓친 부분을 조언해 주시고 교정 봐주신 최고은님께도 감사드리고 싶습니다. 무엇보다 시시각각 변해가는 로맨스 소설계에서 뒤를 쫓아갈 수 있도록 늘 조언을 아끼지 않는 이수림 작가님, 감사합니다.

2014년 11월, 정연주

Chungeoram romance novel

몽환한 자락

밀록 장편소설

왕위 찬탈을 위해 마음에 없는 여인과 혼인한 진양군 **진염**.
양심의 가책 따위는 무시해야 했다.
"유송우를 군(君)의 여인으로 만드십시오."
때문에 그는 그녀와 입을 맞출 때조차 책사의 잔인한 말을 되새겼다.

반역을 설계하는 잔혹한 책사 **건륜**.
그의 발목을 고작 여린 수국 한 송이가 붙잡고 늘어졌다. 그를 뒤흔들었다.
"내가 겨우 여자 하나 때문에 이딴 고민을 하다니."
여인을 왕자의 품에 밀어 넣은 것은 자신이건만,
그는 그녀의 곁을 맴도는 스스로를 도저히 멈출 수 없었다.

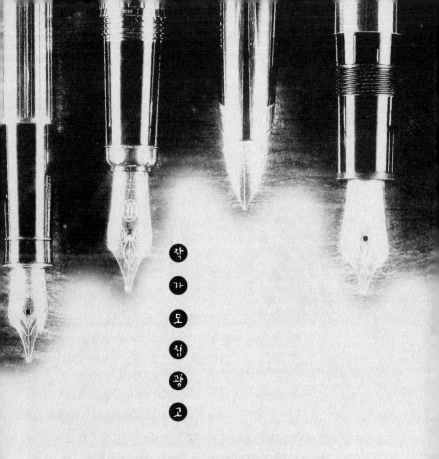

작
가
모
집
광
고

도서출판 청어람의 문은 항상 열려 있습니다.
실력있는 작가 분들의 많은 관심 부탁드립니다.

TEL:032-656-4452 • FAX:032-656-4453
http://www.chungeoram.com
e-mail:chungeorambook@daum.net